O segredo do Conde

Os Sedutores de Havisham . 2
LORRAINE HEATH

O SEGREDO DO CONDE

3ª reimpressão

Tradução: A C Reis

Copyright © 2016 Jan Nowasky

Título original: *The Earl Takes All*

Publicado mediante acordo com a HarperCollins Publishers.

Todos os direitos reservados pela Editora Gutenberg. Nenhuma parte desta publicação poderá ser reproduzida, seja por meios mecânicos, eletrônicos, seja via cópia xerográfica, sem a autorização prévia da Editora.

EDITORA RESPONSÁVEL
Silvia Tocci Masini

EDITORAS ASSISTENTES
Carol Christo
Nilce Xavier

ASSISTENTE EDITORIAL
Andresa Vidal Vilchenski

PREPARAÇÃO
Andresa Vidal Vilchenski

REVISÃO FINAL
Sabrina Inserra

CAPA
Carol Oliveira (Sobre imagem de Shutterstock)

DIAGRAMAÇÃO
Larissa Carvalho Mazzoni

Dados Internacionais de Catalogação na Publicação (CIP)
Câmara Brasileira do Livro, SP, Brasil

Heath, Lorraine

 O segredo do conde / Lorraine Heath ; tradução A C Reis. -- 1. ed.; 3. reimp. --São Paulo : Gutenberg, 2020.

 Título original: The Earl Takes All.

 ISBN 978-85-8235-510-7

 1. Ficção histórica 2. Romance norte-americano I. Título. II. Série.

18-12717   CDD-813

Índices para catálogo sistemático:
1. Romances : Literatura norte-americana 813

A **GUTENBERG** É UMA EDITORA DO **GRUPO AUTÊNTICA**

São Paulo
Av. Paulista, 2.073,
Conjunto Nacional, Horsa I
23º andar . Conj. 2310-2312
Cerqueira César . 01311-940
São Paulo . SP
Tel.: (55 11) 3034 4468

www.editoragutenberg.com.br

Belo Horizonte
Rua Carlos Tuner, 420
Silveira . 31140-520
Belo Horizonte . MG
Tel.: (55 31) 3465 4500

Para o fantástico Jessie Edwards

— *Julia, não sei se isso é sensato.*

— Ficar à vontade? — Ela deu um olhar inquisitivo para o marido.
— Provocar-me.

Uma empolgação sacudiu Julia. Sim, eles estavam de luto. Sim, Albert irradiava tristeza. Mas ela ainda tinha poder sobre ele. Julia jogou a gravata de lado e segurou o rosto dele com as mãos, seus dedos dançando na nuca do marido.

— Eu senti tanto a sua falta.

Julia puxou a cabeça dele para baixo, ficou na ponta dos pés e colou a boca na do marido. Ele passou o braço ao redor dela, puxando-a para perto. Albert deslizou a língua por entre os lábios dela, encaixando-se, e aprofundou o beijo. Ela quase derreteu de encontro a ele.

Desejo. Urgência. Uma necessidade arrebatadora. Estava tudo ali. Nele. Nela. Como se a morte estivesse próxima, esperando, como se com paixão e desejo pudessem afastá-la. Um rugido baixo vibrou através do peito dele e alcançou os seios dela, que estavam colados contra a camisa dele.

O calor entre os dois se intensificou. As mãos dele desceram pelas costas dela, pelos quadris, segurando o traseiro de Julia, puxando-a para mais perto...

Prólogo

Na noite fria e lúgubre de 15 de novembro de 1858, a vida de Edward Alcott perdeu a cor. A companhia de seu irmão Albert foi o que impediu a completa escuridão. O gêmeo de 7 anos de idade, apenas uma hora mais velho que Edward, se tornou o Conde de Greyling quando os pais dos dois meninos morreram em um pavoroso acidente ferroviário.

Dias depois, Albert segurou a mão de Edward quando os irmãos tiveram que se sentar – cumprindo o que esperavam deles – diante dos caixões que continham os restos mortais de seus pais. Na noite depois do enterro, Albert foi dormir na cama de Edward para que não se sentissem tão perdidos e solitários. Enquanto viajavam para Havisham Hall, onde ficaram sob a tutela do Marquês de Marsden, Albert, sem querer, providenciou uma distração, dando a Edward um meio de manifestar sua raiva e frustração quanto à injustiça da vida. Os meninos ficaram o tempo todo se empurrando e batendo um no outro até o advogado que viajava com eles separar os dois. Depois que foram abandonados tão longe de casa, aos cuidados do marquês, Albert garantiu a Edward que tudo ficaria bem, que eles tinham começado a vida juntos, no ventre da mãe, e, portanto, permaneceriam juntos para sempre. Albert foi sempre o porto seguro de Edward, seu consolo, sua constante em todos os assuntos, todas as coisas.

E agora *ela* o estava roubando, com seu cabelo preto sedoso, seus olhos azuis arrebatadores, sua risada doce e seu sorriso gentil. Lady Julia Kenney. Albert foi cegado por sua beleza, elegância e cuidado, permitindo que a dama tomasse muito de seu tempo com cavalgadas no parque, passeios de barco no Tâmisa, teatro, jantares e – que Deus o livrasse – saraus de poesia. Ela estava afastando Albert de todos que lhe eram mais próximos, fazendo com que ele abandonasse seu gosto por bebida, prostitutas, jogatina e viagem. Em seis semanas Edward, o Duque de Ashebury e o Visconde Locksley sairiam em uma jornada até o Extremo Oriente. Edward queria que Albert fosse com eles. Aliás, esse era o plano de Albert antes de Lady Julia pedir que ele não fosse. Sem nem pensar duas vezes, Albert cedeu ao desejo da amada e cancelou sua viagem com os companheiros.

Ela tinha seu irmão na palma da mão sem precisar fazer muito mais que bater os cílios e agitar o leque. Isso não podia ser tolerado. Uma mulher não deveria ter tanta influência e controle sobre a vida de um homem.

Edward não sabia muito bem por que tinha seguido Julia do salão de festas até o jardim silencioso e sombrio; também não sabia por que tinha parado para observá-la sair do caminho e desaparecer em meio à cerca de treliça que sustentava as roseiras. Edward só sabia que não podia perder Albert para ela.

Ele hesitou por um breve momento antes de se lançar em uma área onde as sombras eram mais densas, espaço em que o brilho das lâmpadas de gás que iluminavam o caminho não alcançava. Prosseguindo com cuidado até seus olhos se acostumarem com a penumbra, ele a viu, afinal, recostada no muro de pedra. Ela curvou os lábios lentamente, revelando seu sorriso conquistador. Julia parecia muito contente em vê-lo.

Apesar da escuridão, ao se aproximar ele conseguiu enxergar adoração nos olhos dela. Nenhuma mulher jamais olhou assim para ele, como se ela respirasse apenas por causa dele, como se existisse somente para ele e seus prazeres. Edward sentiu um frio na barriga, uma sensação inebriante de supremacia e objetividade.

— Eu pensei que você nunca chegaria — ela sussurrou, numa voz que parecia pertencer aos anjos.

Edward sentiu uma tentação como nunca antes, e aquilo o dilacerou, deixando-o rendido como se estivesse diante do canto de uma sereia. Ele não entendeu o que se passava. Em todos os seus 23 anos, nenhuma mulher provocou nele tal turbilhão de emoções confusas e embaraçosas. Ele deveria ir embora enquanto podia, mas Julia o atraía como se fosse um presente dos deuses criado apenas para ele.

Edward levou a mão ao rosto dela e sentiu a pulsação rápida de Julia em seus dedos; ele acariciou a pele macia com o polegar. Lady Julia soltou um suspiro suave; seus olhos inspiravam doçura.

Ele sabia que aquilo era errado, sabia que iria se arrepender, mas parecia incapaz de ter um pensamento ou uma ação racional. Inclinando-se, ele tomou o que não tinha nenhum direito de possuir; capturou a boca de Julia como se lhe pertencesse, como se fosse sua desde sempre e para sempre.

Julia suspirou de novo, um som mais suave, mais caloroso, que percorreu o corpo dele, fazendo-o ficar tão duro de desejo que ele quase precisou disfarçar. Puxando-a para mais perto, ele inclinou a cabeça e aprofundou o beijo, passando a língua através daquela boca voluptuosa. O sabor dela era de champanhe e morangos. Os braços esguios de Julia envolveram o pescoço de Edward; com os dedos enluvados, ela acariciou as espessas mechas loiras dele. O suspiro se transformou em um gemido acolhedor. O tempo pareceu parar, como os relógios de Havisham Hall. Nada de tique-taque; nenhum badalar, nenhum movimento dos ponteiros.

Ele queria permanecer ali para sempre. Queria que a noite, e cada noite depois daquela, pertencesse apenas a eles dois.

Afastando-se, ele fitou o olhar provocante de Julia. Ela afastou os fios de cabelo caídos na têmpora dele, uma carícia tão delicada que quase não parecia que ela o havia tocado. Julia sorriu, terna.

— Eu o amo tanto, Albert.

O nome do irmão nos lábios dela foi como um soco no estômago que quase o fez ficar de joelhos. O carinho de Julia não era para ele. A paixão dela, o desejo, o calor, não eram para ele. Que grande tolo ele tinha sido por ter imaginado, ainda que por um segundo, que eram! Não que Edward fosse revelar para Julia o quanto ela o tinha afetado, o quanto ele a desejava.

Edward forçou um sorriso diabólico e triunfante.

— Se você realmente o amasse, não seria capaz de perceber a diferença entre nós?

Ashe e Locke eram capazes. Até o louco Marquês de Marsden, que tinha sido o guardião deles, conseguia distingui-los.

— Edward? — Ela sufocou, parecendo que vomitaria o jantar.

A repulsa evidente de Julia foi um golpe vigoroso no orgulho dele, mas mantendo o rosto impassível, ele fez uma reverência exagerada.

— A seu dispor.

— Seu animal. — A mão enluvada de Julia encontrou o rosto dele com uma força inesperada que o fez cambalear para trás.

Ele se equilibrou e inclinou a cabeça.

— Você estava gostando, Julia.

— Lady Julia para você. Quando me casar com Albert, serei Lady Greyling. Insisto que se dirija a mim da forma apropriada. E com toda certeza eu não estava gostando.

— Mentirosa.

— Por que você fez algo tão repugnante, aproveitando-se dessa forma? Como pôde ser tão cruel e traiçoeiro?

Porque ele nunca tinha sido capaz de se proibir a nada que desejasse e, de repente, ele a desejava. Desesperadamente.

— O que está acontecendo aqui? — perguntou uma voz grave.

Edward se virou e encontrou Albert parado a pouco mais de um metro, com um olhar de curiosidade. Não estava bravo; exibia uma expressão quase de inocência, como se nunca lhe ocorresse que Edward fosse capaz de algo tão hediondo como beijar sua noiva.

— Eu estava à sua espera, como combinamos — Julia disse com doçura, ficando ao lado de Albert e olhando para ele com tamanha adoração que foi como se esfregasse sal na autoestima ferida de Edward. — Edward apareceu e começou a me contar mais detalhes sobre a viagem para o Extremo Oriente de que ele e os outros não param de falar. Vejo que será uma aventura incomparável. Ele gostaria tanto que você fosse.

Edward odiou se sentir grato pela mentira que ela inventou, mas sabia que Albert nunca o perdoaria se soubesse que ele tinha se aproveitado de Julia. Ele se perguntou por que ela não contou a verdade, por que não aproveitou a oportunidade para criar um abismo entre os irmãos que nunca poderia ser transposto. E mais, por que ela agora encorajava Albert a viajar com ele?

— Você é toda a aventura de que preciso. — Albert olhou para Edward. — Eu já lhe disse que não tenho mais interesse em viajar. Não gosto que você tente usar Julia pelas minhas costas para me persuadir a mudar de ideia. Agora eu gostaria que você nos desse licença para que meu encontro com Julia possa continuar como pretendíamos.

— Albert...

— Com licença, Edward.

A impaciência transmitida pela voz do irmão alertou Edward de que, se ele continuasse naquele caminho, não conseguiria nada a não ser se distanciar de Albert. Depois de fazer uma breve reverência, ele se afastou do casal, das rosas e das sombras.

Precisava de um copo de scotch. Uma garrafa seria ainda melhor. Ele precisava beber até esquecer, até não conseguir mais se lembrar do calor de Julia em seus braços, nem recordar quão magnífica foi a sensação de ter aquela boca se movendo sob a sua. Ele precisava esquecer que a tinha desejado para si, ainda que pelo mais breve dos momentos.

Capítulo 1

> Edward Alcott, irmão do Conde de Greyling, teve um fim intempestivo durante sua recente viagem pela África. Ainda mais triste é saber que ele não conseguiu realizar nada digno de nota durante seus 27 anos nesta terra.
>
> — *Obituário do* Times, *novembro de 1878*

Ele precisava de uma bebida – e muito.

Mas o dever exigia que ele ficasse a postos em frente à residência em Evermore, a propriedade ancestral em Yorkshire, e manifestasse sua gratidão aos poucos lordes e ladies que haviam comparecido ao funeral de seu irmão gêmeo naquela tarde.

— Fico muito aliviada que não tenha sido você, Greyling.

— Seu irmão era um ótimo dançarino, embora tivesse o costume de manter as mulheres escandalosamente perto durante a valsa.

— Uma pena ele ter partido antes de realizar um grande feito.

— Vou lhe dizer uma coisa, já perdi as contas das vezes em que seu irmão fez com que eu fosse parar debaixo da mesa de tanto beber.

Os cumprimentos continuaram, todos pintando o retrato de um malandro esbanjador. Não que algum dia Albert tivesse se importado com a maneira como seu irmão mais novo era visto, mas nesse dia isso o aborreceu, talvez porque os epitáfios fossem tão verdadeiros.

Seus amigos de infância, o Duque de Ashebury e o Visconde Locksley, estavam por perto, recebendo sua parte das condolências, pois todos sabiam que os quatro eram unidos como irmãos por terem sido criados pelo pai de Locksley. Embora Albert tivesse tido pouco tempo para falar com eles antes do funeral, desejava que os dois subissem em suas carruagens e fossem embora naquele exato momento, mas eles passariam a noite em Evermore, bem como Minerva, mulher de Ashe. Julia fez o convite pensando que o marido gostaria de passar mais tempo com eles. Ela não poderia estar mais enganada. Mas Albert sabia que a intenção da esposa era boa.

Julia era uma visão encantadora, ainda que envolta em preto, expressando com elegância sua gratidão àqueles que tinham comparecido. Ela tinha cuidado dos preparativos, enviando os cartões de luto, informando o vigário de como a cerimônia devia ser conduzida, garantindo que os convidados fossem alimentados antes de viajarem de volta para casa. Albert mal conseguiu falar com ela durante o dia, não que soubesse o que dizer, se tivesse tido a chance. Desde seu retorno, ele e a esposa tiveram muitos momentos de silêncio constrangedor. Albert sabia que isso precisava mudar, e logo.

Quando a última das carruagens partiu, Julia se aproximou, entrelaçando o braço no dele com um leve aperto.

— Que bom que isso acabou.

Mesmo inchada por causa da gravidez, Julia era a mulher mais graciosa que ele já tinha visto. Ela estendeu a mão enluvada e tocou o rosto dele.

— Você parece cansado.

— Foi uma semana longa. — Ele tinha voltado de viagem dez dias atrás, e sofreu a maior parte de seu luto e sua tristeza durante a longa e árdua jornada de volta para casa. Para Albert, esse dia era uma simples formalidade, era necessário passar por isso para poder seguir em frente.

— Eu preciso de uma bebida forte — Ashe disse quando ele, sua esposa e Locke se aproximaram.

— Eu sei onde podemos encontrar uma — Albert respondeu para o amigo. Depois de conduzir o grupo até o saguão, ele pôs a mão nas costas de Julia. — Ladies, as senhoras nos dão licença por alguns instantes?

Julia hesitou e ele pôde ver milhares de perguntas dançando em seus lindos olhos azuis. Albert não queria dispensá-la, mas estava desesperado por um drinque, e esperava que ela entendesse aquilo como uma vontade dele em passar um tempo a sós com os amigos. Depois de observar o rosto dele pelo que pareceu uma eternidade, ela concordou.

— Sim, é claro. — Virando-se para Minerva, ela sorriu, complacente. — Vou fazer chá.

— Nós não vamos demorar — ele assegurou às mulheres antes de seguir pelo corredor com os dois amigos logo atrás.

Assim que entraram na biblioteca, ele se dirigiu ao bar, serviu três copos de scotch e ergueu o seu:

— Ao meu irmão. Que ele descanse em paz. — Ele virou o conteúdo do copo de uma só vez.

Ashe tomou apenas um pequeno gole e arqueou a sobrancelha.

— Qual a chance de isso acontecer? Que diabos você está tramando, Edward?

O corpo dele congelou enquanto seu cérebro estudava a possibilidade de negar a acusação, mas havia muita coisa em jogo. Ele andou até a janela e observou a torre da igreja da vila, onde, apenas algumas horas antes, uma cerimônia tinha sido celebrada em sua honra. À distância, serpenteando através das colinas, estendia-se a estrada pela qual a carruagem fúnebre, preta e envidraçada, carregando o caixão laqueado com seus entalhes elaborados e suas alças lustrosas de metal, seguiu até o mausoléu da família, acompanhada pelos amigos de luto.

— Quando você percebeu que eu não era o Albert?

— Pouco antes do início do funeral — Locke disse.

— Você disse algo para Julia?

— Não — Ashe disse. — Nós pensamos que seria melhor contermos nossas suspeitas até confirmá-las. O que diabos você está fazendo?

— Eu prometi ao Albert, quando ele estava no leito de morte, que eu faria o possível para garantir que Julia não perdesse o bebê que está para nascer. — Ela sofreu três abortos espontâneos durante o breve casamento, nunca levando uma gravidez a termo. — Fingir ser meu irmão pareceu a melhor forma de conseguir isso. Eu preciso saber como vocês descobriram a verdade. Se Julia desconfiar...

— Você perdeu o juízo? — Ashe vociferou.

— Baixe a voz — Edward pediu. Tudo que ele não queria era que os criados ficassem sabendo.

— Você acredita mesmo que vai conseguir enganar Julia? Fazê-la pensar que você é o Albert?

Ele vinha fazendo isso há pouco mais de uma semana. E tinha convencido a todos: os criados, o vigário, as poucas visitas, Julia. Mas não os dois amigos, e isso era um problema. Ele se virou.

— Albert não me deixou escolha, se eu quiser honrar seu pedido.

— A gravidez já está bem avançada, nessa altura Julia não tem mais chances de ter um aborto espontâneo — Locke disse, colocando-se ao lado de Ashe, como se juntos tivessem mais chances de convencer Edward de que esse ato de nobreza não passava de uma grande tolice, como se ele já não tivesse plena consciência disso.

Edward fuzilou-o com o olhar.

— Você é capaz de prometer que nada irá acontecer com Julia e o bebê? Pode garantir? Você sabe o quanto ela o ama... ou quanto ele a amava. Se ela souber que foi ele quem morreu, não vai desmoronar? Será que ela não vai adoecer com a tristeza?

Como resposta, Locke soltou um suspiro profundo e se aproximou do aparador, onde pegou uma garrafa e se serviu de mais scotch. Embora Edward tivesse conseguido estabelecer seu argumento, tirou pouca satisfação disso.

— Você faz alguma ideia do que essa fraude pode fazer com Julia? De como ela vai se sentir quando souber a verdade? — Ashe perguntou.

Era só o que ele pensava enquanto marchava pela selva arrastando o corpo do irmão, enquanto navegava pelo oceano na direção da Inglaterra, enquanto viajava na carroça que transportava o caixão de madeira com o corpo do Conde de Greyling.

— Ela terá uma impressão ainda pior de mim. Imagino que irá me atacar com o objeto mais mortal que estiver à mão. E ficará devastada. Seu coração, despedaçado. E a vida perderá o sentido.

— Tudo isso é suficiente para que você perceba que é preciso contar a ela agora e não levar essa manobra adiante.

— Não.

— Então eu mesmo vou contar — Ashe disse, indo em direção à porta.

Edward o deteve, correndo para se colocar à frente de Ashe, bem quando este tocava a maçaneta.

— Toque nesta porta e eu acabo com você.

— Eu me recuso a permitir que você faça isso — Ashe disse e o fuzilou com os olhos.

— Você pode ser mais velho e ter um título mais elevado, mas esse assunto não lhe diz respeito.

Ashe contraiu o maxilar e balançou a cabeça.

— Com toda certeza isso nos diz respeito. Locke, diga-lhe que ele é um idiota e que não pode fazer isso.

— Infelizmente eu concordo com ele.

Ashe se virou, evidentemente perplexo. O homem que ele acreditava ser seu aliado estava com o quadril apoiado na beira da escrivaninha e segurando um copo de scotch.

— Você não acha que essa é uma má ideia?

— Eu tenho certeza de que é a pior ideia que um homem inglês teve desde que um antepassado decidiu se juntar às Cruzadas. Mas ele está certo. Não é da nossa conta e não devemos nos meter nessa história.

— Talvez você não se importe com a Julia, mas eu sim.

— Mas e se Edward tiver razão? E se contar a verdade para Julia fizer com que ela perca o bebê – o último presente que Albert deixou para ela –, como você vai se sentir?

Os ombros de Ashe caíram ligeiramente, ele recuou.

— Eu amava Albert como um irmão.

— Mas considerar alguém "como um irmão" não é o mesmo que ser um irmão — Locke disse. — Além disso, nenhum de nós estava lá quando Albert deu seu último suspiro. Não ouvimos suas palavras finais nem testemunhamos o desespero que envolveu os dois.

Seja eu, ele tinha suspirado. *Seja eu*. Edward nunca imaginou o poder que duas palavras tão pequenas, seis letras, podiam conter.

— Você tem que ser sempre tão racional? — Ashe perguntou.

Locke ergueu o copo.

— Eu não reclamaria, se fosse você. O fato de eu ser racional contribuiu para que você conseguisse sua esposa.

Meneando a cabeça, Ashe voltou sua atenção para Edward.

— Você pensou em todos os detalhes? De quanto tempo ela está? Alguma coisa entre sete e oito meses? Vai ter que fingir amar Julia durante várias semanas, embora vocês dois nunca tenham se dado bem; toda Londres sabe que você praticamente não suporta ficar no mesmo ambiente que ela — Ashe disse, chegando ao cerne do que ele acreditava ser o desafio que Edward tinha colocado para si próprio.

Se fosse tão simples assim. Depois daquele beijo maldito e impensado no jardim, anos atrás, Julia nunca mais quis saber dele, mal tolerando sua presença. Não que ele pudesse culpá-la. E nos anos seguintes, o comportamento de Edward não foi nada exemplar.

— Eu analisei a questão de todos os ângulos.

Ashe franziu o cenho, e fechou as mãos em punhos.

— Se você seguir nesse caminho, não vejo nada além de um grande desastre no horizonte.

— Eu posso lidar com um desastre quando acontecer. Mas, no momento, minha preocupação é evitar uma desgraça *antes* que o bebê nasça. Eu sei que não vai ser fácil; os últimos dez dias, tentando me comportar como Albert, foram horríveis. E sei que não tenho conseguido imitá-lo muito bem, porque ela me observa como se eu fosse um quebra-cabeça com uma peça mal encaixada. Acredito que, até agora, Julia tem sido gentil e atribuído meu comportamento excêntrico e minha necessidade de isolamento ao luto. Mas eu sei que não posso usar essa desculpa por muito tempo, então preciso saber o que me entregou. Como vocês deduziram que era eu, e não Albert, andando por aí hoje?

— Não sei se posso ajudar você com isso — Ashe disse. — Eu não gosto de fraudes.

— E você acha que eu gosto? — Edward perguntou, a dor e a agonia de semanas de reflexão, culpa e dúvida deixando sua voz rouca. — Eu o convenci a ir comigo porque queria uma última viagem juntos. Fui egoísta. Eu queria que meu irmão me pusesse à frente dela e isso custou a vida dele. Agora, tudo que posso fazer é lutar para que isso não custe também a vida do filho dele. Foi tudo que restou do meu irmão. Eu daria tudo para que o corpo que foi enterrado naquela cova esta tarde fosse o *meu*, e não o dele. Mas isso eu não posso mudar. Então só me resta a capacidade de manter a promessa que fiz a ele. Não importa o preço a pagar, não importa que pareça loucura, eu não consigo pensar em nenhum outro modo de fazer com que Julia não perca o bebê. Então me ajude. Se você amava Albert do modo que afirma, me ajude.

Com um suspiro profundo, Ashe caminhou até o aparador e se serviu de uma dose generosa de scotch.

— Nós conhecemos vocês desde que tinham 7 anos. E embora os dois fossem idênticos na aparência, os trejeitos não eram. Você não costuma mexer na orelha direita.

— Ah, sim, droga. — Então ele mexeu na orelha, puxando-a até doer. Quando tinha 5 anos, Albert perdeu a audição do ouvido direito após Edward jogá-lo em um lago gelado. Depois disso, a orelha passou a doer de vez em quando, principalmente quando Albert refletia sobre um assunto – como quando pensava na melhor forma de fazer Edward pagar por algum erro.

— E você bebe scotch demais. E bebe muito rápido — Locke disse. — Imagino que você não tenha parado com isso.

— Não, mas só depois que ela vai para cama.

— E você não vai para cama com ela? — Ashe apertou os olhos.

— Deus, não. Por que eu iria? Não vou trair meu irmão, mesmo que ele esteja morto.

— Não posso falar por Albert, mas mesmo que eu não faça amor com minha esposa, durmo com ela aninhada em meus braços.

— Porque vocês dois estão repulsivamente apaixonados.
— Ele também estava.
Edward meneou a cabeça.
— Eles têm camas separadas. Estou seguro quanto a isso.
— Nós também temos. — Ashe inclinou a cabeça.

Soltando uma imprecação grosseira, Edward encheu o copo até a borda com mais scotch, andou até a área de estar junto à lareira e se deixou cair em uma poltrona confortável. Com certeza Julia teria dito algo se ele tivesse que se deitar na cama dela. A menos que atribuísse a ausência dele a uma necessidade de ficar sozinho. Quanto tempo levaria para que ela começasse a ficar preocupada, e isso a estressasse até a situação causar o que ele mesmo tentava evitar?

Ashe e Locke se aproximaram dele, ocupando poltronas próximas. Nenhum dos dois parecia feliz de estar ali, mas pelo menos já não o encaravam como se Edward fosse tão louco quanto o Marquês de Marsden.

Edward ficou olhando para as chamas da lareira, ponderando que passaria a eternidade contorcendo-se nas chamas do inferno.

— Eu pensei em ficar na África e enviar um telegrama para ela inventando alguma desculpa por nosso atraso, mas eu sabia que Albert iria me assombrar se eu a deixasse sozinha tão perto de dar à luz. Sei muito bem como os mortos assombram os vivos.

— O fantasma da minha mãe uivando no pântano não é nada além da loucura do meu pai — Locke disse.

— Mesmo assim, eu cresci com isso. — Edward olhou para os dois homens que eram como seus irmãos. — Vocês sabem se Albert tinha algum apelido carinhoso para Julia?

Os dois piscaram, entreolharam-se, e pareceram não saber o que dizer.

— Ele é do tipo de homem que teria — Ashe disse, enfim. — Mas nunca o ouvi chamá-la de nada além de Julia.

— Nem eu — Locke admitiu. — Devia ser algo reservado para os momentos de intimidade.

Maldição. Antes, Edward estava tão confiante de que conseguiria imitar bem o irmão, mas agora aqueles dois estavam revelando inúmeras coisas que ele não tinha considerado. Ele tinha conseguido até ali, mas a longo prazo teria que se esforçar e se concentrar mais.

— Eu ainda não organizei as coisas dele. Só as guardei. — Ele tinha colocado os baús dele próprio e de Albert no quarto que usava quando visitava o irmão, para lidar com isso mais tarde. — Talvez eu encontre alguma carta que ele tenha escrito que possa me dar algumas respostas. —

Possivelmente uma carta inacabada e que o faria sofrer. A morte deixava tantas coisas inacabadas.

— Você já pensou — Ashe começou devagar, batendo o dedo no copo que estava quase vazio — que vai ter que se abster por completo de qualquer relacionamento sexual? Considerando seu passado e seu apetite, isso vai ser um desafio e tanto, o qual não acho que você vai conseguir superar. Mas se ela souber que você está fornicando por aí, acreditando que é Albert sendo infiel a ela, *isso* pode muito bem fazê-la perder o bebê.

— Eu pensei nisso e pretendo ser casto como um monge. — Ele soltou uma risada autodepreciativa. — Pode não ser tão difícil como vocês imaginam. Nenhuma das minhas antigas conquistas veio ao enterro. E algumas delas eram ladies. — Edward reparou na ausência delas, bem como na ausência de lágrimas. Nenhuma lágrima derramada por Edward. Cristo, comparecer ao próprio funeral é uma experiência que torna a pessoa mais humilde.

— Edward... — Locke começou.

— Greyling — Edward corrigiu o amigo. — Para meu embuste ter alguma chance de sucesso, vocês dois precisam me reconhecer como o Conde de Greyling. Chamem-me de Greyling ou Grey, como faziam com Albert quando não estávamos só nós quatro. Só que agora devem fazer isso mesmo quando estivermos sozinhos, para não falharem quando não estivermos. — E ele precisava parar de pensar em si mesmo como Edward. Nos modos, pensamentos e atos, ele tinha que se tornar o Conde de Greyling. Pelo menos até Julia dar à luz ao herdeiro.

Então seria obrigado a fazer o que fazia de melhor: dar a ela outra razão para odiá-lo, revelando a verdade, partindo seu coração e destruindo o mundo dela.

Capítulo 2

Em morte, parecia que Edward Alcott estava realizando o que não tinha conseguido em vida: fazer Julia perder Albert. Desde seu retorno, Albert parecia encontrar qualquer desculpa para não ficar na companhia dela. Ela detestava estar sentindo aquele ciúme mesquinho do cunhado morto, só porque toda a atenção de seu marido se concentrava no irmão falecido; tanto que começava a duvidar de si mesma e a questionar o amor de Albert por ela.

Julia desejava, agora, não tê-lo encorajado a ir para aquela última viagem com Edward, mas ela sabia o quanto o marido gostava de viajar antes de ela entrar na vida dele. Abençoado fosse ele por sempre perceber o quanto ela se preocupava com a possibilidade de algo terrível acontecer durante essas expedições, então parou com as aventuras, o que tinha criado uma fissura entre os irmãos. Mas ela pensou que aquela viagem poderia ser boa para os dois, e tornaria Edward mais propenso a aceitá-la. Não era segredo para a aristocracia que os dois não se gostavam. Entristecia Julia o fato de ela não estar em uma relação amigável com o cunhado quando ele partiu deste mundo.

De repente, ela tomou consciência de uma mão se fechando ao redor da dela, que descansava sobre seu colo.

— Por onde andavam seus pensamentos? — Minerva perguntou.

As criadas tinham servido chá para elas, mas a bebida esfriou sem que nenhuma delas a provasse.

— Desculpe-me. Estou sendo uma anfitriã terrível.

— Bobagem. Nestas circunstâncias, você não deveria sentir a necessidade de ser anfitriã. Você parecia tão triste. Acho que algo além do funeral de Edward a está preocupando. Estou aqui para ouvi-la, se precisar conversar.

Enunciar suas dúvidas pareceu, ao mesmo tempo, fraqueza e traição, mas talvez outro ponto de vista pudesse ajudá-la.

— Albert não é o mesmo desde que voltou da viagem.

— Sem dúvida a tristeza o está afetando — Minerva procurou tranquilizá-la.

— É isso que venho dizendo a mim mesma. Mas ele tem estado tão distante, sem oferecer nem aceitar carinho. E isso não é próprio dele. Mas é provável que eu esteja sendo desagradável por me incomodar com a falta de atenção de meu marido num momento como este. — Mas como eles poderiam consolar um ao outro com Albert fazendo suas refeições no quarto, sem se deitar com ela?

— Você não é nada desagradável, mas duvido que ele consiga ser amoroso, dadas as circunstâncias.

— Não espero que ele queira fazer amor comigo. Sei que não estou muito atraente nesta condição, estou grande por causa do bebê, e, como você diz, ele está magoado. Mas um beijo carinhoso seria bem-vindo. — Mesmo um sorriso, um toque suave, alguma confirmação de que ele ainda gostava dela. Após meses separados, quando Albert finalmente volta para casa, só fica parado, olhando para ela como se mal a reconhecesse. Foi Julia quem passou os braços ao redor dele, quem o abraçou apertado. E as únicas palavras dele para ela foram: "sinto muito".

Então os dois entraram em casa, como se aquilo tivesse sido o suficiente.

— Tenha paciência — Minerva sugeriu. — Os dois eram muito próximos.

— Eu sei que eram. Mas nós ficamos separados por quatro meses. Deveriam ser apenas três, mas a morte de Edward retardou a volta de Albert. Não que eu soubesse que Edward estava morto. A mensagem que Albert me enviou dizia apenas: "ATRASAREI. RETORNO ASSIM QUE POSSÍVEL". Eu apenas soube da verdade quando ele chegou em uma carroça que carregava um caixão de madeira. O fato de ele não ter compartilhado o fardo já é bastante estranho.

— É provável que ele não quisesse preocupar você, não em seu estado delicado.

— Ainda assim quero poder consolar meu marido. Nosso casamento sempre foi do tipo em que as alegrias são dobradas e os problemas divididos pela metade. Mas isso é apenas um pequeno indício do quanto ele mudou enquanto esteve fora. Durante esta semana, houve momentos em que senti que não o conhecia mais. Isso é ridículo. Ele é o meu Albert.

— E é nisso, minha querida, que você precisa se concentrar. Ele deve sentir como se tivesse perdido metade de si naquela selva. Os gêmeos pareciam ter uma ligação especial, muito mais íntima e forte do que os laços existentes entre a maioria dos outros irmãos.

— Eu sei que você tem razão. Eu apenas sinto como se ele estivesse querendo distância de mim.

— Homens são estranhos, sempre se esforçando para não demonstrar qualquer fraqueza. Desconfio de que ele tenha medo de precisar de você, então finge que não precisa. A última coisa de que ele precisa é que você seja insistente. Isso só irá fazê-lo recuar ainda mais. Homens são teimosos. Paciência é tudo que você necessita. Albert vai voltar ao normal.

Julia esperava que sim, pois não gostava nem um pouco daquela... esquisitice no relacionamento com ele. Fazia com que ela se sentisse mal.

— E como está se sentindo com relação ao bebê? — Minerva perguntou.

Agradecida pela mudança de assunto, Julia não conseguiu conter o sorriso ao pousar as mãos sobre a barriga.

— Maravilhosa. Feliz com a gravidez, apesar da tristeza pelo falecimento de Edward. Acredito que este vai conseguir crescer para brincar conosco. — Ela consultou o relógio sobre a cornija da lareira. — Eu acho que já demos tempo suficiente para eles tomarem seu scotch. Vamos encontrá-los?

Quando ela e Minerva entraram na biblioteca, os homens se levantaram em sinal de respeito, e a tristeza que os envolvia continuou com eles quando se sentaram, talvez até mais intensa.

— Desculpem-nos por termos demorado tanto — Albert disse. — Ficamos envoltos em lembranças. Perdemos a noção do tempo.

— Foi o que pensamos — Julia disse. — O jantar logo será servido. Talvez fosse bom que todos tirássemos algum tempo para nos arrumarmos.

— Ideia excelente — ele disse e virou o líquido âmbar que restava no copo. Com uma careta, ele apertou o maxilar e sua cabeça estremeceu de forma quase imperceptível. Ocorreu a Julia que Albert pareceu nunca apreciar a bebida com o mesmo entusiasmo que seu irmão.

Colocando o copo de lado, ele se aproximou dela, oferecendo-lhe o braço, e Julia inspirou seu aroma familiar de laranja-bergamota. Eles saíram da biblioteca em silêncio, sendo seguidos pelos outros com a mesma solenidade. Como o duque e o visconde eram mais do que amigos, Julia tinha providenciado quartos para eles na ala da família, no mesmo corredor da suíte dela e de Albert.

Quando chegaram à porta, ela se virou para os convidados.

— Podemos nos encontrarmos na biblioteca em meia hora?

— Deve ser tempo suficiente — Minerva disse. — Não é como se fôssemos trocar a roupa preta.

Não. Julia daria a Edward os seis meses integrais de luto que lhe eram devidos como irmão do marido. Ela entraria em parto de luto.

— Grey — Ashebury cumprimentou Albert com um aceno de cabeça, antes de conduzir a mulher pelo corredor.

— Obrigado por tudo, Julia — Locksley agradeceu em voz baixa e depois se dirigiu ao seu quarto.

Albert abriu a porta do aposento da esposa e a seguiu até lá dentro. Era a primeira vez que ele entrava no quarto dela desde sua volta. Ela não soube dizer por que sentiu uma palpitação no peito ao pensar nisso.

Olhando ao redor, pareceu passar apressado pela cama com dossel. Albert se aproximou da janela e olhou para as nuvens escuras que se formavam à distância. Era um dia frio, melancólico, mas ao menos não tinha chovido.

— Não tive a oportunidade de lhe agradecer por tudo que fez por... meu irmão. O funeral que você providenciou foi lindo. Você teve muito trabalho para dar a ele uma bela despedida.

Cautelosa, ela se aproximou, segurando-se para não tocá-lo. Ele parecia estar a ponto de desmoronar.

— Sinto muito por não ter vindo mais gente. — Julia tinha ficado chocada que tão poucos da nobreza compareceram ao funeral. Se não fosse pelos criados, que ela obrigou a comparecerem, a igreja teria ficado constrangedoramente vazia. — Acho que a distância e a ameaça de tempestade...

— Acho que Edward não era tão querido quanto ele imaginava.

— Nós recebemos muitas cartas de pêsames. Eu as coloquei em uma caixa preta sobre a sua escrivaninha, para que possa ler quando quiser. Acredito que você possa tirar algum consolo delas. — Ele estava triste demais, perdido em seu luto, para dar atenção à correspondência, então Julia tinha cuidado disso para ele.

— Sim, com certeza. — Ele focou o olhar no dela, e, como sempre, Julia se viu caindo nas profundezas. — Você é muito cuidadosa.

— Você diz isso como se estivesse surpreso.

Ele sacudiu a cabeça e voltou a olhar pela janela.

— Não, é só que... parece que eu não consigo lidar com a morte do meu irmão.

— Você vai conseguir. — Ela acariciou o braço dele. — Você vai. Nossa... eu preciso me sentar. Meus pés estão me matando.

Ele se virou.

— Você está com dor? Por que não falou nada?

— São só nos pés. Começaram a inchar, ultimamente. Eu só preciso colocá-los para cima e... Albert!

Ele a pegou nos braços como se ela não pesasse mais do que um travesseiro de penas, como se não fosse aquela criatura enorme. Então ele olhou ao redor, como se não soubesse o que fazer, agora que a segurava. O coração de Julia disparou e ela cravou os dedos no ombro dele. Albert não a carregava desde a noite de núpcias, quando ele a colocou na cama e...

A lembrança de quando os dois se tornaram marido e mulher fez seu corpo esquentar. Era óbvio que, nesse momento, os dois não estavam prestes a fazer amor de forma frenética, como daquela vez.

Andando a passos longos e seguros, ele se dirigiu à cama, onde a colocou com tanto cuidado que ela se sentiu como se fosse feita de vidro. Com movimentos ágeis – que Julia não presenciava desde antes de Albert sair para a viagem –, ele colocou travesseiros para apoiar as costas dela.

— Você está confortável?

— Estou, mas uma cadeira teria sido suficiente.

— Onde está o gancho de botões?

— Na gaveta superior esquerda da cômoda, mas se eu tirar os sapatos agora, não vou conseguir calçá-los para o jantar.

— Você pode ir descalça. Não. — Ele sacudiu a cabeça e começou a se afastar. — Você não vai descer para o jantar. Vou mandar trazer uma bandeja para você.

— Não posso ignorar nossos hóspedes.

Parando de repente junto ao pé da cama, ele a fitou.

— Eles não são hóspedes, são da família. Vão ter que entender ou se ver comigo.

Julia não conseguia deixar de encarar aquele homem, seu marido, incapaz de se lembrar de uma única vez em que ele foi tão dominador. Ela não conseguiu entender por que achou aquele comportamento – e ele – tão atraente nesse momento. Ela sempre se sentiu atraída por ele, mas havia algo mais. Albert sempre se submetia a Ashebury, nunca o enfrentava. Não que houvesse necessidade disso, mas ainda assim...

Suspirando, ele passou a mão pelo cabelo antes de dar um passo na direção dela e envolver o pilar da cama com os dedos longos e grossos.

— Não queremos correr nenhum risco de você perder o bebê.

— Estou exausta — ela concordou, pesarosa. — Esses últimos dias foram cansativos. Mesmo assim, vou me sentir uma anfitriã terrível.

— Imagino que eles vão gostar de passar algum tempo sem minha companhia melancólica.

Aquelas palavras a assustaram.

— Você não vai acompanhá-los?

— Não vou deixar você aqui, jantando sozinha, depois do dia cansativo que teve que enfrentar. Não quando está sentindo um desconforto causado por causa de tudo que fez pelo meu irmão.

— Eu vou ficar bem.

— Bem não é o bastante.

Por um momento ela pensou ver Albert corar, antes que ele se virasse.

— Vamos tirar esses sapatos — ele disse.

Ela o observou ir até a cômoda, tirando o paletó no caminho e jogando sobre a cadeira próxima. Com o marido só de camisa, ela pôde ver que, durante os poucos meses longe, os ombros dele tinham ficado mais largos e a pele mais bronzeada por causa do impiedoso sol africano. Ela ficou perplexa por, num momento daqueles, sentir uma atração tão forte por Albert. Julia se sentiu egoísta por ter reclamado da falta de atenção dele, quando nesse momento Albert lhe dava mais do que ela esperava. Ela só queria que as coisas entre eles fossem como se o marido nunca tivesse saído para viajar, mas percebeu que a tranquilidade habitual que sentiam um com o outro poderia demorar a voltar. Ela precisava acreditar que voltaria.

Albert sentou na beira do colchão e, hábil, usou o gancho para soltar os botões de um sapato, depois do outro. Deixando o gancho de lado, ele puxou o sapato esquerdo. Julia fez uma careta de incômodo, depois suspirou de alívio quando seus dedos ficaram livres.

— Meu Deus — ele disse.

— Eu sei. É um horror como estão inchados. Sinto como se meus tornozelos fossem de um elefante.

— Você deveria ter dito algo antes — ele a censurou, tirando o outro pé do sapato com cuidado.

— Não fique bravo.

— Não estou bravo — ele disse, sem conseguir tirar os olhos do inchaço nos tornozelos dela. — Estou preocupado com você, Julia.

— O inchaço é normal. Não acredito que esteja correndo perigo de perder o bebê.

— Me dê um dos travesseiros que você não está usando — ele disse, apontando o queixo para o lado dela.

Com extrema delicadeza, ele o colocou debaixo dos pés de Julia.

— Acho que precisamos fazer o sangue circular — ele observou.

Albert colocou as duas mãos ao redor do tornozelo dela e as deslizou até o laço da meia. Julia prendeu a respiração enquanto esperava. Ter os dedos dele tão perto do ápice de sua feminilidade foi uma tortura deliciosa. Ele soltou lentamente as fitas, então desenrolou a meia de seda com cuidado, tirando-a pelos pés e colocando-a de lado. As mãos dele passearam pela outra perna, e Julia quase derreteu. Era ridículo o desespero com que ela queria as mãos do marido em si. Quando a outra meia foi posta de lado, ele voltou à primeira perna e começou a massagear a panturrilha. A mão dele subiu até o lado de trás do joelho, os dedos trabalhando ali por um momento antes de iniciarem a viagem de volta ao tornozelo.

— Diga se eu a estiver machucando.

— Está ótimo. — A pele da palma da mão e dos dedos dele parecia mais áspera, não tão lisa como era antes da viagem. Ela imaginou que ele devia ter passado muito tempo sem as luvas. Se as tivesse usado, as mãos não estariam tão bronzeadas.

— Estou grata pelo inchaço. Você nunca massageou meus pés antes.

Ele parou por uma fração de segundo até retomar os movimentos fluidos e relaxantes, oferecendo um sorriso tímido à mulher.

— Fui um grande idiota.

Ela riu pela brincadeira. Sentia falta disso. De apenas estar com ele, sem expectativas e sem responsabilidades.

— Você também nunca usou imprecações na minha presença.

— Parece que adotei os maus hábitos de Edward durante a viagem.

— Vocês devem ter visto coisas maravilhosas.

Levando as mãos ao outro tornozelo, ele concordou.

— Vimos, sim.

— Gostaria de ter viajado com você.

— Você mudaria de ideia num instante se Edward tivesse quebrado um ovo dentro do seu sapato e insistisse para que caminhasse com aquela gosma nos seus pés.

— Você está brincando?

Ele levantou os olhos para ela e, pela primeira vez, Julia não viu tristeza, e se encheu de esperança de que, talvez, a amargura não durasse pelo resto da vida dele.

— Serve para evitar bolhas.

— Como ele sabia disso?

— Leu em algum lugar. — Albert deu de ombros. — Ele estava sempre lendo, tentando fazer com que nossas viagens fossem o mais confortáveis possível.

— Você se divertia quando estava com ele.

— É verdade. Foi ótimo... até não ser mais.

— Acho que podemos batizar nosso filho com o nome dele. — Julia queria alegrar o marido naquele momento sombrio.

Albert baixou os olhos para a barriga dela, depois os desviou.

— Não. Nós não vamos batizar o herdeiro Greyling com o nome de um vagabundo egoísta. Ele vai receber o nome do pai, como deve ser.

Julia não soube como reagir diante daquelas duras palavras a respeito de Edward. Albert nunca tinha demonstrado qualquer raiva em relação ao irmão. Nem quando ele aparecia na casa deles completamente bêbado. Nem quando pedia mais dinheiro, após torrar todo seu rendimento. Ou quando homenzarrões bateram à porta deles porque Edward tinha uma imensa dívida de jogo. Albert mimava o irmão, parecendo pensar que aquele estilo de vida irresponsável era inofensivo. Ele nunca disse uma palavra grosseira a respeito de Edward. Até esse momento. Não era próprio dele.

Julia sentiu que ele se retraía, mas não queria perdê-lo. Não de novo. Enquanto ele continuava a massagem, as mãos desaparecendo de vez em quando debaixo da saia dela, Julia foi tomada por um pouco de malícia.

— Você é meu marido. É aceitável que levante minha saia acima dos joelhos.

— Não preciso dessa tentação.

Por mais que fosse impróprio naquele momento de luto, ela não conseguiu evitar sentir certa excitação.

— Você está tentado?

— Um homem sempre fica tentado quando uma mulher revela seus tornozelos.

— Então não sou especial.

Edward interrompeu a massagem e a encarou.

— Não foi o que eu quis dizer. Já não me sinto tentado por outras mulheres.

— Eu sei. — Ela abriu um sorriso doce. — Só estava provocando, tentando fazer você rir... aliviar um pouco a tensão.

— Nós vamos voltar a rir. Mas não hoje. — Ele deu um tapinha nos tornozelos dela e levantou. — Vou avisar nossos amigos que não vamos acompanhá-los no jantar.

— Meus pés já não estão inchados como antes. Se eu me sentar com eles apoiados em um banquinho...

— Não. É melhor jantarmos a sós. Não vou me demorar.

Ele pegou o paletó antes de sair do quarto. Com um suspiro, Julia se recostou nos travesseiros e remexeu os dedos dos pés. É melhor *jantarmos a sós*. A escolha de palavras dele não lhe passou despercebida. Agora que Edward tinha sido enterrado, quem sabe o marido voltaria para ela.

Ela tinha dedos minúsculos. Mesmo com o inchaço seus dedos eram pequenos e delicados. Por que diabos Edward achava os dedos dela tão intrigantes?

Quando entrou na biblioteca, ficou grato por ainda não haver ninguém à sua espera. Edward foi até o aparador, serviu-se de uma grande dose de scotch e a virou de uma vez. Ele tinha que tomar cuidado com o que dizia, para garantir que ela não duvidasse da devoção do marido. Ele não podia ficar falando dos tornozelos, das coxas ou de outros atributos encantadores de outras mulheres. Não podia dar nenhum indício de que achava outras mulheres atraentes. Embora, naquele momento, ele não conseguisse pensar em uma única mulher, além de Julia, que o atraísse. Ainda assim, precisava conter todos os seus impulsos naturais para não tirar vantagem da situação. Rapidamente, ele tomou outro copo de scotch.

Mesmo o impulso de beber demais precisava ser contido. Edward podia se safar por alguns dias, atribuindo-o à tristeza, mas duvidava que Julia já tivesse visto Albert se afogar em tantos copos. E se ele ficasse bêbado, poderia cometer algum erro pavoroso que revelasse quem ele era. Embora isso pudesse muito bem acontecer quando estivesse sóbrio.

Edward se aproximou da escrivaninha e passou os dedos sobre uma caixa de ébano brilhante. Ele tinha reparado nela antes, mas deduziu que sempre esteve sobre a escrivaninha do irmão. No passado, Edward costumava visitar o irmão, mas nunca morou de fato ali, ainda mais depois que Albert se casou com Julia. A residência foi fechada com a morte dos pais, e quando Albert chegou à maioridade, voltou a Evermore, contratou uma nova equipe de criados e abriu a casa novamente. Edward conhecia alguns deles pelo nome, mas não dava a mínima para a maioria. Mas imaginava que o irmão conhecesse todos. Deus, ele tinha entrado em um atoleiro. Teria que dar cada passo com muito cuidado.

Ele voltou ao aparador, pegou a garrafa e parou com os dedos ao redor do cristal delicado...

Com uma imprecação grosseira, ele levantou a garrafa e a atirou contra a parede, sem sentir nenhuma satisfação quando ela se espatifou em mil pedaços, deixando o líquido âmbar escorrer pelo painel de madeira escura.

— Não é fácil ser o Albert?

Com outra imprecação, Edward se virou para encarar Locke, grato por não encontrar Ashe parado ali com a esposa. Ele quase deixou escapar que Julia tinha dedos dos pés minúsculos, como se Locke fosse se importar com isso.

— Julia está exausta. Não vamos jantar com vocês.

— Você tem medo de que nós possamos revelar algo.

Ele passou a mão pelo cabelo.

— Tenho mais medo de que eu revele.

— Puxe a orelha — Locke disse ao se aproximar. — Quando levar a mão ao cabelo, puxe a orelha.

— Certo. — Ele fez isso então, sabendo que era tarde demais. Albert puxava antes de falar, não depois.

Locke apoiou o quadril na borda da escrivaninha.

— Eu desconfio que ela seja mais forte do que você imagina.

Mas ela possuía os dedinhos mais delicados do mundo. E uma pele tão sedosa... No que ele estava pensando quando deslizou os dedos pelas panturrilhas e pelos joelhos dela?

— Não posso arriscar. O bebê é tudo que resta do meu irmão.

Edward não conseguia explicar o buraco que agora existia dentro dele, no lugar que Albert ocupava. Edward precisava que aquela criança sobrevivesse, tanto quanto Albert ao manifestar seu desejo.

— Eu era um bebê quando minha mãe morreu — Locke disse em voz baixa. — Cresci com um pai que lamentou a perda dela perpetuamente. Nada substitui tal perda.

— Não estou esperando que a criança substitua o lugar de meu irmão, mas devo a Albert este pequeno sacrifício. Estou decidido, e embora você saiba apresentar seus argumentos com muita habilidade, nada irá me fazer mudar de ideia.

Locke olhou para a sujeira causada pela garrafa que foi arremessada contra a parede.

— Talvez fosse bom você conter um pouco seu gênio.

Edward riu sem achar graça.

— Mais do que um pouco, eu diria. — Albert nunca demonstrou tal fúria.

Ao ouvir passos, ele se voltou na direção da porta a tempo de ver o duque e a duquesa entrarem. Locke só estava parcialmente correto sobre os motivos de Edward não jantar com eles. Edward temia que a duquesa o descobrisse. Ela era muito perspicaz.

— Os acontecimentos dos últimos dias esgotaram Julia — ele disse. — Eu e ela não vamos jantar com vocês.

— Imagino que ela vá jantar no quarto — a duquesa disse. — Talvez fosse melhor que eu jantasse com ela, dando aos cavalheiros um pouco mais de tempo para conversarem.

Ele puxou a orelha.

— Agradeço a oferta, mas acredito que já dissemos tudo o que tínhamos para falar um com o outro. Deixei minha esposa sozinha por tempo demais. Pretendo compensar isso agora. Vejo vocês no café da manhã.

Edward notou um brilho de aprovação nos olhos de Ashe; não que ele buscasse aprovação, mas parecia estar conseguindo se comportar mais como seu irmão. Mas ele teria que tomar cuidado para não tropeçar no labirinto que era a vida de Albert com sua condessa.

Capítulo 3

Os pés de Julia estavam muito melhores. A massagem de Albert tinha feito maravilhas. Também ajudou o fato de, após ele sair, Julia chamar a criada e trocar o vestido preto de crepe por sua camisola e seu robe mais macios. Embora gostasse de receber convidados, ela apreciou a oportunidade de apenas relaxar com o marido.

Sentada em uma poltrona estofada perto da lareira, ela pôs os pés sobre um banco baixo e curvou os dedos. Ao esticá-los, ela pensou nas mãos calejadas que a tocaram com tanta segurança, como se tivessem massageado seus pés milhares de vezes antes, quando, na verdade, ele nunca tinha lhe prestado aquele serviço íntimo e magnífico. Julia imaginou aquelas mãos ásperas deslizando por todo seu corpo; como seria maravilhosa a sensação das diferentes texturas, que experiência desigual isso seria. Ela desejou que as mãos do marido não tornassem a ficar macias antes que eles voltassem a fazer amor.

Ouvindo o clique da porta, ela olhou na direção da entrada e viu o marido entrar segurando duas taças de vinho entre os dedos de uma das mãos e duas garrafas na outra. Ele parou de repente e a encarou, o olhar percorrendo todo corpo dela, como se nunca a tivesse visto de camisola e robe. Talvez fosse o fato de que a gravidez dela não ficava tão disfarçada como quando ela usava um vestido. Constrangida, ela puxou as laterais do robe, tentando fechá-lo sobre a barriga e os seios, mas a peça se recusou a cooperar.

— Fiquei enorme enquanto você estava longe.

— Não, nada disso. — Com o cotovelo, ele fechou a porta, depois se aproximou com o vinho e as taças, que colocou sobre uma mesinha diante do sofá. Ela viu, então, que eram uma garrafa de tinto e outra de branco. — Nossos convidados foram muito compreensivos, e nossas criadas devem trazer o jantar logo. Pensei que poderíamos tomar um gole de vinho enquanto esperamos.

— Mas não estou certa de que a bebida fará bem ao bebê.

De repente, ele pareceu incrivelmente envergonhado, como se tivesse esquecido do estado dela.

— Você tem toda razão. Não sei no que eu estava pensando.

— Não há motivo pelo qual *você* não possa beber.

Ele não perdeu tempo para servir o vinho tinto em uma taça, erguê-la na direção dela em um brinde, e tomar um gole enquanto se dirigia à lareira. Ele fitou o fogo, deu uma rápida olhada para ela, e se voltou para a lareira, sem saber exatamente para onde olhar.

— Como estão seus pés?

— Muito melhores. Acho que ajudou o fato de eu vestir algo que não fosse tão apertado. Como seríamos só nós dois aqui, acreditei que não precisava de formalidade.

— Claro que não.

De pé, Julia sentiu-se grata pelo inchaço ter desaparecido por completo e ela poder deslizar na direção do marido sem mancar ou sentir dor. Ela não teve certeza, mas ele pareceu prender a respiração quando ela se aproximou.

— Você também deveria ficar mais à vontade — ela murmurou, tirando a taça daquela mão maravilhosa, que a tinha tocado de modo tão íntimo, e colocando-a sobre a cornija da lareira.

Enfiando as mãos pela abertura do paletó desabotoado, ela as deslizou até os ombros, abrindo-o mais.

— Você também ficou maior enquanto esteve fora.

— Marchar pela floresta é um exercício vigoroso.

O paletó começou a cair. Julia o pegou antes que chegasse ao chão e o jogou na poltrona mais próxima. Lentamente, ela foi abrindo os botões do colete preto.

— Sua pele está mais escura.

— O sol africano é inclemente.

Ela levantou os olhos para ele.

— Eu sempre consegui diferenciar você de Edward porque ele não era tão claro quanto você. Sua pele descascou, depois que chegou?

— Não.

Julia tirou o colete dele e o jogou sobre o paletó. Baixando os olhos, ela começou a desfazer o nó da gravata.

— Julia, não sei se isso é aconselhável.

— Ficar à vontade? — Ela deu um olhar inquisitivo para o marido.

— Provocar-me.

Uma empolgação sacudiu Julia. Sim, eles estavam de luto. Sim, Albert irradiava tristeza. Mas ela ainda tinha poder sobre ele. Julia jogou a gravata de lado e segurou o rosto dele com as mãos, seus dedos dançando na nuca do marido.

— Eu senti tanto a sua falta.

Julia puxou a cabeça dele para baixo, ficou na ponta dos pés e colou a boca na do marido. Ele passou o braço ao redor dela, puxando-a para perto. Albert deslizou a língua por entre os lábios dela, encaixando-se, e aprofundou o beijo. Ela quase derreteu de encontro a ele.

Desejo. Urgência. Uma necessidade arrebatadora. Estava tudo ali. Nele. Nela. Como se a morte estivesse próxima, esperando, como se com paixão e desejo pudessem afastá-la. Um rugido baixo vibrou através do peito dele e alcançou seios dela, que estavam colados contra a camisa dele.

O calor entre os dois se intensificou. As mãos dele desceram pelas costas dela, pelos quadris, segurando o traseiro de Julia, puxando-a para mais perto. A rigidez da masculinidade de Albert apertou a barriga dela, enlouquecendo-a de desejo. Fazia tanto tempo, tanto. Depois que souberam que ela estava grávida, Albert insistiu para que resistissem a qualquer intimidade, por medo que o ardor do desejo dele pudesse fazer com que ela perdesse o bebê. Oh, ele a tinha beijado, abraçado e acariciado, mas não assim. Não com aquela carência furiosa. Julia não sabia dizer se o desejo que eles estavam dividindo neste momento já tinha sido tão primitivo... como se Albert tivesse voltado da viagem incivilizado, necessitando ser domado.

Uma batida na porta o fez recuar como se estivesse fazendo algo que não devia. Os dois estavam com a respiração ofegante, pesada. Os olhos dele refletiam seu horror.

— Perdoe-me — ele disse, ofegante.

A decepção a atingiu ao ver Albert se retrair, arrependido pelo que tinha acontecido entre eles.

— Não é necessário. Você é meu marido.

— Mas o bebê. — Ele baixou os olhos para a barriga dela. — Eu fiz mal ao bebê?

— Seu filho é um pouco mais forte do que isso. — De qualquer modo, ela recuou um passo e disse à criada que entrasse.

Mais de uma servente entrou, todas carregando travessas com diversos pratos cobertos. Julia sentou e uma criada colocou uma bandeja sobre suas pernas. Albert se retirou para a lareira e tomou um longo gole de vinho enquanto uma jovem criada colocava a bandeja dele sobre uma mesa baixa.

— Mais alguma coisa, milorde? — a primeira empregada perguntou.

Encarando o fogo, Albert apenas tomou mais um gole de vinho.

— Não, isso é tudo — Julia respondeu.

As criadas saíram, fechando a porta atrás de si. Albert continuou como estava.

— Albert? — ela chamou. Ele parecia perdido. — Albert — ela disse com mais ênfase.

Ele enfim virou a cabeça na direção dela, a testa tão franzida que devia estar doendo.

— Sente-se e coma — ela disse a ele.

— Tem certeza de que não a machuquei?

— Foi muito gostoso, na verdade. Fazia tanto tempo. Eu começava a recear que você não tivesse sentido tanta falta de mim quanto eu de você.

— Acredite em mim, não se passou uma noite sem que eu adormecesse pensando em você.

— Fico feliz de ouvir isso. Esses pensamentos atormentaram você?

— De maneiras que você não pode compreender.

Julia estava sendo egoísta ao se sentir satisfeita em saber que o marido foi atormentado por pensamentos sobre ela, mas aquilo era tão bom. Ela sorriu com doçura.

— Vamos comer, sim?

Albert recolheu as roupas que ela tinha jogado sobre a poltrona, levou-as até o banco diante da cômoda, e se sentou na poltrona, o que deixava uma grande distância entre ele e Julia. Ela esperava que ele se sentasse no sofá, na ponta mais próxima dela. Mas talvez ele não tivesse feito isso por recear que ela fosse uma tentação.

Ela teria se sentido um pouco melhor se acreditasse que ele apreciava a tentação. Em vez disso, Julia ficou com a sensação de que ele estava arrependido.

Graças a Deus pela batida na porta. Isso foi tudo que passou pela cabeça de Edward. *Graças a Deus, graças a Deus pela batida na porta.*

Ele estava a ponto de pegá-la nos braços e carregá-la para a cama. Pela primeira vez desde seu regresso, ele não se sentiu consumido pela culpa, afogado em tristeza. Ao contrário, ele se perdeu no desejo, levado por uma paixão que nunca tinha experimentado. O aroma, o calor, a suavidade dela. Não importava que isso fosse a pior coisa que ele pudesse ter feito. Por um momento, ela foi uma distração abençoada. O ardor do beijo dela...

Bom Deus. Como diabos aquilo começou? Com certeza surgiu uma fagulha naquela noite no jardim, mas o que ele tinha acabado de experimentar praticamente o consumiu. A maturidade e o conhecimento que ele tinha substituíram inocência e ingenuidade. Uma combinação letal que podia representar a perdição de suas boas intenções.

Com a mão trêmula, ele pegou a garrafa de vinho, começou a servir e, quando viu Julia arquear a sobrancelha delicada, evitou encher o copo ao máximo. Estar sozinho com ela no quarto mostrou ser incrivelmente perigoso para a farsa dele. Mas como evitar? Ele precisava lembrar que ela não tinha qualquer afeto por Edward, que o carinho que lhe demonstrava, as tentações que lhe oferecia, surgiam apenas porque Julia acreditava que ele fosse Albert.

Essa era Julia que o tinha expulsado da residência do irmão em Londres porque Edward chegou de madrugada, em um estado de embriaguez de que ela não gostou. Julia, que tinha encorajado Albert a reduzir a mesada de Edward, para que este não pudesse desfrutar à vontade de vinhos, mulheres e jogatina. Julia, que sempre olhava para ele como se Edward fosse algo que ela tirou da sola do sapato.

Julia, que tinha providenciado um funeral elegante para o homem que ela não tolerava. Que recebeu convidados sem reclamar, embora a recepção a deixasse esgotada. Que o beijou como se nada no mundo fosse mais importante para ela. Que tomou a iniciativa do beijo. Nunca outra mulher tinha feito isso até então. Foi inacreditavelmente inebriante.

Se ela o odiou após o encontro no jardim, iria odiá-lo duplamente quando soubesse da verdade e lembrasse do último beijo. Ele precisava evitar que seus lábios voltassem a ficar tão próximos dos dela, para que não se esquecesse outra vez de que não era quem ela amava, aquele que Julia desejava, com quem ela trocou votos.

Olhando para o prato, ele conteve uma imprecação. Peixe com guarnição. É claro; num dia como esse, a cozinheira tinha que preparar o prato favorito de Albert. Edward nunca apreciou este prato. Ele preferia carne vermelha malpassada.

— Quais são as lembranças?

Ele levantou a cabeça de repente, e encontrou Julia observando-o como se começasse a duvidar dele.

— Perdão?

— Na biblioteca, você disse que estava perdido em lembranças com seus amigos. Sobre Edward, suponho. Conseguiram relembrar tempos mais felizes?

Teriam conseguido, ele pensou, se fosse o que de fato estivessem fazendo. Embora ele esperasse minimizar as mentiras que contava para ela, não podia passar sem as "inocentes".

— Um pouco — ele respondeu.

— Conte algo para mim.

Se eu pudesse beber da sua boca sempre que quisesse, eu poderia aguentar tudo isso sem vinho.

— Como o quê?

— Algo sobre Edward. Uma lembrança agradável. Nós nunca falamos muito dele, a não ser quando você manifestava suas preocupações, de que ele pudesse ter um fim precoce e desagradável, ou quando eu perdia a paciência com as... atividades questionáveis dele.

Albert se preocupava com ele? Edward sabia que o irmão não andava feliz com seu estilo de vida, mas não sabia que Albert se preocupava com ele. Sempre que Albert chamava a atenção dele, Edward o via no papel de irmão mais velho decepcionado com o caçula. Mas ele tinha prometido a Albert que, se este fizesse a viagem à África, quando voltassem, Edward se estabeleceria, casaria e tentaria uma vaga no Parlamento. Ele detestava o fato de não ter certeza se manteria a promessa. Edward teria dito qualquer coisa para fazer Albert ir com ele. Essa verdade agora o afligia: não ter sido completamente honesto com a única pessoa que sempre foi sincera com ele.

Julia ficou esperando que o marido lhe contasse algo sobre um homem de que não gostava, e, pela primeira vez, ele quis que ela tivesse uma impressão favorável de si.

— Edward não gostava de ser o segundo filho.

— Desconfio que a maioria dos segundos filhos não gosta — ela disse, gentil, sem crítica na voz.

Antes de ele sair com Albert para essa viagem, ela só falava com Edward manifestando sua desaprovação. Ele ficou contrariado por estar gostando do tom de voz suave de Julia, por, de repente, achá-la agradável aos ouvidos.

— O mais irônico, contudo, é que ele não tinha nenhuma vontade de ser conde.

— Tem trabalho demais — Julia disse, sorrindo.

Ele se pegou retribuindo a expressão, ainda que apenas levantando o canto da boca, mas já era mais alegria do que ele imaginava sentir de novo.

— Isso mesmo. Você o conhecia bem.

— Na verdade, não. Lamento por isso agora. Mas estamos fugindo do tópico. Uma lembrança agradável.

Agradável. O peixe, com certeza, não se encaixava nessa categoria, e embora tivesse conseguido engolir uns poucos bocados sem engasgar, ele colocou o prato de lado e agarrou a taça de vinho enquanto ainda tinha uma desculpa para beber.

— No começo, nós não gostamos de morar em Havisham Hall. Não demorou para percebermos que algo não estava certo. Nenhum dos relógios funcionava; nenhum ponteiro se movia. A casa era do tamanho de Evermore, mas só havia meia dúzia de criados. Boa parte da mansão era proibida para nós, e muitos quartos permaneciam trancados. Então, Edward começou a planejar nossa primeira expedição. — Ele sorriu com a lembrança, com a seriedade com que eles encararam essa "expedição". Nessa história, pelo menos, Edward poderia ser ele mesmo.

— Uma vez você me contou que o marquês tinha parado todos os relógios quando a esposa morreu.

O sorriso de Edward murchou. Maldição. Como ele iria saber o que Albert já tinha contado? Com certeza ela diria algo caso já conhecesse a história.

— O marquês parou muitas coisas quando a esposa morreu. Parou de viver, praticamente.

— Posso imaginar. Não sei o que eu teria feito se fosse você que tivesse morrido na África. — Ela meneou a cabeça. — Perdão. Eu não queria tocar no assunto. Estamos em Havisham Hall.

De qualquer modo, as palavras dela apenas confirmaram que o caminho escolhido por ele era o único que podia trilhar se desejava honrar a promessa feita a Albert. Se antes, talvez, ele não fosse um homem de palavra, agora pretendia ser.

— Não sei por que nós colocamos na cabeça que só podíamos sair para explorar a propriedade à meia-noite. Não havia ninguém para nos impedir durante o dia.

— À noite parece mais proibido, pois é quando todos deveriam estar na cama. É nesse horário que eu teria ido — ela disse, torcendo o lábio com uma malícia tentadora.

Ele se esforçou para não encarar aquela boca suculenta e o brilho nos olhos que sugeria que ela estaria bem ao lado deles, esgueirando-se pelos corredores com apenas uma vela para iluminar o caminho. Edward não gostou de descobrir que ela possuía facetas desconhecidas. Gostava ainda menos de perceber que sentia vontade de conhecê-las. Ele só queria ocupar o lugar do irmão até o herdeiro nascer; seguir em frente sem nenhum desvio. Conhecer Julia melhor não fazia parte desse plano. Mas ele precisava reconhecer que ela tinha entendido a situação.

— A aventura era maior à noite, também, porque corríamos o risco de sermos pegos, já que o marquês vagava pelos corredores à noite. Com frequência eu ouvia os passos suaves dele passando pela porta do meu quarto. Então, a emoção de voltar para a cama sem ser pego era estimulante — ele admitiu.

O sorriso dela desabrochou em algo que provocou um aperto no peito dele.

— E vocês conseguiram? — ela perguntou.

— Você quer que eu estrague a história lhe contando o final da nossa aventura?

O sorriso dela diminuiu um pouco.

— Agora você está parecendo o Edward, com a obsessão que ele tinha de contar histórias.

Droga. Um deslize. Ele sempre gostou de tecer narrativas. Albert, por outro lado, sempre preferiu uma abordagem mais direta, sem se preocupar em melhorar a história.

— Ele sempre foi bom nisso — ela continuou.

Edward piscou, imaginando se tinha ouvido bem.

— Pensei que você não notava.

— Eu adorava ouvir as histórias dele. Era por esse motivo que eu sempre oferecia um jantar quando Edward e os outros voltavam de suas aventuras. Sabia que ele nunca se daria ao trabalho de contar suas façanhas só para mim, mas ele inventava histórias encantadoras quando tinha uma plateia. Não atrapalhava a apresentação dele saber que eu estava nos fundos da sala, embora eu tentasse não demonstrar o quanto gostava de ouvir, para que Edward não recusasse meu próximo convite.

— Eu não sabia disso. — Ele sempre supôs que Julia organizava os jantares pela atenção que traziam para ela. A Condessa de Greyling conseguia entreter a sociedade londrina com a ajuda dos Sedutores de Havisham – como eles quatro costumavam ser chamados.

— Eu tenho meus segredos — ela disse, encolhendo os ombros delicados.

Edward se pegou desejando descobrir cada um deles, embora desconfiasse que a maioria fosse inocente, trivial, enquanto o segredo que ele ocultava dela era horrendo.

— Ele pensava que você não tinha interesse nenhum nas viagens. Se você tivesse pedido...

— Ele teria se recusado. Você sabe que sim. Edward não tinha nenhuma vontade de me agradar, ou de agradar a qualquer pessoa que não ele próprio. A autoestima dele crescia com uma plateia, então eu a fornecia. Em troca, conseguia algo para mim. Ouvir as aventuras.

Ela estava enganada. Se tivesse pedido, ele teria criado as narrativas para ela, só para ela. Como eles conseguiram permanecer como dois desconhecidos, quando Albert foi tão importante para os dois?

— Agora termine de contar sua lembrança — ela insistiu, interrompendo seus pensamentos.

— Se eu contar ao modo de Edward, bem, é só porque passei dois meses ouvindo a tagarelice dele. Ele gosta de ouvir o som da própria voz.

Ela riu um pouco.

— Isso sempre foi óbvio. Nunca lhe faltou confiança.

A risada suave de Julia serviu para aliviar um pouco a imensa tristeza com que a lembrança da morte de Albert o envolveu. Que estranho que fosse ela, e não Ashe ou Locke, quem lhe dava uma fagulha de esperança de que chegaria um dia em que ele não sentiria como se tivesse sido enterrado com o irmão. Edward desejou poder lhe contar a verdade naquele momento, para que os dois pudessem dividir suas lembranças de Albert.

— Arrogância, na verdade — ele contrapôs. — Edward nunca duvidou que conseguiríamos invadir o salão sem sermos pegos.

— Essa foi sua primeira expedição?

— Foi. Ele desenhou a planta da casa e a nossa rota... que não era direta, claro, isso seria muito chato. O caminho incluía muitas curvas e voltas. Edward conseguiu se infiltrar no quarto da governanta depois que ela foi dormir e roubou as chaves. Ele foi na frente com uma vela. Nós estávamos aterrorizados.

— Mas vocês foram até o fim.

— Sim, nós fomos. As paredes tinham espelhos. Ashe guinchou como um rato perseguido por um gato quando viu o próprio reflexo. A cena parecia sobrenatural. Castiçais e lustres apagados, servindo de cabides para teias de aranhas. Nenhuma luz, a não ser da nossa vela solitária. Havia flores mortas nos vasos e poeira cobrindo tudo. Um odor de mofo pesado exalava no ar. Acho que ninguém entrava naquela sala há anos. Foi o que descobrimos em cada uma de nossas aventuras: um aposento abandonado, sem uso. Mas fomos ficando mais ousados em nossas explorações; sempre encontrávamos algo que nos deixava felizes por termos nos aventurado. Acho que esse foi o motivo para começarmos a explorar o mundo quando ficamos mais velhos. — Ele olhou para o fogo. — Edward começou com isso. Se tivéssemos sido pegos, talvez não começássemos a pensar que éramos invencíveis. — Ele voltou a atenção para ela. — De qualquer modo, a maioria das lembranças são boas.

Ela o estava observando de novo, como se estivesse tentando entendê-lo.

— Fico feliz que você as tenha.

Com um aceno de cabeça, ele terminou o vinho e se levantou.

— Está tarde. Vou pedir que as criadas venham limpar tudo isso para que você possa descansar. Também vou ver como estão nossos hóspedes.

— Você vai voltar para dormir comigo esta noite? — Os olhos dela expressavam tanta dúvida, e ele sabia que tinha sido difícil para ela perguntar. Ele também tinha consciência de que ela não deveria ter que implorar nada. Albert daria para a esposa tudo que ela quisesse. Edward sentia que falhava miseravelmente na tarefa a que tinha se proposto desempenhar. Ele hesitou.

— Não acho que seja aconselhável, por causa do bebê.

— Ele vai ficar bem se tudo que fizermos for nos abraçar. Até você sair para essa viagem, eu tinha me esquecido do quanto detesto dormir sozinha.

— Sim, tudo bem. — E embora as palavras seguintes fossem uma mentira, ele sabia que precisava dizê-las: — Eu senti falta de abraçar você.

Ela lhe deu aquele sorriso outra vez, aquele que abria um buraco no peito de Edward enquanto, ao mesmo tempo, conseguia deixá-lo feliz por tê-lo recebido. Antes que isso tudo acabasse, ela seria a destruição dele.

Ele iria dormir com ela. Mas, primeiro, precisava de scotch. Com um pouco de sorte, Ashe e Locke estariam acordados e fariam companhia para ele, que teria uma desculpa para não voltar à cama até estar bêbado como um gambá.

Ele os encontrou – com Minerva –, enquanto descia a escadaria. Eles se dirigiam aos quartos.

— Gostariam de me fazer companhia para um drinque antes de se recolherem?

Ele incluiu a duquesa no convite. Ela tinha reputação de gostar de beber, de gostar de tudo que fosse decadente, e esse era um dos motivos pelos quais ela combinava tão bem com Ashe.

— Foi um dia longo, Grey — Ashe disse. — Planejamos partir logo cedo, então creio que Minerva e eu devemos encerrar a noite.

— Bons sonhos, então.

Quando o casal passou por ele, a duquesa estendeu a mão e a colocou em seu braço.

— Enquanto cuida de Julia, não se esqueça de cuidar de si mesmo.

Ele sorriu.

— Vou cuidar de mim mesmo na biblioteca. — Assim que as palavras saíram, ele soube que Albert nunca as teria dito. Felizmente, Minerva não conhecia Albert tão bem para saber disso. Ashe, contudo, fez uma careta e meneou a cabeça antes de colocar a mão nas costas da esposa.

— Vamos para a cama, querida.

Ele esperou até que o casal desaparecesse no corredor antes de se voltar para Locke.

— Ashe estava certo. Embora Albert e Julia tivessem quartos separados, meu irmão dormia na cama da mulher. Ela acabou de mencionar que sente falta do marido com ela. Para que eu consiga imitar esse hábito, em especial, primeiro preciso de uma bebida. E prefiro não beber sozinho.

Cruzando os braços sobre o peito, Locke se apoiou no guarda-corpo.

— Você vai se deitar com Julia fedendo a vinho?

— Eu estava pensando em scotch, na verdade. Preciso amortecer meus sentidos para não fazer uma estupidez.

— Amortecer seus sentidos é fazer uma estupidez.

Edward sentiu vontade de dar um murro na parede. Ele detestava que Locke estivesse certo, mas não conseguia enxergar outra opção.

— Ela é uma mulher. Se eu deitar na cama com ela, meu pau vai reagir.

— Ela espera isso. Você é, supostamente, o marido dela.

Passando as duas mãos pelo cabelo, ele murmurou um palavrão antes de admitir:

— Eu não sei como dormir com ela.

Locke o encarou.

— Cristo, Edward... Grey... você não é virgem.

— Não, mas o que eu faço com as minhas mãos?

— Perdão?

Ele abriu os dedos.

— Eu seguro no seio dela? Na bunda? Não sei o que ela está esperando.

Locke deu de ombros, indiferente.

— Apenas a abrace.

Mais fácil falar do que fazer. Albert nunca tinha revelado os aspectos íntimos de seu relacionamento com Julia. Não seria suspeito se ele fizesse algo que seu gêmeo nunca tinha feito, se reagisse de modo diferente do de Albert? A intimidade de estar debaixo dos lençóis com ela, mesmo que seu corpo não se unisse ao dela, fez com que ele começasse a suar.

— Eu vou acabar me revelando.

— Não pense demais. Julia só precisa ser reconfortada, saber que nada mudou entre ela e o marido enquanto estiveram separados.

— Tudo mudou. Esse é o maldito problema. — Dando um puxão forte e implacável na orelha, ele olhou para o vestíbulo que se abria para diversos corredores, e um deles levava para o refúgio na biblioteca. Com um suspiro profundo de resignação, ele se voltou na direção do quarto, e, com Locke a seu lado, começou a subir a escada como se escalasse uma montanha íngreme e traiçoeira. — Você também vai embora cedo, amanhã? — ele perguntou.

— A viagem é longa até Havisham.

— Ainda não perguntei do seu pai — ele disse ao parar diante da porta do quarto. Ele pediria que lhe preparassem um banho antes de se juntar à mulher do irmão para uma noite longa e interminável.

— Meu pai piora um pouco a cada dia — Locke disse. — Você poderia visitá-lo depois que Julia tiver o bebê.

— Você vai contar a verdade para ele?

Locke concordou.

— Quero garantir que, no pouco tempo que lhe resta, ele lamente a perda verdadeira. Seu segredo vai estar em segurança. Ele não tem ninguém para contar, no pântano.

— Exceto pelo fantasma da sua mãe. Uma vez eu pensei tê-la visto.

Locke deu um sorriso lacônico.

— Todo mundo pensa que a viu. É só a neblina. Fantasmas não existem.

— Mesmo assim, não posso deixar de acreditar que, se olhar para o mausoléu, vou ver Albert me observando. Não quero decepcioná-lo.

— Então, esta noite abrace a viúva dele um pouco mais apertado do que você acha que deveria.

Com esse conselho, o amigo deu meia-volta e foi na direção de seu quarto, deixando Edward encarando suas costas. Em todos os dias, horas e minutos desde a morte de Albert, ele esteve tão consumido por sua própria culpa no que aconteceu, que Edward nenhuma vez pensou em Julia dessa forma solene: uma viúva.

Capítulo 4

Com um fogo baixo crepitando na lareira e uma lamparina projetando um brilho fraco a partir da mesa de cabeceira, Julia aguardava debaixo das cobertas, as mãos unidas junto ao peito enquanto ouvia os ruídos familiares vindos do quarto de Albert. Os criados preparavam um banho para ele? Havia tanto entra e sai que não podia ser outra coisa.

Com prazer ela sairia de sua cama, iria até o quarto dele, ajoelhando-se ao lado da banheira para esfregar as costas do marido, deleitando-se com o tremor no peito dele quando soltasse um gemido de satisfação. Depois ela iria massagear partes mais interessantes do corpo dele, e Albert a beijaria, abrindo os botões da camisola dela com os dedos hábeis. Não demoraria para os dois estarem na cama de Albert, que deslizaria o corpo ainda úmido sobre o dela. Julia adorava pensar no quanto ele a desejava.

Mas ela não conseguiu. Era algo que ela nunca tinha feito e, no momento, parecia haver certa tensão no relacionamento deles. De um modo inesperado, Julia sentia palpitações piores do que as que experimentou em sua noite de núpcias. Aquele era Albert. Ela devia saber o que esperar. Só que não sabia. Quatro longos e intermináveis meses tinham se passado desde a última vez que ele esteve na cama dela. Sendo honesta consigo mesma, ela precisou admitir que tinha esquecido coisas que pensava que sempre iria se lembrar, como o toque, o cheiro e o calor do marido.

Eles não estavam tão à vontade um com o outro como antes da viagem. Ela sabia que a tristeza era um problema, um transtorno na vida do casal ocasionado pela morte do irmão gêmeo. Edward parecia pairar sobre eles, que não conseguiam relaxar.

Além disso, havia as mudanças dela, na forma de seu corpo e no seu interior. Ela podia estar rindo num momento e chorando no próximo. Sua criada pessoal começou a pisar em ovos com ela, porque nunca sabia quando Julia iria estourar. Era perturbador, para ela, se dar conta de que tinha tão pouco controle sobre suas próprias emoções.

Talvez as mudanças dela merecessem mais crédito pela distância entre eles.

Conforme os minutos passavam, ela começou a desejar ter pedido um banho também, embora tivesse se banhado pela manhã e se lavado antes de vestir a camisola.

Por que ele estava tendo tanto cuidado para se preparar se os dois iriam apenas dormir? De qualquer modo, ela não pôde negar o leve estremecimento de prazer que sentiu ao pensar no cuidado dele. Albert sempre foi muito cuidadoso, às vezes até demais, como se receasse que algum erro pudesse fazê-lo perder o amor de Julia. Isso era impossível. Ela nunca amaria outro como o amava. Julia tinha se apaixonado por ele desde o primeiro momento em que valsaram pela pista de dança.

A porta que separava os quartos foi aberta e as palpitações dela se lançaram em um ritmo frenético, subindo da barriga para o peito. Ela observou o marido entrar no quarto, vestindo seu robe com a faixa apertada na cintura. Ele lhe deu um pequeno sorriso enquanto seguia até a lareira, onde pegou o atiçador e remexeu a lenha que queimava.

— Está com frio? — ele perguntou.

Ela percebeu que Albert demorava para ir até ela. Talvez ele também percebesse que as coisas entre os dois não estavam como deveriam.

— Não vou sentir frio depois que você estiver na cama comigo.

Deixando o atiçador de lado, ele se aproximou da cama, o olhar na lamparina.

— Quer que deixe acesa?

— Não.

Ele apagou a chama e as sombras vieram, dançando no ritmo das chamas que pululavam na lareira. Ele desamarrou a faixa e tirou o robe, que jogou na direção do pé da cama. Ao ver o peito dele nu, ela ficou com a boca seca, as palpitações desceram e ela se repreendeu por não ter pedido para a luz ficar acesa.

Entrando debaixo das cobertas, ele se deitou de costas. Ela virou de lado e colocou a mão no peito dele, apreciando o calor da pele do marido.

— Você nunca se deitou sem a roupa de dormir.

Sob os dedos abertos dela, ele enrijeceu.

— Era insuportavelmente quente na África. Eu me acostumei a dormir nu.

Ela deslizou os dedos pelo peito dele, descendo até a cintura da roupa íntima, que, ela deduziu, ele devia estar usando em consideração a ela.

— Quem sabe, depois que o bebê nascer, nós dois possamos dormir nus. — Ele segurou os dedos errantes dela e virou a cabeça para o lado. Mesmo com as sombras, Julia podia sentir a intensidade do olhar dele. O rosto dela ficou quente e ela forçou um sorriso corajoso. — Seria ótimo.

Levando a mão dela aos lábios, Albert beijou-lhe a ponta dos dedos. As palpitações se acalmaram e um calor se espalhou por Julia, que sentiu os olhos arderem com as lágrimas provocadas por aquela atitude carinhosa.

— Sei que não tenho sido eu mesmo.

— Está tudo bem — ela murmurou. — Acho que nossa separação foi mais complicada do que nós esperávamos. Eu não imaginava ficar constrangida com você, após sua volta.

— Não é minha intenção constranger você.

A mão dele continuava envolvendo a dela, segurando-a apertado. A ligação estava ali, sempre estaria.

— Não estou querendo dizer que a culpa é sua — ela disse. — São apenas as circunstâncias, e ficar tanto tempo sem ter você por perto... para ser honesta, eu esqueci coisas que pensei que nunca esqueceria. Esqueci como é estar com você. Eu me acostumei a só me importar com as minhas necessidades, minhas vontades. Eu só precisava cuidar de mim mesma. Agora que você está em casa, tenho que voltar a ser uma esposa. Não que eu não goste. Não me sinto sobrecarregada com isso. Mas me sinto estranha, às vezes, porque não sei o que fazer ou dizer.

Virando de lado, ele encostou a testa na dela.

— Sinto muito não ser o mesmo homem com quem você se casou.

— Você não precisa se desculpar. Não percebe? De algum modo, nós dois mudamos, e agora só precisamos nos conhecer de novo.

Recuando um pouco, ele levou a mão ao rosto dela.

— Você é tão... perspicaz. Pensei que só eu estava sentindo que não a conhecia mais.

Levantando a mão, ela afastou o cabelo da testa dele.

— A única coisa que não mudou é que eu amo você de um modo que não dá para imaginar.

Albert deu um beijo na testa dela.

— É uma honra.

Passando os braços ao redor dela, Albert a puxou para o peito. Para aquele peito largo e maravilhoso.

— Foi um dia longo. Por que não dormimos um pouco?

Anuindo, ela tentou não se sentir incomodada pelo fato de ele não ter dito que também a amava. Antes, sempre que ela professava seu amor por ele, Albert era rápido em dizer que sentia o mesmo. Olhando para o passado, ela desejou não o ter encorajado a fazer a viagem com o irmão.

A bebê gorila olhou para eles através da vegetação.

— *Ela é linda. Veja esses olhos castanhos enormes. As mulheres vão se apaixonar por ela.*

— *Não se aproxime demais.*

— *Está tudo bem. Ela é um doce. Foi ela que veio até mim.*

— *Você sempre foi bom em encantar as damas.*

— *Nós deveríamos levá-la conosco. Pense na atenção que vamos conseguir. E Julia vai adorá-la.*

— *Não sei se é uma boa ideia...*

O rugido assustador rasgou o sonho, fazendo-o acordar de supetão como acontecia todas as noites desde a morte de Albert. Ele ficou sentado na cama, com a respiração entrecortada, encharcado de suor. Edward não se lembrava de ter sentado, e os resquícios do pesadelo provocavam tremores incontroláveis que o sacudiam.

— Albert?

— Perdão por incomodá-la. Volte a dormir. — Jogando as cobertas de lado, ele saiu da cama e foi até a lareira. As chamas estavam baixas, quase se apagando. Ajoelhando-se, ele colocou com cuidado uma tora nas brasas, acrescentou gravetos e ficou observando o fogo reacender. Ele estava frio, tão frio quanto o irmão naquele momento. Edward precisava se aquecer, precisava que os dentes parassem de bater. Precisava que os pesadelos horrendos parassem. Edward sentia como se não conseguisse respirar, como se o calor opressivo da selva o estivesse sufocando. Por que eles tinham se afastado do acampamento sem os guias? Por que Albert teve que ser tão observador e ver a maldita bebê gorila? Por que ele tinha que reparar em tudo? Por que Edward não estava com o rifle pronto, em vez de pendurado, inútil, no ombro?

— Tome, beba isto.

Com bastante esforço, Edward olhou para a mão pequena que lhe oferecia o copo, e fitou os olhos azuis que o observavam cheios de preocupação.

— Onde você conseguiu isso?

— No quarto do Edward. É scotch. Vai ajudá-lo a se acalmar.

Quanto tempo ele tinha perdido pensando no pesadelo? E como diabos ela sabia que encontraria scotch no quarto do *Edward*? Pegando o copo, ele virou metade da dose em um gole longo, apreciando a queimação na garganta conforme o líquido descia, o calor se espalhando pelo peito.

— É por esse motivo que você não tem dormido comigo, não é? — ela perguntou.

Não era, mas ainda assim ele assentiu.

— Você estava sonhando com a África?

Ele voltou a atenção para o fogo.

— Não consigo parar de ver. A última tarde. A luz do sol filtrada pelas folhas, o burburinho de insetos e criaturas selvagens seguindo seus instintos. Raramente a selva é silenciosa. Todas as minúcias daquele momento voltam para mim. Eu lembro de tudo com detalhes tão vívidos.

— Você não me contou exatamente o que aconteceu. Conte-me agora.

— Julia...

Ela colocou a mão no ombro dele e apertou de leve.

— Descarregue esse fardo.

Ele não devia, mas aquilo estava acabando com ele.

— Nós, ahn... — Ele pigarreou. — Ele, ahn... era começo de tarde. Nós estávamos andando pela selva e paramos para comer, para tomar chá. Eu ouvi alguma coisa e fui investigar, levando o rifle. Ele veio junto e viu primeiro. Sempre foi muito bom nisso. Em ver coisas... mesmo quando éramos garotos...

A voz dele sumiu e Edward se perdeu em um turbilhão de lembranças que o fizeram voltar anos no passado. Julia massageou o ombro dele com uma das mãos.

— O que ele viu?

— Um filhote de gorila. Era fêmea, pequena, com olhos enormes e abominavelmente linda.

Os dedos dela hesitaram e Edward soube que o uso da palavra "abominável" a tinha surpreendido. Ele precisava lembrar que Albert nunca usava linguagem vulgar nem palavrões diante dela.

— Ele se aproximou, ajoelhou em uma perna e começou a brincar com ela. Eu fiquei para trás, apenas observando. Ele parecia feliz, estava todo sorridente, rindo baixo. Ele estava fazendo cócegas no animal.

Eu estava tão indescritivelmente feliz por estarmos ali, por termos feito aquela viagem juntos... então veio aquele terrível... rugido é o único modo de descrevê-lo. Eu juro que a terra tremeu. Então um gorila monstruoso agarrou meu irmão e o arremessou contra uma árvore como se ele não fosse nada. Uma bolinha de papel. Não sei quantas vezes o animal bateu meu irmão contra o chão antes que eu conseguisse dar um tiro no crânio daquela fera. Mas era tarde demais. Meu irmão já estava morto.

Ela envolveu os ombros dele com os braços e apertou. Ele tremia, e cobriu a própria boca com a mão.

— Oh, Albert, que horror. Eu sinto tanto. Não sei mais o que dizer.

— Não há nada a dizer. Acho que o primeiro golpe foi o que bastou. — Uma mentira. Mas ele não queria que ela soubesse a verdade, não quando foi, na verdade, o marido dela quem ficou todo quebrado e em agonia. — Ele não sofreu muito. Talvez não tenha percebido o que aconteceu. Foi muito rápido. — Ele inspirou, trêmulo. — Eu não deveria ter contado algo tão assustador para você, na sua condição.

— Eu sei que você pode não acreditar, por causa dos bebês que perdi, mas não sou assim tão delicada. Você precisa dividir tudo comigo. Não pode guardar para si.

Ele terminou o scotch e pôs o copo de lado.

— Está melhor? — ela perguntou.

O incrível é que ele estava, e não pensou que fosse por causa da bebida. Ele se obrigou a olhar para ela.

— Estou. — Ele não tremia mais, não batia os dentes. O frio nos ossos tinha sumido. — Obrigado pelo scotch. Era o que eu estava precisando.

— Tentei acordar você quando começou a se debater.

Ele estava se debatendo?

— Eu machuquei você?

Negando com a cabeça, ela afastou o cabelo úmido da testa dele. Julia tinha dedos tão delicados.

— Não. Mas me doeu no coração ver você sofrendo daquele jeito.

Ele não merecia que ela sofresse por causa dele. Ele não merecia que ela se preocupasse com ele.

— Talvez seja melhor eu dormir no meu quarto até os sonhos pararem de surgir.

Mas como ele podia abrir mão do consolo que ela oferecia, ali ajoelhada ao seu lado, fazendo movimentos circulares em seus ombros e costas com as mãos delicadas? Era muito boa a sensação de ter a mão dela em sua pele nua. Ele não merecia ser tocado, não merecia ser consolado.

Seu marido morreu por minha causa, ele quis gritar. Ele precisava fingir por mais algum tempo, precisava ser mais forte do que tinha sido até então. Edward desejou que Albert estivesse ali para poder socá-lo, pelos velhos tempos. Ele desejou que o irmão estivesse ali para poder lhe contar sobre todas as emoções confusas que o agitavam. *Já reparou como os pés dela são pequeninos?*

— Deus, eu sinto tanta falta dele — Edward gemeu. — Sinto uma falta maldita dele.

— Eu sei — ela murmurou, envolvendo-o como se ela fosse uma capa que o protegeria das intempéries. — Eu sei.

Mas como ela poderia saber? Albert tinha sido uma parte dele; os dois eram ligados por tragédia e triunfo. E agora ele estava morto. Era como se uma marreta o tivesse acertado de repente no peito, fazendo-o se dar conta da realidade...

Um tremor na parte de baixo de suas costas chamou a atenção dele.

— Que diabos é isso?

Julia o soltou, pegou a mão dele e a colocou na barriga.

— Julia...

— Shhh, espere —, ela disse com a voz tão baixa que ele quase não a ouviu por causa do crepitar do fogo.

Então ele sentiu em sua palma uma ondulação leve, o que esvaziou sua mente de todos os pensamentos, exceto um: aquele era outro momento que ele estava roubando do irmão.

Ela sorriu de modo sublime.

— Esse é seu filho.

Ele franziu a testa. Mais cedo ela já tinha se referido ao bebê como "filho".

— Como você sabe que é um menino?

— Eu apenas sei. As mulheres sabem de todo tipo de coisa. Eu também sei que este ficará conosco. Quando os pesadelos vierem, apenas pense que muito em breve você terá uma nova vida em seus braços.

Um nó se formou na garganta dele; seu peito apertou de um modo que fez Edward pensar que talvez nunca mais conseguisse respirar. Inclinando-se, ele beijou o lugar ao lado de onde a mão dela repousava sobre a dele.

— Não importa o que aconteça, Julia, não importa o quanto você venha achar que eu mudei, saiba que não existe nada neste mundo que eu queira mais do que ver esta criança nascer forte e saudável. Não existe nada que eu queira mais do que ver você e ele bem e saudáveis.

Ao encostar seu rosto no dela e sentir os dedos de Julia penteando delicadamente seu cabelo, ocorreu a Edward que nunca, em toda sua vida, tinha pronunciado palavras tão verdadeiras.

Edward acordou e logo percebeu que, para seu pênis, obviamente não importava nem um pouco de quem era o traseiro delicioso no qual estava encaixado, nem como era impróprio estar cutucando uma mulher que não deveria desejar.

De madrugada, quando eles voltaram para cama, Edward passou os braços ao redor dela, pois a queria perto, para lhe oferecer o mesmo consolo que ela tinha lhe dado. Não que ela tivesse consciência de que precisava de consolo, mas acabaria tendo. Talvez, se ele fosse mais gentil no presente, ela ficaria mais disposta a aceitar as condolências dele no futuro.

Edward foi capaz de afastar os pesadelos recorrentes concentrando-se em como Julia era quente e macia em seus braços. Sentindo seu aroma de água de rosas. Sempre que a imagem dela nua na cama surgia em seus pensamentos, ele a colocava de lado, embora continuasse a provocá-lo de longe. Ela era a esposa de seu irmão. Ele fracassou terrivelmente ao tentar lembrar de uma das inúmeras mulheres com que esteve ao longo dos anos, e seu último pensamento, antes de adormecer, foi os pezinhos de Julia aninhados em suas manzorras.

Ele tinha traído Albert no jardim naquela noite, tanto tempo atrás. Com certeza Edward não trairia a confiança do irmão após a morte deste. Ele apenas cumpriria sua promessa e depois deixaria Julia em paz.

Levantando um pouco a cabeça, ele observou o perfil dela, tão inocente enquanto dormia, com uma das mãos sobre o travesseiro e a outra entrelaçada na dele, descansando logo abaixo dos seios. Ele conseguia sentir os movimentos da respiração suave dela. Edward sentiu um impulso insano de se inclinar para frente e beijar os lábios entreabertos dela.

Na noite anterior, ela quase o pôs de joelhos com sua bondade. Edward não esperava por isso, não estava preparado. Ele teria que permanecer sempre vigilante, para não se sentir confortável demais perto dela e acabar revelando seu verdadeiro eu, entregando-se.

Julia abriu os olhos e ele encarou as profundezas de um oceano imenso no qual poderia facilmente se afogar.

— Bom dia — ela disse em voz baixa.

Edward queria puxá-la para perto, ficar com ela pelo resto do dia. Mas ele pigarreou.

— Acho que preciso ver como estão nossos hóspedes.

— Acho que sim. Vou descer depois do café.

Antes que ele conseguisse decifrar aquela declaração, uma batida ecoou na porta.

— Chegou — Julia disse. — Eu disse para Torrie não me deixar dormir demais.

— Vejo você mais tarde, então — ele disse, dando um beijo rápido na testa dela antes de se levantar da cama e ir para seu quarto.

Quando ouviu Julia dizer para a empregada entrar, Edward se apoiou na porta fechada e inspirou fundo. Ele tinha conseguido passar a noite inteira sem ser descoberto, embora tenham existido momentos em que ele quisesse confessar tudo. Precisava se lembrar de que ela só era gentil com ele porque acreditava que fosse Albert.

Afastando-se da porta, ele puxou o cordão da campainha para chamar seu criado e no mesmo instante congelou. Quando foi que ele começou a pensar em Marlow como seu criado, e não de Albert? Edward pensou que devia ser bom o fato de estar entrando no papel. Ele só precisava se lembrar de que nada daquilo era permanente. Depois que o herdeiro chegasse, ele só serviria de guardião dos domínios do sobrinho até o garoto chegar à maioridade. Então seguiria em frente com sua vida. Ele não devia se sentir muito à vontade nessa situação.

Julia tinha tanta certeza de estar carregando um menino. Com certeza as mulheres deviam sentir esse tipo de coisa. Ele nem mesmo considerava a ideia de que o herdeiro de seu irmão não chegaria em breve.

Depois que o criado o ajudou a se preparar para o dia, Edward desceu até a sala do café da manhã. Ashe e Locke estavam sentados à mesa. Os dois olharam para ele e o observaram atentamente, como se tivesse nascido um par de chifres em sua cabeça.

— Como foi sua noite? — Ashe perguntou.

— Agitada. Julia está tomando café na cama.

— Minerva também. É o que as mulheres fazem.

Enquanto ia até o aparador, ele quase perguntou se todas as mulheres eram assim. Seus encontros com mulheres em geral não se estendiam até o café da manhã. Ele imaginou o que mais não sabia sobre elas.

Ele quase se sentou na cadeira ao lado de Ashe antes de lembrar que seu lugar agora era na cabeceira. Ele tinha evitado esse momento, fazendo suas refeições no quarto. Edward podia sentir Ashe e Locke observando-o, e imaginou se os dois podiam sentir a batalha que ele travava. Ele tinha que se sentar naquela cadeira como se tivesse feito isso durante toda sua vida adulta. Evitando o olhar dos amigos, colocou o prato na mesa, afastou a cadeira e se deixou cair nela, mais uma vez atingido pela devastação da perda. Será que algum dia ele sentaria ali sem se sentir um usurpador? É temporário... *só até o herdeiro nascer.*

O mais à vontade possível, ele começou a cortar o presunto.

— O que mais as mulheres fazem?

— Fazem com que nós as esperemos — Ashe disse, como se não soubesse das emoções que se debatiam em Edward, como se estivesse acostumado a vê-lo à cabeceira da mesa.

— Gostam de nos enlouquecer — Locke disse ao mesmo tempo.

Sorrindo, Edward olhou de um amigo para outro.

— É óbvio que entendemos as mulheres de diferentes maneiras.

E os criados tinham ouvidos, ainda que ficassem de boca fechada. Ele desejou poder mandar o mordomo e o criado saírem da sala. Em vez disso, ele provou o chá e se conteve para não adicionar mais açúcar.

— Eu sei que o tamanho do seu pesar é incomensurável — Locke disse em voz baixa. — Se quiser, eu posso ficar mais alguns dias para ajudar você a colocar em ordem os negócios da propriedade, após sua ausência tão prolongada.

— É gentil da sua parte, mas desnecessário. Estou bem para me encontrar com o administrador mais tarde. — Em mais de uma ocasião, durante suas visitas, Edward ficou na biblioteca e observou Albert lidar com suas propriedades. Embora impaciente, com vontade de sair para fazer coisas mais divertidas, Edward tinha aprendido algumas coisas.

— Bem, se você sentir que precisa de ajuda, não hesite em pedir — Locke insistiu.

— Receio não poder lhe oferecer a mesma atenção — Ashe disse. — Administrar propriedades, para mim, é um pouco mais assustador do que para Locke.

— Fica mais fácil com o tempo. Também ajuda ser criado na propriedade. Embora seja uma pena que vocês não puderam viver nas suas propriedades até chegarem à maioridade, sou grato por terem ficado em Havisham e impedido que minha vida fosse tão solitária. — Com um sorriso contido, ele olhou para Edward. — Lembra de quando seu irmão descobriu um modo de nós chegarmos até o telhado?

Fazia só alguns dias que eles estavam em Havisham.

— Nós planejávamos fugir. Ele queria dar uma olhada em Evermore para sabermos em que direção ir.

— Foi minha primeira aventura de verdade. Fiquei morrendo de medo de cair do telhado.

— Você não teria ido longe. Nós todos estávamos unidos por uma corda amarrada na cintura.

— Essa corda — Ashe explicou — era para garantir que, se um de nós caísse, todos cairiam.

— Não foi assim que meu irmão me explicou.

Ashe deu de ombros.

— Mas era a verdade. Nós nos tornamos grandes amigos tão rapidamente. Foi incrível.

Eles tinham se tornado mais que amigos. Quase irmãos.

— Você lembra de quando os ciganos apareceram? — Locke perguntou. — Seu irmão queria que fôssemos com eles.

— Ele se apaixonou por uma das garotas — Edward admitiu. — Ela deixou que ele a beijasse, e por muito tempo meu irmão ficou com medo de tê-la engravidado.

— Com um beijo? — Ashe perguntou.

Edward sorriu.

— Nós tínhamos 10 anos. O que nós sabíamos da vida? Depois, ele conseguiu reunir coragem para perguntar ao marquês.

Locke arregalou os olhos.

— Foi por isso que ele nos levou até a fazenda de um arrendatário, para vermos os cavalos acasalando?

— Desconfio que sim. — Edward riu. — Lembro de todas as perguntas que aquilo motivou. Não que tivéssemos coragem de perguntar ao marquês.

— Ele teria feito melhor em nos levar a um bordel — Ashe observou.

— Nós éramos crianças — disse Edward. — Não teriam nos deixado entrar. Além do mais, tenho boas lembranças do tempo que passei com a filha do fazendeiro, anos mais tarde.

— Ela era bonita — Ashe disse com um sorriso.

— Mas ela só gostava de virgens — Edward lembrou. — Eu disse para ela que era meu irmão, para ficar duas vezes com ela. Pensei que ele ficaria bravo comigo, por tirar-lhe a vez que teria com ela. Então descobri que ele estava com a garota da taverna, na vila.

— Ele nunca foi competitivo — Ashe disse.

— Mas quando ele queria, conseguia beber mais que todos nós — Locke observou.

— E na manhã seguinte, quando estávamos todos com uma ressaca cruel, ele ficava se vangloriando — Edward os lembrou, sorrindo com a lembrança.

— Ele gostava de se exibir por causa disso — Ashe lembrou.
— Eu também me exibiria, se não tivesse ressaca.
— Como ele conseguia? — Locke perguntou.
— Não estou convencido de que ele bebia — Edward admitiu.
— Mas eu o vi entornando o copo.
— Ele dava golinhos, nunca entornava. Quando enchia os copos, ele só fazia parecer que estava enchendo o próprio.
— Você acha mesmo que ele nos enganou?
Edward aquiesceu.
— Acho. Meu irmão nem sempre era um modelo de virtude.
— Eu tenho que concordar — Ashe começou. — Vocês lembram da vez...

Julia ouviu as risadas ao se aproximar da sala de café da manhã. Sorrindo, ela se encostou na parede e saboreou a alegria, sentindo-se grata, feliz que Albert tivesse os amigos para distraí-lo de sua tristeza. Era estranho como ela conseguia distinguir a risada de Albert da dos outros. Era um pouco mais profunda, um pouco mais livre, como se ele gostasse mais da vida do que os outros.

Foi maravilhoso acordar nos braços dele. Ela e o marido seguiriam em frente, um dia de cada vez, até que a tristeza sumisse, embora ela começasse a se dar conta de que talvez não fosse ter o mesmo Albert de antes. Como poderia? Depois de meses de separação, ela também não era a mesma. Julia nunca tinha ficado completamente sem supervisão masculina. Embora tivesse sentido muito a falta de Albert, ela achou o tempo em que ficou sozinha bastante libertador.

Ao ouvir o som de passos que se aproximavam, ela olhou para o lado e sorriu para Minerva.

— Estamos nos escondendo? — Minerva perguntou ao se aproximar.
— Estou ouvindo a risada deles. Eu temia que muito tempo se passasse antes que esse som ecoasse outra vez pela casa.
— Existe algo de muito satisfatório na risada masculina — Minerva refletiu.
— Não consigo me lembrar de Albert sendo tão efusivo.
— Eles ficam diferentes quando não há mulheres por perto.
— Tenho pena de interrompê-los, mas acho que devemos — Julia disse.
— Antes que descubram que estamos aqui, escutando. Acho que eles não gostariam de saber que estamos nos aproveitando da distração deles.

Albert, com certeza, não gostaria. Inspirando fundo, Julia entrou na sala do café. A risada cessou de imediato, sendo substituída pelo arrastar das cadeiras no chão quando os homens se levantaram.

— Não pretendíamos interromper — ela disse quando se aproximou do marido. Ele parecia menos atormentado, mais ele mesmo, e ela se sentiu grata pela amizade que ele tinha desenvolvido por aqueles homens.

— Nós terminamos — ele lhe assegurou.

— Foi bom ouvir você rindo.

— Nossa juventude forneceu muitas oportunidades para isso. Estávamos recordando alguns dos momentos mais alegres.

— Mas precisamos partir agora — Ashe disse. — Enquanto o clima permite.

As carruagens foram trazidas, a bagagem carregada e não demorou para que todos estivessem fora de casa, envolvidos pelo vento frio.

— Avise caso precise de qualquer coisa — Minerva disse para Julia.

Tudo que ela precisava era de algum tempo a sós com o marido. Ele falava com o duque e o visconde, sério outra vez.

— Avisarei, obrigada.

Enquanto os convidados entravam nas respectivas carruagens, Albert se colocou ao lado dela.

— Está frio aqui fora. É melhor você entrar.

Passando o braço pelo dele, ela sentiu o marido enrijecer.

— O sol está espiando entre as nuvens. Eu preciso de um pouco de luz.

Ele levantou a mão quando os cocheiros colocaram os cavalos em movimento. Julia acenou, imaginando se algum dia as coisas retornariam à normalidade. Eles permaneceram ali, olhando para a estrada por um longo tempo, até as carruagens sumirem de vista.

— E agora? — ela perguntou, esperando que ele não se retirasse para o quarto.

Ele permaneceu com o olhar na estrada e Julia imaginou se ele gostaria de estar em uma das carruagens.

— Vou receber Bocock em breve. Preciso me preparar. — Com o braço dela enrolado no seu, ele a conduziu escada acima. — Eu sei que já disse antes, mas não posso lhe agradecer o bastante por ter preparado e cuidado de tudo tão bem. Não sei como eu teria conseguido sem você.

— Espero que nunca precise descobrir.

Lá estava a hesitação outra vez. Se eles não estivessem de braços dados, ela não teria notado. Julia pensou que eles tivessem restabelecido a conexão na madrugada, mas nesse momento ela sentiu emanar do marido um frio mais gelado do que o vento que os açoitava.

Capítulo 5

Edward sempre frequentou o escritório do irmão, sentado em uma cadeira próxima, bebendo scotch e escutando sem dar muita atenção, lendo ou tramando sua próxima aventura, enquanto Albert discutia sobre a propriedade com o administrador. Assim, Edward estava familiarizado com Bocock, e pensava compreender tudo que era da competência do Conde de Greyling. Mas depois de uma hora conversando sobre suas propriedades com o administrador, ele percebeu com clareza espantosa que não tinha a menor noção de tudo que exigia a atenção de um conde.

Quando a porta foi aberta e Julia entrou, ele se sentiu grato pela interrupção. Ele e Bocock se levantaram.

— Desculpe interromper — ela disse com suavidade, sorrindo serenamente —, mas acho que vou dar um passeio até a vila.

Se Julia não parecesse tão esperançosa, ele teria lhe dito para ir. Albert iria com a esposa, o que significava que ele precisava fazer o mesmo, dar a impressão de que estava ansioso para passear na companhia dela.

— Uma ótima ideia. Eu vou com você. Não vamos demorar muito aqui.

— Devo esperá-lo, então?

Ela parecia gostar de perguntas retóricas, porque, sem lhe dar chance de responder, Julia sentou em uma cadeira próxima, cruzando as mãos sobre o que lhe restava de colo. Ele se obrigou a sorrir, a parecer satisfeito, quando na verdade preferia que ela não ficasse ali para testemunhar seu balbucio. Bocock até podia não reparar, mas ela sem dúvida conhecia todas as variações dos maneirismos do marido. Será que ela tinha presenciado essas conversas antes?

Mas Edward não podia se preocupar com Julia no momento. Ele precisava garantir que as propriedades fossem bem administradas para o sobrinho que em breve nasceria. Só mais algumas semanas e ele não teria mais que fingir ser o conde. Ainda assim, ele supervisionaria as propriedades e a renda até o garoto chegar à maioridade. Quanto antes ele conseguisse entender tudo que aquilo envolvia, tanto antes ele poderia garantir que o legado do irmão permaneceria intacto. Ele voltou a sentar e Bocock fez o mesmo.

— Analisando estes relatórios, percebo que já faz algum tempo que Rowntree não faz nenhum pagamento — Edward disse.

— Sim, milorde. Como conversamos antes de suas viagens, Rowntree acredita que, como a família dele cria ovelhas há três gerações nessa terra, esta agora pertence a ele, que não precisa mais pagar pelo direito de suas ovelhas pastarem ali. Vossa senhoria acreditava em ser tolerante, na esperança de que ele voltasse atrás. Não voltou. Na verdade, dois outros arrendatários pararam de pagar há pouco. Receio que vossa senhoria possa estar perdendo o controle.

Possa estar perdendo? O controle já foi embora. Albert acreditava mesmo que ser tolerante e paciente era a melhor forma de reagir? Ele sabia que Albert evitava confronto sempre que possível, mas nesse caso era inevitável.

— Está repensando sua posição, senhor? — Bocock perguntou e Edward notou o desrespeito na voz do outro.

— Cuidado com seu tom, Bocock. Você não é o único administrador que existe.

— Perdão, milorde. Não pretendia questionar...

— Não há nenhum problema em você me questionar. Eu lhe pago para supervisionar tudo, me manter informado e me aconselhar. Mas não vou tolerar deboche. — Ele bateu a palma no livro-razão. — Tampouco irei tolerar qualquer um que não me pagar o que é devido.

Bocock endireitou as costas como se Edward tivesse lhe enfiado um atiçador de lareira na coluna vertebral.

— Eu vou falar com Rowntree — disse o administrador.

— Eu cuido de Rowntree. Você pode falar com os outros. Eu espero o pagamento. E o espero na hora certa, ou preciso saber o motivo. Se não for maldito de bom, vou ajudá-los a fazer as malas e colocá-los na rua. Assim como você não é o único administrador que existe, eles não são os únicos fazendeiros.

— Com todo respeito, milorde, está difícil encontrar arrendatários. As fábricas possibilitam uma vida melhor.

— Então a terra vai ficar infértil, embora eu desconfie de que ainda restaram algumas almas laboriosas que apreciariam a oportunidade de trabalhar ao ar livre, em vez de ter que aturar salões lotados. Caso contrário, eu mesmo irei trabalhar a terra.

Bocock franziu a testa e arregalou os olhos.

— Vossa senhoria é um lorde! — ele disse, como se isso explicasse tudo.

— Pretendo garantir que o próximo Conde de Greyling tenha uma boa herança. Vou fazer o necessário para garantir o futuro dele.

— É claro, milorde.

Edward fechou o livro-razão e o empurrou na direção do administrador.

— Acho que terminamos por hoje.

— Quando vossa senhoria vai falar com Rowntree?

— Esta tarde.

Bocock sorriu.

— Nada de deixar a poeira assentar.

— Aprendi, recentemente, que a vida é incerta. É melhor resolver as questões de imediato. — Edward se levantou.

Bocock se levantou no mesmo instante, apertando e soltando a aba do chapéu.

— Mais uma vez, milorde, sinto muito por sua perda. Não é fácil perder um irmão.

— Não, não é mesmo. — Mas ele tinha sofrido o bastante. Agora precisava garantir o futuro do sobrinho. — Vamos nos encontrar de novo em duas semanas, para ver como as coisas estão.

— Muito bem, milorde. — Virando-se para sair, ele inclinou a cabeça na direção de Julia. — Tenha um bom dia, Lady Greyling.

Ela também se levantou da cadeira, em um movimento desengonçado que Edward não deveria ter achado atraente.

— Meus cumprimentos à sua esposa, Sr. Bocock.

— Obrigado, milady — o administrador falou e saiu da sala.

Edward teria soltado um suspiro de alívio, mas Julia se aproximou e ele precisou manter a fachada que, com a ajuda de Deus, deveria espelhar o irmão.

— Nunca vi você tão contundente — ela disse, os olhos brilhando de admiração.

— Acredito em tolerância até o momento em que alguém queira tirar vantagem. Então minha natureza assertiva vem à tona.

— Eu gostei bastante da sua atitude — ela disse, soltando uma risadinha.

Ele não pôde negar que as palavras dela o agradaram.

— Não posso deixar os arrendatários pensarem que estão no comando. Eu gostaria de tratar desse assunto com Rowntree o quanto antes. Talvez seja melhor você ir à vila sem mim.

— Eu vou com você até a fazenda do Rowntree. Podemos seguir de lá.

Cada fibra do corpo dele alertou que aquela era uma má ideia, mas ele não podia continuar arrumando desculpas para não ter a companhia dela.

— Ótimo. Imagino que, para você, não seja bom cavalgar nessas condições.

— Sim. Não tenho cavalgado desde que descobri estar grávida. Vamos precisar de uma carruagem.

— Vou mandar prepararem uma. Podemos sair dentro de meia hora?

— Perfeitamente.

Ele esperou até ela sair da sala antes de se aproximar do aparador e se servir de um dedo de scotch. Só o bastante para se fortalecer.

Uma tarde com Julia. O que poderia dar errado?

Ele entornou o líquido âmbar com apenas um gole enquanto pensava: deixe-me contar tudo o que pode dar errado.

Julia se esforçou para controlar a decepção pelo fato de o marido ter providenciado um cabriolé, com um cocheiro para conduzir o veículo ao lado dela, enquanto ele, magnífico, ia montado num cavalo à frente. Por que ele a deixava de lado? Sempre que parecia que os dois estavam recuperando a intimidade que tinham antes, ele se retraía. Embora tivesse certeza de que a ideia era ridícula, Julia começou a imaginar se Edward não teria falado tão mal dela durante a viagem que fez Albert perder o amor que sentia por ela.

A capota do cabriolé estava levantada, protegendo-a do vento; assim ela não podia culpá-lo pelas lágrimas que faziam seus olhos arderem. Ela teve tanta esperança nesse passeio. E agora preferia ter ido sozinha. Por outro lado, Julia não sabia dizer se alguma vez achou que Albert compunha tão bela figura sobre um cavalo. Quando não estivesse tão irracionalmente magoada – pois ela só podia estar sendo irracional –, ela precisaria admitir que teve grande satisfação em observar a confiança com que ele montava.

Ela sempre gostou de cavalgar, mas não ousaria fazê-lo enquanto estivesse grávida. Ela queria aquela criança acima de tudo, mas estava ficando cansada de todos aqueles cuidados, ainda mais quando eram motivo para afastá-la do marido.

Julia quis gritar. Talvez estivesse ficando louca, imaginando desfeitas que de fato não existiam.

Ele virou numa estrada e o cabriolé o seguiu. Julia então pôde ver a casinha à distância, as ovelhas pontilhando a colina. Ela conhecia Rowntree e sua família. Tinha levado cestas de comida para todos os arrendatários no Natal.

Albert ergueu a mão fechada e o cocheiro parou o veículo. O marido fez o cavalo voltar e se aproximou da carruagem.

— Fiquem aqui — ele ordenou antes de apear e entregar as rédeas para o cocheiro.

Então ele se aproximou da casa com passos largos. Rowntree saiu. Embora fosse quase tão alto quanto Albert, o arrendatário tinha o corpo mais largo. Mas, comparando os dois homens, ela viu claramente que Albert era todo músculos, força e firmeza enquanto Rowntree começava a adquirir um aspecto mais gorducho.

Ouvindo o tom severo das vozes deles, mas não entendendo o que diziam, Julia quase segurou na mão do cocheiro quando ficou evidente que Rowntree estava ficando agressivo. De repente, Albert agarrou o homem pela frente do casaco e o jogou contra a parede da casa. Quando Albert se aproximou, Rowntree arregalou os olhos. A voz de Albert estava tão baixa que Julia mal podia ouvi-la, mas ainda assim fez com que ela sentisse certo desconforto. O efeito deve ter sido semelhante em Rowntree, pois ele começou a concordar freneticamente com a cabeça. Albert o soltou, recuou um passo, ajeitou as lapelas do casaco do homem e lhe deu um tapa no ombro gordo. Mais algumas palavras foram trocadas antes de o conde dar meia-volta, caminhar até a carruagem e pegar as rédeas com o cocheiro.

Ele a encarou, castanho com azul, e ocorreu a Julia que ele nunca a tinha olhado com tanta intensidade, como se precisasse medir a reação dela para garantir que a tinha agradado.

— Você ainda quer ir até a vila?

Ela concordou.

— Eu estava pensando que uma bela xícara de chá e um doce pode ser um jeito agradável de passar a tarde.

Ele abriu um sorriso contido.

— Eu também preciso de algo agradável. Vamos lá, então.

Montando com um movimento fluido que fez o coração de Julia palpitar, ele se pôs em movimento, enquanto o cocheiro fazia o cavalo do cabriolé acompanhá-lo. Durante o tempo que passaram juntos, Julia devia ter visto o marido montar cem, duzentas vezes, então não fazia ideia do motivo de ter considerado aquele um dos movimentos mais sensuais que tinha observado. Talvez porque durante a ausência dele sua vida tenha sido incrivelmente casta. Com certeza ela não olhou para outros homens nem procurou um substituto. Ela nunca se sentiu atraída por alguém como se sentia por ele. Desde o momento em que foram apresentados, Albert tinha capturado por completo o interesse dela.

Apenas uma vez a atenção dela se voltou para outro homem, e ainda assim pelo tempo de um breve beijo no jardim, que nunca deveria ter acontecido.

Quando entraram na vila, ele deteve o cavalo diante da casa de chá, apeou, e voltou com o cavalo. Segurando as rédeas para entregá-las ao cocheiro, ele disse:

— Você pode levar o cavalo de volta para Evermore. Eu vou conduzir o cabriolé a partir daqui.

— Sim, milorde. — O veículo balançou quando o cocheiro desceu.

Albert foi até o lado dela e estendeu a mão. Ela colocou a sua na dele, sentindo a força e a determinação dos dedos que se fechavam em volta dos seus.

— Eu pensei... — Ela parou, sentindo-se uma tola.

Inclinando a cabeça de leve, ele arqueou a sobrancelha.

— O que você pensou?

Estudando o rosto amável dele, Julia se perguntou por que sentia tantas dúvidas.

— Eu pensei que você tinha escolhido ir a cavalo porque, na verdade, não queria passear comigo.

Levantando a mão dela, ele deu um beijo no dorso dos dedos enluvados dela.

— Perdão, Julia. Isso não me ocorreu... Eu queria demonstrar uma posição de autoridade. Pensei que estar a cavalo passaria essa impressão melhor do que aparecer num cabriolé.

— Você estava magnífico. — Ela tocou o queixo dele. — Mas fiquei assustada quando você o agarrou.

— Ele não estava me escutando. Tive que ser mais enérgico. E para ser honesto, ele me deixou furioso quando disse que eu não sou o homem que meu pai foi.

— O que você disse para ele?

— Que a terra em que ele mora pertence à Coroa, e que foi colocada sob os cuidados do Conde de Greyling há centenas de anos. Ele estava ali devido às minhas boas graças. Se não pagasse o que devia, eu iria pessoalmente empacotar as coisas dele e da família e colocá-los para longe da propriedade. Ele me garantiu que faria o pagamento dentro de quinze dias e que não me causaria mais problemas.

— E você acreditou nele?

— Eu dei a ele o benefício da dúvida. Se mentiu, ao fim das duas semanas ele vai embora. E nada nesta terra de Deus vai fazer com que ele reconquiste minha boa vontade. Não sou do tipo vingativo, mas também não costumo perdoar quem tenta me enganar.

Ela nunca tinha visto o marido agir com tanto vigor e determinação. Esse era um aspecto dele que Julia ainda não conhecia. Era fascinante.

— Eu nunca tinha visto você conduzir seus negócios.

— Talvez seja melhor se você não vir no futuro. Não quero que me considere um tirano.

— Pelo contrário, eu respeito o modo como cuida do que é seu. E eu sou sua.

De repente, ele pareceu pouco à vontade, parecia até corado. Ou seria apenas o ar frio?

— É melhor tomarmos aquele chá agora — ele disse, ajudando-a a descer da carruagem.

Oferecendo-lhe o braço, ele a conduziu até a casa de chá. Acima da porta, uma sineta tilintou.

Uma matrona aproximou-se lentamente e fez uma mesura.

— Oh, Lorde Greyling. Meus sentimentos por sua perda.

— Obrigado, Sra. Potts. A condessa e eu gostaríamos de tomar um chá.

— Claro, milorde. Vou acompanhá-los até sua mesa favorita. — A Sra. Potts fez um gesto largo com o braço e uma jovem sentada a uma mesinha no canto, perto da janela, recolheu seus prato e xícara e se levantou.

Albert puxou a cadeira para Julia antes de ocupar seu lugar de frente para ela na mesa quadrada coberta por uma toalha. Os aromas de canela, manteiga e baunilha penetravam o ar.

— Deseja o de sempre, milorde? Torta de limão? — a Sra. Potts perguntou.

— Não, na verdade, em memória ao meu irmão, vou querer a favorita dele: morango.

— E milady?

— A mesma de meu marido.

— Que tipo de chá devo lhes servir?

— Darjeeling — Julia respondeu.

— Vossa senhoria?

— Também.

— Eu volto logo. — Ela se afastou, apressada.

Julia começou a retirar as luvas.

— Você não precisava escolher a torta de morango — Albert disse.

— É a minha favorita. Eu adoro morangos. No verão, quando você não está olhando, eu devoro dezenas. Imagino o que mais tenho em comum com Edward.

Olhando pela janela, ele retirou as luvas e as enfiou no bolso do casaco.

— Não muito mais, desconfio.

A Sra. Potts voltou com o bule e os doces. Depois que a proprietária saiu, Julia serviu chá para o marido e para si.

— Adoro as fragrâncias deste lugar.

— Sempre me dão fome — Albert disse.

— Imagino que você não tenha encontrado muitos doces na África.

Ele negou com a cabeça.

— Não vamos falar da África. O que você fez enquanto estivemos fora?

— Nem sei por onde começar. — Ela ansiava por contar tantas coisas para ele, mas foi só Albert perguntar que as palavras lhe faltaram. Ela tomou um gole de chá, organizando seus pensamentos. — Eu mudei, Albert.

— Perdão? — Ele inclinou a cabeça de leve.

— Receio que você tenha percebido que não sou mais exatamente como era quando você partiu, e que isso seja, em parte, motivo dessa... estranheza entre nós.

— Você não tem nenhuma culpa pela minha perturbação.

— É o que você diz, e não tenho motivo para não acreditar em você, pois nunca mentiu para mim, mas eu não sou mais como era. Enquanto você esteve fora, eu fiz coisas...

— Que tipo de "coisas"? — Ele estreitou os olhos.

A voz dele soou com uma nota de incômodo, e Julia teve a sensação de que o marido se esforçava para não explodir de raiva.

— Pela primeira vez na vida, eu não tive que responder a ninguém exceto a mim mesma. Primeiro foram meus pais, a quem devia obedecer sem questionar. Quando eles morreram de gripe, meu primo assumiu o controle e ditou todos os aspectos da minha Temporada e do que era esperado de mim.

— E o que era esperado?

— Que eu me casasse até o fim da Temporada. Graças a Deus, conheci você. Eu o adoro, você sabe disso. Considero-me a garota mais sortuda do mundo porque pude casar por amor. Mas fui da casa do meu primo diretamente para a sua...

— E você descobriu que seu marido era um ditador?

— Não, claro que não. Mas tudo que eu fazia era com a intenção de agradar você, deixá-lo orgulhoso, garantir que ficasse feliz por eu ser sua esposa. De repente, quando você partiu, eu não tinha a quem responder. Ninguém ligava se eu dormisse até tarde. Eu me vestia pela manhã e pronto. Não me trocava para jantar ou para dar uma volta no jardim, ou para tomar o chá da tarde. Foi libertador.

— Ora, ora. Você realmente enlouqueceu.

Ela sentiu seu rosto esquentar.

— Você está debochando de mim.

— Não. — Albert deu um sorriso de canto de boca. — Bem, talvez um pouquinho. Você deve ter feito algo um pouco mais ousado do que não trocar de roupa.

Ela comeu um pedaço da torta.

— Eu li *Madame Bovary*.

Albert a encarou como se não a conhecesse.

— E você gostou?

— Pensaria mal de mim se eu tivesse gostado?

Ele riu, um som profundo e rico que pareceu ecoar através da alma dela. Estendendo a mão, ele passou o polegar pelo canto da boca da esposa. Quando Albert recolheu a mão, ela viu no polegar dele um pouco da geleia de morango que a Sra. Potts usava nas tortas quando não tinha frutas frescas. Encarando-a, ele fechou os lábios ao redor do dedo.

— Claro que não.

Ela sentiu o estômago apertar, reagindo às palavras dele.

— Você já leu.

— Já.

— E gostou?

— Eu achei... provocador.

— Você já leu todos os livros e revistas que estão no quarto de Edward? Ele semicerrou os olhos de novo.

— Como você sabe sobre as coisas que estão no quarto de Edward?

— Eu me sentia entediada, certa tarde. As criadas tinham deixado a porta aberta e eu pensei que, se entrasse, poderia... quem sabe... entendê-lo melhor. Eu só queria que nós nos entendêssemos.

— Foi assim que você descobriu a bebida que ele guardava no quarto.

Ela anuiu.

— Ele a guardava num armário pequeno. Eu sei que deveria respeitar a privacidade dele...

— O quarto fica na sua residência. Ele não era o dono. Você tinha todo direito de entrar nos aposentos dele. Para ser honesto, desconfio de que ele teria imensa satisfação em saber que a chocou.

— Mas não chocou. Eu esperava encontrar bebida. Eu também esperava encontrar uma mulher escondida no guarda-roupa à espera dele.

— É mesmo? — Ele sorriu.

— Ele parecia ter um bando de seguidoras. Mas você também, e ainda me espanta que as tenha deixado de lado por mim.

Ele voltou a olhar pela janela.

— Não foi tão difícil quanto eu esperava. — Voltando-se para ela, Albert a fisgou com o olhar. Quando ele tinha adquirido a habilidade de torná-la cativa usando pouco mais que os olhos? — As preferências de leitura dele não a fizeram querer repreendê-lo?

Ela negou com a cabeça lentamente. Julia podia admitir a verdade porque aquele era Albert, e os dois eram sempre honestos um com o outro.

— Diria o mesmo que você sobre *Madame Bovary*... achei tudo bastante provocador.

— Você leu tudo?

— Eu tive uma quantidade considerável de tempo sozinha. Precisava ocupar minhas horas com alguma coisa.

Os olhos dele se encheram de remorso.

— Quando decidi embarcar nessa aventura, não levei em conta que você pudesse se sentir solitária.

— Não me senti solitária, não mesmo. Eu senti terrivelmente a sua falta, mas, ao mesmo tempo, senti que me tornava dona de mim mesma. Tomei todas as minhas decisões sem seu aconselhamento. Ganhei confiança.

— Nunca reparei que lhe faltava confiança.

— Às vezes eu tinha dúvidas, mas não dizia nada, pois não queria parecer fraca. Você é tão forte. Merece uma mulher à sua altura.

Edward a observou como se Julia fosse uma espécie estranha de inseto que ele tinha descoberto debaixo de uma pedra.

— Você é mais forte do que eu.

Mais uma vez, ele voltou a atenção para o mundo além da janela, como se ela o tivesse constrangido com sua confissão.

— O sol começou a se pôr. É melhor voltarmos.

Albert tirou o casaco e começou a cobri-la, usando o traje como um cobertor, enquanto a ajeitava no cabriolé.

— Você vai ficar doente — ela lhe disse.

— Já enfrentei frio pior. — Ele prendeu as bordas do casaco entre Julia e o assento.

— Albert, sinto que falei alguma coisa errada.

Erguendo os olhos para Julia, ele levou a mão enluvada ao rosto da esposa, que desejou desesperadamente que Albert não tivesse vestido a luva. Ela queria sentir a pele quente dele na sua.

— Você não fez nada de errado. Estou me sentindo um pouco melancólico. Eu pensava saber tudo a seu respeito, mas estou descobrindo que não sei nada.

Ela soltou uma risada constrangida.

— Você sabe tudo. Eu sei que posso ter mudado um pouco, mas continuo sendo a mulher com quem você se casou.

Tirando o chapéu, ele encostou a testa na dela.

— Se pelo menos eu fosse o homem com quem você casou...

Segurando o rosto dele com as mãos enluvadas, ela o fez recuar para que pudesse encará-lo.

— O tempo que ficamos distantes teve um efeito maior no nosso relacionamento do que eu imaginei. Só precisamos voltar a nos conhecer. O tempo que passamos juntos à noite, e agora à tarde, é um começo. Logo será como se nunca tivéssemos nos separado.

— Não use preto no jantar desta noite.

— Eu quero dar ao seu irmão o respeito que ele merece.

— Acredite em mim, Edward ficaria encantado se você usasse algo que não fosse preto. É tão sombrio. Ele gostaria que você saísse do luto, pelo menos em casa.

— Vamos jantar formalmente esta noite?

— Sim. Acho que você tem razão. Quanto antes deixarmos a tristeza para trás, tanto antes encontraremos o caminho de volta um para o outro.

Ele passou o dedo levemente pelo queixo dela, depois deu a volta no cabriolé e subiu com muito mais elegância do que o cocheiro que esteve sentado ali na viagem de ida. Albert ergueu as rédeas e as agitou, fazendo o cavalo sair em trote.

Envolvendo o braço dele com as duas mãos, ela se deliciou com a força que sentiu ali. Julia sabia que as coisas entre eles nunca seriam como eram antes de Albert partir, mas isso não significava que não poderiam ser melhores.

Capítulo 6

Então Julia gostou dos livros que ele tinha escondido em seu quarto. Parado junto à janela da biblioteca, bebendo scotch, Edward sorriu ao constatar que Julia Alcott, Condessa de Greyling, não era tão pudica e decorosa quanto parecia. Os olhos dela ficaram carregados de desejo quando ele tirou a geleia de morango do canto de sua boca e a levou à própria língua. Embora soubesse que isso era impossível, Edward podia jurar que a geleia tinha ficado mais doce porque esteve em contato com a pele dela.

Desde o momento em que ela se casou com seu irmão, ele foi o mais desagradável e inoportuno possível, querendo – precisando – colocar distância entre os dois, para que não se sentisse tentado a fazer algo que não poderia. Não que Edward acreditasse que ela desonraria seus próprios votos, mas ver o desejo espelhado nos olhos dela, nessa tarde, foi como ter o peito atravessado por uma lança afiada. Edward queria que o desejo fosse direcionado a si próprio, mas, para ser honesto, ele estava servindo de substituto do irmão, e tudo que Julia sentia, tudo que dizia, tudo que fazia, aflorava apenas porque a viúva de seu irmão pensava estar na companhia de Albert. Quando ela soubesse da verdade, seu coração não apenas ficaria em pedaços com a notícia, mas o ódio dela por Edward cresceria dez vezes. Nessa noite, ele precisava de uma desculpa para evitá-la. A torta não tinha lhe feito bem. Ele estava cansado, exausto. Sentia ciúme de um morto.

Edward foi um tolo de pensar que poderia passar um tempo considerável na companhia de Julia sem repercussões à sua própria sanidade.

Ouvindo passos, ele olhou por cima do ombro para vê-la entrando no quarto. Que erro foi encorajá-la a não vestir preto. Era melhor ele se lembrar constantemente que estava apenas desempenhando um papel, um que não lhe faria receber aplausos nem ovações quando descesse a cortina. Mas ele estava tão cansado da maldita tristeza.

Julia tinha escolhido um vestido de veludo violeta, com um decote que revelava seu colo e a curva dos seios fartos. Embora o cabelo estivesse preso em um coque, cachos soltos emolduravam seu lindo rosto. Ele sempre a considerou linda, mas o passar dos anos tinha removido o brilho da juventude, substituindo-o pela luz da maturidade. Da serenidade. Da confiança.

— Não me lembro de vê-lo beber antes do jantar — ela disse.

— Outro mau hábito desenvolvido durante a viagem. Quer um pouco?

— Duvido que seja bom para o bebê.

Isso significava que ela o acompanharia se não estivesse grávida? Ele nunca imaginou que Julia também pudesse gostar de scotch.

— Um gole.

Ela estava perto o bastante para tirar o copo da mão dele. Perto o bastante para sentir sua fragrância. Rosas. Uma infelicidade, pois aquela doçura intensa sempre o lembrava da noite no jardim, quando ele, inconsequente, pensou em beijar sua boca. Por que Edward achou aquele movimento lento tão envolvente, tão sensual? Os músculos delicados da garganta dela se movimentaram quando ela engoliu, sorriu e lhe devolveu o copo.

Sem tossir, sem engasgar. Ela olhou pela janela.

— Você nunca me convidou a acompanhá-lo.

— Peço sinceras desculpas por isso. Não imaginava que você gostaria, mas ouso dizer que você já tomou antes.

— De vez em quando. É meu segredinho. — Ela deslizou os olhos cintilantes para ele. — Uma condessa deve estar acima de qualquer suspeita.

— Pelo contrário. Uma condessa deve poder fazer o que quiser. Pelo menos a minha deveria poder.

Com uma risadinha, ela voltou a olhar pela janela.

— Adoro o inverno.

Ele apoiou o ombro na parede.

— Eu imaginava que você preferia o verão.

— Eu aprecio o verão, mas gosto da desolação do inverno. Induz à reflexão.

— Então você gosta dos seus pensamentos mais do que eu gosto dos meus. — Ela se virou para observá-lo e Edward receou ter falado demais. Ele se mantinha ocupado com bebida, mulheres, jogatina e viagens para não ter que refletir demais sobre a própria vida. Nunca teve muita ambição, a não ser se divertir e viver sem remorsos. Ainda assim, os arrependimentos estavam lá, e muitos deles envolviam Julia.

— Meu lorde, o jantar está servido — o mordomo anunciou. Edward não tinha ouvido Rigdon entrar.

Colocando o copo de lado, ele ofereceu o braço para Julia, deliciando-se ao sentir os dedos dela pousando na curva do cotovelo.

— Acredito não ter mencionado que você está linda esta noite.

— É bom não ter que vestir preto, embora eu não queira usar cores muito vibrantes.

— Um meio-termo louvável.

— Agora você está me provocando.

Ela encostou o rosto no braço dele, seu aroma subiu e Edward fez o possível para conduzi-la pela porta sem parar para beijá-la. No estado em que Julia se encontrava, ele não podia deixar a situação evoluir. Além do mais, se ela tivesse sentido o mesmo que Edward naquela noite no jardim, não teria se casado com seu irmão.

Quando os dois entraram na sala de jantar, a cadeira na cabeceira da mesa não pareceu tão grande como ele esperava. Tomar o café da manhã na sala matinal, sentando-se na cabeceira daquela mesa, tinha ajudado. Não seria tão desconfortável fazê-lo na mesa maior.

Como já tinha jantado com o irmão, Edward sabia que Julia preferia se sentar à direita do marido, em vez de à outra cabeceira. Então ele a acompanhou até o lugar, puxou a cadeira para ela, ajudou-a a se ajeitar, e se conteve para não ocupar a cadeira à frente dele, optando pelo assento que marcava o lugar de seu irmão, de onde só via o perfil dela. Edward teria preferido a vista da outra cadeira.

Vinho foi servido, e o primeiro prato, trazido. Para garantir que não cometesse erros, ele precisava controlar a direção da conversa.

— Com certeza você fez mais do que ler enquanto estávamos longe. — Julia corou, um tom delicado de cor-de-rosa, e Edward imaginou se ela tinha feito o mesmo ao ler *Madame Bovary* ou suas revistas com histórias picantes. — De que outra forma ocupava seu dia?

Delicada, ela levou o guardanapo aos lábios.

— Eu pratiquei minha técnica de aquarela. Melhorei muito, e trabalhei em algo especial.

— Espero que você me mostre.

A resposta dele a agradou. Era perigoso agradá-la demais, ter aquele sorriso direcionado para si.

— Prefiro esperar até desenvolver mais um pouco.

— Quando você sentir que é a hora. — Ele bebeu o vinho, saboreou-o, tentando não lembrar a essência do beijo que ela tinha lhe dado na noite anterior. Beijá-la não a faria perder a criança. Ele teria que inventar outra desculpa para evitar aqueles lábios, um motivo que não a fizesse se sentir insegura.

Fazendo movimentos circulares com a taça de vinho, ele queria mesmo era entornar a garrafa inteira, mas sabia que precisava se controlar, estabelecer limites. Edward percebeu que estava sendo rígido demais com ela, formal demais. Ele precisava parar de pensar em relaxar, para que pudesse, de fato, relaxar.

— Você acha que Locksley algum dia vai se casar? — ela perguntou.

Edward ficou grato por um assunto não relacionado a eles dois.

— Se ele quiser um herdeiro, terá que se casar.

— Ter que se casar por esse motivo não é nada romântico.

— Ainda assim, é motivo suficiente para muitos lordes. Está querendo brincar de casamenteira?

Apertando os lábios, ela negou com a cabeça.

— Não. Por mais que eu goste dele, não desejaria para qualquer mulher a vida que ele tem para oferecer. Quando você me levou a Havisham para conhecer o pai de Locksley, pensei que iria enlouquecer durante o pouco tempo em que lá ficamos. Não consigo imaginar como seria morar naquele lugar o tempo todo. Parece abandonado.

— Não é assim tão ruim.

— Porque vocês eram jovens. Garotos. Sempre procurando uma aventura. Mas para uma mulher, acho que seria um lugar muito solitário.

— Você acha que Evermore é um lugar solitário?

— Não, eu sinto que aqui é meu lugar. Meu lar. Eu sou feliz aqui. Não sei como alguma mulher poderia fazer de Havisham seu lar.

Ele tamborilou o dedo na taça de vinho.

— Teria que ser uma mulher especial. Mas, para ser honesto, nunca imaginei que Ashe fosse se casar.

Ela pegou sua própria taça, inalou o aroma do vinho e colocou-a de lado.

— Você achava que Edward se casaria algum dia? — Julia perguntou.

Ele meneou a cabeça lentamente.

— Não.

— Eu acho muito triste que ele tenha morrido sem nunca ter amado.

— Eu não disse que ele nunca amou.

Ela arregalou os olhos.

— Quem?

— Alguém que ele não podia ter.
— Então ela era casada.
— Poderia ser uma criada.
— Não, se fosse uma criada ele teria se casado com ela apenas para chocar toda Londres.

Ele sorriu.

— Você conhecia Edward melhor do que eu imaginava.

— Não acho impossível que ele se casasse com uma mulher de má reputação, ou, no mínimo, com uma mulher escandalosa. — Ela sorria como se gostasse da ideia de que ele fizesse isso.

— Eu não fazia ideia de que você pensava tanto assim nele.

Ela corou.

— Eu não pensava. Foi só uma coisa que me ocorreu em certo momento. Ele nunca ligou para o que os outros pensavam.

Eu ligava para o que você pensava. E receando que ela pensasse o pior dele, Edward tinha se comportado de modo a garantir que fosse assim.

— Acredito que ele gostava de fazer coisas que não deveria.

— Sendo assim, posso chegar à conclusão de que a mulher que ele amou era casada. De outro modo, ele teria se casado com ela.

— "Amou" é uma palavra muito forte.

— Foi você que a usou primeiro.

— Eu a usei mal. O correto seria "apaixonado". Além do mais, uma boa esposa não deve questionar o marido.

— Há tempos nós deixamos claro que nem sempre eu serei uma boa esposa. — Ela balançou a taça de vinho, inalou de novo e colocou o copo de lado. Edward teve a impressão de que ela sentia falta do vinho, mas admirou a força dela em não ceder à tentação. O olhar de Julia voltou para ele, que o sentiu como um soco.

— Você não se casou comigo só para ganhar um herdeiro. Você me ama.

Havia dúvida na voz dela? Ele não a amava, mas também não mentiria para ela.

— Todo Conde de Greyling se casou por amor.

Ela franziu a testa.

— Como você sabe disso?

— Marsden nos contou.

— Como esse assunto pode ter surgido? — Ceticismo emanava das palavras dela.

— Quando nossos pais morreram, nós perdemos boa parte da nossa história. Isso é algo em que as pessoas não pensam, o quanto nós aprendemos a partir das histórias que nos contam. Edward ficava incomodado com as coisas que não sabíamos. Como nossos pais se conheceram? Que tipo de estudante era meu pai? Toda noite, antes de irmos dormir, Edward insistia para que compartilhássemos algo que nossos pais tivessem nos contado, então ele anotava em seu diário. Quando nossas histórias acabaram, ele começou a pedir a Marsden que contasse o que ele sabia. Acho que é por isso que Edward adorava tecer tramas tão complexas. Ele não gostava da ideia de que a história não fosse transmitida. É provável que ele pudesse ter sido um menestrel razoável.

— O que aconteceu com o diário?

Ele meneou a cabeça.

— Não sei. Faz anos que não penso nele.

— Talvez você o encontre quando começar a mexer nas coisas de Edward.

Improvável. Ele o tinha dado a Albert, para que o irmão o guardasse e então passasse para o herdeiro. Talvez quando ele vasculhasse as coisas de Albert.

— Talvez.

— Sobre as coisas de Edward... Eu ficaria feliz... não, feliz não é a palavra correta... Eu gostaria que não precisasse ser feito, mas eu poderia organizar os pertences de Edward, para lhe poupar a tristeza de fazê-lo.

Era estranho perceber como ela estava envolvida, o cuidado que tinha para aliviar seu fardo. O fardo do marido. Ele não podia esquecer quem de fato ela estava ajudando, ou quem Julia pensava que ele era. Ainda assim, de todas as mulheres com quem Edward tinha estado ao longo dos anos, nenhuma parecia ter se importado com qualquer fardo que ele pudesse estar carregando. Só se interessavam no que estar com ele poderia significar para elas. Mesmo que as circunstâncias fossem diferentes, ele não saberia como aceitar a oferta generosa dela, mas ele sabia que não eram as coisas de Edward que precisavam ser arrumadas. Talvez eles pudessem mexer nelas juntos.

Se ela não o odiasse com todas as forças.

— Agradeço a oferta, mas vou cuidar disso.

— E quanto à residência dele em Londres? Desconfio que seja melhor tirar os pertences dele de lá o mais breve possível.

— Não vejo a necessidade de tanta pressa.

— Você está gastando dinheiro em um aluguel que não é mais necessário.

— Eu posso pagar. — As palavras saíram azedas demais. Ele suavizou o tom de voz. — Não tenho nenhuma vontade de deixar você aqui antes que o bebê nasça. E você, com toda certeza, não deve viajar até Londres.

— Você pode enviar uma mensagem para os criados simplesmente empacotarem tudo e...

— Não! — Ele ainda precisaria da residência em Londres, pois pretendia que ela e a criança morassem nas propriedades do conde. — Isso pode esperar. Já que terminamos o jantar, se você me der licença eu...

Ela pôs a mão sobre a dele, fazendo com que o resto das palavras ficassem entaladas em sua garganta.

— Desculpe-me — ela disse. — Não quis forçar nada. Eu sei que mexer nas coisas de Edward só irá lembrar você de que ele se foi. Você vai cuidar disso quando estiver pronto.

— Quando formos a Londres para a Temporada será um bom momento.

Com um breve aceno de cabeça, ela lhe deu um sorriso tranquilo. Por que ela precisava ser tão compreensiva?

— Vou até a biblioteca tomar uma bebida — ele disse.

— Eu vou com você.

Não era o que ele queria. Edward precisava de um tempo sozinho para recuperar o equilíbrio.

— Mas você não vai beber.

— Eu sei que você gosta de usar o tempo após o jantar para refletir. Eu vou ler. — A mão dela ainda não tinha soltado a dele, que Julia apertou carinhosamente. — Fiquei muitas noites sem você nos últimos tempos. Prometo não atrapalhar.

Como ela podia não atrapalhar, ele se perguntou, quando os dois ficaram sentados um de frente para o outro, diante da lareira? Ele com seu scotch – metade do que teria se servido, caso Julia não estivesse lá –, ela lendo O Morro dos Ventos Uivantes. Enquanto encarava as chamas baixas que irradiavam calor, ele inalava o aroma de rosas de Julia e ouvia a respiração discreta dela. Edward tinha tanta consciência da presença dela quanto se ela estivesse sentada em seu colo. Mas ela não estaria lendo se esse fosse o caso. Ele iria tomar os lábios dela para si, as mãos deslizariam pelas costas e pelos ombros de Julia. Seus dedos abririam os fechos nas costas do vestido dela, e puxariam todo o tecido para baixo até...

— Acho que você deveria registrar seus pensamentos.

Horrorizado de que seus pensamentos errantes pudessem ter transparecido em seu rosto, ele estremeceu e voltou a atenção para ela, aliviado ao ver que ela o observava com uma expressão incrivelmente serena. Nenhuma suspeita.

— Perdão?

— Você mencionou toda história que foi perdida quando seus pais morreram. Enquanto as lembranças a respeito de Edward continuam claras, acho que você deveria anotá-las como um legado a seu herdeiro e àqueles que vierem depois. Do contrário, como as futuras gerações irão conhecê-lo?

— Não sei se precisam conhecer meu irmão.

— Eu sei que ele era imoral, mas pelas histórias que contava, deve ter levado uma vida fascinante.

— Ele exagerava.

— Você fala como se isso fosse algo ruim.

— Um sinônimo de exagerar é mentir.

Ela mostrou o livro que segurava.

— Todas as histórias são mentiras, mas sempre existe um fio de verdade nelas.

— Você é a última pessoa que eu esperava ver defendendo Edward. — Ela o tinha expulsado da residência de Londres, pelo amor de Deus. Era por esse motivo que ele tinha sua própria casa na cidade. Embora Edward precisasse admitir que Julia tinha lhe feito um favor, pois ele preferia ter seu próprio espaço para poder fazer o que quisesse e quando quisesse.

— Não o estou defendendo, mas acredito sim que seu filho precisa conhecê-lo. Você deveria escrever tudo que pode enquanto as lembranças estão vivas. A memória vai se apagando, mesmo que pensemos o contrário. Em certos momentos eu mal consigo lembrar como eram meus pais.

— Talvez você esteja certa. Eu deveria registrar o que me lembro dele. Talvez você também possa anotar suas lembranças. Revelar o que realmente aconteceu naquela noite em que peguei vocês dois no jardim.

Ela piscou, mas sustentou o olhar dele.

— Eu já lhe contei. Nós estávamos discutindo a viagem. — Ela inclinou a cabeça para o lado. — O que você acha que aconteceu?

Tomando um gole de scotch, ele refletiu, depois disse:

— Eu pensava que ele pudesse ter beijado você.

A expressão dela não se alterou em nada. Seu olhar permaneceu grudado no dele.

— Por que eu permitiria que ele fosse o primeiro homem a me beijar, quando a honra era sua?

Foi como se ela tivesse atravessado seu peito com o atiçador da lareira. Ela nunca tinha beijado ninguém antes dele? Nunca teve um encontro amoroso com Albert no jardim? O irmão a cortejava há semanas. Edward deduziu que o irmão tinha se aproveitado, que Julia o encorajou...

Mas não. O relacionamento deles tinha sido casto. Nem mesmo um beijo foi trocado entre os dois antes daquela noite. Não era de admirar que ela o detestasse. Ele tinha roubado dela algo que Julia planejava dar a outro. Seu irmão foi um santo ou um bobo? Por outro lado, ele imaginou que um cavalheiro não comprometeria uma mulher com quem pretendia se casar. Edward não sabia se teria a mesma capacidade de resistir a ela. Ele estava sofrendo como um condenado para resistir no momento.

— Desculpe, Julia. Eu não estava questionando sua moral, mas meu irmão não era de resistir às tentações.

— Posso lhe garantir que ele nunca me achou tentadora.

— Todos os homens de Londres acham você tentadora.

O rosto dela ficou vermelho, e ela olhou para o livro que estava em seu colo.

— Você está me bajulando.

Ela não tinha noção de como era atraente?

Julia levantou os olhos para ele.

— Você é o único que me atraiu.

Bom Deus, nesse momento Edward desejou que aquelas palavras fossem de fato direcionadas a ele.

— Que homem afortunado é o Conde de Greyling.

— Minha atração não tem nada a ver com seu título. Você sabe disso.

Ele entornou o restante do scotch.

— Mesmo assim, um homem é seu título... se tem um.

— Você poderia ser um mendigo que eu ainda assim teria me casado.

Ele sorriu.

— Se eu fosse um mendigo, duvido que teria condições de me casar.

— Você teria dado um jeito. — Ela sorriu. — É esperto demais para me deixar escapar.

Ele não era tão esperto como sempre pensou. Se fosse, teria admirado Julia antes, teria se dado conta de que ela era muito mais que uma fagulha que acendia seu desejo.

— Eu senti falta disto — ela disse, sonhadora. — Nós, sentados aqui. Compartilhando todos os pensamentos que nos ocorrem. Enquanto você estava fora, eu sentava aqui sozinha, porque, eu acho, esta sala me lembra de você mais que qualquer outra. Ela lhe pertence. Eu sempre senti sua presença mais aqui do que em qualquer outro lugar.

Interessante. Edward imaginou o que Albert teria pensado disso. No lugar do irmão, preferiria que sua presença fosse sentida no quarto, na cama, quando ela deitasse sob as cobertas e pusesse a cabeça no travesseiro.

— Esta é a sala projetada para um conde — ele reconheceu. Se Julia estivesse certa, um dia a biblioteca seria do filho dela.

— Imagino que todos os condes fizeram desta sala um lugar pessoal.

Edward imaginou qual sala Julia teria transformado em sua. Uma sala de leitura, sem dúvida. Embora ela quase o tivesse deixado de joelhos com um beijo no quarto, noite passada. Julia suspirou.

— Bem, você terminou sua bebida e eu terminei meu capítulo. Acho que é melhor nos recolhermos.

Edward não gostou muito da expectativa que aquela sugestão causou nele. Ele tinha encontrado as camisolas do irmão, e refletiu por cerca de meio minuto se, nessa noite, deveria usar uma para dormir, mas já tinha dado uma desculpa para Julia por não as usar mais. Ele preferia ter a pele à disposição dos dedos dela. Edward lamentou o fato de que não teria uma noite com Julia quando ela também não estivesse usando nada – uma noite que viria após o nascimento do filho. Depois que o bebê nascesse Edward revelaria a verdade e ela não o aceitaria mais em sua cama – vestida ou não.

Ele deveria inventar uma desculpa, dizer que precisava verificar os livros de contabilidade ou que estava sem sono. Mas ele tinha uma tendência a não fazer o que devia. Colocando o copo de lado, Edward se pôs de pé e estendeu a mão para Julia, sentindo um arrepio de desejo quando a palma dela se juntou à sua, pele com pele. Ele poderia pegar fogo se os dois corpos se encontrassem. Aquela era Julia, esposa de seu irmão, Edward disse para si mesmo, não alguma mulher que ele desejava. Ele só se sentia assim porque estava há muito tempo sem companhia. Mais algumas semanas e ele poderia ter todas as mulheres que quisesse.

Exceto a que ele desejava.

Colocando o outro braço atrás dela, ele lhe forneceu o apoio de que Julia precisava para levantar. Então o braço dela envolveu o dele com um movimento fluido que não lhe deu escolha a não ser acompanhá-la até o dormitório. Tarde demais para desculpas. Tarde demais para evitar outra noite com ela em seus braços.

Ele não deveria ter se contido com o scotch. Sentidos embotados teriam tornado mais fácil suportar a noite que viria. Mas era tarde demais também para isso.

Capítulo 7

A única vez que Julia mentiu para o marido, na vida, foi sobre o maldito beijo no jardim. Por que ele teve que tocar nesse assunto? Teria Edward confessado enquanto os dois viajavam pela selva?

Evitando seu próprio olhar no espelho enquanto Torrie lhe trançava o cabelo, Julia não podia acreditar que Edward o tivesse feito. Embora o acontecido pudesse causar um estremecimento entre ela e Albert, teria causado um problema maior entre Albert e o irmão. Edward devia saber disso. Foi a razão de ele não contradizer a mentira de Julia naquela noite horrível.

Ela não gostava de pensar naquele beijo. Tinha sido seu primeiro, e o ato a pegou de surpresa. Deixou-a querendo outro. Mais tarde, quando Albert a beijou pela primeira vez, ela ficou decepcionada ao constatar que a boca do noivo não estivesse tão faminta, tão exigente, tão carente. Como ela era uma lady, Albert tinha se contido. Graças a Deus isso tinha mudado depois que eles se casaram, e os beijos melhoraram.

Mas ela nunca conseguiu se esquecer do primeiro beijo. Nem perdoar Edward por enganá-la, por ser quem a presenteou com o primeiro gosto da paixão. Esse privilégio deveria ser do homem que ela amava: Albert. Eles eram perfeitos um para o outro. Um beijo roubado não podia mudar isso.

— Milady precisa de mais alguma coisa? — Torrie perguntou.

— Não, isso é tudo. — Somente após a empregada sair, ela encarou o próprio olhar no espelho. Era falta de caridade pensar mal dos mortos. Pelo menos ela tinha a certeza de que Albert nunca saberia de sua traição. Julia sempre se preocupou que Edward, durante uma de suas bebedeiras, pudesse deixar escapar o que tinha ocorrido entre as roseiras. Ela se sentiu muito melhor quando o cunhado foi morar em sua própria casa em Londres.

— Você não fez nada de errado — ela garantiu ao próprio reflexo. Exceto não conseguir diferenciar um irmão do outro. Ela não repetiu o erro desde aquela noite. Agora a possibilidade não existia mais. O que a espantava era o quanto a morte de Edward a entristecia. Ela acreditava que ele não tinha feito por mal. Foi apenas mais uma travessura dele. O orgulho de Julia tinha sido ferido, ela ficou constrangida e, com toda certeza, queria que o marido nunca soubesse. Ela tentava encontrar lembranças de Edward para compartilhar com Albert, mas aquela noite no jardim nunca seria uma delas.

Levantando-se, ela olhou para a porta que dava para o quarto do marido. *Vejo você num segundo*, ele tinha dito antes de deixá-la para se aprontar para dormir.

Pela manhã, ela quase mandou o criado dele jogar fora as camisolas, para garantir que ele não as usasse mais quando estivesse na cama. Era uma delícia ter tanta pele acessível ao toque. Julia andou até a cama, usou a escadinha para subir, então deitou sob as cobertas, encarando o dossel, atenta ao silêncio no quarto ao lado. Ela ouviu o estalido da porta se abrindo. Virou a cabeça para o lado e sorriu ao ver a pele revelada pelo V do robe do marido.

— Você está bem aquecida? — ele perguntou, olhando rapidamente para o fogo mortiço antes de se voltar para ela.

— Vou ficar. — Ela bateu com a mão a seu lado, no colchão.

Ele apagou a chama da luminária antes de se acomodar ao lado dela, deitando de costas e encarando o mesmo dossel que pouco antes tinha sido objeto da atenção de Julia.

— É entediante — ela disse.

Albert virou a cabeça para ela, que desejou que ele não tivesse apagado a luminária. Havia sombras demais e Julia não conseguia ver os olhos dele com a mesma clareza que gostaria, não conseguia ver o que ele pensava. Por outro lado, a escuridão facilitava para ela dizer palavras que a faziam se sentir vulnerável.

— Você não me beijou desde que voltou para casa.

Havia luz o bastante para que ela pudesse vê-lo franzindo a testa.

— Eu a beijei ontem à noite.

— Não, eu o beijei, mas você não tomou a iniciativa.

— O bebê...

— Um beijo não vai fazer nenhum mal ao bebê. Enquanto a falta de beijos me faz duvidar, me faz temer que você mudou muito mais do que imagino enquanto esteve fora. Nós costumávamos nos beijar tanto. E não nos beijamos nem uma vez durante todo o dia.

Erguendo-se sobre um cotovelo, ele aninhou o rosto dela, acariciou sua face com o polegar e a encarou.

— Não podemos deixar que você duvide do amor de seu marido.

Ele baixou a cabeça. Julia fechou os olhos enquanto recebia os lábios quentes dele sobre os seus pouco antes de ele roubar sua boca. Essa é a única palavra para descrever a força e a decisão com que a língua dele invadiu a boca de Julia, reivindicando cada canto, cada espaço. O beijo da noite anterior tinha lhe amolecido os joelhos. Este lhe amoleceu todo o corpo, fazendo um calor intenso se espalhar por cada centímetro dela. Julia se virou para o marido, deslizando um dos joelhos entre as coxas dele, deliciando-se com seu gemido.

Ela deslizou as mãos pelo peito e pelos ombros nus dele, descendo pelas costas. Tão firmes, tão duras, embora não tão duras quanto a parte dele que pressionava a barriga dela. Julia deslizou os dedos pelo abdome do marido, pela cintura, até segurá-lo.

Albert levantou a cabeça de repente, e segurou firme a mão dela.

— Não vamos por aí. Já está difícil para eu me controlar.

— Eu quero tocar você. Por inteiro.

— Não.

Ele levantou a mão dela e a colocou no centro de seu peito, segurando-a ali.

— Você pode tocar tudo o que não estiver coberto por tecido.

— Isso não é justo, porque estou disposta a deixá-lo me tocar onde quiser.

Ela o ouviu inspirar fundo, sentiu as costelas do marido se expandirem sob sua mão. Ele fechou os olhos bem apertados e encostou a testa na dela.

— Eu vou obedecer às mesmas regras.

Ela não deixou de perceber como a voz dele soou rouca e tensa, como se ele tivesse ido buscar aquelas palavras bem longe. Albert a queria. Julia não teve nenhuma dúvida disso. Ela mordiscou o queixo dele.

— Estraga prazeres.

Ele riu baixo.

— Estou tentando ser um bom marido. Atencioso. Cuidadoso devido à sua condição delicada. — Ele se deitou. — Além do mais, imagine como vamos estar loucos um pelo outro depois que o bebê nascer.

— Estou louca por você agora.

Com um gemido baixo, ele cobriu a boca de Julia, beijando-a com tal abandono que ela ficou zonza. Albert manteve a promessa de tocá-la apenas onde o tecido não separasse a pele dos dois. Graças a Deus ele reparou que a barra da camisola dela tinha subido até a coxa. Albert acariciou sua perna, passando pela área sensível atrás do joelho. Tudo isso enquanto mantinha a boca colada na dela, como se tirasse dali sua vontade de viver.

Ela começou a sentir calor, tanto calor que quis jogar as cobertas para o lado, ansiando por ir muito mais além, pois suas terminações nervosas palpitavam com um desejo descontrolado. Ela percebeu a umidade entre suas coxas e a dor nos seios. O poder do beijo dele a espantou. Todas as sensações que provocava. Eles tinham trocado alguns beijos castos enquanto ele a cortejava. Os mais sensuais sempre aconteceram quando eles faziam amor, eram parte do todo, e ela sempre esteve tão perdida no ato que nunca reparou em tudo que um beijo provocava.

Tudo.

Ele tinha gosto de scotch e aroma de bergamota. Os gemidos dele provocavam ondulações de satisfação por todo corpo dela. Julia sentiu formigamentos, calor, tornou-se letárgica e energizada ao mesmo tempo. Ela queria desabotoar a camisola, queria as mãos dele por baixo do traje entreaberto para acariciar seus seios, mas considerando aonde aquela ação poderia levá-los, Julia teve que admitir que a regra dele era sábia. Não tocar nada que estiver coberto por roupas.

Ele desceu os lábios pelo queixo dela, seguindo pelo pescoço. A boca de Albert era quente, tão quente que não dava para acreditar. Era um espanto que não queimasse sua pele. Ele tirou a mão esquerda da perna de Julia, envolvendo sua nuca e puxando-a para o lugar no ombro dele onde a pele estava úmida. O coração dele ribombava furiosamente contra o rosto dela.

— É melhor nós dormirmos — ele murmurou, a voz baixa e rouca.

Ela concordou, descansando o braço na lateral do corpo dele, a mão nas costas do marido, seus dedos descrevendo círculos suaves na pele. Se ela soubesse que uma viagem para a África iria fazê-lo adquirir o hábito de dormir sem camisola, teria insistido que Albert fosse antes.

A regra de só tocar o que não estava coberto pareceu não valer quando ele não estivesse com a boca na dela. Albert a envolveu com os braços, puxando-a para perto, e Julia adormeceu inspirando a fragrância do calor da pele do marido.

Considerando como estava letárgica, Julia deveria ter dormido bem. Ao contrário, sonhos em que era beijada em um jardim a despertaram sempre que seu sono ficava mais pesado. Quando Albert começou a se mexer, ela fingiu que não estava acordada, e não se mexeu quando ele levantou da cama e foi para o próprio quarto.

Ela se sentou à penteadeira e encarou o próprio reflexo, assombrada pelos sonhos. Julia não pensava nos detalhes daquele primeiro beijo há anos; tinha escondido dentro de si todas as reações inadequadas que ele provocara. Ela havia se entregado com tanto abandono à boca colada à sua porque acreditava que pertencesse a Albert. As sombras fizeram com que não enxergasse com clareza, que avaliasse mal...

A batida na porta a fez afastar os pensamentos malucos de sua cabeça.

— Entre.

Ele entrou. Não havia sombras nesse momento. Ela conhecia aquelas feições. O maxilar bem definido, o desenho anguloso do nariz, os olhos castanhos, o cabelo loiro-escuro.

— Torrie disse que você não tocou a campainha pedindo o café da manhã. Eu queria saber se você está bem.

O timbre grave da voz dele.

— Tive dificuldade para levantar esta manhã.

Ele se aproximou.

— Você está doente?

O vinco profundo na testa, a preocupação nos olhos. Ela conhecia essas características dele tão bem quanto conhecia a palma da própria mão. Ela o conhecia tão bem quanto a si mesma. Embora os dois tivessem admitido mudar durante a separação, a essência deles não devia ter mudado. Ainda assim, algo fazia com que ele a evitasse, e não podia ser nada relacionado ao luto por Edward. Seria um sentimento de culpa por mau comportamento? Longe dos olhos, longe do coração, esse tipo de coisa?

— Você praticou enquanto esteve longe?

Ele arqueou as sobrancelhas e franziu ainda mais a testa.

— Perdão?

Atormentada por sua própria desconfiança, ela engoliu em seco.

— Você beijou outras mulheres enquanto esteve fora? Eu sei que foi um longo tempo de separação e que homens têm necessidades...

— Julia. — Ele se ajoelhou ao lado dela, segurando sua mão entre as dele, antes que ela conseguisse extrair o restante daquelas palavras medonhas. A mesma pose que ele tinha feito quando a pediu em casamento.

— Seu marido nunca lhe seria infiel.

— Você é meu marido. Por que está falando de si mesmo na terceira pessoa?

— Só quero dizer que qualquer homem que tivesse a felicidade de ser seu marido iria adorá-la a ponto de não pensar em mais nada, em nenhuma outra. Qualquer homem. Incluindo eu. — Ele apertou a mão dela. — Por que você pensa que eu beijei outras mulheres?

Ela baixou os olhos para as mãos dele, escurecidas por semanas ao sol, com uma nova força, as veias e músculos sobressaídos.

— Os beijos da noite passada me lembraram... — A memória era falha. Ela sabia disso. As lembranças de seus pais tinham se tornado nebulosas. Aquele beijo no jardim... não tinha sido como os da noite passada, mas havia algo de semelhante. — ...estavam tão urgentes.

— Nós estivemos separados algum tempo. Um pouco de urgência é esperado, eu acho.

— Mas a noite anterior...

— Foi contida pelo luto. — Erguendo uma das mãos, ele aninhou o rosto dela, erguendo seu queixo até os olhos dos dois se encontrarem. — Juro para você, Julia, pela alma do meu irmão, que eu não beijei nenhuma outra mulher enquanto estivemos longe. Não fui para cama com nenhuma mulher.

Ela encarou os olhos expressivos do marido e não viu nada além de honestidade e sinceridade.

— Eu me sinto uma tola.

— Não se sinta assim. Você precisa sempre poder dividir suas preocupações comigo. É minha função tranquilizá-la, deixar claro que tudo está bem.

Com uma risada constrangida, ela levou a ponta dos dedos à testa.

— Não sei o que eu estava pensando.

Envolvendo os punhos de Julia com as mãos, ele baixou os braços dela, aproximou-se e roçou os lábios de Julia com os seus.

— Vou me esforçar para fazer um trabalho melhor e conter minha paixão.

— Não, não faça! — Ele arregalou os olhos enquanto um calor tingiu as faces dela. Que atrevida ela era. — Eu admiro sua paixão. Ela parece maior do que antes. Talvez a ausência faça crescer mais do que apenas o afeto.

— Sim, terei que concordar. Agora é melhor você comer alguma coisa.

Depois de se levantar, ele andou até a porta, parou ali e olhou para trás.

— Nada jamais permanece igual, Julia, não importa o quanto nós possamos desejar.

E assim ele saiu, fazendo com que ela imaginasse o que, exatamente, ele quis dizer com isso.

Os beijos ainda seriam a perdição dele. Enquanto vasculhava as várias gavetas do aparador no escritório do irmão, procurando qualquer coisa que parecesse um testamento, a conversa perturbadora que ele teve com Julia ecoava em sua cabeça. Ele receou que seus beijos a lembrassem do que ele tinha lhe dado no jardim. Um beijo era apenas um beijo...

Mas ele tinha sido beijado o bastante para saber que havia diferenças. Ele também sabia que os beijos mudavam ao longo do tempo, conforme um casal ia se familiarizando. Ou, no mínimo, os beijos que ele dava no começo da noite pareciam diferentes dos beijos no final. Seus relacionamentos com mulheres eram de curta duração, como se ele não desejasse nada permanente. Edward se sentiu grato por ter sido capaz de falar, com total honestidade, que não tinha beijado nem estado com nenhuma mulher enquanto esteve fora. De qualquer modo, ele entendia a desconfiança dela. Ele não agia como um homem vivendo em ambiente familiar, mas como um que explorava novas oportunidades de descobertas.

Soltando uma imprecação grosseira, ele fechou com violência uma gaveta, frustrado por não conseguir encontrar nenhuma menção de Albert relativa às providências que desejava serem tomadas no caso de sua morte, bem como por sua própria incapacidade de entrar no papel de conde falso. Ele temia a noite, quando os dois jantariam, depois sentariam na biblioteca e conversariam. Maldito Albert por amar a esposa. Teria sido tão mais fácil se os dois tivessem um relacionamento platônico e preferissem *não* fazer companhia um ao outro.

Após uma última inspeção da sala, procurando nichos secretos, ele decidiu que teria de escrever uma carta ao advogado. Poderia fazê-lo ali mesmo, mas preferiu a biblioteca. Uma vez lá, ele se serviu de um scotch, que entornou em um gole para ver se conseguia se livrar das frustrações. Tantas coisas que Albert deveria ter lhe dito. Por que nunca discutiram como Albert queria que Julia fosse cuidada no caso de sua morte?

À escrivaninha, Edward tamborilou o dedo no tampo de mogno, tentando decidir o melhor modo de redigir a carta ao advogado sem se entregar. O olhar dele vagou até encontrar a caixa de ébano. Ele tinha relativa certeza de que Julia teria enviado agradecimentos a qualquer pessoa que tivesse oferecido suas condolências. A ideia de ler as mensagens não o atraía, parecia um tipo de traição, pois as pessoas homenageavam um homem que ainda respirava. Depois de empurrá-la até a beira da escrivaninha, ele se recostou na poltrona e estudou o teto revestido.

Julia estava certa. Aquela sala, mais do que qualquer outra, o lembrava de Albert. Se ele fosse reivindicar algum aposento como seu, seria a sala de sinuca. Ele se perguntou qual aposento Julia teria pegado para si. Quando ele a imaginava, sempre a via no quarto, o que conjurava imagens perigosas de Julia esticada na cama com olhos sonolentos...

Oh, como Edward precisava de uma mulher. Julia era a que ele não podia ter. O fato de que ele não conseguia parar de pensar nela era um atestado da necessidade de seu corpo, não da atração que ela exercia. Julia estava grávida, enorme, pelo amor de Deus. Não há nada de atraente nisso.

Só que as mãos dela eram tão sedosas e quentes quando passeavam por seu peito, suas costas. A boca de Julia era fogosa e ávida. Seus gemidos eram baixos e guturais.

Empurrando a poltrona para trás, Edward se pôs de pé e marchou na direção da janela. Ele se sentia tão quente que ficou surpreso por não entrar em combustão. Deveria ir até o mausoléu, para se lembrar da dívida que tinha com seu irmão. Encostando a testa no vidro frio, ele percebeu que precisava substituir as imagens de Julia no quarto por outras, em outros lugares.

Na sala de jantar, por exemplo. Fechando os lábios ao redor do garfo, uma expressão de prazer sensual passando por seu rosto. A língua tocando rapidamente o canto da boca... Não, a sala de jantar não servia. Se andasse pela residência, Edward poderia encontrar um lugar no qual a visse de modo entediante, não atraente. Ele devia isso à sua sanidade.

A casa era grande, com duas alas. Podia-se caminhar pelos corredores por dias sem conseguir encontrar ninguém. Tinha sido relativamente fácil evitá-la quando ele vinha visitar o irmão, só que agora ele deveria ser alguém que ansiava por ficar na companhia de Julia. Se a encontrasse, podia afirmar que estava à procura dela. Seria uma mentira, claro, pois ele não estaria vagando, vasculhando um aposento após o outro porque *desejava* vê-la. Ele não sentiu uma pontada de decepção quando encontrou todos os cômodos vazios. Na verdade, ele concluiu, foi porque aqueles cômodos não atendiam à sua necessidade.

Nenhum daqueles lugares o lembrava dela. Todos pareciam inóspitos, imponentes, nada acolhedores.

Edward deveria sugerir que Julia redecorasse a residência para que refletisse mais a personalidade dela do que das condessas que vieram antes.

Não era como se ele tivesse qualquer ligação sentimental àquilo. Nem mesmo sabia quais aposentos sua mãe teria decorado. Ou se ela tinha, de fato, decorado algum. Quando era criança, Edward tinha passado a maior parte do tempo no berçário, dia e noite, exceto quando ele e Albert eram exibidos para serem inspecionados pelos pais, durante alguns minutos à tarde ou à noite. Ele tinha muito mais lembranças da babá do que de qualquer um dos pais.

Edward gostava muito mais de Havisham do que de Evermore. Embora muitos dos quartos lá permanecessem trancados, eles tinham liberdade para vagar à vontade pelos corredores. Embora Albert e ele tivessem vasculhado cada centímetro de Evermore, ele se sentia mais em casa na residência de Londres.

Precisava se sentir mais em casa ali. Albert iria querer que seu filho fosse criado entre essas paredes, o que significava que a maior parte da diversão dele tinha ficado para trás. Ele precisaria dar um bom exemplo, ensinar o garoto a ser um lorde. Edward nunca planejou se casar, nem ter filhos, mas ali estava ele, prestes a criar um menino sem desfrutar de quaisquer benefícios matrimoniais. Nenhuma mulher em sua cama todas as noites. Não que ele gostasse do calor do corpo de Julia aninhado ao seu. Não que ele fosse sentir falta do som da respiração dela quando aquela farsa não fosse mais necessária. Não que ele se reconfortasse observando-a dormir tranquilamente.

No fim de um longo corredor, ele espiou dentro de uma sala de canto com as paredes recobertas de papel com flores amarelas. Janelas do chão ao teto em uma parede forneciam uma vista das colinas ao longe. Havia uma ausência de bagunça e, quase que totalmente, de mobília. Um pequeno divã ficava de frente para a lareira; atrás dele, uma mesa grande decorada com uma variedade de desenhos. Perto de uma das janelas, Julia estava sentada em um banco estofado, diante de um cavalete com tintas de aquarela em uma bancada ao lado.

Ele só podia ver parte do perfil dela, mas parecia tão serena, tão calma, em contraste direto com o vento que açoitava as árvores e as nuvens escuras que rolavam, agourentas, no céu. Ele gostaria de vê-la banhada de sol. Desconfiou que ela tinha escolhido essa sala por causa dos dias em que o sol a aquecia.

Ela cantava uma música suave, lírica, sobre anjos guardando um bebê que dormia. Edward a imaginou segurando a criança, embalando-a e cantando a mesma música. Ele duvidou que algum dia veria essa cena. Ela iria bani-lo de sua vida quando soubesse a verdade. Ele não entendeu por que seu peito, de repente, pareceu que iria afundar.

Edward participaria da vida da criança, insistiria nisso, mas não poderia se impor à mãe. Qualquer tempo que ele passasse com ela seria fugaz, momentos que teria somente até o nascimento, até que não existisse mais razão para ele não revelar sua fraude.

Mas até então ele seria o marido dela – se não de verdade, que fosse de mentira por um bem maior. Para honrar um juramento que tinha feito sem pensar nas consequências.

Ele tentou imaginar o que Albert faria num momento desses, mas de que isso importava? Julia e Edward tinham concordado que mudanças ocorreram durante o tempo em que estiveram separados. Ele tinha que parar de pisar em ovos, parar de se preocupar em imitar Albert. Edward podia ser ele mesmo, dentro do razoável. Então ele decidiu ceder à tentação.

O mais silenciosamente possível, ele avançou pelo grosso tapete Aubusson até ficar bem atrás dela. Então colocou as mãos nos dois lados da cintura dela. Julia soltou uma leve exclamação de surpresa. Ele encostou os lábios no pescoço dela. Com um suspiro suave, Julia inclinou a cabeça para trás.

— Não ouvi você entrar.

Ele subiu com a boca até o local sedoso e sensível abaixo da orelha.

— Eu queria surpreender você.

Levantando, ela se virou, os olhos cintilantes como safiras.

— Fico feliz. Eu estava com saudade.

Julia ficou na ponta dos pés e Edward baixou a cabeça, tomando a boca da esposa como qualquer marido apaixonado faria, com desejo e paixão. A resposta dele deveria ser forçada, deveria ser uma interpretação. Mas foi natural e real, como a mulher em seus braços.

Se não tomasse cuidado, ele iria levá-la para o divã e tiraria vantagem do entusiasmo dela. Edward podia ser um malandro, mas não pretendia ser um completo canalha no que dizia respeito a ela. Julia tinha sido confiada aos seus cuidados, e embora isso exigisse uma abordagem pouco convencional no momento, ele não pretendia trair a confiança que o irmão tinha depositado nele.

Recuando, ele sorriu.

— Você tem um jeito encantador de fazer um homem feliz por tê-la procurado. — Baixando o olhar, ele permitiu que pesar aparecesse em sua voz. — Mas temos que nos comportar.

Ela levantou uma sobrancelha e mordeu o lábio inferior.

— Estou ansiosa para que chegue logo o momento em que poderei fazer travessuras.

Edward perdeu a respiração quando foi bombardeado com imagens de Julia se contorcendo debaixo dele sobre lençóis de cetim, os corpos enrolados, cobertos de umidade. Com muito esforço, ele desviou o olhar para a tela, esperando ver uma deusa nua.

Mas ele encontrou um rato vestindo calças, camisa, colete, paletó e uma gravata perfeitamente amarrada, que serviu para apagar, ainda bem, seus desejos violentos.

— Interessante. Não achei que mulheres gostassem de ratos — ele disse e rezou para que ela não tivesse mostrado aquela criaturazinha para Albert antes que ele viajasse.

Julia riu.

— Eu sei que você está acostumado com minhas paisagens, mas ultimamente apenas estas criaturas bizarras têm aparecido na minha imaginação.

Ele se aproximou da mesa, sobre a qual havia papéis espalhados. Julia tinha criado um zoológico de animais vestidos.

— São muito bons — ele comentou.

Colocando-se ao lado de Edward, Julia massageou o braço dele.

— Você acha? Não são bobos?

— Eu acho que são maravilhosos.

Tão maravilhosos quanto o rubor que cobriu a face dela.

— Pensei em encaderná-los. — Tristeza aflorou nos olhos dela. — Eu pensava em pedir a Edward que escrevesse uma história para cada um deles.

— Meu irmão teria gostado da ideia. — Quando ele levantasse dos mortos, ele escreveria. Por ela, pelo filho do irmão. Ele olhou ao redor. Aquele era o aposento dela. Mesmo quando o dia estava horrível, era ensolarado lá dentro. Ele ficou feliz de saber que ela tinha aquele quarto, e esperou que o ambiente pudesse oferecer algum consolo para ela nos dias que estavam por vir.

Capítulo 8

Uma semana depois, galopando pela chuva gelada, Edward ignorava o granizo que pinicava seu rosto e xingava o tempo por virar tão depressa, xingava o fazendeiro que precisou de ajuda para desatolar uma carroça, e xingava sua necessidade de ter um papel ativo na administração das propriedades, de ver como estavam os arrendatários, de garantir que tudo estava bem.

Ele pensou por um instante em voltar à fazenda e se abrigar lá até a tempestade passar, mas sabia que Julia ficaria preocupada, e todo o propósito daquela farsa era garantir que ela não ficasse nervosa.

E, maldição, ele não queria ficar mais tempo sem vê-la. Ele queria desfrutar de uma noite na companhia dela, jantando e conversando. Indo para cama.

O fato de ele ficar contente apenas em deitar com ela foi uma revelação. Edward gostava de ouvi-la respirando, adorava inspirar a fragrância dela quando vinha misturada ao aroma do sono. Era diferente de quando Julia estava acordada.

Às vezes, ela roncava. Na verdade, era mais um som fanhoso do que um ronco.

Não importava se Julia deitava de frente ou de costas para ele, os pés dela sempre davam um jeito de se acomodar entre as pernas dele. E estavam sempre muito frios assim que se acomodavam. Ele teria ganido de susto se não receasse que isso poderia fazer com que ela se afastasse, pois Edward gostava de ter o corpo dela entrelaçado ao seu.

Era perigoso, muito perigoso, o quanto ele apreciava a companhia dela. Não importava o motivo pelo qual ela estava com ele. Só importava que ela...

O cavalo relinchou. Edward não entendeu o que estava acontecendo. Então veio a dor no ombro, nas costelas e o ar se recusou a entrar nos pulmões. Seus olhos arderam. Virando-se de costas, ele percebeu que corria o risco de se afogar com toda aquela chuva. *Relaxe, não lute com a dor. Só inspire um pouco de ar. Só um pouco.*

Não era a primeira vez na vida que ele caía do cavalo. Edward duvidou que fosse a última, mas esta não poderia ter acontecido em momento mais inoportuno. A escuridão aumentava. E ele estava com muito frio.

Ele pensou no que o esperava: a lareira quente, o conhaque quente e a mulher quente.

Colocando-se sentado, ficou grato por seus pulmões parecerem estar funcionando outra vez, e ficou ainda mais grato por ver seu cavalo de pé, embora a pata dianteira esquerda parecesse incomodá-lo. Maldição. Colocando-se de pé, ele se aproximou com cuidado do animal e se ajoelhou diante dele. Suavemente, Edward deslizou as mãos pela pata machucada.

— Não parece estar quebrada. Isso é bom, mas parece que você ficou manco. — Pegando as rédeas, ele levantou e conduziu o cavalo em frente. Ele mancava, mas pelo menos não estava guinchando de dor.

Edward olhou ao redor, tentando mapear a paisagem em sua cabeça, calcular a distância. Quando ele e Albert atingiram a maioridade, retornaram a Evermore e a primeira missão dos dois foi cavalgar por toda a terra que lhes pertencia, para se apresentarem aos arrendatários e entender exatamente o que tinha sido deixado para Albert. Edward não sentiu nenhum ciúme, nenhuma inveja, nenhum desejo de possuir o que tinha sido colocado aos cuidados do irmão. Ele ficou contente em ser o segundo filho, receber uma mesada e não ter responsabilidades. Mesmo agora, ele era apenas o herdeiro presuntivo, até Julia dar à luz ao herdeiro de seu irmão.

Contudo, ele não estaria mais isento de responsabilidades. Edward teria que supervisionar a criação do sobrinho. Um dia ele levaria o garoto em uma cavalgada por essa terra, para apresentá-lo aos arrendatários, e falaria do pai dele. Edward esperava que, no momento oportuno, conseguisse esquecer como pareceu certo abraçar Julia enquanto ela dormia.

Com um suspiro frustrado, ele percebeu que devia estar tão perto da casa principal quanto de qualquer moradia de fazendeiro onde pudesse deixar o cavalo ferido e pegar outro emprestado. Havia pelo menos duas horas de caminhada à frente dele, mas não havia outra escolha.

— Vai ser um longo passeio, garotão. É melhor começarmos logo.

Mais de uma vez, quando começava a perder a sensação das mãos e pés, ele pensou em parar, deitar e descansar um pouco, mas Edward receou que, se parasse de se mover por alguns minutos, poderia parar para sempre. E isso não podia acontecer. Não com Julia esperando por ele. Ou melhor, esperando pelo marido.

Ele a imaginou trabalhando nas aquarelas, olhando de vez em quando para as colinas através das janelas, tentando localizar o marido galopando encosta abaixo. Propositalmente, Edward tinha ido numa direção que garantia que Julia pudesse vê-lo quando ele voltasse. Mas agora isso não iria acontecer. A escuridão quase o envolvia por completo.

Se tivesse crescido ali, se conhecesse aquela terra tão bem como conhecia cada colina e vale que rodeava Havisham, ele teria mais confiança de que estava trilhando o caminho correto. O granizo e a neve encobriam as estrelas. A bússola que sempre carregava no bolso, sem luz, era de pouca serventia, e ele duvidava que, se acendesse um fósforo, conseguiria manter a chama acesa tempo o bastante, contra vento e chuva, para ver a posição da agulha.

Mesmo assim, ele estava decidido a voltar para Julia, de um modo ou de outro. Ele não lhe daria motivo para chorar um marido que já tinha perdido.

Julia tinha feito muito pouco naquela tarde, exceto ficar à janela esperando pelo retorno do marido. Ela não deveria tê-lo deixado sair. Se tivesse pedido, Albert teria ficado. Ela sabia que sim. Ele estava mais solícito do que nunca, dava-lhe mais atenção do que antes. Albert nunca foi relapso nesse aspecto, mas havia mais dedicação agora... o que antes ela não imaginaria ser possível.

Ele a tocava com mais frequência, o interesse dele nela era mais intenso. Albert parecia se preocupar com cada pedacinho dela. Ela pensava que o amava o máximo que era possível amar um homem. Foi estranho perceber que passou a amá-lo um pouco mais a cada dia.

Antes de ele sair para o safári, era como se o amor deles tivesse chegado a um nível máximo, como se não houvesse nada mais que um pudesse fazer pelo outro. Mas agora ela percebia o quanto estava enganada. Sempre haveria algo mais para se descobrir. Uma razão para que os sentimentos dos dois fosse aquecido por uma paixão maior do que era até então.

O sol tinha desaparecido sem que o marido surgisse descendo a encosta, mas Julia tentava não se preocupar. Antes ela nunca tinha reparado como ele era elegante ao se afastar cavalgando. Queria ver aquela elegância retornando para ela, com um sorriso no rosto ao enxergá-la. Mas estava ficando escuro demais para que ela visse qualquer coisa.

Depois de chamar o mordomo, ela voltou ao seu posto na janela. Se a viagem à África não tivesse terminado em tragédia, talvez Julia não estivesse tão preocupada, mas o gorila poderia ter atacado Albert em vez de Edward. A vida era frágil. Ela ouviu o estalido da porta sendo aberta, os passos de Rigdon.

— Milady precisa de algo? — ele perguntou.

— Sua Senhoria foi por aquela colina esta manhã. Como ele ainda não voltou, receio que possa ter acontecido algo.

— Ele é um excelente cavaleiro. Sem dúvida o tempo o está atrasando, ou talvez ele tenha procurado abrigo para passar a noite.

Albert não faria isso. Não a deixaria preocupada. Ela deu as costas à janela.

— Chame os criados externos e mande-os procurar Lorde Greyling.

A surpresa passou pelo rosto de Rigdon sem que este pudesse evitar, mas ele retomou a expressão estoica.

— Está horrível lá fora, milady.

— E é por esse motivo que eu preciso que eles o encontrem.

Embora Rigdon não movesse nem um músculo, Julia teve certeza de que, bem no fundo, ele estava agitado.

— Não estou certo de que Sua Senhoria aprovaria essa atitude.

Ele não aprovaria colocar os criados em risco. Ele não gostaria nada disso.

— Então ele deveria ter voltado antes. Mande-os agora.

— Como quiser, milady.

O mordomo saiu e ela voltou a atenção para o lado de fora. O cenário era horrível. Ela estava sendo egoísta de se preocupar apenas com sua própria felicidade. Albert não ficaria satisfeito com ela, mesmo que tivesse caído e estivesse em dificuldades. Mas ela não aguentava pensar nele machucado por aí...

Uma forma à distância, uma silhueta estranha, chamou sua atenção. Não um homem à cavalo, mas ela teve relativa certeza de que era um homem e, muito possivelmente, um cavalo.

— Rigdon! — Com o coração disparado, ela saiu correndo da sala e quase trombou com um criado. — Encontre Rigdon, diga-lhe que alguém está vindo pela colina. Pode ser Sua Senhoria.

— Sim, milady.

O homem saiu apressado, as pernas longas afastando-o com velocidade de Julia, e, de repente, ela ficou grata por ter criados altos.

Ela andava de um lado para outro junto à entrada quando a porta da frente enfim foi aberta e uma figura familiar entrou.

— Albert! — Ela se jogou nos braços dele, percebendo seu tremor e sua pele fria quando ele encostou o rosto em sua têmpora.

— Você não deveria me tocar — ele disse. — Estou imundo.

Só que a atração que ele exercia sobre ela era tão forte, tão decisiva, que Julia achou que não conseguiria se afastar, mesmo que quisesse. E ela não queria.

— Eu fiquei tão preocupada.

— Desculpe-me, querida. Fui ajudar um fazendeiro cuja carroça estava atolada na lama. Voltando para casa, meu cavalo ficou manco. Foi um dia de acidentes.

— Fiquei com medo de que você tivesse se perdido.

Delicadamente, com a mão enluvada, ele ergueu o rosto dela.

— Não quando você é minha estrela-guia.

Então a boca dele desceu sobre a dela como se não a visse há anos, em vez de horas, ou como se uma separação inevitável estivesse próxima. Albert se preocupava com os perigos do parto, ela sabia disso. Mas aquilo parecia ser algo mais, trazia um sentido de urgência, de necessidade. Julia se perguntou se ele receou que não conseguiria voltar para ela, se a tempestade tinha feito com que Albert duvidasse que teria outra chance de abraçá-la, de beijá-la.

Recuando, ele a encarou.

— Você me aquece mais do que o fogo da lareira.

— Ainda bem. — Ela sorriu. — Rigdon, mande que preparem um banho para Sua Senhoria.

— Já cuidei disso, milady.

Anuindo, Albert a soltou.

— Então vou para o banho.

— Eu vou com você, para ajudar...

— Não precisa. Não vou demorar. Além de frio, estou com fome. — Ele colocou a mão sobre o ombro dela. — Virei jantar com você em breve.

— Estarei à sua espera. — Ela sempre esperaria por ele.

Observando-o subir os degraus, ela não conseguiu se desvencilhar da sensação de que poderia ter perdido Albert nessa noite, de que a tragédia parecia gostar de visitar sua família.

Estremecendo de prazer, Edward mergulhou na água fumegante. Ele teria preferido mergulhar em Julia, e foi esse o motivo que o obrigou a recusar a oferta dela, de ajudá-lo no banho. O desejo dele estava por um fio.

Durante cada passo difícil do caminho de volta, ele imaginou o rosto dela, seu sorriso, a voz suave impelindo-o à frente. Quando ele abriu a porta e a viu ali, viu o alívio, a alegria nas feições dela, tudo que Edward sentia por ela – e passou anos negando – veio à tona como um vulcão cuspindo lava e cinzas. E assim como a rocha derretida cobre tudo à sua volta, ele quis envolvê-la, possuí-la de verdade, por completo.

Julia não o teria recusado; ela teria dado tudo o que ele quisesse. Edward viu isso nos olhos cintilantes dela. Mas ela pensaria que estaria se entregando a Albert. Sua alegria pelo retorno do marido não era por causa dele. A consciência disso o fez congelar mais do que os ventos e a neve que sopravam além das paredes. Mas o desejo dele por ela não diminuiu, e esse era o maldito problema.

Ele ouviu a porta ser aberta discretamente.

— Ainda não estou pronto para você, Marlow.

— Que sorte, então, que não sou ele.

Erguendo-se da posição recostada em que se encontrava, fazendo a água ondular à sua volta, ele olhou por sobre o ombro e viu Julia parada ali, segurando um copo, sorrindo com doçura.

— Pensei que você gostaria de um scotch — ela disse.

— Você é uma dádiva. — Ele estendeu a mão, esperando que ela lhe entregasse o copo e saísse.

Mas ela se aproximou e se ajoelhou ao lado da banheira antes de lhe estender o copo. Edward tomou um grande gole, saboreando o calor que se espalhou dentro de si.

— Eu quero lavar suas costas.

— Não é preciso.

Ela pegou um pano e o sabão na mesinha ao lado, mergulhou-os na água e começou a esfregar um no outro.

— Eu quero.

— Julia...
Ela arqueou uma sobrancelha.
— Você sabe que não adianta discutir comigo quando estou decidida.
Ele não sabia de nada, a não ser que era desaconselhável que ela o tocasse quando sua cabeça tinha mergulhado em pensamentos libidinosos durante a jornada de volta, para fazer suas pernas continuarem em movimento. Tomou outro gole da bebida, dessa vez maior do que o anterior. Preparando-se, ele apoiou os cotovelos nos joelhos levantados, permitindo que suas costas curvassem um pouco.
— Faça seu pior.
O tilintar leve da risada dela ecoou pelo ambiente enquanto ela se colocava atrás dele.
— Há tempos eu quero fazer isto — ela disse ao colocar as mãos em cada lado da coluna dele.
Onde tinha ido parar o maldito pano?
Então outro pensamento veio: ela nunca tinha feito isso por seu irmão. Ele virou o restante do scotch e apertou o copo com a mão que desejava estender para trás e trazer Julia para frente, segurar o rosto dela e beijá-la. Ele precisava fazer algo para se distrair do toque leve das palmas dela deslizando por suas costas, subindo até seus ombros. Deus, a sensação era maravilhosa.
— De quem é a carroça que atolou? — ela perguntou.
Como ele podia pensar com os dedos dela dançando em sua pele?
— Beckett, eu acho. Isso, Beckett.
Por que a voz dele fazia parecer que estava sendo estrangulado? Talvez porque estivesse tendo uma dificuldade danada para respirar.
— Estou machucando você? — ela perguntou.
— Deus, não.
— Devo parar?
Sim, sim, por favor, em nome de tudo que é sagrado...
— Não. — Ele cerrou os olhos. — A menos que você queira.
— Eu não quero. É gostoso como eu imaginava. O sabão e a água fazem com que minhas mãos escorreguem pela sua pele.
O copo em sua mão corria o risco de quebrar, devido à força que Edward estava aplicando nele. Era arriscado, mas ele precisou perguntar:
— Se você queria fazer isto antes, por que não fez?
— Porque eu pensei que você não aprovaria minha ousadia. Mas esta noite, quando fiquei com medo de que algo tivesse acontecido com você, que eu poderia tê-lo perdido, percebi como fui boba.

— Julia — ele começou, virando-se um pouco para conseguir vê-la —, sempre gostei de mulheres ousadas.

Ela franziu a testa de leve.

— Eu pensava que você me queria respeitável e contida, uma condessa irrepreensível.

— Eu quero que você seja quem quiser ser. Não precisa fingir comigo. — A ironia daquelas palavras não lhe passou despercebida, já que ele fingia com ela. E Edward odiou isso. Odiou que ainda não pudesse contar a verdade para ela. Só mais algumas semanas. Ele poderia manter a farsa um pouco mais, mas não havia motivo para que Julia fosse qualquer outra pessoa que não ela mesma. Edward não gostou de pensar que, talvez, seu irmão a fizesse conter sua paixão. Ele não teria feito isso de propósito, mas de todos os sedutores de Havisham, Albert era o mais responsável, que evitava a censura da Sociedade enquanto os outros a assumiam.

Ela veio mais para frente e Edward pôde vê-la com mais clareza. Com as palmas das mãos, ela começou a desenhar pequenos círculos nos ombros dele, descendo pelos braços e voltado a subir. Os olhos dela se concentravam nos movimentos das próprias mãos, e não no rosto dele.

— Senti falta da intimidade — Julia murmurou tão baixo que ele quase não a ouviu.

— Nós concordamos que, pelo bem da criança...

— Sim, eu sei — ela o interrompeu, procurando os olhos dele. — Mas isso não tira a vontade, não é? — Uma afirmação, não uma pergunta.

Ele deveria fazê-la sair, anunciar que estava pronto para se vestir, mas os olhos dela, a voz, transmitiam tanta carência, que ele não podia ignorá-la, nem suas palavras.

— Não, não tira.

A voz dele soou verdadeira demais.

A mão de Julia mergulhou na água e se fechou ao redor dele. Seus lábios se curvaram em um sorriso lento e sensual, sem dúvida porque descobriu que ele estava duro e pronto. Ele fechou os dedos ao redor do pulso dela, detendo-a.

— Julia...

— Por favor, deixe-me fazer isso por você — ela pediu com tanto desejo que tudo nele ficou tenso com uma carência insuportável.

— Não tenho o hábito de receber sem dar. — Bom Deus, as palavras saíram sem que ele pudesse refletir. Como ele podia pensar quando ela o provocava daquela forma? Só lhe restou esperar não ter se revelado, que ela não fosse chamá-lo de mentiroso.

— Uma de suas regras tácitas, sem dúvida, mas regras existem para serem quebradas. Eu teria muito prazer em quebrar esta.

— O prazer seria só meu, Julia.

Ela negou com a cabeça.

— Não, não seria. Eu juro que me daria igual prazer observá-lo. Faz tanto, tanto tempo. Permita-me lhe conceder essa satisfação. Por favor.

Julia iria desprezá-lo quando soubesse a verdade, mas como ele poderia lhe negar o que ela desejava tanto, sem fazer com que duvidasse da atração do marido por ela, de seu amor? Ao ponderar tudo que o futuro guardava, tudo que importava era o momento, era garantir que Julia ficasse feliz, segura em sua crença de que a atração do marido por ela não tinha mudado.

Lentamente, ele relaxou os dedos ao redor do pulso dela e levantou a mão até o rosto de Julia, sem se importar que a água pingasse no vestido dela. Ele a puxou para perto, tomando-lhe a boca. Ela abriu os lábios com um suspiro baixo, e a língua dele acariciou a dela com a mesma determinação com que Julia o acariciava. Edward levantou a outra mão e emoldurou o rosto dela, sem se incomodar em conter sua paixão, mergulhando nas profundezas das sensações que ela criava com tanta habilidade.

Ela estava certa. Fazia muito tempo, tempo demais. Embora ele quisesse tirá-la do maldito vestido e passar suas mãos por cada centímetro dela, Edward as manteve onde estavam, pois sabia que era imperativo minimizar os arrependimentos dela. Oh, mas como era difícil quando Julia suspirava docemente, quando o corpo dele o traía, quando ela demonstrava tanta habilidade...

Ele deslizou a boca pelo pescoço dela, passou a língua pela depressão da garganta.

— Jules, bom Deus, Jules.

— Devo parar? — A voz dela parecia vir de longe, de outro mundo, outra esfera.

— Só se quiser me matar.

Ela mordiscou o queixo dele, pegou o lóbulo entre os dentes e o provocou um pouco antes de encostar a boca na orelha dele. Ele sentiu o calor, a umidade...

— Adoro senti-lo quente e duro na minha mão — ela murmurou com a voz baixa e rouca.

Cristo! Ele quase reagiu, quase explodiu ali mesmo, mas conseguiu se segurar a tempo, lembrando da má audição de Albert em uma orelha. A orelha direita. Surda. Ela pensou que ele não tivesse ouvido. Como um homem não reagia àquilo? Ele era um maldito santo.

Ele tomou a boca de Julia com apetite, desejando o máximo de intimidade que podia ter sem ser consumido pela culpa. Isso viria mais tarde. Ele sabia que viria. Mas, no momento, ele estava perdido em sensações que ela provocava com seus dedos hábeis, mãos sensuais e palavras indecentes. A outra mão dela passeava pelo corpo dele como se fosse uma exploradora descobrindo um continente perdido, que precisava ser mapeado em detalhes – cada vale, cada colina.

Seu corpo arqueou quando a força do orgasmo o atingiu. Seu rugido foi selvagem e profundo, mesmo com a boca grudada na dela, engolindo o gemido suave de Julia, seu grito de triunfo. Ele quase a puxou para a banheira de cobre.

Em vez disso, respirando com dificuldade, ele encostou a testa na dela.

— Danada.

A risada dela foi o som mais doce que ele já tinha ouvido. Recuando, ela levou as mãos ao rosto dele. Como ela podia parecer tão inocente, tão doce, quando pronunciava coisas tão indecentes sobre o membro dele? E ele teve que continuar como se não tivesse ouvido, quando aquelas palavras, na verdade, estavam gravadas a fogo em seu cérebro e ficavam se repetindo como se fosse sua cantiga favorita.

— Eu sabia que isso me daria muito prazer — ela disse.

Ela tinha mesmo gostado. Isso aparecia no brilho cintilante de seus olhos.

— Você deveria ser mais egoísta — ele disse.

— Eu te amo tanto — Julia respondeu, meneando a cabeça e sorrindo com carinho.

A realidade atingiu Edward com uma força que quase fez com que ele se dobrasse. Não era ele o homem que Julia amava. Ele tinha se aproveitado das mentiras, e suas razões para fazê-lo pareciam debochar dele naquele instante.

— Julia...

Aproximando-se, ela o beijou apaixonadamente antes de se colocar de pé.

— Vamos nos atrasar para o jantar.

Ela saiu, e ele submergiu na água do banho, sabendo que um dia ela o odiaria pelo que tinha acabado de acontecer. Que canalha ele era por não sentir arrependimento.

Edward tinha compartilhado da intimidade de inúmeras mulheres, mas os momentos com elas empalideciam se comparados ao que tinha acabado de experimentar. Que tudo fosse para o inferno, mas ele queria uma relação completa com Julia, uma entrega completa. Com ela, Edward queria o que nunca poderia ter.

Capítulo 9

— Você pretende ficar com esse ar de convencimento a noite toda? — Edward perguntou.

Sentada ao lado do marido na mesa de jantar menor, Julia não conseguia evitar a imensa satisfação que continuava a envolvê-la.

— Eu gosto de ainda conseguir surpreender você, mesmo após todo esse tempo.

Albert ergueu o copo e tomou um gole do vinho.

— Você conseguiu mesmo.

— Isso me deu um prazer imenso.

— Desconfio que meu prazer foi maior — ele disse, com o olhar caloroso.

Estendendo o braço, ela colocou a mão sobre a dele.

— Depois de perder três bebês, entendo o cuidado que devemos ter para garantir que não percamos este, mas tenho sentido falta da intimidade. Terrivelmente.

O olhar dele foi para um criado antes de voltar para Julia.

— Talvez seja melhor falarmos disso mais tarde.

— Não sei. — Ela mordeu o lábio inferior. — Estou me sentindo um pouco travessa.

Entrelaçando os dedos aos dela, Albert levou a mão de Julia à boca e lhe deu um beijo enquanto a fitava.

— Eu gosto muito da sua versão travessa. E embora nossos criados sejam pagos para serem discretos, desconfio que é melhor não lhes dar assunto para fofoca.

Não havia censura nas palavras dele, mas sabedoria. Embora eles conversassem em voz baixa, e o vento uivasse além das janelas, discrição era necessária, sem dúvida. Aquiescendo, ela soltou os dedos e voltou a atenção para o frango assado.

— Você nunca tinha me chamado de Jules.

— Perdão? — Ele franziu a testa. Parecia perplexo de verdade.

— Durante... seu banho, você me chamou de Jules.

— Não posso ser responsabilizado por qualquer coisa que eu tenha dito durante meu... banho.

— Eu gostei.

— Do meu banho? — Agora era Albert que a provocava, os olhos brilhando com malícia, embora ele tivesse pedido para que fossem discretos.

Ela lhe deu um sorriso cúmplice.

— De Jules. Parece menos formal.

— Foi um momento nada formal.

— Foi mesmo.

A conversa mudou para o que ela tinha feito durante o dia, e Julia não quis admitir que tinha passado a maior parte do tempo se preocupando com o retorno dele. Ela lhe contou sobre sua aquarela mais recente: um coelho com um cajado. Albert não riu nem debochou dela, parecendo pensar que era muito normal que a esposa atribuísse qualidades humanas para suas criaturas imaginárias.

— Ele é bem solitário — ela disse.

Ele não pareceu surpreso. Apenas concordou antes de falar.

— É o Locke, então.

Julia ficou espantada, depois considerou o comentário dele.

— Sim, imagino que seja. Eu não pensei que você visse os meus desenhos assim.

— Todas as suas criaturas representam alguém.

Ela levou outro pedaço de frango à boca, e se obrigou a comer as ervilhas, pela saúde do bebê.

— É mesmo?

Ele encarou a esposa com um olhar de entendimento.

— O texugo é Ashe. Determinado. Teimoso. A doninha é Edward, sempre tentando escapar dos seus deveres, tentando se dar bem com alguma coisa.

Ela abriu a boca para protestar, mas a fechou.

— Esse foi o primeiro desenho que eu fiz — ela disse, enfim. — Acho que eu estava um pouco brava com ele por levar você para longe. Eu deveria rasgar esse desenho.

— Bobagem. Meu irmão teria ficado muito satisfeito se visse como você o retratou.

— É que agora parece mesquinho da minha parte.

— A arte costuma imitar a vida. Ele teria aplaudido seu trabalho.

Julia não tinha tanta certeza de que o cunhado teria apreciado sua arte como Albert sugeria.

— Qual deles é você? — ela o desafiou.

— Você é a raposa — ele disse. — Inteligente. — Albert arqueou a sobrancelha. — E muito bonita. Embora a cor esteja errada.

— Mas raposas são vermelhas.

— Nem todas. Certa vez eu vi uma raposa preta no pântano de Havisham. Elas são raras, o que combina, já que você é uma raridade.

Julia sentiu o rosto ficar quente. Fazia tanto tempo que ele não flertava com ela. Julia se sentiu uma garota de novo, inocente e esperando ansiosa por sua primeira dança. Como ela poderia saber, na época, que sua primeira dança seria com Albert, e que isso a colocaria nos braços dele para sempre?

— Nunca ouvi falar de raposas pretas.

— Então vai ter que acreditar em mim.

— Eu gostei de fingir que meu cabelo era vermelho.

— Gosto do seu cabelo como é. Realça o azul dos seus olhos.

— Sempre o achei sem graça.

— Nada em você é sem graça.

Ela inclinou a cabeça e estreitou os olhos.

— Está me cortejando, Lorde Greyling?

Ele fez pouco caso.

— Um homem não corteja a própria esposa.

— Então está evitando minha pergunta. Qual dos animais representa você?

Inspirando fundo, ele tamborilou a ponta do dedo no bojo da taça de cristal, parecendo refletir.

— Não a ratazana. Primeiro achei que fosse Edward, remexendo no lixo, mas então vi a doninha com seus olhinhos redondos.

— Você não sabe qual é — ela anunciou, um pouco surpresa que Albert não conseguisse perceber.

— O cavalo. Nobre. Forte. Confiável. Não é muito engraçado, porém nunca falha.

— Mas o seu falhou esta noite.

— A culpa foi minha — Albert disse e meneou a cabeça. — Eu o forcei demais, na pressa de chegar. A neve estava começando a cobrir o solo. Tive sorte por ele não pisar num buraco e quebrar a perna.

— Talvez fosse melhor você ter procurado abrigo em algum lugar, para passar a noite.

— Eu não queria que você ficasse preocupada. — Ele engoliu o que restava do vinho como se não estivesse à vontade com aquela confissão. Estranho. Albert nunca teve dificuldade para expressar seus sentimentos, mas nas últimas semanas ele tinha sido submetido a todo tipo de emoção.

Sempre que Julia pensava saber exatamente como ele reagiria, descobria que não sabia nada.

Eles terminaram de jantar e se recolheram à biblioteca. Julia sentou mais perto da lareira e começou a ler um livro. Edward se recostou na poltrona diante da dela e ficou tamborilando os dedos na taça de Vinho do Porto. Ela pareceu ficar surpresa por ele ter conseguido discernir quem os animais dos desenhos dela representavam. Edward preferia ser um esquilo, um bicho animado e divertido. Ou até mesmo um coelho promíscuo. Mas doninhas são conhecidas por roubar coisas, e ele tinha roubado um beijo dela, e também seu marido. E agora roubava todos aqueles momentos com ela.

Edward deveria ter inventado alguma desculpa; ele precisava trabalhar, analisar os livros-razão, verificar suas contas. Em vez disso, ele estava ali, admirando a curva do pescoço de Julia, cuja cabeça estava inclinada por causa da leitura. Ele gostou de ver que ela continuava com aquele maldito sorriso de convencimento.

E ela merecia. Edward não sabia dizer se já tinha reagido de forma tão visceral ao toque de uma mulher. Ele quis atribuir a intensidade de sua reação à sua recente abstinência, mas Edward desconfiava que, se ela levantasse da cadeira, fosse até ele e encostasse a mão em seu rosto, ele a puxaria para o colo e tomaria sua boca com um fervor que faria a maioria das jovens sair correndo da sala. Mas ela não era de fugir. Julia corresponderia ao beijo na mesma medida.

Do mesmo modo que aconteceu aquela noite no jardim; como acontecia sempre que eles se beijavam.

Porque ela acreditou naquela noite, e acreditava agora, que ele era Albert. Seriam eles tão parecidos em tudo, que ela não conseguia diferenciá-los? Foi para isso que ele rezou no navio durante o tempo todo que navegou pelos mares bravios para retornar à Inglaterra. *Não deixe que ela descubra que sou eu, o canalha ardiloso que toma o que não é dele. Não a deixe perceber que não sou o marido dela.*

Ele repetiu esse mantra milhares de vezes durante a viagem, no compartimento de carga, olhando para o caixão simples de pinho, fazendo companhia ao irmão. Ele esperava que fosse difícil não se entregar, fingir ser Albert. Mas Edward não esperava que fosse um inferno.

Ela levantou os olhos para Edward, franzindo a testa como se sentisse o rumo de seus pensamentos. Parte dele esperava que ela dissesse: *Eu acabo de perceber quem você é.* Parte dele começava a ter esperança de que ela nunca percebesse. Como ele poderia destruir uma mulher tão admirável?

— Os criados estão se perguntando se devem decorar a casa para o Natal.

Ele olhou para o vinho que restava em sua taça.

— É difícil acreditar que já é essa época do ano.

— Dezembro pareceu chegar sem que notássemos — ela disse. — Eu não soube o que responder, já que estamos de luto.

— Deixe que eles animem esta casa.

Julia fechou o livro.

— Eu não quis parecer insensível. Sei que você não deve estar com vontade de festejar.

— Tive dois meses de luto antes mesmo de chegar aqui. Quero ficar alegre no Natal. O que você quer de presente?

Ela apertou os lábios em um bico de desagrado.

— Você sabe o que eu quero.

Maldição. Será que eles falaram dos presentes de Natal antes de Albert viajar? Como diabos Edward deduziria o que ela tinha pedido? Será que Albert já tinha comprado? Ele precisaria vasculhar todos os escaninhos e nichos do quarto e da biblioteca. E se não encontrasse nada...

Edward a estudou, sentada ali, observando-o como se tivesse certeza de que ele sabia exatamente o que ela desejava. O que Julia queria? O que qualquer mulher queria?

Joias.

Colar? Brincos? Pulseiras? As três coisas.

Rubis. Não. Safiras para combinar com os olhos. Não. Ônix. Pérolas negras. Ele só as tinha visto em uma ilha nos Mares do Sul. Eram tão difíceis de encontrar quanto ela. Tão gentil, carinhosa, mas com uma veia de sensualidade que ele gostaria de explorar mais a fundo. Mas essa exploração era proibida para ele. Ele teria que se contentar em memorizar a risada dela, seu sorriso, o modo como os olhos dela brilhavam de malícia, escureciam de paixão, suavizavam-se quando ela massageava a barriga, como estava fazendo naquele momento.

— Uma criança saudável — ele murmurou com convicção. Nada de joias nem bugigangas. — É isso que você quer de Natal.

O sorriso dela iluminava a escuridão, faziam os ventos frios recuarem, fornecia abrigo contra a chuva.

— Foi o que nós concordamos em dar um para o outro. Nós avaliamos mal, pois, de acordo com o médico, o bebê não vai chegar até o primeiro dia do ano. Mas não vai demorar muito mais que isso. Eu espero que ele tenha seu cabelo.

— E eu espero que tenha o seu. — Ele não achava que isso fosse uma injustiça com o irmão, pois via Albert sempre que se olhava no espelho.

— Olhos castanhos — ela disse.

— Azuis.

— Você vai discordar de mim em tudo?

— Na verdade, Julia, não ligo a mínima para a aparência dele. Desde que seja forte e saudável. — E homem. Um menino garantiria o lugar de Julia na sociedade, garantiria que ela não dependesse da gentileza de Edward.

— É bobagem se preocupar com a aparência — ela disse —, mas é divertido ficar imaginando. Eu consigo vê-lo com clareza na minha cabeça. Deve ser intuição de mãe.

— Eu acho que você vai ser uma mãe maravilhosa.

— Vou me esforçar para ser. A missão é assustadora.

— Não tenho dúvida de que você vai se sair bem.

Ela colocou a mão sobre o coração.

— Você nunca foi tão eloquente quanto à sua fé em mim. Não que eu precise das palavras. Você a demonstra com suas ações, mas ainda assim é bom ouvi-las.

Ele amava Albert, mas seu irmão sempre foi mais quieto, menos falante. Doeu-lhe saber que ela apreciava palavras que nunca lhe tinham sido ditas, e Edward não soube dizer por quê. Ações são sempre muito bem-vindas, mas Julia merecia ações e palavras. Ela merecia muito mais do que ele conseguiria lhe dar, mais do que ele teria o direito de lhe dar.

Era importante que ele não se esquecesse que a companhia dela era apenas temporária. Ele terminou o Vinho do Porto e levantou.

— Acho que devemos nos recolher. O dia foi longo e estou exausto.

Colocando-se de pé, ela pôs a mão no braço dele. Edward tentou não se lembrar de onde aquela mão esteve mais cedo, de como aqueles dedos brincaram com ele. Tinha sido um erro ceder às súplicas dela, embora ele estivesse com dificuldade para sentir remorso.

Eles percorreram os corredores e subiram a escadaria em silêncio. À porta dos aposentos, Edward levantou a mão de Julia e deu um beijo leve nos dedos dela.

— Vejo você daqui a pouco.

— Tire minha roupa.

Ele congelou, tenso, e fitou o sorriso convidativo dela, os olhos fumegantes.

— Está tarde — Julia acrescentou. — Não quero incomodar minha criada.

— Ela é paga para ser incomodada. — A voz dele soou aguda e rouca, nem um pouco natural.

Julia encostou a palma da mão no peito dele, e Edward imaginou se ela conseguiu sentir o galope de seu coração. Na verdade, não havia nada que ele desejasse tanto quanto tirar a roupa dela, mas isso trazia muitos perigos.

— Prefiro que você tire.

— Não acho que seja aconselhável. Estou com dificuldade para me controlar, Julia.

Baixando a mão, ela levantou o queixo e um brilho desafiador avivou a safira dos olhos dela.

— Eu acho que você está sendo puritano.

Puritano? Ele? Edward tinha despido centenas de mulheres. Bem, pelo menos uma dúzia. Ele não soube dizer por que suas aventuras sexuais de repente o envergonharam, fizeram com que ele desejasse ter sido mais criterioso, mais merecedor dela. Mas maldito fosse ele se recusasse diante de um desafio, ainda mais um colocado por ela.

Ele podia ser forte, mesmo que isso significasse ser mais forte do que jamais tinha sido. Ele podia resistir a ela, podia garantir que não iria acontecer nada que fosse colocar o bebê em risco. Amaldiçoando a promessa feita a Albert, ele passou por ela, girou a maçaneta e abriu a porta, puxando-a pela mão para dentro do quarto.

A batida na porta após a passagem deles fez Julia pensar se não o teria pressionado demais. Contudo, enquanto aguardava no centro do quarto, de costas para ele, seu corpo vibrava de expectativa.

Ela sentiu o puxão no cordão do vestido, depois o lento afastamento do tecido enquanto ele se dedicava a soltar os fechos. Ele deslizou um dedo pelos ombros e costas dela, demorando-se na coluna, depois desceu por um lado, subiu pelo outro. Ele encostou os lábios na nuca de Julia, e esta sentiu o círculo quente de calor formado pela boca aberta dele. Tudo dentro dela derreteu. Ela queria esse mesmo calor cobrindo cada centímetro de seu corpo.

Ele deixou o vestido cair sob os pés dela, que tirou a peça de roupa.

— Vou deixar o restante para você — ele disse.

A decepção a atingiu em cheio. Virando-se, ela viu que ele já estava no guarda-roupa pendurando o vestido. Pendurando-o quando ela teria preferido vê-lo jogado no chão, porque Albert estaria impaciente demais para desnudar o resto dela. Que boba ela era de pensar que ele a achava um pouquinho atraente em seu estado atual. Fazia tempo que ela tinha parado de usar espartilho ou qualquer coisa apertada, então lhe restou pouco para tirar além do *chemise* e dos calções. A criada tinha deixado uma camisola aberta no pé da cama. Julia sentiu uma tentação quase irresistível de não vesti-la, obrigando Albert a encarar sua nudez, a perceber todas as mudanças em seu corpo.

Saber qual era o risco não diminuiu o desejo dela por ele. Se algo tinha mudado desde a volta dele, era que Julia o queria mais do que nunca. Albert estava mais aberto com seus sentimentos e elogios. E o modo como ela às vezes o pegava olhando em sua direção – como se ele estivesse a ponto de atacá-la a qualquer momento – fazia com que o desejasse ainda mais.

Então não era seu corpo inchado que o fazia dar as costas à esposa. Era o desejo dele. Consolando-se dessa forma, ela vestiu a camisola e se virou para encará-lo. Ele continuava encarando o guarda-roupa, parado ali como se tentasse entender os vestidos dela.

— Você pode se despir aqui mesmo — Julia disse enquanto caminhava até a penteadeira, sentando-se no banco estofado. Levantando as mãos, ela começou a retirar os grampos do cabelo.

— Farei isso.

No espelho, ela o viu atrás de si, já sem paletó, lenço ou colete; os punhos e o alto da camisa desabotoados, o que lhe conferia um aspecto bastante selvagem. Ele era muito mais rápido tirando a própria roupa do que a dela. Baixando as mãos para o colo, ela o lembrou:

— Você nunca fez isso por mim antes.

Pelo reflexo do espelho, os olhos dele capturaram os de Julia.

— Pensei centenas de vezes em fazer.

— E por que não fez? — ela perguntou, franzindo a testa.

— Eu não sabia se você gostaria.

— E eu não sabia que lhe faltava autoconfiança.

— Talvez você não me conheça tão bem quanto pensa.

Passando as mãos pelas madeixas dela, Albert começou a remover os grampos, colocando-os com cuidado no prato de porcelana sobre a penteadeira.

— É estranho, não acha, que depois de todo esse tempo nós ainda estamos descobrindo coisas um sobre o outro — ela disse.

O cabelo dela caiu sobre os ombros e ele enterrou os dedos nos fios abundantes, massageando gentilmente sua cabeça.

— Desconfio que uma vida inteira não seria suficiente para descobrir todas as suas facetas — ele disse.

— Não sou um mistério tão grande.

Um canto da boca dele se curvou.

— É sim, para um homem que quer saber tudo.

— Eu não guardo segredos.

O olhar dele demonstrava conhecimento, a expressão de um homem que descobriria profundezas ocultas que nem ela sabia que possuía.

— Toda mulher tem pelo menos um — ele afirmou.

Engolindo em seco, Julia se esforçou para não demonstrar seu nervosismo, causado pela precisão da afirmação dele, enquanto aquela noite distante no jardim com Edward passava por sua cabeça. Ela nunca tinha se permitido analisar o acontecido, receosa do que poderia descobrir sobre si mesma.

Debruçando-se sobre ela, ele pegou a escova sobre a penteadeira e começou a passá-la pelo cabelo de Julia.

— Cem escovadas, certo?

— Esta noite eu me contento com uma dúzia.

— Talvez eu não me contente com menos de duzentas.

— Pensei que você estivesse cansado.

— Não para isto. É bem relaxante, na verdade.

Ele tomou tanto cuidado, foi tão delicado. Ela teria adormecido ali mesmo, não fosse pelo fato de não querer perder nem um momento dos toques dele. Como ela podia estar tão necessitada do contato, da proximidade dele? Talvez fosse bom que, de vez em quando, eles passassem alguns meses distantes.

— Você tem talento para isso. Quando era solteiro, aplicava seu talento com escovas a outras mulheres?

— Um pouco tarde para sentir ciúme delas.

— Não é ciúme; só curiosidade.

— Nunca fiz isto por outra mulher. Nunca tive vontade.

Tanta convicção naquelas palavras. Ela não duvidou dele, como nunca tinha duvidado. Mas todas as mudanças em seu corpo pareciam embaralhar sua cabeça, seus pensamentos. Alguns dias ela chorava sem motivo. Algumas noites ela duvidava da própria habilidade em manter o interesse dele. Em outros momentos, ela sentia mais confiança do que nunca. Agora, ela ansiava por uma abundância de carinho.

Julia adorou ver a mão dele deslizando por seu cabelo, observar a concentração no rosto dele, como se Albert estivesse perdido nas sensações do mesmo modo que ela. Julia não conseguia lembrar de vê-lo tão concentrado em uma tarefa tão simples. Albert tinha voltado para ela como um homem que dava valor aos detalhes. Julia apreciava esse novo aspecto dele.

Ele segurou o cabelo dela e o colocou sobre um ombro, depois se inclinou e deu um beijo no lado do pescoço, logo atrás da orelha. Ele também parecia ter desenvolvido um gosto por seu pescoço.

— Não trance — ele disse com uma voz baixa que despertou nela um tremor de desejo. Albert colocou a escova de lado e foi até a área de estar, onde se sentou numa poltrona e começou a tirar o calçado.

A masculinidade do ato a surpreendeu, assim como a constatação de que nunca tinha visto, de fato, o marido se vestir ou despir. Ele sempre apareceu diante dela preparado para encarar o dia ou apreciar a noite. Cuidava da própria toalete com a ajuda de seu criado.

Levantando-se, ela foi na direção da cama dando olhares furtivos para ele. Albert ajeitava um sapato ao lado do outro. Ela chegou à escadinha que usava para subir na cama. As meias dele se juntaram aos sapatos.

Ela deitou na cama. Ele se levantou, ergueu os braços, segurou as costas da camisa e começou a tirá-la por sobre a cabeça. Pouco a pouco, a pele dele foi aparecendo. Havia algo mais sensual que ver um tronco masculino despido – mesmo aquele que lhe era tão familiar? Ela sentiu a boca secar.

Julia se cobriu, como se as cobertas pudessem protegê-la do que estava sentindo. Eles não podiam fazer o que a cabeça dela imaginava, não sem riscos para o bebê. Ela tinha certeza disso. Algumas semanas até o parto, mais algumas semanas de resguardo, e então ela teria tudo aquilo em todo seu esplendor. Ela se deitaria debaixo dele, abriria as pernas e o receberia de verdade.

Ele baixou as calças, tirou-as e as jogou sem cuidado na pilha de roupas que jazia no divã.

Não pare, a consciência dela pediu, e Julia teve que se esforçar para não dizer aquilo em voz alta. O que ele pensaria de um pedido tão ousado? Albert ficaria horrorizado com os lugares devassos que a imaginação dela a conduzia. Uma condessa respeitável não desejava um encontro no jardim que fosse além de um beijo. Uma condessa respeitável não ficava encarando o traseiro firme de um homem quando este se agachava para atiçar o fogo, desejando estar perto o bastante para conseguir agarrar aquelas nádegas. Uma condessa respeitável não acalentava pensamentos de enfiar as mãos por dentro dos calções e libertar a masculinidade dele, deitando-o de costas, baixando sua boca até...

Ele caminhava na direção dela. Temerosa de que seus pensamentos libidinosos transparecessem em seu rosto, ela virou de lado, mostrando suas costas para ele. Tantas fantasias vagavam pela cabeça de Julia. As objeções dele, na banheira, tinham sido débeis. Talvez, depois que a criança nascesse, Albert estivesse disposto a aceitar um pouco mais de ousadia da parte dela.

O quarto mergulhou na escuridão quando ele diminuiu a chama da luminária. A cama rangeu, o colchão afundou quando o peito dele encontrou as costas dela. Albert pôs de lado o cabelo dela e, mais uma vez, seus lábios encontraram a nuca de Julia perto do ombro. Uma das mãos dele acariciou o lado do corpo dela, o quadril. Subiu. Desceu. Embalou-a tão profundamente naquele carinho doce que Julia demorou um instante para perceber que cada carícia deslizava um pouco mais para baixo.

Um pouco acima do joelho. O joelho. Logo abaixo dele. A panturrilha. O local onde a bainha da camisola jazia.

Dessa vez, quando a mão dele subiu, foi por baixo do tecido, deslizando sobre o joelho, por toda a coxa.

— O que você está fazendo?

— Shhh... — ele sussurrou, a respiração soprando a orelha dela. — Eu lhe disse que não recebo prazer sem retribuir.

— Mas o bebê...

— Eu vou tomar cuidado. Vou ser muito cuidadoso, Jules. — A mão dele parou no encontro das coxas dela. — Só vou dar prazer. Devagar, com delicadeza. — Os dedos dele a abriram. — Até você suspirar de deleite.

Suspirar? Ela poderia muito bem gritar. Fazia tanto tempo que ela não era tocada de modo tão íntimo, com tanto carinho. O desejo crescente dele pressionando o traseiro dela ajudava a aumentar a força das sensações que a devassavam enquanto os dedos de Albert a provocavam com a mágica que sabiam fazer tão habilmente. Ele tomou o lóbulo de sua orelha entre os dentes, e o calor a tomou toda.

De algum modo, ele tinha conseguido baixar a camisola o suficiente para que sua boca quente deslizasse pelo ombro nu de Julia. Os dedos do pé dela se curvaram, depois se estenderam. Os dedos da mão formigavam. Ele sempre foi tão delicado com ela, respeitoso, mas havia algo diferente essa noite, uma necessidade quase selvagem borbulhava dele, algo que ela podia sentir nos recônditos mais profundos de sua consciência.

Era como fumaça, aparecendo e desaparecendo. Ela não conseguia focar nessa diferença, não quando sua concentração estava em seu próprio corpo, na mão dele entre suas coxas, na boca de Albert em seu ombro. Era como se ele estivesse tecendo uma rede de prazer entre esses dois pontos. Só que as sensações se espalhavam além deles, abarcando tudo. Profunda e poderosamente. Até que elas a consumiram, devastando-a. Arqueando as costas, ela gritou com o alívio que lhe foi negado por tanto tempo.

Parando os dedos, ele a puxou para mais perto de si, parecendo envolvê-la de modo mais firme.

Então as lágrimas inesperadas vieram em soluços tão grandes que ela não conseguiu se controlar.

— Julia? — ele disse, apoiando-se no cotovelo.

— Desculpe — ela disse, rouca, colocando os dedos trêmulos sobre a boca, meneando a cabeça. — É só que... faz muito tempo que não ficamos assim tão íntimos. — Não desde que o médico confirmou que ela estava grávida. Ele ficou com tanto medo de machucá-la. Albert tinha reprimido todas as suas paixões, e Julia tentou fazer o mesmo com as suas, mas estas pairavam perto da superfície, provocando-a o tempo todo com desejo e carência.

— Está tudo bem, Jules — ele disse, a voz baixa, reconfortando-a ao virá-la delicadamente, até o rosto dela estar aninhado no peito de Albert, cujos braços a envolveram, e uma das mãos acariciando sua coluna. — Está tudo bem.

— Eu fiquei tão desajeitada que estava com medo de que você não me quisesse mais.

— Eu sempre quis você.

A sinceridade na voz dele fez com que outro soluço horroroso escapasse.

— Estou sendo tão boba. Esta sensação repentina de solidão... não sei de onde veio.

Ele encostou os lábios no alto da cabeça dela.

— Perdoe-me. Eu não tinha me dado conta...

Ela piscou para conter as lágrimas.

— Por favor, nunca mais me deixe.

— Não vou deixar. — Ele a segurou com mais firmeza. — Nunca mais.

Enxugando a umidade das faces, ela soltou um soluço abafado de gratidão e desânimo.

— Ultimamente sinto tanta dificuldade para controlar as lágrimas.

— Eu estava com medo de machucar você.

Inclinando a cabeça para trás, ela estudou o rosto dele nas sombras.

— Foi maravilhoso. Tão intenso. E me pegou desprevenida. — Ela enterrou o rosto no peito dele. — Eu me senti magnífica. — Engolindo em seco, ela fez movimentos circulares com o dedo ao redor do mamilo dele. — Foi bom assim para você, na banheira?

Ele soltou uma risada curta, quase autodepreciativa.

— Quase me matou.

Julia riu com suavidade.

— Eu senti como se tivesse morrido, então fiquei mais viva do que nunca.

— Considerando nossas reações, talvez seja melhor nos contermos, por ora, e não dar prazer um ao outro.

Aquiescendo, ela se aninhou mais perto dele. Albert tinha razão, mas ela estava grata por essa noite, que a faria aguentar as próximas semanas, até os dois poderem fazer amor loucamente outra vez.

Capítulo 10

Por favor, nunca mais me deixe.
Não vou deixar. Nunca mais.
O que diabos o tinha possuído para que ele fizesse uma promessa daquelas? Isso o manteve acordado a maior parte da noite, com Julia, confiante e segura, aninhada nele, enquanto a cabeça de Edward dava voltas com as implicações de suas palavras. Ele tinha feito uma promessa que não poderia cumprir.

No momento, Edward estava à janela, olhando para a tempestade que continuava a jogar neve sobre a terra, reproduzindo a agitação que ele sentia por dentro. Tendo levantado mais cedo, vestiu as calças e a camisa, mas relutava em ir para o próprio quarto antes que ela acordasse. O momento em que ela se desfez de prazer em seus braços foi o mais gratificante que ele já tinha experimentado. Era tão fácil acender a chama do desejo dela, suas reações eram tão gratificantes.

Edward queria sentir aqueles músculos se fechando ao seu redor enquanto estivesse enterrado bem dentro dela. Algo que nunca iria acontecer.

— Está pensando em sair? — ela perguntou, a voz rouca de sono provocando tensão em seu baixo-ventre.

Droga, ele teve vontade de voltar para a cama. Mas Edward apenas olhou para ela, cujo cabelo, todo embaraçado, a envolvia.

— Não. Quase não dá para enxergar qualquer coisa. Vou trabalhar em casa hoje.

Sentando e recostando-se nos travesseiros, ela sorriu, e o motivo de ele ter tanta pressa para prometer que nunca a deixaria o atingiu com força. Ele adorava o modo como os cantos da boca de Julia se levantavam, a maneira como os olhos dela se aqueciam de prazer. Ele desejou poder honrar todas as promessas que tinha feito desde seu retorno.

Ele só percebeu que caminhava até a cama, quando chegou nela e se sentou na borda do colchão. Julia cheirava a sono e levemente, a sexo, um perfume sedutor. Ele afastou os fios castanhos do rosto dela.

— Eu deveria escovar seu cabelo.

— E eu deveria deixar, mas isso poderia nos levar a outras coisas.

Ele deu um beijo rápido na testa dela, depois nos lábios.

— Sem dúvida nos levaria.

— Precisamos nos comportar.

— Que lástima.

Ela riu, o eco de uma jovem plena de alegria. Ela não conseguiu lembrar de já tê-la ouvido produzir som tão divertido.

— Não sei por que eu duvidei dos seus sentimentos. A gravidez tem provocado um caos nas minhas emoções.

— Não duvide. — Aninhando o rosto dela, Edward tomou seus lábios do modo mais delicado que conseguiu, contendo suas próprias paixões. Os dedos dela procuraram seu cabelo. Ele se sentiu tentado a mergulhar nela.

Em vez disso, ele recuou e levantou.

— É melhor eu ir cuidar dos meus afazeres. Vejo você no jantar.

A expressão dela era ardilosa, provocadora.

— Se não antes.

Por que ladies recebiam o café da manhã na cama?

Edward ponderou a questão enquanto comia seu café da manhã na sala íntima de jantar e olhava para um artigo no jornal que Rigdon, dedicado, tinha passado a ferro. O jornal era de alguns dias atrás, tendo chegado com vários outros no dia anterior. Agora, sentado à escrivaninha na biblioteca, encarando a neve que continuava a cair do outro lado da janela, ele duvidava que qualquer entrega pudesse ser feita.

Ele, enfim, tinha conseguido entender a terra, os arrendatários, o potencial de renda. Pelo menos dessa propriedade. Na primavera, ele teria que viajar para as outras duas que ficariam temporariamente sob seus cuidados até o herdeiro atingir a maioridade. Imaginou se deveria convidar Julia para acompanhá-lo, para que ela pudesse ver o que seu filho herdaria. Mas, sem dúvida, Albert já teria lhe mostrado. Além do mais, quando chegasse a primavera, ela estaria furiosa com ele.

Recostando-se na cadeira, tamborilando os dedos no tampo de mogno, ele sabia que todos os momentos agradáveis que tinha passado com ela logo chegariam ao fim. Então por que diabos ele estava sentado ali, estudando os livros, fazendo cálculos, procurando uma maneira de tornar a propriedade mais rentável? Ele teria tempo suficiente para fazer tudo isso quando seus dias e noites tivessem pouca companhia além de sua própria. Era estranho que ele não se imaginasse ocupando suas noites futuras com mulheres e bebida.

Passar tanto tempo com ela o tinha arruinado. Era justo, ele refletiu, que seu futuro próximo lhe trouxesse sofrimento. Mas ainda não estava na hora de desocupar o lugar do irmão. Sim, tudo isso podia muito bem esperar. No momento, o que ele precisava era fazer um estoque de lembranças.

E ele sabia muito bem por onde começar, sabia onde podia encontrá-la.

Só que ela não estava no quarto em que pintava as aquarelas. Não que ele a culpasse por não procurar refúgio ali quando mal se podia enxergar a paisagem além das janelas. Quando aquele maldito clima iria se acalmar e firmar?

Por outro lado, o clima era perfeito para se sentar diante de uma lareira crepitante com uma taça de conhaque aquecido nas mãos. Talvez ele pedisse que Julia lesse *Madame Bovary* em voz alta. Ele sorriu ao imaginá-la encontrando esse livro em seu quarto...

Seu sorriso murchou. Seria possível que ela estivesse lá, nesse momento, procurando algo provocador para ler? Ele ainda precisava vasculhar seus baús, e também os de Albert. Não era uma tarefa pela qual estivesse ansioso. Ele ficava repetindo para si mesmo que no dia seguinte cuidaria disso. Tantos dias seguintes se passaram e ele ainda não tinha cuidado disso.

Não, Julia não estaria lá. A residência era tão grande que ela poderia estar em qualquer um dos inúmeros aposentos.

Ele saiu para o corredor. Afinal, por que precisavam de uma casa tão grande? Pelo que ele sabia, a realeza não aparecia ali desde Elizabeth. Não foi isso que Marsden mencionou certa noite? Que um dos condes anteriores tinha sido um dos favoritos da rainha? De que isso importava agora? Não importava. O importante era encontrar Julia.

— Você aí! — ele gritou para um criado que passava, que parou e se virou para ele. — Você sabe onde posso encontrar Lady Greyling?

— Não, milorde. Não a vi hoje.

Seria possível que ela continuasse na cama? Não que ele a culpasse, com o clima tão melancólico. Juntar-se a ela, contudo, poderia levar a outras coisas. Parecia que nenhum dos dois tinha muita força de vontade quando se tratava de dar e receber prazer. Ele fez um gesto para o criado.

— Pode ir.

E ele fez o mesmo, procurando em um cômodo após o outro, sem conseguir encontrá-la. Nem mesmo o aroma dela persistia. Ele não estava no rastro certo.

Quando chegou ao vestíbulo, subiu a escadaria que dava acesso à ala em que ficavam os aposentos da família. Edward bateu na porta. Sem resposta. Ele a abriu. Vazio.

De volta ao corredor, ele caminhou apressado até o último aposento, o quarto de Edward. A porta estava aberta, o que não era um bom sinal. Ele tinha instruído os criados para que não entrassem ali. Mas não deu as mesmas instruções para Julia.

Entrando, ele parou de repente ao vê-la sentada no chão, a tampa de um baú levantada, a cabeça curvada e um diário de couro sobre as pernas.

— Eu disse que cuidaria das coisas dele — ele estrilou, no mesmo instante lamentando o azedume de sua voz.

— As coisas de Edward, sim — ela disse, erguendo a cabeça. — Mas isto é seu. — Ela mostrou o caderno. — Todas as entradas de seu diário começam com "Minha Amada". Você escreveu para mim todos os dias em que esteve fora. Por que não me mostrou isto?

Porque eu não sabia que essa droga existia.

— Eu estava guardando para lhe dar no Natal. — Mentiroso. Deus, ele quis arrancar a própria língua ao ver a expressão de decepção dela.

— Estraguei sua surpresa.

— Não importa. — Ele andou até ela, agachou-se, apoiou os cotovelos nas coxas. — Você não devia estar mexendo nessas coisas. Eu vou cuidar disso.

— Eu sei, mas você tem estado tão ocupado, e eu sabia que você ainda não tinha arrumado suas coisas, então pensei em ajudar. — Ela colocou a mão no punho dele. — Estou me sentindo tão estranha, como se eu precisasse fazer algo, mas sem saber o quê. Sabia que eu fiz minha própria cama esta manhã? A pobre criada pareceu perdida. Arrumei o berçário também, onde não havia nada para arrumar. Eu só queria fazer algo um pouco mais produtivo. E tudo que consegui foi aborrecer você.

— Não estou aborrecido. Só não queria lhe dar trabalho. Acho que podemos fazer isso juntos. — Embora, na verdade, ele quisesse fazer aquilo sozinho. Ele não fazia ideia do que poderia encontrar no baú do irmão. Certamente nada que revelasse a verdade, mas, ainda assim, viriam lembranças. Era melhor que ele estivesse sozinho.

Meneando a cabeça, levando as mãos à parte inferior das costas, ela as arqueou.

— Estou perdendo o interesse. Minhas costas doeram a manhã toda. Devo ter dormido de mal jeito.

— Você deveria estar na cama, então.

— Não quero me deitar. Acho que eu deveria caminhar.

— Você sabia que há uma tempestade lá fora?

Ela sorriu.

— Posso caminhar dentro de casa. Nós temos uma abundância de corredores que seriam suficientes.

Indo para trás dela, Edward colocou as mãos em suas costas, massageando-as com delicadeza. Ela gemeu baixo.

— Ah, que gostoso.

— Vamos para o seu quarto. Você pode deitar de lado enquanto eu massageio um pouco suas costas.

— Pensei que você tivesse que cuidar dos negócios.

— Nenhum dos meus negócios é mais importante do que o seu conforto.

— Você me convenceu. — Ela mordeu o lábio inferior. — Posso ficar com o diário?

Qual era o problema? Era óbvio que Albert pretendia dá-lo para ela, já que era uma série de cartas para a esposa.

— É claro. Agora vamos levantar.

O mais devagar possível, fornecendo a Julia todo o apoio que podia, Edward a ajudou a ficar de pé. Ela deu um passo, soltou um gritinho, dobrou-se e levou a mão à barriga.

— Ah, meu Deus.

— O que foi? — ele perguntou, passando o braço ao redor dos ombros dela, lutando contra uma sensação de que algo poderia estar terrivelmente errado.

— Eu senti uma dor aguda. — Ela o encarou, os olhos cheios de pavor. — Tem... alguma coisa molhada escorrendo pelas minhas pernas. Oh, minha nossa...

Ele a pegou nos braços.

— Está tudo bem. Tudo vai dar certo.

— É cedo demais. — A voz dela estava embargada pelas lágrimas, carregada de pânico.

— Pode não ser o que estamos pensando. — Ele desejou, com toda força, que não fosse. Com passadas longas, ele a carregou para fora daquele quarto, pelo corredor, até os aposentos dela. Com carinho, ele a colocou na cama. — Vou dar uma olhada, tudo bem?

Ela concordou, mas o medo refletido nos olhos dela dilacerava Edward. Ele não precisou levantar demais as saias dela para ver a umidade tingida de sangue. Antes que ele pudesse dizer qualquer coisa, ela gritou, agarrando as cobertas com as mãos enquanto apertava os olhos.

Edward se sentiu desamparado e impotente, incapaz de fazer mais do que observá-la lutando com a dor.

Quando Julia abriu os olhos, eles estavam cheios de lágrimas e ela arfava.

— Ele está vindo. O bebê está vindo. É muito cedo. É cedo demais.

Deixando a cabeça cair no travesseiro, ela começou a chorar de verdade, as lágrimas escorrendo pelas faces.

— Olhe para mim, Julia, olhe para mim.

Ela rolou a cabeça de um lado para outro, apertando os olhos mais uma vez.

— Estou com medo, estou com muito medo.

Ele também estava aterrorizado, mas não podia deixá-la saber, não podia deixar que nada de seu pavor transparecesse, o que só serviria para reafirmar o medo dela, para fazê-la entrar em pânico.

— Julia. — Ele colocou as mãos dos dois lados do rosto dela. — Olhe para mim, olhe nos meus olhos.

Enfim, ela olhou, e ele nunca esteve tão certo sobre algo como estava sobre aquilo:

— Você não vai perder este bebê. E eu não vou perder você. Não vou deixar isso acontecer.

— Você não controla o destino.

— O destino me deve isso. Não vou deixar que nada me faça perder um de vocês.

Piscando para afastar as lágrimas, ela assentiu, a boca formando uma linha firme, sinalizando que ela estava tão decidida quanto ele.

— Certo, tudo bem. Mas ainda assim não está na hora.

— Parece que o pequenino acha que está na hora. Então vamos ter um pouco de fé. Relaxe. Seja forte. Seja corajosa. Nós temos que trazer uma criança para o mundo.

Capítulo 11

Como ela podia não acreditar em Albert, quando ele parecia tão seguro? Uma calma se espalhou por Julia enquanto o observava puxar o cordão da campainha que chamava a criada.

— Você acha que é por causa do que fizemos na noite passada? — ela perguntou.

Ele a encarou, os olhos cheios de convicção.

— Absolutamente não.

— Como você sabe?

— Eu acredito que, se fosse, isso teria acontecido na noite passada.

Ela queria acreditar nele, assim poderia pelo menos afastar a culpa.

— Ele está chegando um mês adiantado.

Ele sentou na beira da cama e pegou a mão dela.

— Talvez nem tanto. Como um médico pode determinar com precisão a data do parto quando ele nem sabe o momento exato da concepção?

— Acho que você tem razão.

— Acredite em mim, Jules, você não vai perder este.

Querendo acreditar nele com cada fibra do seu ser, ela aquiesceu.

— Certo, tudo bem. — Outra contração a atingiu, e Julia apertou a mão dele, tendo quase certeza de ouvir ossos quebrando, mas como ele nem gemeu, e apenas colocou a outra mão em seu ombro, ela devia estar enganada.

A dor diminuiu e ela inspirou fundo. A porta foi aberta e Torrie entrou.

— Peça para alguém ir até a vila buscar o médico — Albert rugiu.

— Neste tempo?

— Neste tempo. Encontre uma criada que entenda algo sobre partos. Depois volte aqui para ajudar sua lady a se trocar.

Torrie levou a mão à boca.

— Oh, meu bom Deus. Ela está...

— Está! Agora vá fazer o que eu mandei.

Torrie saiu correndo do quarto, seus passos pesados ecoando pela escadaria.

— Eu amo quando você é assim enérgico — Julia disse.

Rindo, ele se abaixou e deu um beijo na testa dela.

— Mais tarde vamos discutir maneiras menos dramáticas para você me encorajar a ser enérgico. Por agora, vamos vesti-la com sua camisola, certo?

Quando Torrie voltou, ele tinha soltado todos os fechos do vestido dela. Ele se afastou, deixando que a criada ajudasse Julia com os últimos passos da troca de roupa, e foi até a lareira atiçar o fogo.

Enquanto Julia se ajeitava debaixo das cobertas, a Sra. Bedell, a governanta, entrou no quarto.

— Faz muitos anos desde que ajudei minha mãe a parir o último filho, mas eu era tão nova que aquilo ficou gravado em mim. — Ela se virou para Albert. — Vossa senhoria pode ir agora. Nós vamos cuidar de Lady Greyling e do pequenino.

— De jeito nenhum. — Julia viu o marido dizer enquanto ele empurrava uma cadeira para perto da cabeceira da cama, onde se sentou antes de pegar a mão dela.

— Não é decente que milorde fique aqui.

— É decente que um marido engravide a mulher, mas não que presencie o nascimento da criança? Que bobagem. — Estendendo a mão, ele afastou o cabelo do rosto dela. — A menos que você queira que eu saia.

Albert não estava presente quando ela perdeu os outros três. Ela não sabia o que esperar disso, o que ele poderia testemunhar, mas precisava da determinação dele, de sua certeza.

— Não, eu quero que você fique. Você é minha força.

Ele encostou a boca nos dedos dela.

— Vamos passar por isso juntos.

Algum tempo depois, Julia percebeu que era extremamente fácil para ele dizer aquelas palavras, pois não era ele cujo corpo se contorcia de dor. Mas, abençoado fosse Albert, que nunca fraquejou, não importava com quanta força ela apertava sua mão. Ele apenas entoava palavras de incentivo e passava um pano frio em sua testa. E lhe contava histórias sobre sua infância, suas viagens. Albert a fez rir quando Julia pensou ser impossível, fez com que ela acreditasse que estaria segurando um bebê nos braços antes que o dia terminasse.

Além da janela, começou a escurecer.

— Onde está o médico? — ela perguntou.

— Sem dúvida a tempestade o está atrasando — seu marido respondeu. — Você não precisa esperar por ele.

— Como se eu pudesse. — Ela forçou uma risada.

— Você está sendo tão corajosa — Albert disse e afastou cabelo do rosto dela.

— Só porque você está aqui. Não quero ser horrível, mas fico tão feliz que não tenha sido você quem morreu na África. Não sei como aguentaria enfrentar tudo isso se não fosse por você.

— Você não é horrível. Não conseguiria ser horrível nem se tentasse. Desde o primeiro instante em que coloquei os olhos em você, eu soube que você era especial.

— Eu me apaixonei por você quase de imediato.

— Quase de imediato? Por que a demora?

— Foram só alguns minutos. Desde o momento em que fomos apresentados até nossa primeira dança. Você era tão sério. Eu pensei, "Ele não deve ser nem um pouco divertido". E então você sorriu para mim e eu estava perdida.

— Então você foi conquistada por algo tão simples como um sorriso.

— Você tem o sorriso mais encantador. Espero que nosso filho tenha o seu sorriso.

— Eu espero que ele tenha sua força de caráter.

Outra pontada de dor a sacudiu. Ele se levantou e ficou debruçado sobre ela. Julia estava ficando tão cansada, tão exausta.

— Se eu morrer...

— Você não vai morrer — ele insistiu.

— Mas se acontecer, você tem que me prometer que não vai abandonar nosso filho como Marsden abandonou o dele. Você não vai culpar a criança pela minha morte.

— Julia...

— Prometa.

— Eu prometo que a criança que você carrega nunca vai saber o que é não ser amada.

Ela concordou com a cabeça, sabendo que ainda não podia se entregar à sua necessidade de descansar. Não até que o filho deles estivesse no mundo, não até que ela desse a Albert seu herdeiro.

— Eu acho que ele está quase aqui, milady — disse a Sra. Bedell, encorajando-a. — Estou vendo o topo da cabeça dele. Tem cabelo preto.

— Cabelo preto — Julia repetiu e sorriu para o marido.

Carinhosamente, ele encostou o pano frio na têmpora dela.

— Ele vai ser parecido com você.

Exausta, ela sacudiu a cabeça.

— Não, ele vai se parecer com você. Só que com cabelo preto. Isso vai lhe agradar?

— Qualquer criança que você der à luz vai me agradar.

— Acho que seria bom milady fazer força da próxima vez que a dor vier — disse a Sra. Bedell.

— Certo, tudo bem.

O som de passos na escada chamou a atenção dela, e, de repente, o Dr. Warren estava entrando apressado no quarto.

— Desculpem-me pela demora — ele pediu. — O tempo está atroz. Vamos ver o que temos aqui.

As criadas se afastaram. Ela não podia se sentir mais grata por Albert permanecer onde estava, servindo de seu protetor. O Dr. Warren começou a levantar a barra da camisola de Julia.

— Deveria sair, meu lorde.

Albert inspirou fundo, transbordando irritação.

— Já passei por isso com os criados. Não vou sair.

— É melhor que algumas coisas entre marido e mulher permaneçam um mistério.

— E é melhor que um homem que posso esmagar com um soco se concentre na minha mulher e no meu filho.

— Sim, é claro. Milady vai ter que fazer força...

Ele não precisava lhe dizer isso. Seu corpo estava fazendo um trabalho maravilhoso nesse aspecto. Quando a dor voltou, a Sra. Bedell e Albert ergueram seus ombros para que ela tivesse mais apoio. Ela não conseguiu evitar de gritar, mas pelo menos não gritou a plenos pulmões, embora tivesse vontade.

— Minha garota corajosa, tão corajosa — Albert, em pé, arrulhou perto da orelha dela, ainda segurando sua mão.

— Estamos quase lá — disse o Dr. Warren. — A próxima contração deve livrar os ombros e teremos terminado.

Firmando o maxilar, grunhindo um pouco mais alto, apertando a mão do marido, ela empurrou o mais forte que conseguiu.

— É isso — O Dr. Warren a encorajou. — Ela chegou.

— Ela? — Julia perguntou ao cair para trás, a respiração pesada.

— Você tem uma filha.

Uma filha? Mas deveria ser um garoto, o herdeiro de Greyling. E o estranho foi que ela não sentiu decepção nem desgosto. Julia olhou para Albert, certa de que nunca tinha visto tanto amor refletido nos olhos dele.

— É uma garota.

— É sim.

— Você consegue vê-la? — Julia perguntou.

— Neste momento, tudo que vejo é você. Está tão linda, Jules.

Ela não via como poderia estar linda.

— Por que ela não está chorando? — Julia perguntou para Albert, como se ele fosse o responsável pela vida e pela morte. — Ela deveria estar chorando.

Então o choro começou e Julia percebeu que nunca tinha ouvido som mais lindo em toda sua vida. Ela começou a rir e chorar de alegria, gratidão e amor. Aquela criaturinha estava fazendo uma afirmação vigorosa.

— Eu quero ver minha filha.

— Ela está aqui — disse a Sra. Bedell, colocando a criança, envolta em panos, nos braços de Albert.

Ele se inclinou para que Julia pudesse ver a filha, sua bebê gritando a plenos pulmões. Ela fitou Albert.

— Desculpe-me por não lhe dar um herdeiro.

Um véu de lágrimas umedeceu seus olhos quando ele tocou a mãozinha da bebê. A filha deles abriu a mão e segurou o dedo do pai.

— Eu lhe garanto, Julia, que seu marido não poderia estar mais satisfeito. Ela se parece com você. Que pai veria problema nisso?

Uma menina. A esposa do irmão tinha dado à luz uma menina. Não um filho. Não um herdeiro. O que significava que o título ia para Edward. O papel que ele interpretava há semanas deixava de ser um papel, tornando-se a verdade nua e crua, sua realidade. Ele era e continuaria sendo o Conde de Greyling.

Pegando uma garrafa de scotch, sem se preocupar com casaco, chapéu ou luvas, ele saiu pela porta do terraço da biblioteca para a neve, o vento e o granizo. Para o frio extremo. Mas ele mal notou o gelo frígido atingindo sua pele ou os flocos se acumulando em seus cílios.

Ele era o conde. O que Edward não queria, o que ele nunca quis.

Mas como ele poderia se ressentir de sua nova posição quando aquele pacotinho delicado de vida tinha segurado seu dedo com aquela mãozinha? Com aquele cabelo preto, as bochechas gordinhas, o rostinho todo franzido enquanto gritava... Como podia uma criatura tão pequena, tão inocente, roubar seu coração com tanta facilidade?

Marchando sobre o tapete de neve, ele tomou um gole do scotch, apreciando o calor que se espalhou pelo peito, um calor que não era nada comparado ao que ele sentiu ao segurar a filha do irmão em seus braços. A filha de Julia.

Ele não tinha se preocupado em levar um lampião, mas a lua crescente iluminava o céu. Apesar de ser quase meia-noite, a neve refletia o luar e iluminava seu caminho. Parecia quase dia, de tão bem que ele enxergava. O vento uivante o empurrava para trás, mas ele seguia em frente. Nada conseguiria impedir que ele chegasse ao seu destino. Julia e a bebê estavam dormindo. Elas precisavam descansar, enquanto ele precisa estar em outro lugar.

O mausoléu então surgiu à vista, um monumento sinistro na noite. Empurrando a porta pesada, Edward entrou no local, recebendo com satisfação o silenciamento do vento quando a madeira pesada voltou ao batente. Uma luminária, queimando perpetuamente, clareou seu caminho até a sepultura mais recente, onde ele apoiou as costas no mármore frio da tumba e deslizou até o chão.

— Ela é linda, Albert. Sua filha. E sua mulher também. — Ele ergueu a garrafa em um brinde. — Parabéns pelas duas, irmão. — Edward tomou um grande gole e bateu a cabeça no mármore. — Meu Deus, Albert, eu queria que você estivesse aqui para vê-la. Um pouco nervosa no início, mas tão corajosa, tão forte quando precisou. Eu entendo por que você a amava tanto.

Ele tomou outro gole demorado do líquido âmbar.

— Vocês dois criaram uma maravilha. Nós vamos batizá-la. O nome dela será Alberta, em sua homenagem. — Edward apertou os olhos. Falar sobre Julia e ele como "*nós*" fazia parecer que os dois estavam juntos, como se o lugar de Julia fosse ao lado dele, quando nunca seria, jamais poderia ser. A lei inglesa garantia isso. — Sua filha tem o cabelo mais negro, os olhos mais azuis, as bochechas mais gorduchas. Ela parece com a mãe, mas consigo ver algo de você nela.

O que significava que ele também conseguia ver algo de si mesmo. Por que isso provocava uma dor em seu peito, fazendo-o desejar que tivesse sido ele a plantar a semente? Ele seria como um pai para ela, embora esse privilégio pertencesse, por direito, a seu irmão.

— Se estivesse aqui, você estaria arrebentando os botões do casaco, de tão cheio de si que estaria. Não tenho dúvida. Fazendo um brinde, também, à saúde e à felicidade delas.

Enquanto ele próprio estaria fazendo aquilo; tentando se entorpecer com a bebida, para esquecer que elas não eram suas. Esquecer que todas as emoções que se agitavam em seu peito – orgulho, afeto, alegria – deviam ser pelo fato de ele ser cunhado e tio, não marido nem pai.

Mas que tudo fosse para o inferno, pois ele tinha se sentido as duas coisas quando Julia apertou sua mão no momento em que a dor foi lancinante demais, e quando a caseira pôs a bebê em seus braços e ele a mostrou para Julia, colocando-a junto ao peito da mãe. Momentos que ele pensou que nunca viveria.

Momentos que o tocaram tão profundamente.

Edward tinha mantido sua promessa, honrado seu juramento, garantido que Julia tivesse seu bebê. Não existiam mais motivos para segredos.

Mas havia milhares de razões para se embebedar.

— Viva, irmão!

E ele entornou o conteúdo da garrafa até não restar mais nada, até ele conseguir se convencer de que não deveria contar a verdade para Julia antes que ela se recuperasse por completo do trabalho de parto.

Edward acordou com frio, dolorido e rígido, a cabeça pesada e latejante. Pelo menos ele tinha conseguido voltar para a biblioteca antes de desmaiar; do contrário poderia ter se juntado ao irmão, embora Albert estivesse no céu, e ele, sem dúvida, mergulharia na direção oposta. Ele gostaria de, pelo menos, ter conseguido chegar até o sofá, em vez de ter se conformado com o chão. Pondo-se de pé, ele xingou alto enquanto seu crânio protestava.

Era difícil acreditar que já tinha sido seu ritual habitual começar o dia sentindo-se absoluta e completamente horrível, com o estômago embrulhado e o cômodo girando. Que idiota ele tinha sido, embora na época fizesse sentido, pois ele não via alternativa.

Não era a resposta então, e também não era agora, mas no presente não era só ele o prejudicado. Edward precisava se lembrar disso.

Ele não teve a intenção de abandonar Julia por completo, embora desconfiasse que ela fosse dormir por uma semana seguida depois daquela provação. Era menos provável que a filha dormisse tanto. Não que ele soubesse qualquer coisa a respeito dos hábitos de sono de um bebê. Edward tinha conseguido evitá-los até então. Mas desde o dia anterior ele era um tio, e precisava se dedicar com seriedade a ser um bom tio. Ele também era um conde. De modo oficial e inequívoco.

Todo o trabalho que teve para se inteirar das propriedades do irmão, de repente, tinha sido para ele próprio. Todas as responsabilidades relativas ao título eram suas, inclusive a geração de um herdeiro. Inferno, maldição. Casar-se nunca esteve em seus planos. E agora ele não tinha escolha.

Mas isso era algo para se pensar num outro dia, talvez em outra década. No momento, ele continuava precisando cuidar de Julia, garantir que ela se recuperasse. Não era raro que a mulher ficasse doente logo após dar à luz, então a decisão que ele tomou na noite anterior, de adiar a revelação da verdade, foi pela saúde dela. E ele tinha uma criança para cuidar.

Ele precisava começar do início. Com banho e café da manhã.

Depois de se aprontar, Edward estava se sentindo mais como ele mesmo, capaz de encarar o dia e Julia. Quando entrou no quarto dela, a nova mãe estava sentada na cama, com Alberta aninhada em seus braços. Elas eram perfeitas, mãe e filha. Torrie se levantou de uma cadeira ao lado da cama, fez uma rápida mesura e saiu discretamente.

— Você está péssimo — Julia disse, franzindo a testa. — Está tudo bem?

Talvez Edward não estivesse tão ele mesmo como pensava. A culpa o atacou por dentro por fazê-la se preocupar.

— Eu levei uma garrafa de scotch até o mausoléu para comemorar o nascimento de Alberta com meu irmão. Nós planejávamos fazer um brinde a essa ocasião tão auspiciosa. Acabei me descontrolando. — Debruçando-se, ele deu um beijo rápido nos lábios dela. — Desculpe se a deixei preocupada.

— Sinto muito que ele não esteja aqui para comemorar. Eu deveria ter imaginado como seria difícil para você...

— Não precisa se preocupar. Você já fez demais. — Ele se sentou na beira da cama. — Como está sua filha nesta manhã?

— Ela também é sua.

Droga. Sua cabeça não tinha desanuviado por completo.

— Nossa filha. É difícil acreditar que ela chegou mesmo.

— Você gostaria de segurá-la?

A resposta certa seria não, porque se Edward se apaixonasse ainda mais por ela, e se Julia não quisesse mais dividi-la com ele quando soubesse da verdade, isso partiria seu coração. Mas, naquele momento, ele fingia ser o pai do bebê, não o tio, e que pai recusaria? Para ser honesto, que tio que valesse alguma coisa recusaria? Além do mais, o fato era que Edward estava desesperado para senti-la em seus braços outra vez.

— Eu gostaria, claro.

Alberta fez pouco mais do que choramingar quando Julia a entregou para Edward. Levantando, ele começou a balançar para um lado e para outro.

— Oi, Lady Allie.

— Allie?

— Alberta parece um nome adulto demais para alguém tão pequeno, não acha?

— Acho que você tem razão. — Ela sorriu com doçura. — Não está decepcionado mesmo por não ser um menino?

— Juro de todo coração que não estou nem um pouco decepcionado.

— Eu tinha tanta certeza, mas acho que a gente nunca sabe de verdade. Quem sabe da próxima vez.

Ele engoliu em seco.

— Sim, da próxima vez. — Se ela tivesse uma próxima vez, seria porque teria se casado de novo. Ela daria um herdeiro a outro lorde. Edward não quis pensar em Allie morando em outra propriedade, crescendo à sombra de outra residência. O lugar dela era ali. Na casa de seu pai.

Tanto ele quanto Albert deveriam ter crescido ali, mas o destino lhes negou esse privilégio, essas lembranças. Ele não queria que a infância naquele local fosse roubada de Allie. Albert também não iria querer isso.

— Qual o problema? — Julia perguntou. — Você está com o semblante tenso.

Ele meneou a cabeça, afastando os pensamentos perturbadores.

— Desculpe-me. Eu só estava pensando em como é importante ela ter a oportunidade de crescer aqui, e como isso foi negado a mim e meu irmão.

— Tudo isso deve estar sendo agridoce para você. Evocar suas lembranças de infância, o fato de Edward não estar aqui.

— É muito mais doce do que acre, eu garanto. E ainda nem perguntei como você está se sentindo.

— Um pouco dolorida, mas feliz. O Dr. Warren me mandou ficar de cama por dois meses, mas já levantei da cama para me lavar e me sinto ótima.

— Você deveria escutar o médico.

— Não acho que seja bom ficar de cama. Não vou ser inconsequente, mas não vejo mal em sentar numa cadeira. E eu quero me sentir forte o bastante para poder descer no Natal. Esse vai ser nosso primeiro como uma família. Eu quero que tudo seja perfeito.

Um Natal perfeito. Esse seria o presente dele para Julia. Depois disso, ele lhe contaria a verdade.

Capítulo 12

Sentada na sala de estar, observando os criados terminarem de enfeitar a árvore, Julia mal podia acreditar que já era Véspera de Natal. Aquelas três semanas tinham passado tão rapidamente. Allie dormia ao lado em um berço, decorado com azevinho e uma faixa de veludo vermelho. Ela era um encanto, mas continuava tão pequena. O Dr. Warren tinha decidido que ela precisaria tomar fórmula alimentícia infantil em vez de leite materno.

— Eu sinto como se estivesse falhando com ela — Julia disse para Albert.

— Você só estará falhando se não seguir a orientação do médico — ele lhe disse.

Ela não esperava que o marido fosse tão atencioso, nem que passasse tanto tempo segurando a filha. Com o inverno sobre eles, havia pouca necessidade de que ele saísse para ver os fazendeiros, mas ainda assim Julia não esperava que ele passasse boa parte do dia cuidando dela. Eles jogavam cartas. Às vezes, Albert lia para ela.

Ele ficava um pouco contrariado quando ela insistia em caminhar pela residência.

— Eu acredito que seu médico deve ter uma boa razão para orientá-la a ficar na cama.

— Não consigo pensar em nenhuma, pois me sinto muito melhor depois de caminhar.

Ele sempre a acompanhava, oferecendo-lhe o braço, e não reclamava de nenhuma contrariedade com ela. Aquelas caminhadas eram seus momentos favoritos do dia. Às vezes andavam em silêncio. Outras, falavam de lembranças da juventude e de seus planos para Allie, de todas as coisas que mostrariam para ela, que lhe ensinariam. Acompanhando os passos do pai, ela viajaria pelo mundo. A garota teria uma criação das mais notáveis.

Julia sempre pensou que amava Albert o máximo que era possível amar um homem. Foi estranho descobrir que a cada dia que passava ela o amava ainda mais profundamente.

Ele estava parado junto à lareira, decorada com ramos de sempre-vivas, o cotovelo apoiado na cornija enquanto ele bebericava seu scotch, o olhar na atividade perto da árvore. Ele era tão atraente e másculo; cada centímetro dele apelava ao desejo dela. De vez em quando, Albert fitava Julia, sorria, então baixava os olhos para o berço e sua expressão ficava doce. Eles eram uma família. Eles teriam tantos momentos como aquele. Uma vida toda de momentos.

— Está do seu gosto, milady? — a Sra. Bedell perguntou e os criados que a ajudavam pararam para prestar atenção, seus rostos refletindo a ansiedade que sentiam.

— Sim, obrigada. A árvore está linda.

A governanta dispensou os criados. Albert se aproximou e sentou na cadeira ao lado dela.

— Fico surpreso que você não tenha se metido no meio da arrumação.

— Eu pendurei alguns enfeites quando você foi buscar a bebida.

Ele riu.

— Você é mesmo uma mocinha teimosa.

— Não vou mais passar nem um segundo na cama.

Ele se virou na cadeira para poder fitá-la melhor.

— Julia...

— Estou bem, Albert.

Estendendo o braço, com uma expressão muito séria, ele pegou a mão dela.

— Não quero que nada de mal aconteça com você.

— Eu me sinto melhor quando estou de pé, fazendo algo. Agora que não estou mais amamentando, meu corpo não precisa de tanto descanso.

— Na verdade, não vejo nenhum mal nisso. Certa vez testemunhei uma mulher, na África, dar à luz e retomar de imediato seu trabalho esfolando um animal.

— Você não achou que valia mencionar isso antes?

— Eu não iria lhe dar mais argumentos.

Ela deu um tapa de brincadeira no braço dele, feliz de ver que os olhos de Albert brilhavam de bom humor.

— Eu deveria ficar brava com você.

— Não na Véspera de Natal.

— Não, não na Véspera de Natal.

Ele se aproximou dela.

— Então, qual é o meu presente?

Ela franziu o nariz para ele.

— Não vou contar, mas deve chegar a qualquer momento.

Ele franziu a testa.

— Você providenciou para que algo fosse entregue hoje, aqui, para mim?

— De certa forma... sim.

Ele apertou os lábios.

— O que é?

— Paciência, meu marido. Faz algum tempo que tenho planejado isso. Não vou arruinar a surpresa agora lhe dizendo o que é. — Pegando a mão dele, ela se recostou na cadeira. Ele terminou o scotch, pôs o copo de lado e fitou a árvore.

— Está tudo tão sossegado — ele disse, solene.

— Eu sei que você sente falta dele.

— Mais do que posso explicar. Seria um Natal muito difícil, se não fosse por Allie.

— Então estou feliz por ela ter chegado antes da hora, ainda que esteja um pouco pequena.

— Ela está crescendo. Está ficando mais pesada nos meus braços. No próximo Natal ela vai estar escalando a árvore.

Julia ouviu a porta da frente sendo aberta, vozes na entrada, e se esforçou para não mudar sua expressão, para não revelar o que acontecia.

— Quem é? — Albert perguntou, se levantando. — Você acha que é algum coral de Natal?

— Talvez. — Julia também se levantou. — É melhor irmos ver.

Ele lhe ofereceu o braço. Eles mal tinham dado dois passos quando o Duque e a Duquesa de Ashebury e o Visconde Locksley entraram pela porta.

— Feliz Natal! — eles disseram em uníssono.

— O que diabos vocês estão fazendo aqui? — Albert perguntou.

— Nós fomos convidados — Ashebury anunciou.

Evidentemente confuso, Albert olhou para ela. Julia sorriu.

— Enfim, seu presente chegou. Feliz Natal, meu amor.

— Você não poderia ter me dado nada melhor.

Então ele a puxou para si e tomou sua boca.

Edward não a beijava desde pouco antes do parto, e ele sabia que não poderia ter escolhido momento pior, pois tinham uma plateia. Mas ele temia a chegada das festas, sabendo que a ausência de seu irmão seria muito sentida. Além disso, ele ficou sensibilizado pelo presente que ela lhe proporcionou ao chamar seus amigos.

Ele aproveitou a desculpa de mostrar seu agradecimento para colar seus lábios nos dela. Passava pela agonia de abraçá-la todas as noites, o braço ao redor da cintura cada vez menor de Julia. A cada dia, a evidência de que ela tinha estado grávida ia desaparecendo, e ele se via desejando-a cada vez mais, tendo que se lutar para controlar seus desejos.

A luta estava furiosa no momento – e diante de uma plateia.

Terminando o beijo, ele foi na direção das visitas.

— Esta é uma surpresa maravilhosa. — Ele deu um abraço na duquesa, seguido de um beijo no rosto. Apertou a mão de Ashe, deu-lhe um tapinha nas costas e fez o mesmo com Locke, antes de lhe perguntar: — E o seu pai?

— Ele nunca gostou do Natal — Locke disse. — Você sabe disso. Duvido até que ele repare que não estou lá.

— Bem, eu estou feliz com sua presença. Permitam-me apresentar-lhes Lady Alberta.

Minerva não tinha se preocupado em esperar pela apresentação. Ela já estava ao lado de Julia, babando sobre a criança que Julia agora embalava carinhosamente. Edward nunca tinha percebido o quanto uma mãe pode amar seus filhos; jamais considerou o que ele e os outros tinham perdido por não terem suas mães enquanto cresciam.

— Ela é linda — Minerva disse.

— Nós também achamos — Julia admitiu. — E Albert é um pai maravilhoso, levantando para embalar a bebê no meio da noite quando ela acorda.

Ele podia sentir os olhares de Ashe e Locke grudados nele, sabendo o que estavam pensando, que o julgavam. Ele não podia culpá-los. Depois que todos deram atenção suficiente para Julia e a bebê, Edward sugeriu que os homens se retirassem para a biblioteca para um drinque antes do jantar.

A porta da biblioteca mal tinha fechado atrás deles quando Ashe se pronunciou:

— Você ainda não contou para ela.

Não foi uma pergunta, mas uma afirmação. Edward andou até o aparador, serviu conhaque em três taças, e se virou para entregá-los.

— Ela queria um Natal perfeito. Pensei que não ajudaria se Julia descobrisse que é viúva. Vou contar para ela depois.

— Para mim essa é uma decisão inacreditavelmente insensata.

Não seria a sua primeira. Ignorando a repreensão e a necessidade de responder, ele ergueu a taça.

— A Lady Alberta e à saúde de Julia.

Os homens beberam, Edward mais que os outros. Ele precisava pensar em outro brinde, dar-lhes motivos para continuar bebendo e, assim, deixar o interrogatório de lado.

— E o beijo? — Ashe perguntou.

Edward se esforçou para não revelar sua irritação com Ashe por este agir como se fosse o responsável por Julia. Ele não queria que os outros entendessem seu sentimento de outra forma que não como contrariedade por ter suas ações questionadas.

— Um marido beija a esposa quando ela faz algo para agradá-lo, não é?

— Nem sempre com tanto entusiasmo — Locke disse. — Vocês dois estavam mais quentes do que a lenha queimando na lareira.

— Parem de ser inconvenientes, vocês dois.

— Você está gostando dela — Ashe disse, evidentemente pasmo.

— Posso estar gostando mais do que antes. — Nenhum problema em admitir isso. Os dois amigos sempre gostaram dela; ele é que foi um tolo de não sentir o mesmo.

— Quanto mais você esperar...

— Diabos, Ashe, você pensa que eu não sei que nunca existirá um momento perfeito para fazê-la sofrer? As festas me pareceram um momento especialmente cruel para isso. No Ano Novo. Ela vai estar recuperada por completo do trabalho de parto, em melhores condições para lidar com a tristeza. Então irei lhe contar.

Ashe inclinou a cabeça, concordando, e bebeu o conhaque, estreitando os olhos.

— Apenas cuide de contar, ou eu irei fazê-lo.

— Não cabe a você.

— Como amigo de Albert, eu discordo. Ele não gostaria que se aproveitassem da mulher dele.

— Por favor, diga como eu estou me aproveitando dela? Não faço sexo com ela. Um beijo ocasional é inofensivo. Não fiz nada exceto tentar protegê-la. Não ganho nada ao continuar com a farsa.

— Ele tem certa razão — Locke disse, batendo o dedo na taça. — Agora Edward é o verdadeiro Conde de Greyling. O papel temporário tornou-se permanente.

Edward aquiesceu e os encarou; ele queria confirmar a veracidade de seus sentimentos.

— Eu roguei a Deus para que ela tivesse um menino. Assim o título iria para o filho de Albert, não para mim, mas essa garotinha roubou meu coração.

— Ela é a cara da mãe — Locke disse.

— É mesmo. Albert teria ficado satisfeito.

— Nós precisamos fazer um brinde ao novo Conde de Greyling — Ashe disse, erguendo a taça. — Bem-vindo à nossa posição social, meu lorde.

Todos ergueram suas taças antes de virar o que restava em cada uma. Edward lhes serviu mais conhaque.

— Você vai ser um bom conde — Locke disse.

— Vou tentar, pelo menos. — Ele riu. — Não acredito que Julia convidou vocês sem me dizer nada.

— Ela devia estar com medo de que você ficasse melancólico.

— Mas vocês dois não vão deixar isso acontecer.

— Claro que não. Para que mais servem os amigos?

Para guardar segredos.

— Você gostou mesmo da surpresa? — Julia perguntou quando Albert se reuniu a ela na área de estar de seus aposentos.

O jantar tinha sido um grande sucesso, com mais alegria e risos do que ela presenciava em muito tempo. Ver o marido se divertindo tanto aliviou seu coração.

— Você não poderia ter me dado nada melhor — ele afirmou, sentando-se ao lado dela no sofá.

Ela já tinha se trocado, colocado a camisola, enquanto ele continuava vestido. Ela até podia pensar que os homens iriam jogar sinuca, não fosse pelo fato de os amigos já terem se recolhido.

— Receio que meu presente seja acanhado, em comparação — ele disse.

— Você já me deu o diário, embora eu tenha decidido deixar para ler depois das festas de final de ano. Ler antes me pareceria xeretar.

— Você merece algo muito melhor.

Antes que ela pudesse lhe dizer que o diário era o melhor presente que ele poderia lhe dar, Albert tirou uma caixa de couro do bolso interno do paletó e a colocou no colo dela.

— Isto não deveria estar debaixo da árvore, para eu abrir pela manhã?

— Você poderia pensar que foi o Papai Noel que trouxe. Prefiro que você abra agora que estamos a sós.

Ela removeu a tampa, revelando uma pulseira de rosas de peltre interligadas.

— Oh, é linda.

— Sempre que vejo rosas, eu penso em você — ele disse em voz baixa.

Julia sorriu para ele.

— Rosa é minha flor favorita. Minha fragrância favorita.

Ele levou a mão ao rosto dela, acariciando-o.

— Também é a minha favorita desde a primeira vez que beijei você.

Ele tomou a boca de Julia com tanto carinho, tanta delicadeza, que ela quase chorou. Enquanto ela se recuperava do parto, ele estava sendo incrivelmente paciente, solícito, sem pressioná-la, sem insistir em exercer seus direitos de marido. Não que ele fosse precisar insistir em algo. Se estivesse recuperada por completo, ela mesma o levaria para a cama naquele instante.

Soltando um gemido, ele se moveu e passou os braços ao redor dela. De repente, Julia se viu esparramada no colo dele, enquanto Albert beijava seu pescoço, sua clavícula, o vão entre os seios, a parte de cima destes. Um calor a agitou e umidade se formou entre suas coxas. Ela começou a mexer nos botões da camisola. Ela queria que a boca de Albert passeasse por todo seu seio, pelos dois.

A mão dele se fechou sobre a dela e Albert ergueu a cabeça, encarando-a.

— Eu não vou conseguir parar.

Julia murchou ao ouvi-lo. Ela ainda sangrava, não estava nada sedutora. Enfiando os dedos no cabelo dele, ela se esforçou para acalmar o coração turbulento.

— Eu quero tanto você. As poucas semanas que faltam parecem uma eternidade. — Ela deslizou a mão para baixo, parando os dedos pouco abaixo do maxilar dele, onde sentiu o pulso acelerado do marido. — Pelo menos deixe que eu lhe dê um Natal feliz.

Lentamente, ele negou com a cabeça.

— Você sabe a minha regra de cavalheiro. Além do mais, quando enfim ficarmos juntos, vai ser melhor termos esperado.

A boca deliciosa de Albert retornou à dela, um pouco menos gentil que antes, com um pouco mais de apetite, um pouco mais de calor. As mãos dele se comportaram, ousando apenas acariciar as costas dela, o quadril, a coluna. Mas os lábios dele, sua língua, comportaram-se com total abandono, acariciando cada centímetro da boca de Julia, extraindo gemidos e suspiros, provocando um calor que ondulou e fluiu através dela, deixando-a louca por ele.

Julia se esforçou para também manter suas mãos comportadas enquanto estas passavam pelos ombros, peito e costas dele, soltando a gravata de Albert, abrindo seus botões, mas nunca se aventurando abaixo da cintura, nunca alcançando o centro da masculinidade dele, ainda que pudesse sentir sua virilidade pressionando-se contra ela, lutando contra as calças do marido.

Lentamente, de modo tão gradual que ela mal tomou consciência do que acontecia, ele mudou de posição até os dois estarem esticados no sofá, as pernas entrelaçadas, o braço forte que a amparava sendo a única coisa que a impedia de cair no chão.

Afastando a boca da de Julia, Albert irrompeu em uma gargalhada masculina.

— Por que diabos estamos apertados aqui no sofá quando poderíamos estar esparramados na cama?

— Porque faz parecer mais proibido o que estamos fazendo.

Encarando-a, ele passou os dedos devagar pela face dela, pelo pescoço.

— Você gosta do proibido.

O rosto dela esquentou quando Julia lembrou de todas indecências que tinha murmurado na orelha dele, no ouvido surdo, palavras que nenhuma lady respeitável deveria conhecer, muito menos falar. Poderosamente excitantes, essas palavras eram seu segredinho. O que ele pensaria dela se conseguisse ouvi-las?

— Você não precisa esconder nada de mim, Jules — Albert murmurou em uma cadência baixa que ressoou dentro dela, fazendo-a querer ouvi-lo também grunhir declarações sugestivas, indecentes. — Seja sempre você mesma comigo.

Só que ela não podia, não neste aspecto. Quando ela falasse aquelas palavras de modo que ele pudesse escutá-las, não haveria volta. E se Julia o ofendesse, se o chocasse, fazendo-o perder todo respeito por ela? E se não perdesse? O encanto de sussurrar indecências no ouvido dele desapareceria. Ela gostava daquilo porque sabia que não devia.

— Sou sempre eu mesma com você — ela lhe garantiu, e parte de ser ela mesma vinha em guardar alguns segredos deliciosos.

Ela desceu a cabeça até suas bocas se encontrarem, as línguas dançando e seus gemidos ecoando ao redor deles. Até que a paixão foi às alturas e fez com que os dois rolassem do sofá para o chão. Como ele conseguiu ser o primeiro a cair, amortecendo a queda dela, estava além da compreensão de Julia.

Ela o queria desesperadamente, nesse momento, nessa noite. Julia o queria se movendo dentro dela...

— Chega! — Ele se afastou e ficou sentado, com as costas na parede, uma perna estendida à frente e outra dobrada. Respirando com dificuldade, ele passou a mão pelo cabelo, puxou a orelha daquele modo costumeiro e querido, e a encarou com um olhar tão ardente que faria o calor da lareira se envergonhar.

— Você é uma diabinha.

Com uma risada satisfeita, ela se ergueu, apoiando as costas no sofá. Ela dobrou os joelhos contra o peito, e prendeu a bainha da camisola debaixo dos pés.

— Você me quer.

— É claro que eu quero você. Com cada fibra do meu corpo.

Ela quase riu como uma mocinha. Ele estava desarrumado, com a camisa meio puxada para fora. Ela tinha feito isso. Tinha feito uma bagunça com ele. Os dois nunca tinham se divertido fora da cama. Albert estava certo. Ela gostava de coisas proibidas.

— Você está mostrando um controle notável, meu lorde. — Ela quis ficar de quatro e engatinhar na direção dele como um felino cercando sua presa, mas até que pudessem levar suas paixões à completa realização física, parecia cruel provocá-lo tanto.

— Você não faz ideia.

Ela pestanejou, provocadora.

— Oh, acho que eu faço sim.

Rindo, ele deixou a cabeça cair para trás.

— Você vai acabar me matando.

— Bem, os franceses chamam de *le petit mort*, "a pequena morte", não é? — ela perguntou, fingindo um acanhamento que não sentia. Ultimamente ela vinha sendo mais ousada do que nunca com ele. Talvez o fato de se tornar mãe a deixou mais confortável com as necessidades de seu corpo, e do dele. — Aquele momento de ápice, em que o mundo se desfaz.

— É essa a sensação para você?

Aquiescendo, ela soube que estava corando. Ela sabia que pegaria fogo se algum dia contasse para ele as palavras que ousava murmurar porque sabia que o marido não conseguia ouvir.

— E para você? — ela perguntou.

Ele soltou um suspiro longo e baixo.

— Eu sinto como se pudesse conquistar o mundo. E também me sinto maravilhosamente bem.

Ela riu baixo e ousou repetir:

— Sim, a sensação é maravilhosa.

Pondo-se de pé, ele estendeu uma mão para ela.

— Venha, minha diabinha. Para cama. Amanhã teremos hóspedes para entreter, um almoço de Natal para consumir e um dia para desfrutar.

Gostando demais de ser considerada uma diabinha pelo marido, Julia aceitou a mão estendida.

— Um dia a menos até que possamos estar juntos por completo — ela disse e ele a levantou.

— Um dia a menos — ele disse, levando-a para a cama.

Ela achou estranho que ele parecesse um pouco triste com a ideia. Guardando suas impressões para si mesma, entrou debaixo das cobertas e logo estava aninhada nos braços dele. Julia não queria que nada arruinasse o que tinha sido uma Véspera de Natal maravilhosa.

— Vocês, cavalheiros, não são nada bons neste jogo — Julia anunciou, cruzando os braços à frente do peito, fingindo uma careta de contrariedade que não era tão fingimento quanto deveria ser. Ela estava tentando não ficar brava com eles, por não levarem a atividade a sério.

Depois de um almoço de Natal cheio de conversas e risos, em vez de deixar que os homens se recolhessem à biblioteca para fumar charutos e tomar Vinho do Porto, Julia insistiu que eles participassem de alguns jogos com ela e Minerva na sala de estar.

No momento, estavam todos sentados em um círculo. O objetivo era não sorrir. Normalmente, as pessoas têm muita dificuldade em não torcer os lábios e mesmo não rir quando é proibido. Mas não aqueles homens. Até o momento, Julia e Minerva se alternavam perdendo rodadas enquanto eles só ficavam ali, estoicos, a boca nem mesmo tremendo com a necessidade de se abrir.

Para piorar tudo, encarar a boca linda de Albert, esperando que ele sorrisse, só a fazia lembrar de como foram quentes os beijos dele na noite anterior, o que a fazia querer levantar, sentar no colo dele e grudar sua boca na do marido até que ele a carregasse para fora daquela sala.

— Na verdade, nós somos muito bons neste jogo — ele disse então, o rosto ostentando uma expressão de convencimento que Julia quis desmontar com um beijo. — Nós ainda nem sorrimos.

— Mas vocês têm que sorrir! — ela guinchou, frustrada.

— Só que você nos disse para não sorrir.

Minerva começou a rir e Julia a fuzilou com o olhar.

— Você precisa me ajudar — ela disse para a amiga.

— Talvez pudéssemos tentar charadas.

— Nós nem estamos em número par. — Julia gesticulou na direção do visconde. — Se pelo menos Locksley se casasse...

Ele começou a tossir, de um modo sufocado, fazendo parecer que o estrangulavam.

— Agora você está parecendo meu pai.

— Ele quer que você se case? — Minerva perguntou.

— Só fala disso. Eu esperava que aqui, pelo menos, pudesse encontrar uma folga desse incômodo constante.

— Só o casamento vai conseguir isso — Julia lhe garantiu. — Nesta temporada, Minerva e eu vamos assumir a missão de encontrar uma mulher para você amar.

— Oh, eu nunca me casaria com uma mulher que eu pudesse amar. Se aprendi alguma coisa com meu pai é que esse pode ser o caminho para a loucura.

Julia estremeceu ao ouvir aquilo.

— Só se ela morrer jovem.

— O que sempre é uma possibilidade.

— Essa é uma maneira mórbida de viver a vida. Não é de admirar que você seja horrível neste jogo.

— Como Grey bem disse, estamos ganhando.

Sem saber mais o que dizer, ela soltou um profundo suspiro de frustração.

— Você tem que entender, Julia, que não disputávamos jogos de salão no Natal — Albert disse com delicadeza.

No passado, eram apenas ela, Albert e Edward em casa para as festas. Foi por esse motivo que ela convidou os amigos dele. Mas não havia esperança. Esse ano seria diferente dos anteriores. Ela só não queria que a diferença fosse melancólica.

— O que vocês faziam?

— Basicamente, corríamos feito loucos. — Ele deu de ombros. — Nada de jogos de salão, nem árvore, nem ramos de sempre-vivas, nem almoço de Natal. Para nós era um dia como qualquer outro.

— Com certeza, corais da vila nunca se arriscavam a ir até Havisham — Ashebury disse.

— Isso me deixa triste — ela disse e olhou para o marido. — E você sabia que eu ficaria. Por isso nunca me contou como era.

— Não precisa ficar triste. Nós não ficávamos.

— Mas vocês deviam ter lembranças dos Natais com seus pais.

— Nós tínhamos. Foram momentos mágicos, especiais. Marsden não nos ofereceu nada para substituir esses momentos, o que, de certa forma, foi uma dádiva.

Ela olhou para Locksley.

— Então você cresceu sem conhecer uma comemoração de Natal?

Parecendo pouco à vontade, ele se ajeitou na cadeira.

— Esta é, de fato, minha primeira oportunidade de participar das tradições natalinas, e, para ser bem honesto, não gosto muito de jogos de salão.

Ela fez um gesto de desânimo.

— Vão embora vocês todos! Vão tomar seu Vinho do Porto e fumar seus charutos, enquanto Minerva e eu...

— Venham conosco — Albert disse, levantando-se e estendendo a mão para ela. — É Natal; vamos começar uma nova tradição.

Como anfitriã, Julia precisava garantir que seus hóspedes estivessem à vontade. Ela olhou para Minerva.

— O que você acha?

— Vamos lá! — a amiga exclamou. — No futuro, posso sugerir pôquer no lugar de jogos de salão?

Ashe apareceu do lado dela, ajudando-a a se levantar.

— Só se você não trapacear.

— Meu querido marido, eu nunca ousaria trapacear... a menos que algo que eu queira muito esteja em jogo.

Rindo, ele acompanhou a esposa até o corredor. Locksley foi logo atrás.

Julia segurou a mão de Albert e este a puxou, até que a envolveu com os braços, sua boca descendo, insistente, sobre a dela. Colocando os braços ao redor do pescoço dele, ela retribuiu o beijo com o mesmo fervor.

Um pigarro fez com que os dois se separassem, como se fossem jovens namorados pegos fazendo algo que não deveriam. Ashe estava parado à porta, com as sobrancelhas arqueadas.

— Vocês nos acompanham?

— Você é irritante, Ashe — Albert disse, ofereceu o braço para Julia, e o casal saiu junto da sala.

— Acredite em mim — disse Ashe —, eu posso ser muito mais. — Ele deu meia-volta e foi até a esposa, que o esperava.

— O que ele quis dizer com isso? — Julia perguntou, sentindo no marido uma tensão que não existia antes.

— Como ele tem o título mais elevado e é o mais velho, Ashe sempre acreditou que tinha o direito de mandar em nós, então ele está apenas sendo o chato de sempre.

— Mas você está contente que ele esteja aqui.

— Estou muito contente por ele estar conosco. Você me deu um presente maravilhoso.

Quando chegaram à biblioteca, encontraram Locksley distribuindo as taças que tinha servido enquanto esperava por eles. Ele ergueu a sua:

— A novas lembranças de Natal.

— Não, esperem! — Julia disse antes que alguém pudesse beber. — É um brinde lindo, mas eu quero que lembremos de Edward por um momento.

— Julia...

— Albert, não quero provocar nenhuma tristeza, mas acredito que seria bom se todos nós, em silêncio, refletíssemos sobre um momento em que ele nos fez sorrir.

— Ele a fez sorrir alguma vez?

— Mais do que ele deve ter percebido, o que o teria irritado, sem dúvida, mas isso me faz sorrir ainda mais. Não é segredo que tínhamos nossas diferenças, mas espero sinceramente que ele esteja em paz. — Ela ergueu a taça. — A Edward.

— A Edward — os outros repetiram de modo mais solene do que ela esperava antes de tomar um gole do vinho.

— Agora eu gostaria de um charuto — Minerva anunciou.

Enquanto ela, Ashe e Locke se voltavam para a caixa de madeira sobre o aparador, que continha charutos, Julia encarou o marido, pôs a mão no rosto dele, ficou na ponta dos pés e o beijou com carinho.

— Feliz Natal.

— Feliz Natal, Jules.

— E que o novo ano nos traga apenas felicidade. — Erguendo a taça, ela terminou seu vinho, observou o marido fazer o mesmo, e se perguntou por que, de repente, ele pareceu tão triste.

Capítulo 13

Essa noite. Essa era a noite em que ele contaria a verdade para Julia. Enquanto a observava bebericar o vinho, à espera de que o próximo prato fosse servido, Edward sabia que precisava lhe contar. Já tinha demorado demais.

Fazia pouco mais de três semanas desde o Natal, desde que os convidados tinham partido. As noites do casal eram repletas de beijos apaixonados e mãos exploradoras. As noites dele, por outro lado, eram só frustração. Ele a queria com um desespero que nunca tinha sentido. Queria desnudá-la por completo, queria venerá-la do alto da cabeça à ponta dos pés.

Mas, em vez disso, ele se concentrou na carne de porco e tentou pensar em qualquer outra coisa.

— Pensei em sair para cavalgar amanhã, se parar de chover. — A chuva tinha começado antes do anoitecer. Pesada, intensa e gelada.

— Para falar com os arrendatários? — ela perguntou.

— Não, só por prazer. Pensei que você talvez gostasse de vir comigo.

Então ele lhe contaria a verdade. Não, Edward precisava contar essa noite. Acabar logo com isso.

— Eu gostaria. Faz quase um ano que não monto num cavalo. Podemos parar na casa de chá da vila para comer tortas de morango?

Ele pensou em Julia comendo a torta, ficando com geleia nos lábios. Ele a limparia com beijos.

— Não vejo por que não. Vai ser um dia para fazermos o que quisermos.

— Eu gostaria que estivesse quente o bastante para um piquenique.

Ele a imaginou estendida sobre um cobertor, lentamente desabotoando o corpete, afastando o tecido para que o sol pudesse beijá-la onde Edward não podia. Com uma imprecação baixa, ele agarrou a taça de vinho e entornou o líquido.

— Quando estiver mais quente.

Ultimamente, não importava de que diabos eles estivessem falando, Edward sempre a enxergava estendida diante de si, atraindo-o, tentando-o. Se não tomasse cuidado, acabaria ficando tão louco quanto o Marquês de Marsden.

De repente, ele afastou a cadeira e levantou.

— Estou com vontade de jogar sinuca. Você me acompanha?

Julia o encarou.

— Nós não terminamos de jantar.

— Estou satisfeito. — E ele precisava fazer algo que não envolvesse observar os lábios dela se fechando, provocadores, ao redor de talheres. Julia devia ter a boca mais sensual e viciante que Edward já tinha visto. Ele iria afastá-la da mesa de jantar, levá-la para longe dos criados, e lhe contaria quem era de verdade. A reação dela, sem dúvida, faria com que Edward parasse de pensar no que desejava fazer com aqueles lábios.

— Você nunca me convidou antes.

— Então já passou da hora, não acha? — Puxando a cadeira dela, ele a ajudou a levantar.

— Você vai gostar menos de mim se eu confessar que, enquanto você esteve fora, eu fui até a sala de sinuca e joguei?

— Por que eu gostaria menos de você por querer apreciar o jogo?

— A sala de sinuca sempre foi seu santuário.

— Agora será o nosso. — Ele ofereceu o braço a ela.

— Não sei se eu estava fazendo certo... — Julia admitiu enquanto eles se afastavam da sala de jantar. — O modo como eu batia nas bolas.

— Elas entraram nas caçapas?

— Que caçapas?

— Os buracos ao redor da mesa.

— Ah, sim, às vezes. Por que se chamam caçapas?

— É melhor do que buracos, não acha?

— Acho que sim. — Quando eles entraram na sala de sinuca, Julia continuou: — Eu sempre fiquei pasma com a masculinidade desta sala. Toda bordô e com madeiras escuras, com cheiro de charuto. Nunca pensei que fosse justo os homens poderem fumar, beber e jogar enquanto as mulheres enfiavam agulhas em tecidos e puxavam fios.

Edward sempre pensou ser tolice dos homens não convidar as mulheres para seu santuário, e foi por esse motivo que ele convidou Julia e Minerva para se juntarem a eles no Natal. Ele se aproximou do aparador e se serviu uma dose de scotch.

— Você aceita uma bebida? — ele perguntou, olhando para ela por sobre o ombro.

— Aceito, acho que sim. Vou experimentar o conhaque.

Ele entregou o copo para Julia e observou o movimento em sua garganta enquanto ela bebia. Nessa noite, ela usava um vestido vinho que combinava com a sala e deixava à mostra os ombros e o alto dos seios.

— É bem gostoso — ela disse.

— E traiçoeiro. Não beba rápido demais ou ele vai parar na sua cabeça.

— E o que acontece?

— Você perde todas as suas inibições.

— Nós somos casados. Não tem importância se perdermos todas as nossas inibições um com o outro, tem?

— Depende de quais inibições estamos protegendo, eu acho. — Edward andou até o suporte dos tacos de sinuca na parede. Pegou dois, entregou um a ela. — Este parece ter um bom tamanho para você. Vamos ver o que aprendeu enquanto eu estive fora.

Colocando-se de lado, observando-a empunhar o taco, Edward pensou que ela não fazia ideia de como poderia ser perigoso se ele perdesse todas as inibições, se derrubasse as paredes que estabeleciam seus limites, que o impediam de ir longe demais.

Ele precisava se distrair antes que fizesse algo que não deveria. Julia estava tão concentrada, a testa franzida com tanta força que só podia estar doendo.

— Espere — ele pediu.

Ela levantou os olhos. Cristo, por que Julia tinha que fitá-lo como se ele fosse a resposta para tudo? Por que ela tinha que fazê-lo desejar que fosse?

Colocando a taça de lado, ele se aproximou dela.

— Você não está segurando o taco da forma correta. É melhor segurá-lo assim. — Usando o próprio taco, ele demonstrou.

— Ah, estou vendo. — E estava mesmo. Ela aprendia rapidamente.

— Então você se curva para enxergar o alvo e perceber o ângulo da tacada.

Foi o que ela fez, projetando o traseiro de modo atraente. Ele era um homem, não um santo. Ele não devia olhar, mas olhou assim mesmo, deleitando-se com as lindas formas dela.

— Deslize o taco entre os dedos, assim. — Ele mostrou.

— Isso é bem erótico, não? Ainda mais se você imaginar que seus dedos representam uma mulher e o taco, um homem.
— Jesus, Julia! — Ele se afastou da mesa. As coisas que ela dizia.
— Desculpe. É o conhaque falando por mim.
Virando-se, ele a fitou com incredulidade.
— Você tomou um gole.
— Então é melhor eu tomar outro?
Rindo, ele meneou a cabeça.
— Não se a bebida solta tanto assim sua língua.
Apoiando-se na mesa, ela colocou as mãos atrás de si e arqueou o corpo, só o bastante para oferecer uma imagem sedutora.
— Por que você não vem até aqui para ver como minha língua está solta?
Tão ousada, atrevida, tão terrivelmente tentadora, mas nos olhos dela Edward viu uma dose ínfima de dúvida, o medo da rejeição. Ele não tinha, dentro de si, a capacidade de rejeitá-la, de dar àquelas sementes de incerteza a oportunidade de florescerem. Não quando era grande o desespero com que ele queria Julia e tudo que ela estava oferecendo. Ele não tomaria tudo, mas apenas um beijo – um beijo que ele garantiria que ela nunca esquecesse.

Antes que pudesse mudar de ideia, antes que pudesse pensar melhor, ele a puxou para seus braços e colou os lábios sobre a dela, gemendo baixo quando Julia abriu a boca e a língua dela passou por entre seus lábios para dançar com a dele. Julia se entregou com uma paixão que ainda não tinha exibido, uma urgência sugestiva de que ela poderia morrer se não recebesse mais.

Erguendo-a, ele a colocou sobre a mesa de sinuca, pôs as mãos atrás das costas dela para apoiá-la enquanto a deitava no tampo verde da mesa. Ele desceu a boca pelo pescoço dela, pelos ombros, por aqueles montes redondos formados pelos seios, enquanto as mãos dela bagunçavam seu cabelo, sua gravata.

Ele estava entre as pernas dela, onde há tanto tempo desejava estar, onde não tinha o direito de estar. Levantando-se, ele a encarou. Ela estava vermelha de desejo, o peito se elevando a cada inspiração.
— Eu quero você — ela disse, rouca. — Possua-me. Pelo amor de Deus, por favor me possua.
— Julia...
— Estou recuperada. Absoluta e completamente. Possua-me aqui mesmo.
Ele poderia levantar as saias dela, abrir suas calças...

Ele precisa contar a verdade para ela. Mas não ali.

— Não depois de eu ter esperado tanto — ele grunhiu, pegando-a nos braços e carregando-a para fora da sala.

Ela colocou um dos braços ao redor dos ombros dele e a outra mão soltava o nó da gravata enquanto mordiscava a orelha. Edward subiu a escada dois degraus de cada vez. Julia riu suavemente.

Ele entrou no quarto, batendo a porta atrás de si. A cama parecia grande e convidativa, chamando-o. Apertando os dentes, ele ignorou o convite e colocou Julia de pé sobre o tapete grosso.

— Julia...

— Eu quero tanto você. Há tanto tempo.

Segurando o rosto dela em suas mãos, Edward encarou o fundo daqueles olhos azuis. Ele precisava contar a verdade. Nesse instante. Antes de ir mais longe. Antes que ela tivesse motivo para desprezá-lo por completo. Antes que ele tivesse motivo para sentir desprezo por si mesmo. Edward precisava confessar seus pecados, sua farsa. Ele precisava ser honesto com ela. Precisava perdê-la para sempre.

Ou poderia permanecer calado. Continuar interpretando aquele papel pelo resto de sua vida. Ser Albert até seu último suspiro. Manter a promessa feita para ela de que nunca mais a abandonaria. Esse era o único modo de manter a promessa.

Sem nunca ouvir seu nome nos lábios dela, exclamado com paixão. Sem nunca ser o homem com quem ela de fato se casou. Sem nunca ser o homem que ela amava de verdade. Viver o resto de sua vida com os restos do irmão. Mas, pelo menos, ele a teria. Ele sempre a teria.

Quaisquer que fossem os sacrifícios que ele suportasse, seriam valiosos para mantê-la feliz, para não partir o coração dela.

Ele sabia que seus motivos não eram totalmente altruístas, mas nunca disse que não era egoísta. Porque, no fim, seu silêncio a manteria com ele, e Edward a queria mais do que quis qualquer coisa na vida.

Ele tomou a boca de Julia. E se perdeu.

A ferocidade do beijo dele não a assustou. Apenas atiçou cada fibra de paixão que ela possuía. Ele tinha razão. O fato de eles terem se segurado, apenas provocando um ao outro com a expectativa do que viria, tornava cada toque, cada suspiro, cada gemido ainda mais doce.

As roupas saíram em um frenesi de botões arrancados e costuras rasgadas. As coisas nunca tinham sido assim tão selvagens, tão indomadas. Era como se a África o tivesse mudado, arrancado seu verniz civilizado.

O cabelo dela caiu ao redor dos ombros, e só então eles pararam um instante para apreciar o que haviam desnudado.

— Meu Deus, como você é linda — ele arfou, os olhos fumegantes com paixão, cintilando de necessidade.

Albert tinha o corpo tomado por músculos definidos. Força e determinação. Familiar e desconhecido. Havia uma cicatriz rígida que descia a partir do quadril dele. Ela passou o dedo sobre a marca.

— A África não foi gentil com você. — Abaixando-se, ela deu um beijo na cicatriz.

Gemendo baixo, ele a pegou de novo nos braços e se dirigiu a passos largos para a cama. Uma vez lá, ele a deitou no colchão e desceu sobre ela, cobrindo metade do corpo de Julia com o dele, passando suas mãos por ela como se explorasse um território desconhecido. Então Albert começou a deslizar a língua por toda a pele dela, provando, atormentando-a. Ela enfiou os dedos por entre o cabelo dele, desceu pelos ombros largos. Albert acariciou seus seios, cujos mamilos ficaram tesos, e ele fechou sua boca em torno de um, puxando-o com delicadeza, o que quase a fez levantar da cama.

— Oh, Deus — ela exclamou, trêmula, enquanto o prazer a sacudia.

Ele beijou o lado de baixo de um seio, depois do outro, antes de dar a mesma atenção às costelas dela, descendo pelo corpo de Julia um centímetro maravilhoso após o outro. Ele fez um círculo com a língua ao redor do umbigo, e desceu mais, até as coxas dela estarem apoiadas em seus ombros, e o traseiro, em suas mãos.

— O que você vai...

— Shhh... — Ele levantou o olhar para o rosto dela. — Eu quero venerá-la por completo.

Ele baixou a cabeça, a boca. Sua língua lambeu a essência dela, veludo na seda, calor sensual sob ainda mais calor sensual. Agarrando o cabelo dele, Julia arqueou as costas, oferecendo-lhe ainda mais. E ele aceitou.

Com movimentos lentos, mordiscadas e lambidas provocadoras. Investidas lentas para cima e para baixo. Ela pressionou o corpo contra o dele, implorando por alívio. Ele aumentou a pressão, e quando ela estava quase no ápice...

Ele se retraiu, ficando carinhoso e delicado. Ela gritou de frustração. Ele apenas riu, um som baixo e sensual, cheio de promessa. Ela o faria pagar caro. Quando fosse a vez dela, Julia o faria pagar.

De novo ele a levou ao ápice. De novo ele se retraiu.

Ela tremia de carência.

— Chega disso — ela implorou. — Chega disso.

— Mais uma vez. — Ele levantou os quadris dela como se Julia fosse uma oferenda aos deuses da decadência e do desejo. Ele fez sua mágica com a boca, chupando e sugando, girando até o mundo dela se desfazer, até não restar nada exceto sensações, nada além de terminações nervosas e desejo. O prazer irrompeu com tanta força que os ombros dela se levantaram da cama, seus dedos se cravaram nos ombros dele, e então Julia baixou os olhos para ver que ele a observava com uma satisfação silenciosa e um desejo ardente.

Arfando, o corpo tremendo, ela desabou na cama, engolindo em seco, esforçando-se para recuperar o controle. Ele deslizou o corpo de Julia até esconder o rosto no espaço entre o pescoço e o ombro dela. Ela adorou a sensação da pele suave dele deslizando sobre a sua.

— Mal posso esperar para senti-lo enterrado no fundo de mim — ela sussurrou no ouvido ruim dele.

— Oh, você é uma garota tão safada — ele grunhiu.

Tudo dentro dela gelou e Julia ficou rígida. Ele ficou igualmente imóvel. Ela empurrou os ombros dele para poder encará-lo. Para poder examinar aqueles olhos que até um momento atrás ardiam de desejo e agora estavam cautelosos, esperando.

— Você me ouviu.

Não foi uma pergunta, mas uma afirmação, enquanto o pânico a espreitava.

— Você disse isso em voz alta, não?

— Eu sussurrei no seu ouvido ruim.

— Você deve ter falado mais alto do que pensava.

— Não. — Ela sacudiu a cabeça. — Mesmo assim, você me ouviu. — O coração dela acelerou. Seu estômago se contraiu e Julia pensou que fosse vomitar. — Você me ouviu. — Empurrando-o, ela recuou, quase caindo da cama, equilibrando-se quando seus pés chegaram ao chão. Agarrando o roupão onde este jazia, no pé da cama, ela o vestiu, apressada, e amarrou apertado na cintura. Não podia ser, mas ela sabia que tinha que ser verdade. — Você não é Albert. É o Edward.

Ele estendeu a mão, suplicante.

— Julia...

Ele não negou nem riu do absurdo daquela afirmação. *Sinto muito não ser o mesmo homem com quem você se casou.* Quantas vezes ele lhe disse aquilo?

— Oh, meu Deus! Oh, meu bom Deus!

Estava difícil respirar. Ela pensou que fosse sufocar ali mesmo. Naquele instante. Todo ar tinha sido sugado do quarto. Toda vida tinha sido roubada de seus membros.

Ele se sentou na cama.

— Julia...

— É verdade, não é?

Ele não disse nada, apenas olhou para ela, a culpa marcando a verdade em suas feições.

— Oh, meu Deus! Albert! Albert! — Os pés descalços dela deslizaram pelo chão enquanto ela fugia do quarto, da verdade, das lembranças de tudo que tinha acontecido entre ela e Edward desde que este tinha retornado da África. Ela desceu a escada correndo e saiu da casa, para a chuva fria, para a noite escura, para a realidade horrenda da morte de Albert.

Capítulo 14

Inferno. Maldição.

Edward estava tão perdido no desejo, no calor de Julia, que tinha se esquecido de que deveria ser parcialmente surdo. Ele não conhecia nenhuma outra mulher que conseguia fazê-lo sentir mais desejo do que ela. Quando Julia sussurrou aquelas palavras indecentes, ele ficou tão duro que foi incapaz de pensar com clareza.

E agora ela sabia a verdade. Ele tinha sido um tolo de pensar que poderia continuar com isso para sempre. Mas com toda certeza ele não pretendia que ela descobrisse dessa forma. Saindo da cama, ele agarrou suas roupas, vestiu as calças, a camisa e as botas. Correndo até seu quarto, ele pegou o casaco, vestiu-o e saiu. Edward tinha bastante certeza de aonde ela estava indo.

No frio e na chuva. Mulher tola. Não, tola não. Aflita. Julia devia estar com o coração partido, despedaçado, não só pela morte do marido, mas também pela traição do cunhado. Correndo sob a chuva, ele soltou uma imprecação por se esquecer de colocar um chapéu, mas os desconfortos dele não importavam nem um pouco.

A única coisa que importava era Julia. Encontrá-la e fazer o que pudesse para diminuir a dor dela. Embora ele duvidasse que pudesse fazer algo para isso. Ele viu a expressão de horror no rosto dela, a repulsa. Tanta coisa imprópria tinha acontecido entre eles. Ele desprezava a si mesmo por sua fraqueza em relação a ela. E imaginou que ela o desprezasse ainda mais.

Edward a encontrou no mausoléu, jogada sobre o túmulo de Albert, seus soluços doloridos, difíceis, ecoando pela câmara. Ele nunca tinha se sentido tão inútil, tão perdido quanto a saber o que deveria fazer. Consternado, ele a assistiu escorregar até o chão, seu choro perdendo intensidade, mas nem por isso menos devastador. Até então ele não tinha desejado, tão desesperadamente, poder trocar de lugar com o irmão. Ele se ajoelhou ao lado dela.

— Julia.

— Não — ela grunhiu. — Não. Ele não pode ter morrido. Não pode. Mas tinha. Para todo sempre.

Edward colocou seu casaco nela.

— Você não pode ficar aqui. Está ensopada; vai ficar doente. Você precisa pensar em Allie. — Delicadamente, ele passou os braços sob o corpo dela, apoiou-a em seu peito e se colocou de pé.

— Eu odeio você — ela disse, a voz ríspida, repleta de dor causada pelo sentimento de perda e traição.

— Eu sei — ele admitiu. Mas não mais do que ele odiava a si próprio.

A chuva o castigou enquanto ele tentava protegê-la do vento e das gotas geladas, sabendo que seu casaco oferecia uma proteção limitada. Ela tremia por causa do frio, da umidade e da tristeza. Por que ele não tinha lhe contado antes? Por que ele pensou que poderia viver uma mentira pelos próximos cinquenta anos?

No quarto dela, ele parou ao ver Torrie parada junto à cama, esfregando as mãos.

— Eu vi milady correr para fora da casa, depois vi milorde ir atrás dela. Pensei que iriam precisar de mim ao voltar.

Um lorde não precisa se explicar para os criados. Portanto, depois de apenas acenar com a cabeça para Torrie, ele colocou Julia no sofá, agachou-se diante da lareira, atiçou as brasas e acrescentou lenha. Depois que o fogo acendeu, ele se levantou e olhou para Julia. Ela tremia, pálida, o olhar fixo no fogo.

— Preciso de um banho quente — Julia afirmou sem emoção.

— Sim, milady — Torrie disse.

— E troque a roupa da cama. Ela está com o cheiro do conde.

O olhar da criada saltou para ele. Edward sabia que a moça imaginava a melhor forma de responder à solicitação de sua senhora sem insultar o conde e assim perder o emprego na casa. Ela se decidiu por um mero aceno com a cabeça, uma mesura, e saiu correndo do quarto.

Ele se ajoelhou em uma perna. Edward queria abraçá-la, oferecer-lhe o mesmo consolo que ela tinha lhe oferecido, mas sabia que Julia não queria seu toque, suas palavras.

— Julia, eu lhe imploro para que não diga nada aos criados até decidirmos o melhor modo de lidar com esta situação.

Os olhos dela, rasos de tristeza, continuaram fixos no fogo.

— Saia.

Para os criados importava apenas que serviam ao conde. Não importava quem era o conde, Albert ou Edward. Para eles não haveria nenhuma transição. Tudo permaneceria igual. *O conde está morto. Longa vida ao conde.*

— Julia...

Lentamente, o olhar dela foi do fogo até Edward. Este acreditou nunca ter visto tanto ódio.

— Lady Greyling — ela o corrigiu. — Saia.

Ela estava tomada de muita tristeza para conseguir entender todas as implicações, mas ele precisava acreditar que ela não diria nada. Mas, se dissesse, ele teria que lidar com isso. Edward se levantou.

— Nunca foi minha intenção magoar você.

Ele saiu do quarto sabendo que a situação entre eles nunca mais seria a mesma.

Julia esperou até ouvir a porta fechar atrás dele, então se enrolou no sofá e deixou as lágrimas fluírem. Albert estava morto. O querido, doce e maravilhoso Albert estava morto. Falecido. E ela não soube esse tempo todo.

O peito dela doía. Havia um nó em sua garganta. Como ele podia estar morto? E como ela podia não ter percebido?

Albert estava morto.

Ausente de sua vida por mais de seis meses no total, dois durante os quais ela riu, brincou e desejou o homem que tinha fingido ser seu marido. Uma farsa. Uma imitação. Uma falsificação.

Mas que imitação boa e inteligente.

Isso, mais que qualquer coisa, ela não podia perdoar. Nessas últimas semanas seu amor tinha aumentado; ela tinha sido mais feliz do que nunca. E tudo foi uma farsa.

O que tornava tudo ainda pior era que Julia o queria ali, abraçando-a, consolando-a, prometendo-lhe que tudo ficaria bem. Ela acreditou nele quando as dores do parto começaram cedo demais. Ela confiou nele.

Edward. Como ela pôde ter sido tão tola? Tão cega. Como pôde não ter percebido?

Ele bebia scotch, mas sem exagerar. Ela não o tinha visto bêbado, embora desconfiasse que ele estava embriagado na noite em que Allie...

Alberta. Batizada em homenagem ao pai. Ele tinha insistido. O que ele tinha dito?

Nós não vamos batizar o herdeiro Greyling com o nome de um vagabundo egoísta. Ele vai receber o nome do pai, como deve ser.

Vagabundo egoísta. Ele estava falando de si mesmo.

Isso fazia tanto sentido agora. A imensidão da tristeza dele, a culpa que deve ter sentido por ser ele quem insistiu para que Albert o acompanhasse na viagem. Todas as vezes que referiu a si próprio na terceira pessoa, como marido dela ou como conde, quando ela lhe perguntou algo.

Não podemos deixar que você duvide do amor de seu marido.

Eu lhe garanto, Julia, que seu marido não poderia estar mais satisfeito. Ela se parece com você. Que pai veria problema nisso?

Ela tinha estranhado, mas só o questionou uma vez.

Julia escondeu o rosto nas mãos. Todas as vezes que se insinuou para ele, todas as indecências que sussurrou pensando que ele não poderia ouvi-las. Oh, que canalha. Como ela conseguiria encará-lo outra vez?

Baixando as mãos, ela percebeu que iria encará-lo com todo o ódio e toda indignação furiosa que fervia nela diante de tal traição. Ela nunca o perdoaria por isso. Por brincar com ela, por tirar vantagem da situação.

Ela encontraria um modo de fazê-lo pagar, de fazê-lo sofrer. Ele estava preocupado que ela fosse contar para os criados?

Ela pretendia contar para toda Londres.

Não a deixe perder o bebê.
Seja eu. Seja eu. Cuide dela.
Leve-a para a Suíça.

As últimas palavras do irmão moribundo. O final era muito peculiar. Como se levar a esposa dele para viajar fosse de primordial importância. Talvez ele se arrependesse de nunca tê-la levado. Era um país lindo.

Ajoelhado sobre uma perna, Edward estava diante do túmulo de Albert. Fazia três dias que Julia tinha descoberto a verdade e ainda não queria falar com ele. Edward não sabia se ela estava saindo do quarto. Ele entrou lá duas vezes, só para Julia lhe dar as costas e exigir que saísse.

Os criados sabiam que havia algo errado, pois ele tinha se mudado para a outra ala. Edward receava que ela pudesse atravessá-lo com um atiçador de fogo na calada da noite. Se bem que ele não podia negar que merecia isso, e talvez coisa pior.

— Eu estraguei tudo, Albert. Estupenda e estupidamente.

Ele deveria ter contado a verdade logo depois do Natal. Não, logo depois que Allie nasceu. Melhor ainda, quando ele chegou a Evermore. Julia era mais forte do que Albert acreditava. Sim, ela tinha perdido três bebês, mas Edward achava que isso tinha sido um acaso da natureza. Nada que Julia pudesse ter feito, nada que qualquer um deles pudesse ter feito mudaria isso. Ela teria chorado a morte de Albert, sim, mas não de um modo que ameaçasse a filha. Ela teria tomado cuidado. Julia era inteligente, sábia e... estava louca da vida com ele.

Ouvindo o rangido da porta sendo aberta, ele olhou por cima do ombro para vê-la parada na entrada, vestida como uma viúva enlutada. Vestido preto, luvas pretas, chapéu preto, véu preto, capa preta.

Mesmo através do véu preto, ele podia sentir o olhar flamejante dela. Edward ficou surpreso por não entrar em combustão e virar uma bola de fogo. Lentamente, ele se levantou e caminhou em silêncio até a porta. Julia se colocou de lado quando ele se aproximou, como se Edward tivesse lepra.

Ele parou. Refletiu.

— Quando você voltar para casa, vá até a biblioteca. Nós precisamos conversar.

— Não tenho nada para conversar com você.

— Pode ser, mas precisamos pensar na melhor maneira de seguir em frente, em como proteger sua reputação e no que é melhor para Allie.

— Lady Alberta.

Bom Deus, ela não iria facilitar, ia? Não que ele pudesse culpá-la.

— Lady Greyling, nós dois temos vivido como marido e mulher por mais de dois meses. Precisamos ajustar nossa história. Vou esperá-la na biblioteca.

Ele conseguiu sentir o ódio dela abrindo um buraco de fogo em suas costas enquanto se afastava. Ele tinha que fazê-la entender pelo menos o que motivou o início de sua farsa. O porquê de ele não ter acabado com aquilo antes que a situação fosse longe demais era outro problema. Ele não esperava ser perdoado. Edward nem mesmo iria pedir por isso.

Julia esperou até a porta fechar atrás de Edward para se ajoelhar diante do túmulo e encostar a testa no mármore frio. Era o mais perto que ela podia chegar do marido. Deus, como doía.

Doíam seu coração, sua alma, seu corpo. A dor era quase insuportável.

— Por que você teve que morrer? — ela sussurrou. — Por quê? Oh, Albert, eu sinto tanto a sua falta. Quando penso há quanto tempo você realmente morreu, eu me sinto enganada. Existe um vazio que eu não consigo atravessar. Um abismo sem fundo. Por que eu acho que teria sido mais fácil de enfrentar se eu tivesse sabido antes? Estou viúva há mais de quatro meses. Eu nem estava usando preto mais.

Ela entendia tanta coisa, agora. Entendia por que o homem que ela acreditava ser seu marido tinha ido até o mausoléu na noite em que Alberta nasceu.

— Eu sei que ele lhe contou da sua filha, mas eu é que deveria ter lhe contado. Eu o odeio por isso. Eu o odeio por tudo. Eu sei que digo isso toda vez que venho até aqui, mas isso está me consumindo. Você não consegue imaginar o quanto eu sinto sua falta.

Meneando a cabeça, ela apoiou a palma das mãos no mármore.

— Eu só queria abraçar você mais uma vez. Queria que você me abraçasse. Queria que você me dissesse o que fazer, como seguir em frente.

O pesar era devastador, mas a traição de Edward tornava tudo pior. Ela não sabia como sobreviveria àquilo tudo, mas sobreviveria.

Porque apenas a sobrevivência garantia a possibilidade de vingança.

Sentado à escrivaninha, Edward começou a rascunhar uma estratégia sobre o modo de melhor explicar aquela situação inconcebível à nobreza. Essa era a chave, o cerne do problema. Exigia um equilíbrio delicado. Ele manifestaria sua contrição pela farsa, mas não podia ser contrito demais. Afinal, suas ações tinham sido motivadas por um pedido do irmão. Ele asseguraria a todos que nada impróprio tinha sucedido, que devido à condição delicada de Julia, o relacionamento tinha sido casto. Edward não achava que seria difícil convencer os outros dessa possibilidade. Ele nunca fez segredo do fato de que mal conseguia tolerar sua cunhada. Ela nunca teve que fingir que considerava Edward algo além de desagradável. Como toda Sociedade sabia disso, ele podia usar esse conhecimento para o bem, para salvar a reputação dela perante a nobreza.

Recostando-se na cadeira, ele percebeu que ainda poderia sair daquela história como um herói. As mulheres bajulariam um cavalheiro tão dedicado que gastou seu tempo na companhia de uma mulher que não tolerava. Edward seria aplaudido por seu altruísmo, por seu carinho, pela dedicação ao irmão e à cunhada. Elas iriam considerá-lo valoroso, fazer-lhe elogios, arrumar encontros em jardins escuros para saborear seus beijos. Ele conseguiria mais atenção do que jamais sonhou.

Mas ele não queria nada disso.

Quando Julia entrou marchando pela porta, as mãos cerradas, o rosto fechado em uma expressão imperdoável, ele soube que ela nunca o veria como herói. Nunca o veria como qualquer outra coisa que não um vagabundo traiçoeiro que armava trapaças cruéis.

Endireitando-se, ele se levantou da cadeira, preparado para enfrentar a fera.

— Você pode fechar a porta?

Ela não se moveu.

Certo. Ela não estava disposta a atender nenhum pedido seu nem a lhe fazer favores. Aquela discussão não começava com jeito de que teria um final favorável. Ele andou na direção da porta, passou por Julia e a fechou. O que eles tinham a dizer um para o outro precisava ser dito sem que os criados pudessem ouvir qualquer coisa. Ele tinha dispensado o criado que cuidava de abrir e fechar as portas no caminho do conde. Edward se voltou.

— Por quê? — ela quis saber, disparando a primeira saraivada do que prometia ser um enfrentamento aguerrido. — Por que você fez isso?

— Albert me pediu.

— Ele pediu para que você me enganasse?

— Ele me pediu para garantir que você não perdesse o bebê. "Seja eu", ele disse. "Cuide dela." Ele receava, como eu, que a dor causada pela morte dele pudesse provocar um aborto. Então eu fingi ser Albert.

— Não acredito em você.

Ele não tinha outro meio de convencê-la a não ser com palavras.

— Por que eu faria isso se não a pedido dele? Por que eu fingira ser Albert durante todas essas semanas?

— Porque você receava que eu estivesse grávida de um menino. Você queria o título, as propriedades, o poder, o prestígio. Essa é a razão pela qual não ficou decepcionado quando dei à luz a uma garota.

— Eu não quero o título.

Ela sacudiu a cabeça com vigor.

— E depois continuou com a farsa. Só pode existir um motivo para isso: me humilhar... rir de mim, conseguir o que eu lhe neguei no jardim, fazer com que eu pagasse por aquele tapa.

— Você me considera tão mesquinho assim? Acredita que eu me aproveitaria da morte do meu irmão de forma tão vil?

— O que mais eu devo pensar, quando você teve tantas oportunidades de me contar, mas preferiu continuar com a encenação? As coisas que eu disse para você, as coisas que eu *fiz* com você. Oh, você deve ter dado boas gargalhadas.

Ela não estava escutando, não estava prestando atenção no que ele dizia.

— Eu juro para você, Julia, não ri de nada disso.

Ela cobriu a boca com a mão.

— As coisas que você fez comigo. Como pôde?

— Eu só tentei imitar seu marido. Não me pareceu boa ideia rejeitar você. Tive medo de que, se ficasse melancólica, sua gravidez poderia ter o fim que eu estava tentando evitar.

Julia socou o ombro dele, quase fazendo com que Edward cambaleasse para trás. Cheia de fúria, ela possuía um golpe e tanto.

— Mentira! Você gostou. Gostou de me enganar.

— Não.

— Você sempre teve inveja de Albert. Você queria o título. Se eu tivesse um menino, você ficaria sem nada, então resolveu se precaver para garantir sua posição.

— Não. Como eu disse, Albert me pediu...

— Mentiroso. O seu plano, o tempo todo, era tomar tudo. O título, as propriedades e até mesmo a esposa e a filha do seu...

— Não! Eu nunca planejei tomar nada disso. Minha intenção era lhe contar tudo assim que a criança nascesse.

— Assim que a criança nascesse? Já faz seis semanas! O que diabos você estava esperando?

— Deixar de amar você.

Capítulo 15

Abalada pela declaração dele, Julia recuou um passo, cambaleante, e fitou Edward, boquiaberta. Ela ficou esperando que ele irrompesse em uma gargalhada a qualquer instante, mas ele permaneceu solene, estoico. Edward só podia estar tentando enganá-la para conquistar sua simpatia, seu perdão ou algo abominável que ela não podia identificar.

— Mas você nem mesmo gostava de mim.

— Bom Deus, se pelo menos isso fosse verdade.

Esforçando-se para compreendê-lo, ela continuou a observá-lo enquanto Edward passou a caminho do aparador, serviu scotch em um copo e conhaque em uma taça que ofereceu para ela. Outra coisa em que os irmãos eram imensamente diferentes. Albert nunca teria lhe oferecido uma bebida forte. Por que ela pensou que uma viagem à África mudaria as ideologias básicas dele?

Mas ela não conseguiu aceitar; não conseguiu fazer seus pés se moverem. Nada fazia sentido.

Colocando a bebida dela de lado, ele foi com o scotch até a janela e olhou para fora.

— É muito importante que Allie... Lady Alberta... cresça aqui — ele disse em voz baixa.

Ela piscou, tentando se concentrar nas palavras que ele disse. Julia esperava que ele concluísse o comentário anterior, precisava que ele se explicasse. Ele a tinha feito de boba no jardim, naquela noite. Estaria tentando fazer o mesmo agora?

— Essa experiência foi negada a mim e a Albert. Ele nunca me perdoaria se fosse negada também à filha dele. Eu me mudei para a outra ala. Deus sabe que a residência é espaçosa o bastante para que possamos passar anos sem ter que ver um ao outro. Eu vou, é claro, passar tanto tempo quanto possível nas outras propriedades ou em Londres, para que você não seja importunada pela minha presença.

Uma hora atrás, cinco minutos antes, ela imaginaria que ele diria: *Para que eu não seja importunado por sua presença.*

Relutante, ela se aproximou, parou longe o bastante para não inalar o aroma familiar de bergamota, mas perto o suficiente para conseguir ver todas as pequenas rugas que tinham sido esculpidas em seu rosto pelo peso das dificuldades.

— Você quase não falava comigo.
— Julia... — Ele fechou os olhos.
— Se eu entrava em um ambiente, você saía.

Ele baixou a cabeça e apertou o maxilar.

— Você nunca teve uma palavra gentil para mim. Embora, para eu ser justa, também nunca foi grosseiro. É só que tudo era tão... parecia obrigação, como se as palavras fossem arrancadas de você.

— Era mais fácil assim. — Virando-se, Edward apertou o corpo contra a borda do peitoril, como se precisasse de algo pontudo pressionando-o. Ele apoiou o pé na parede, dobrando de leve o joelho. Era o retrato da masculinidade pura, e Julia se odiou por reparar nisso. — Era mais fácil se você olhasse para mim com desprezo, afinal que tipo de homem deseja uma mulher cujos olhos expressam desgosto sempre que ela o vê? Quando isso não era suficiente, eu bebia mais e mais para amortecer o sentimento, para me tornar tão desagradável que a esposa do meu irmão não me quisesse em seu lar, porque eu pedia a Deus que Albert nunca percebesse a paixão que eu sentia pela mulher que ele amava, com quem ele tinha se casado.

Por tanto tempo? Ele nutria sentimentos por ela por todo esse tempo? Como Julia não tinha percebido? Como Albert não tinha notado? Ela encostou no batente, sentindo necessidade de se apoiar quando seus joelhos ameaçaram ceder diante da revelação inesperada. Aquilo quase não parecia real.

— Quando você começou a se sentir assim?

Ele ergueu o copo, virou o que restava da bebida e voltou seus olhos para ela, apertando-os.

— Ah, o sentimento estava escondido há algum tempo. Aquela noite no jardim foi decisiva. Eu pensei: "Você só está interessado porque ela é proibida. Beije-a, prove-a e acabe com isso". Só que, na verdade, aquele maldito beijo me fez querer você ainda mais.

— Naquela noite, eu pensei que você fosse o Albert — ela disse com a voz rouca, fechando os olhos.

— Eu sei. Só percebi depois do beijo. Eu tinha me convencido de que você estava me esperando. Que tolo eu fui. Quando você me chamou de Albert, foi como um soco no estômago, mas isso não diminuiu a confusão que você criou dentro de mim.

Abrindo os olhos, Julia o descobriu observando-a de novo, seu rosto uma máscara impassível, mas, ainda assim, nas profundezas castanhas dos olhos dele estavam o desejo, a carência. Como ela tinha sido tão cega antes? Ele sempre foi tão desagradável que ela nunca se deu ao trabalho de observar além da superfície.

— Como você pensou que eu fosse Albert no jardim, pensei que havia uma chance, após quatro meses de separação de seu marido, de que você pudesse se enganar de novo, e assim eu conseguisse fazer o que ele tinha me pedido.

Julia podia jurar que, desde o momento em que entrou na biblioteca, ele estava sendo mais honesto com ela do que nunca, mas parte daquela história não fazia sentido. Ele estaria apenas tentando se safar do que tinha feito? Tudo que ele dizia não passava de uma mentira para conquistar o perdão dela? Como Julia podia confiar no que ele dizia quando tinha feito algo tão desonesto? Ela franziu a testa.

— Quando Albert lhe pediu que fizesse o que fosse necessário para eu não perder o bebê?

— Perdão? — Ele arregalou os olhos.

— Suponho que a história sobre a morte de Edward é, na verdade, a de Albert, e que ele morreu no mesmo instante. Correto?

Ele aquiesceu solenemente.

— Então como ele teve chance de lhe pedir qualquer coisa? Como é possível que tudo isso que você fez... — ela fez um gesto com o braço abrangendo semanas de enganação — ... tenha sido a pedido dele?

Edward levantou o copo e fez uma careta quando viu que estava vazio.

— Uma noite estávamos sentados diante da fogueira e Albert disse que, se algo acontecesse com ele, eu não deveria deixar você saber até o bebê nascer. Ele tinha medo de que a notícia pudesse causar um aborto. Foi como uma premonição, eu acho.

— Mais uma vez, não acredito em você. — Era muito forçado. Ou ele estava mentindo sobre o pedido de Albert ou sobre a forma como seu marido morreu. Ela pensou que fosse vomitar. — Ele não morreu de imediato, morreu?

Baixando o copo, Edward o apertou tanto que as juntas de seus dedos ficaram brancas. Ele encarou Julia.

— Foi como eu contei. Ele morreu com o primeiro golpe.

Ele não pestanejou nem desviou os olhos. Ela queria acreditar que a morte de Albert tinha sido rápida, que ele não tivesse sofrido, mas parecia improvável.

— Então, certa noite, durante uma conversa qualquer, Albert apenas pediu que você fingisse ser o conde caso ele morresse?

— Duas noites antes de encontrarmos o bebê gorila.

A história da premonição era absurda. Mas ela queria que fosse verdadeira, queria acreditar que Albert não tinha sofrido. Edward saberia disso, não? Se ele de fato gostasse dela como afirmava, iria querer diminuir sua dor.

Julia não sabia o que pensar da declaração dele, de sua confissão. Aquilo a confundiu, fez com que se sentisse tão traidora como traída. Ela não gostou da confusão que Edward estava criando dentro dela.

— Eu amava Albert. Ainda o amo.

— Eu sei. Não estou pedindo que me ame, Julia. Não estou nem mesmo pedindo que pense bem de mim ou que me perdoe pela farsa. Entendo que você esteja brava, furiosa. Tem todo direito de estar. Só estou pedindo que não faça nada precipitado que possa ter um efeito adverso no futuro de Alberta.

Maldito Edward, maldita farsa. A princípio Julia queria magoá-lo de algum modo, humilhá-lo publicamente, mas ela tinha que tomar cuidado para não arruinar as chances futuras da filha de ter um bom casamento.

— Não sei se consigo continuar aqui — ela admitiu, incerta de que pudesse confiar em seus sentimentos, confiar nele. As feridas daquela trapaça ainda estavam abertas. Sua tristeza, a perda de Albert, pareciam sugar a vida dela.

— Para onde você iria? Para a casa do seu primo? Ele pode sustentá-la melhor do que eu?

Julia detestava que ele soubesse tão bem qual era a situação dela, e que a usasse para manter ela e Alberta por perto. Os pais dela morreram. Ela não tinha irmãos. O primo que tinha herdado os títulos e as propriedades do pai dela ficou extremamente feliz quando ela se casou aos 19 anos.

— Albert deve ter deixado alguma providência com relação a mim.

— É irônico, mas acredito que a providência sou eu. Não consegui encontrar um testamento.

Aparentemente, todas as horas que ele passou na biblioteca não foram gastas apenas lidando com os negócios da propriedade.

— O advogado dele deve ter uma cópia.

— Eu escrevi para ele perguntando se Edward tinha deixado um testamento, e pedindo aconselhamento com relação ao meu. Escrevi de modo que não ficasse óbvio que o conde nem mesmo sabia se possuía um. A resposta dele foi que Edward não tinha deixado testamento – o que, é claro, eu sabia, pois eu sou o Edward –, e que o conselho dele em relação ao meu continuava o mesmo de sempre: eu precisava preparar um com toda pressa e a diligência devida.

Ela afundou na parede, depois se endireitou, para evitar qualquer sinal de decepção ou fraqueza.

— Parece que me tornei dependente da sua bondade.

— Vou ser mais do que generoso com uma pensão, e garanto que nunca faltará nada a Lady Alberta. — Ele pareceu hesitar, então suspirou. — Existe um chalé nas Cotswolds. De acordo com mensagens que eu descobri, acredito que nosso pai pretendia que fosse a casa de viúva da nossa mãe. Parece que ela gostava dessa região. O chalé não está gravado ao título. Eu poderia dá-lo de presente a você, mas como mencionei, acredito de todo coração que Albert gostaria que a filha fosse criada aqui.

Infelizmente, ela era da mesma opinião. Falava com frequência do desejo de que os filhos crescessem à sombra de Evermore, de que lamentava ter perdido essa oportunidade.

— Como tenho muito que ponderar, no momento não posso me comprometer a qualquer decisão, mas concordo que precisamos cuidar do modo como esta situação vai ser administrada, pelo bem de Alberta. O que você vai dizer aos criados?

— Eles servem ao Conde de Greyling. Eu sou Greyling. Não vou lhes dizer porcaria nenhuma.

— Eles vão desconfiar da sua mudança para a outra ala.

Edward abriu um sorriso autodepreciativo.

— Eles vão pensar que estamos passando por alguma dificuldade matrimonial, e se quiserem manter seus empregos aqui, vão guardar suas desconfianças para si mesmos.

— E a Sociedade?

— Eu acho que é melhor esperarmos até que os lordes e as ladies estejam em Londres, para a Temporada, antes de revelarmos qualquer coisa. Vou estar lá para lidar pessoalmente com quaisquer repercussões que possam surgir com a revelação da minha farsa. Isso nos dá tempo para decidirmos o que vamos dizer.

Anuindo, ela se voltou para a paisagem de inverno além da janela.

— Sua esposa não vai gostar se eu e Alberta ficarmos aqui.

— Minha esposa?

— Como você disse, agora é o Conde de Greyling. Precisa de um herdeiro.

— Isso vai demorar anos ainda, décadas, se acontecer. Só depois que Lady Alberta estiver bem situada. Ela é mais importante que tudo.

Julia tocou o vidro. Estava frio como sua alma. Ela imaginou se algum dia voltaria a sentir calor.

— Nós vamos continuar aqui por enquanto. Não vou fazer minhas refeições com você, nem passar qualquer tempo na sua companhia à noite. Se precisar se comunicar comigo, por favor faça-o através de uma criada.

— Se você precisar falar comigo...

Ela foi rápida ao se virar para ele.

— Não vou precisar.

Com isso ela, deu meia-volta e saiu da biblioteca, pensando em como dois irmãos podiam partir seu coração de formas tão diferentes, e se perguntando por que o coração dela doía igualmente pela perda de cada um deles.

Parado junto à janela, saboreando seu scotch, Edward observava a escuridão crescer. Um copo era tudo que ele iria se permitir. Ele não queria amortecer a dor das últimas palavras dela, palavras que ele fez por merecer; nem a dor em seu peito causada pela forma como ele abriu seu coração para ela. Uma parte pequenina dele esperava, ansiava, rezava para que Julia afirmasse seu amor por ele quando Edward confessou o seu, ainda que a maior parte dele soubesse que essa esperança era uma tolice.

Edward não tinha certeza de que compreendia completamente a profundidade de seus sentimentos até que as palavras irromperam de dentro dele. Ele não sabia dizer quando tinha se apaixonado por ela. Só sabia que isso aconteceu. Sem dúvida. E ele receava que ela fosse ocupar para sempre aquele lugar em seu coração. Para ela, porém, ele continuaria sendo pouco mais que um roedor, tentando sobreviver com as sobras de tudo que ele não tinha direito.

— O jantar está servido, meu lorde — Rigdon anunciou.

Ele tinha se banhado, barbeado e vestido com o melhor traje de noite, para o caso da raiva dela ter diminuído um pouco e Julia sentir pena suficiente para jantar em sua companhia. Edward não se importava se ela conversaria com ele. Seria o bastante tê-la por perto. Eles podiam usar a sala de jantar formal. Usando o luto de viúva, ela se sentaria na outra extremidade da mesa, a metros dele. Edward desconfiou que ela o acompanharia no jantar se soubesse toda a agonia que a mera visão dela provocaria nele.

— A condessa... — Se ele esperasse mais um pouco, talvez Julia aparecesse.

— Informou Torrie que vai jantar em seus aposentos. Acredito que ela não está se sentindo bem com esse tempo.

Ele tinha que dar crédito ao mordomo por pelo menos se esforçar para fingir que tudo estava bem com o lorde e a lady da casa.

— Estarei lá em um instante. — Bom Deus, ele era um péssimo lorde, choramingando pelos cantos. Ele teve dois meses com ela, e teria que aguentar a situação por toda a vida. Com um suspiro, Edward terminou o drinque e se encaminhou para a sala íntima de jantar.

Ele não sabia por que esperava encontrá-la lá, por que sentiu como se tomasse um soco no estômago quando viu que os únicos à sua espera no local eram o mordomo e um criado. O coração era um amante cruel, sempre esperançoso.

Sentando-se, ele ficou observando as chamas ardendo no candelabro, no centro da mesa, enquanto lhe serviam vinho e sopa. A sala estava tão silenciosa, com o único som produzido periodicamente pela colher de prata batendo na porcelana. Ele nunca pensou que sentiria falta dos ventos uivantes de Havisham Hall, mas naquele momento qualquer coisa seria melhor do que estar rodeado pelo silêncio da ausência de Julia.

Capítulo 16

Minha amada,

Como eu queria que você estivesse aqui, desfrutando desta aventura conosco. Edward é um verdadeiro tirano, fazendo-nos avançar constantemente. Ele parece estar em seu lugar favorito, brilhando nesse papel de líder de nossa pequena expedição. Ele não está bebendo muito. Ainda não o vi embriagado. Talvez seja porque se sente em casa aqui. Ou talvez porque tenha consciência de que, quando nossos estoques de bebida acabarem, não encontraremos mais no meio desta selva. Até então, ele está demonstrando notável autocontrole.

Embora tenhamos feito várias viagens juntos, e ele sempre teve o hábito de mandar nos outros, desta vez estou admirando o modo como ele assume o comando. Observando-o, não posso evitar de acreditar que ele é melhor adequado do que eu para ser conde. Eu sempre encarei a responsabilidade pelos outros como um fardo, enquanto ele parece gostar da incumbência. Parece-me que algo além de sair primeiro do ventre deveria determinar quem herda um título.

Fechando o diário do marido, Julia deitou-o cuidadosamente no colo e olhou pela janela do quarto. Ela tinha avançado doze dias na viagem deles. Julia não queria ler sobre como Edward o fez rir ou o ensinou a evitar bolhas, ou mesmo como conseguiu que lhes servissem chá no meio da selva. Ela queria ler sobre o quanto Albert sentiu sua falta. Ela queria ler uma passagem que dissesse: "Eu tive uma premonição na noite passada. Quero que perdoe Edward pelo que vou pedir que ele faça. Saiba que faço isso por amor a você e ao nosso filho que vai nascer".

Mas ela ainda não tinha descoberto essa revelação. Ele não tinha escrito palavras de conforto, nada para confirmar que soubesse que iria morrer. Nada de palavras finais reafirmando seu amor por ela, nenhuma mensagem de despedida, nenhum adeus carinhoso. Tudo era inconsequente, nada importante. Era como se ele esperasse ainda escrever milhares de vezes naquele diário.

Embora quisesse muito ler a última anotação, Julia se recusava a ler as entradas fora de ordem. Ela queria vivenciar as últimas semanas de Albert do modo que ele as tinha vivido. Embora ela nunca tivesse tido nenhum interesse em viajar, de repente se viu desejando ter estado ao lado dele o tempo todo, como se a mera presença dela pudesse ser suficiente para impedir o que tinha acontecido.

Ela era viúva há mais de quatro meses. Mas o tempo com Edward tinha amenizado seu sofrimento. Ela pensou que fosse odiá-lo por isso acima de tudo. Quando deveria estar pensando no marido, Julia pensava no cunhado. O modo como ele a fez rir, como a abraçou, como não saiu do lado dela enquanto Julia trazia a filha para o mundo. A confissão de que havia se apaixonado por ela.

Se realmente a amava, como pôde ter deixado que ela vivesse uma mentira? Como pôde ter ocultado a verdade? Talvez ela pudesse perdoá-lo pelas semanas anteriores ao nascimento de Alberta, mas as posteriores...

A batida na porta fez com que tivesse um sobressalto.

— Entre.

Torrie entrou com cuidado, parecendo um pouco preocupada, e lhe entregou um bilhete.

— É de sua senhoria.

Julia pegou o papel, desdobrou-o e leu as palavras escritas com a caligrafia caprichada e precisa, quase idêntica à de Albert, mas não exatamente. Agora ela se pegava procurando as diferenças mais simples entre os irmãos, praguejando em silêncio sempre que notava alguma, perguntando-se como não tinha reparado antes.

Vou ao berçário às duas, pretendo ficar por meia hora.

— Greyling

Não era surpresa. Ele tinha mandado entregar a mesma mensagem todos os dias na última semana. E Julia sabia que ele tinha ciência de que ela não podia lhe negar visitas a Lady Alberta sem provocar especulações e fofocas entre os criados sobre qual seria o motivo de ela não permitir que o *pai* da criança passasse algum tempo com a filha. Ainda que a criadagem não devesse tagarelar sobre o que acontecia no andar de cima, Julia não era tola o bastante para pensar que eles guardavam para si tudo que observavam. Com uma imprecação grosseira, incompatível com sua posição, ela tinha rasgado o primeiro bilhete em pedacinhos. O segundo, Julia rasgou ao meio. Fez uma bola com o terceiro. Fez pouco mais que suspirar e dobrar novamente todos os outros.

Pelo menos Edward a avisava de suas intenções, e assim ela não precisava cruzar com ele no corredor ou no berçário, não tendo que aguentar vê-lo.

— Vossa senhoria gostaria que eu entregasse uma mensagem para ele? — Torrie perguntou.

Vá para o inferno não devia ser o que a empregada tinha em mente.

— Não. Diga para a babá preparar Lady Alberta para a visita do conde às duas horas.

— Sim, milady. Devo passar um vestido para vossa senhoria usar no jantar?

A pergunta também fazia parte de seu ritual diário.

— Não. Peça para trazerem o jantar até meu quarto.

— Sim, milady. — Ela percebeu a decepção e a tristeza na voz de Torrie. Sua criada pessoal sabia que havia algo errado. Toda a criadagem sabia que havia algo errado. Eles só não conseguiam entender o que seria. Como eles poderiam – como qualquer pessoa poderia – suspeitar da verdade, quando esta era absurda e inimaginável?

— Não é a babá, milady — Torrie soltou, de repente.

Julia olhou para a jovem que esfregava uma mão na outra como se estivesse apreensiva por ter dito algo que não deveria.

— Não entendi.

— Todo mundo sabe que ele vai até o berçário todas as tardes. A copeira, que é um pouco tonta, disse que ele gosta da babá, e por isso sempre vai até lá, que nenhum pai tem tanto interesse em um bebê. Mas ele manda a babá tomar chá na copa quando está no berçário. Ele só fica algum tempo com Lady Alberta. Não está sendo infiel a você.

Julia nunca pensou que ele pudesse ser infiel, mas talvez devesse. Ele era um homem jovem, viril...

O que ela estava pensando? Edward não lhe devia fidelidade. Por que essa ideia a incomodou? O que lhe importava quem ele levava para cama? Ela voltou a olhar para a janela. Julia desejou que a primavera chegasse logo, que o tempo esquentasse e ela pudesse cavalgar.

— Ele gosta de ir a sua sala de relaxamento.

Na sala onde ela produzia as aquarelas. Uma vez, Julia disse para Torrie que a pintura a relaxava, e a criada começou a chamar o cômodo de sala de relaxamento. E agora ela lhe passava aquela informação como se isso pudesse, de algum modo, redimi-lo aos olhos de Julia, quando a pobre jovem não fazia ideia do que ele precisava se redimir.

— Quando?

— Ele vai em horários diferentes, mas pelo menos uma vez por dia.

Estaria ele esperando encontrá-la ali, por coincidência? Bem, ela não iria deixar aquilo acontecer. Julia se levantou de repente. Ela iria mandar a criada entregar uma carta instruindo Edward a ficar longe de sua sala...

Só que não era mais dela. Era dele. A residência inteira era dele; cada quarto, cada pintura, todos os bibelôs, estátuas e bugigangas. Ele apenas riria dela. Tudo que Edward lhe dava era porque achava que Julia deveria ter. Ela voltou a se afundar na cadeira. De repente, Julia teve uma vontade desesperada de pintar. Desde que soube a verdade sobre sua viuvez, ela só tinha saído do quarto para visitar o mausoléu e Alberta. O restante do tempo ela passava em reclusão, chorando uma perda que com frequência tornava difícil até a ideia de sair da cama. Agora havia a chance de encontrá-lo em seu santuário, se decidisse ir até lá. A facilidade com que ele tomava o que era dela!

— Obrigada, Torrie. Você pode ir.

— Eu gostaria de saber por que está tão triste, milady.

Julia deu um sorriso solene para a criada.

— Eu descobri que o conde não é quem eu pensava.

Honesta, mas misteriosa. Suas palavras sem dúvida não satisfizeram a curiosidade da jovem, mas fizeram com que ela se retirasse. Julia levantou e caminhou até o espelho comprido, onde observou seu reflexo. O preto a deixava melancólica. A criadagem provavelmente se perguntava o motivo pela mudança no modo de vestir. Ela quase não ficou luto quando era suposto que Edward estivesse no mausoléu, mas agora ela só vestia preto. Ainda bem que ela não precisava explicar usas ações para os criados. Já era bastante difícil explicá-las para si mesma, especialmente quando o relógio sobre a cornija da lareira se aproximou de bater duas horas e ela encostou a orelha na porta.

Ele era sempre tão pontual. Julia não sabia por que sentia aquele impulso insano de ouvir os passos dele. Eram abafados pelo tapete, mas ainda assim ela os ouvia, marcando as passadas longas. Fazia silêncio e ela sabia que Edward tinha parado diante de sua porta. Ele sempre parava. Era loucura ela pensar que podia sentir o olhar dele na madeira, ouvir a respiração dele. Loucura acreditar que o cheiro dele invadia seu quarto para provocar suas narinas.

Sem querer que ele soubesse que ela estava ali, Julia segurou a respiração, mas ainda assim receou que Edward soubesse, que ele tivesse consciência dela, do outro lado da porta, assim como ela tinha dele. Julia se perguntou se ele sentia vontade de bater, de chamá-la, de encostar a palma da mão na madeira – no mesmo lugar onde a mão dela descansava.

Ela ouviu o som inconfundível de Edward seguindo em frente, seus passos rápidos e enérgicos. Soltando a respiração, com um estremecimento, ela encostou a testa na porta e esperou. Esperou até ouvir os passos apressados da babá descendo a escada dos fundos. Sim, ela sabia que a babá sempre saía.

Lenta e cuidadosamente, ela abriu a porta e espreitou o corredor vazio. Com muito mais confiança do que sentia, endireitou os ombros e saiu. Após olhar ao redor mais uma vez, ela ergueu a barra da saia e deslizou, descalça, pelo corredor acarpetado até o berçário. A porta estava aberta. Sempre ficava aberta.

Ela se aproximou o máximo que podia sem ser vista e apoiou as costas na parede. O ranger da cadeira de balanço veio pelo vão da porta e Julia o imaginou segurando a filha dela nos braços enquanto balançava para frente e para trás. Ela fechou os olhos e escutou.

A meia hora que passava com Allie nos braços era o momento favorito do dia para Edward, e não só porque sua sobrinha piscava para ele com aqueles grandes olhos azuis. Os olhos azuis da mãe. Mas porque ele também recebia a atenção da mãe de Allie. Ele conseguia avistar meio centímetro de saia preta se esgueirando atrás do batente da porta, e sabia que, antes de terminar sua visita, haveria dois centímetros inteiros de saia, conforme Julia se aproximava do quarto para ouvi-lo. Foi só no terceiro dia que ele reparou no pedaço de saia. Até então ele dava toda sua atenção para Allie, mas, nessa tarde em especial, a menina adormeceu. Ele levantou os olhos e reparou no tecido preto, que foi crescendo.

— Vamos ver, Allie, onde nós estávamos? — Edward sentiu tanta vontade de chamar Julia e perguntar onde tinha parado a história do dia anterior, mas ele a conhecia bem o bastante para saber que ela não gostaria da provocação. Ele não tinha dúvida de que Julia iria parar de se esgueirar pelo corredor para se juntar aos dois em segredo e ouvir a história que ele tecia. O fato de Julia estar ali lhe dava esperança de que, talvez algum dia, eles poderiam pelo menos conviver civilizadamente. Eles precisavam, pelo bem de Allie.

— Ah, sim, o grande e magnífico corcel que cuida de todos os outros animais tinha descoberto que o perigo se aproximava. Eu acho que devemos dar um nome para ele. Que tal Greylord, em homenagem ao Grey de seu pai? Acho que ele gostaria disso. Texugo, que é de fato um texugo e usa um colete verde, está contando para Greylord que viu Fedô, a Doninha, com seus olhinhos redondos, dentes afiados e nariz pontudo, se escondendo atrás das árvores. Eles acham que Fedô vai aprontar alguma, que pretende estragar o piquenique que a Princesa Allie planeja fazer com todos os amigos da floresta na clareira com flores silvestres amarelas.

Ele continuou a tecer a história da linda princesa com seus nobres amigos. E da doninha invejosa e egoísta que queria estragar tudo. Balançando, ele continuou falando até que dois centímetros de saia preta ficaram visíveis. Ele desejava que fosse vermelha, azul ou verde. Mas ela estava realmente de luto agora que sabia ser uma viúva.

Toda manhã, uma hora antes da alvorada, sem que Julia soubesse, Edward a seguia silenciosamente até o mausoléu. Escondido em meio às árvores, ele montava guarda. Quando ela voltava, o céu já tinha clareado para um azul pálido, e ele não podia segui-la tão de perto. Pelo menos ela ia até lá quando os criados estavam ocupados demais para notar. Eles poderiam se perguntar por que, de repente, ela estava tão dedicada àquelas caminhadas matinais até o lugar de descanso da família.

Além desses momentos no início do dia, ele só via um pedaço da saia dela quando embalava Allie. Ele era um tolo por se deleitar com um pedaço de tecido só porque pertencia a ela. Edward continuava fazendo suas refeições sozinho, descansando na biblioteca sozinho, jogando sinuca sozinho. Tarde da noite, quando não conseguia dormir, ele trabalhava na história que escrevia para Allie com as criaturas fantásticas que usavam roupas, falavam e se comportavam de um modo que lembravam muito os humanos.

Observando a sobrinha adormecida em seus braços, ele soube que iria lhe escrever toda uma estante de histórias. Com o canto do olho, viu a saia desaparecer. Três segundos depois, Edward ouviu o passo apressado da babá que vinha pelo corredor pouco além da porta.

Levantando-se, ele carregou Allie para o berço e a deitou ali com todo cuidado. Ela abriu os olhos e agitou braços e pernas.

— Vejo você amanhã, pequenina.

Com uma última palavra para a babá, ele seguiu pelo corredor. O aroma de Julia estava mais forte. Como um homem desesperado, ele inalou profundamente, satisfazendo-se. Edward continuou até chegar à porta do quarto dela. Parando, ele espalmou a mão sobre a madeira. Não sabia por que isso o fazia se sentir mais perto dela. Era uma coisa boba de se fazer, mas ele não conseguia se deter.

Então ele desceu a escadaria até o espaço vazio e solitário que sua vida tinha se tornado.

Com o coração disparado, Julia acordou com um choro. Por um instante ela pensou que talvez seus próprios soluços tivessem perturbado seu sono, porque suas faces estavam molhadas e agora o silêncio era completo. Então o choro dela mesma devia tê-la resgatado das profundezas do sono.

Deitada no escuro, no silêncio, ela fitava o dossel, tentando entender o que estava errado. Durante a semana anterior ela teve um sono agitado. Cansada da tristeza, da angústia no peito que parecia uma dor física, das dúvidas, da culpa. Nessa noite, Julia estava exausta, e decidiu ir até o quarto antes usado por Edward, onde pegou uma garrafa de bebida no armário. Ela bebeu até mal conseguir manter os olhos abertos. Então se deitou na cama e sucumbiu à atração do estupor bem-vindo.

Mas no momento ela estava acordada, e teve a sensação de que algo importante a tinha tirado do sonho em que corria constantemente na direção de Albert, só para que Edward ficasse aparecendo na frente dela, bloqueando seu caminho. Ou ela estaria correndo na direção de Edward? Julia não conseguia diferenciá-los nem em seus sonhos.

Sentando-se na cama, ela apoiou o cotovelo no joelho, a testa na mão. Seu raciocínio estava embotado, como se ela tentasse abrir caminho em meio a uma floresta de teias de aranha. Em seu sonho, Julia tinha ouvido um choro à distância. Ela começou a correr na direção dos soluços, mas quanto mais corria, mais distante o som ficava, até sumir. E o silêncio, um sinal de mau agouro, tinha a aterrorizado.

Alberta. Tinha sido ela uivando. No sonho? Não, fora do sonho. Uivando até seus gritos invadirem o sonho. Não fosse pelo conhaque amortecendo seus sentidos, ela teria acordado antes, teria percebido de onde vinha o choro. Jogando as cobertas para o lado, Julia levantou da cama apressada. Ela estava certa de que a babá tinha acalmado Alberta, mas ainda assim sentiu a necessidade urgente de segurar a filha junto ao peito, reconfortá-la, fazê-la saber que nada podia lhe fazer mal.

Ela saiu em disparada do quarto e correu até o berçário. A babá estava sentada em uma cadeira com a chama da luminária baixa e um livro nas mãos. Não Alberta. Ela não estava segurando Alberta.

Era Edward quem a segurava. Deitado na cama da babá, de olhos fechados, Alberta estava sobre seu peito, os joelhos dobrados sob a barriga, com o bumbum levantado. Almofadas formavam uma barreira dos dois lados do corpo dele, para que se ela rolasse, não fosse longe. Não que Julia acreditasse que ela iria se mover. Uma das mãos grandes dele estava espalmada sobre as costas da menina, mantendo-a no lugar.

Deixando o livro de lado, a babá se levantou e se aproximou dela, na ponta dos pés.

— Ela estava chorando demais. Não consegui acalmar a menina. O conde veio, aparentando não estar nada feliz. Disse que ouviu os gritos da biblioteca. Pensei que ele fosse me demitir na hora. Mas ele pegou a bebê, colocou junto ao peito e ela se acalmou na hora.

Ele tinha vindo socorrer a bebê, Julia se deu conta, enquanto ela sofria com o excesso de bebida, sem conseguir fazer nada além de recobrar lentamente a consciência. Como Edward tinha conseguido viver assim durante anos, bebendo em excesso todas as noites? Acordar era muito desagradável.

— Encontre uma cama em outro quarto, para conseguir dormir um pouco — ela disse à babá.

— Eu não posso deixar a bebê.

— Ela está bem.

— Obrigada, milady.

Julia esperou até a mulher sair para sentar em uma cadeira perto da cama. A visão do homem alto e forte deitado na cama pequena com sua filha descansando perto do coração dele fez com que ela quisesse chorar. Julia não queria se emocionar tanto. Maldita doninha por vir resgatar a princesa. Maldito coração pelo contentamento que sentiu ao vê-lo – Julia pensou que o órgão fosse inchar e transbordar seu espaço no peito –, pois não o via há dias.

Edward tinha perdido peso. Sombras se alojaram debaixo dos olhos dele. Mesmo dormindo, ele parecia cansado. Era justo puni-lo por algo que Albert tinha lhe pedido para fazer? Não, a punição era pelas seis semanas em que ele ocultou a verdade dela e a seduziu.

Se você o conhecesse melhor, acho que gostaria dele, Albert lhe disse uma vez. O problema era que Julia já gostava demais dele.

Ela não iria pedir o chalé nas Cotswolds, porque ele tinha razão, maldito fosse. O lugar de Alberta era ali. Em nenhum outro lugar ela seria mais amada, mais protegida, mais mimada.

Infelizmente, Julia temia que em nenhum outro lugar ela se sentiria mais infeliz.

Capítulo 17

Tinha sido um inverno miserável. Edward xingou o vento gelado que o açoitava quando desmontou em frente à casa de chá da vila, então escolheu algumas imprecações bem fortes para lançar contra si mesmo por enfrentar aquela que devia ser a última tempestade antes da primavera, e tudo por algo tão excêntrico quanto tortas de morango. Que nem eram para ele. Uma semana e meia tinha se passado e Julia ainda não se comunicava com ele por qualquer meio, então Edward sabia que ela continuava sofrendo, e esperava que as tortas pudessem animá-la, diminuir sua repulsa por ele. Ou poderiam deixá-la mais brava, mas a fúria dela seria melhor do que o sofrimento.

A sineta sobre a porta ecoou quando ele entrou e foi saudado pelo calor. O único outro cliente era um garoto descalço e sem agasalho. Que tipo de pais seriam tão negligentes? Ele teve vontade de falar com eles.

— Por favor — o garoto pediu, estendendo a mão que parecia fechada ao redor de uma moeda. — Minha mãe está com fome.

— Desculpe, querido — a Sra. Potts disse —, mas uma moeda não compra uma torta de carne.

— Mas ela vai morrer.

— Estou certa de que ficará bem. — A Sra. Potts olhou para Edward. — Bom dia, Lorde Greyling. Como posso ajudá-lo?

Ele entendia que a loja não podia faturar dando comida de graça, mas com certeza exceções podiam ser feitas. Por outro lado, se ela desse algo, logo teria todo tipo de pedinte em sua porta.

Edward ajoelhou ao lado do garoto, que estimou ter cerca de 6 anos, e ficou surpreso com o tom vermelho do rosto dele. Não estava tão quente ali.

— O que há com sua mãe, garoto?

— Ela está doente.

— Deve ser gripe — disse a Sra. Potts. — Muita gente está pegando.

Edward encostou a mão na testa do garoto.

— Ele está muito quente.

— Então não deveria estar aqui. Vá embora, garoto. Volte para casa.

Edward ergueu a mão para conter a histeria dela, e fechou a outra sobre o ombro ossudo do menino.

— Qual é seu nome, garoto?

— Johnny. Johnny Lark.

— Quantos são na sua família?

— Quatro.

— Faça um pacote com quatro tortas de carne, Sra. Potts. Coloque na minha conta. — Tirando o casaco, Edward o colocou ao redor de Johnny Lark e pegou o menino no colo. O garoto não pesava nada. Segurando a caixa que a Sra. Potts colocou no balcão, ele disse: — Separe quatro tortas de morango. Volto logo para pegá-las. — Ele se voltou para o garoto. — Mostre para mim onde você mora, Johnny.

Era uma casinha na extremidade da vila. Baseado nos varais que viu esticados nos fundos da casa quando se aproximaram, Edward deduziu que a mãe de Johnny era uma lavadeira. Colocando o garoto de pé sobre o degrau, ele bateu na porta. Ninguém veio atender, então ele a abriu e quase caiu para trás com o cheiro repugnante de doença.

— Sra. Lark — ele anunciou ao entrar.

Em uma cama no canto, uma mulher com cabelo ruivo embaraçado se ergueu.

— O que você fez, Johnny?

A voz dela estava forçada e fraca. Seu rosto brilhava com suor; os olhos estavam embaçados.

— Johnny trouxe comida para vocês. Eu sou o Conde de Greyling.

— Oh, milorde.

Edward correu até ela e colocou a mão delicadamente em seu ombro, assustando-se com o calor que emanava através da flanela.

— Não se levante. Estou aqui para cuidar de vocês.

— Mas você é um lorde.

— Que ficou muito impressionado com a desenvoltura do seu filho. — Virando-se, ele tirou o casaco do menino, pendurou-o nas costas de uma cadeira à mesa. Abrindo a caixa, ele colocou uma torta de carne sobre a mesa. — Você precisa comer, Johnny.

— Mas a mamãe...

— Eu cuido da sua mãe.

Uma garotinha ruiva, pouco mais nova que Johnny, saiu engatinhando debaixo da cama. Edward colocou uma torta na mesa para ela e colocou a menina em uma cadeira. Depois, encontrou colheres para eles. O quarto membro da família ainda estava no berço. Ele teria que amassar a torta para o pequenino. Também precisava conseguir um pouco de leite.

Edward levou uma torta para a mulher. Ela meneou a cabeça.

— Não consigo comer.

— Você precisa tentar, mesmo que só alguns pedaços. O que o médico disse sobre a sua condição?

— O médico não virá. Não tenho como pagá-lo.

— Ele não esteve aqui, então?

Ela negou com a cabeça.

— Não veio nem quando meu marido estava morrendo, na semana passada. Disse que não podia fazer nada. Meu esposo, Ben, faleceu. O agente funerário veio, levou o corpo e o resto do meu dinheiro. Então fiquei doente. Quem vai cuidar das minhas crianças quando eu partir?

— Você não vai a lugar nenhum. — Ele colocou a torta nas mãos dela. — Coma o quanto conseguir. Eu vou buscar o médico. — Ele pegou o casaco e se dirigiu à porta.

— Estou dizendo... ele não virá.

Edward parou e olhou por sobre o ombro.

— Pois é melhor que ele venha.

Edward saiu apressado da casa, mal notando a garoa que tinha começado. Quando viu a mulher doente, o bebê e a garotinha engatinhando, surgindo debaixo da cama, ele experimentou um sentimento de quase pânico, ao imaginar Julia sozinha e condenada a uma vida miserável. Ele sabia que se ela saísse de Evermore, não iria viver em um casebre. Julia teria o chalé nas Cotswolds, um exército de criados e dinheiro suficiente para garantir que nem ela nem Allie jamais passassem dificuldade. Ele iria criar um fundo de investimentos para as duas. Precisava providenciar isso imediatamente. Assim como um testamento. Ele precisava garantir que elas ficassem bem. Edward não ficou com raiva por Albert não ter cuidado desses detalhes. Ele era um homem jovem e forte. Por que pensaria que a morte chegaria antes de completar 30 anos? Mas a morte não respeita calendário nem relógio, e Edward não pretendia ser pego de surpresa quando sua hora chegasse.

Ele estava se esforçando para entender tudo, fazer um inventário do que receberia junto com o título. Seu irmão tinha deixado as coisas relativamente bem organizadas, mas Edward ainda tinha tanto que aprender, tanto que compreender. Embora não fosse o lorde da vila, ele não podia evitar de sentir que tinha responsabilidade com o bem-estar dos cidadãos. Ele era o maior proprietário da região, o único homem com título em um raio de quilômetros. Essas duas características vinham com responsabilidades que ele não tinha intenção de ignorar.

Quando chegou à residência do médico, ele bateu na porta, que foi aberta por uma mulher pequena com cabelo da cor de seda do milho. Ela arregalou os olhos.

— Lorde Greyling, não devia estar andando por aí num tempo desses. Entre.

Retirando o chapéu, ele passou pelo batente da porta.

— Seu marido está em casa?

— Ele está na casa do Sr. Monroe tratando de um furúnculo. Não deve demorar, se vossa senhoria quiser esperar.

— Vou esperar, obrigado.

— Aceita uma xícara de chá?

— Não quero lhe incomodar.

— Não é incômodo nenhum.

— Então, sim, obrigado. Será bem-vindo.

— Por favor, sente-se.

— Estou ensopado, Sra. Warren. Não desejo estragar seus móveis. Vou ficar de pé.

— Como quiser. Não devo demorar.

Warren, por outro lado, pareceu não estar com pressa. Foram quase uma hora e duas xícaras de chá até ele entrar pela porta. Ele arregalou os olhos.

— Greyling, que surpresa agradável.

— Nem tão agradável. Estou vindo da casa da Sra. Lark. Ela não está bem.

— Sim, gripe.

— Como sabe? O senhor não foi vê-la.

Warren levantou o queixo.

— Metade da vila pegou essa doença.

— Qual é o tratamento?

— Não há nada a fazer, exceto deixá-la cumprir seu ciclo.

— O marido dela faleceu.

O médico baixou aquele queixo, que Edward desejava socar.

— A doença pode ser bastante... cruel.

— Ela tem três crianças pequenas. Acredito que o garoto também esteja com febre.

— A gripe é contagiosa, eu receio.

— Então é a falta de dinheiro dela ou a sua falta de coragem que não o deixa ir vê-la?

Ele levantou o queixo de novo, e o nariz assumiu um ângulo presunçoso.

— Ressinto-me da implicação de que eu seja covarde.

— Ótimo. Então o problema é a falta de dinheiro. Sei lidar com gente que não tem compaixão. Agora você irá comigo vê-la. Depois irá visitar todos os doentes. Se alguém não puder pagá-lo, me procure que eu pagarei. Você também vai espalhar a notícia de que pagarei bem a quem estiver disposto a cuidar daqueles que não têm ninguém.

Warren meneou a cabeça.

— Colocar os saudáveis com os doentes só vai espalhar a doença.

— Sua solução é deixá-los morrer?

— Nem todos morrem.

— Então as pessoas vão apenas ficar incomodadas por algum tempo. Você vai fazer como estou dizendo ou na primavera vai haver outro médico na vila. — Mesmo que Warren obedecesse às suas ordens, outro médico viria na primavera. Um pouco de competição sempre extrai o melhor das pessoas. — Vamos, então?

Warren suspirou.

— Como o Sr. Lark acabou de morrer, não sei se terei sorte em encontrar alguém disposto a entrar naquela casa para cuidar da Sra. Lark e das crianças. A morte incomoda as pessoas, como se após visitar uma vez, possa voltar.

— Não precisa encontrar ninguém para cuidar dela. Não peço para que os outros façam o que não estou disposto a fazer. Eu mesmo cuidarei da Sra. Lark. Só preciso que você a examine e me diga a melhor forma de tratá-la.

Em seu quarto, sentada no sofá diante da lareira, Julia conferiu o relógio sobre a cornija, constatando que o ponteiro das horas se aproximava do número dois, e o dos minutos, do número doze. Nenhuma mensagem avisando-a da visita do conde ao berçário tinha sido entregue. Edward teria deduzido que após quase dez dias ele tinha estabelecido uma rotina, e Julia deveria supor que ele visitaria a filha dela?

Ou ele teria se cansado das visitas, exausto de dar atenção a Alberta? Estava ele usando Alberta para manipular Julia e, como ela não caiu na armadilha que ele tinha preparado, decidiu deixar a garota de lado e descarta-la como lixo?

Mesmo tendo esse pensamento horroroso, Julia não conseguia ver Edward se comportando de tal forma, não depois de vê-lo com Alberta aninhada em seu peito duas noites antes.

Só podia ser culpa de Torrie, que devia estar descansando em algum lugar em vez de cuidar de seus deveres. Pondo-se de pé, ela atravessou o quarto e puxou o cordão da campainha. Então começou a andar de um lado para outro, perguntando-se por que se sentia tão tensa. Quando a batida na porta finalmente se fez ouvir, ela sentiu alívio.

— Entre.

Torrie entrou e fez uma mesura.

— Milady me chamou?

— Você não tem uma mensagem para me entregar?

— Não, milady.

Julia não estava preparada para a decepção que a tomou.

— O conde não lhe entregou um recado para mim?

— Ele não poderia. Não está aqui.

— Como assim, não está aqui? — *Onde ele estaria? Londres? Em outra propriedade? Havisham Hall?* Ele não podia sair sem dizer nada para ela.

— Ele foi até a vila esta manhã e ainda não voltou.

— Neste tempo? — Julia disse e levantou a mão. — Não precisa responder. Não cabe a você questioná-lo. — Mas por que aquele homem tinha o hábito de passear quando o tempo estava horroroso? Sem dúvida era o aventureiro que existia dentro dele. Ela ficou com pena da pobre futura esposa de Edward, que com certeza passaria muito tempo se preocupando com ele. Não que Julia estivesse preocupada. No que dependia dela, Edward podia pegar uma doença fatal. Era bem feito por não ter dito a verdade quando ela sussurrou indecências no ouvido dele. Ela ainda morria de vergonha de saber que ele tinha ouvido cada palavra indecorosa que ela falou.

— Isso é tudo.

— Devo avisá-la quando ele voltar?

— Seria ótimo. Vou passar meia hora com Lady Alberta, depois vou trabalhar nas minhas aquarelas. — Ela tinha imaginado um personagem novo para sua coleção, e estava ansiosa para trabalhar nele.

Torrie sorriu como se Julia tivesse anunciado que iria dar uma casa para a criada, e esta não precisaria trabalhar pelo resto da vida.

— Que ótimo, milady. Aquele quarto fica muito solitário sem vossa senhoria.

— Não diga absurdos, Torrie. Um quarto não pode ser solitário.

— Milady ficaria surpresa.

Talvez não, porque o quarto dela também parecia inacreditavelmente solitário à noite. Na noite anterior, bem tarde, ela tinha ido ao quarto do lorde à procura de algum tipo de consolo que não sabia explicar. Como não o encontrou ali, foi até o quarto que era destinado a Edward quando este os visitava. Os baús continuavam intocados desde a última expedição dela. Sentando-se no chão, ela abriu o baú de Albert e chorou ao sentir o aroma familiar envolvê-la. Então, por razões que não conseguia compreender, abriu o de Edward e chorou ainda mais.

Que tarefa difícil Albert tinha confiado a Edward. Muitas das conversas que ela teve com ele desde seu retorno passaram por sua cabeça, e ela as enxergou sob uma luz diferente, viu um homem tentando ser tão o mais honesto possível, ao mesmo tempo em que a enganava.

Sacudindo a cabeça para afastar aqueles pensamentos perturbadores, ela calçou as pantufas e caminhou até o berçário. Não precisou se esgueirar nem fazer silêncio.

A babá se levantou de imediato.

— Milady.

— Vá tomar um chá. Eu cuido de Lady Alberta.

A babá franziu a testa e olhou para a porta.

— Sua senhoria não vem, então?

— Talvez mais tarde. — Julia se aproximou do berço e pegou Alberta. — Olá, minha querida. — O rosto da bebê se contorceu, como se ela estivesse a ponto de urrar de protesto. — Eu sei que não sou quem você estava esperando, mas ele está atrasado. Tenho certeza de que virá ver você assim que voltar para casa.

Segurando a filha bem perto, ela se sentou na cadeira de balanço.

— Não tenho o talento do seu tio para contar histórias. O que você acha que aquela doninha malvada vai aprontar? Sabe o que eu acho, Allie? Que a doninha, que deveria ser a vilã da nossa história, vai acabar se revelando a heroína.

Horas mais tarde, ela colocou as aquarelas de lado e se dirigiu à janela. Tinha escurecido e Edward ainda não tinha retornado. Julia estava pensando se devia enviar os rapazes do estábulo para procurá-lo quando Torrie entrou e lhe entregou uma mensagem.

Lady Greyling,
Uma viúva da vila precisa da minha ajuda. Não sei quando vou retornar. Dê um beijo em Lady Alberta por mim e diga-lhe que a amo.

— Greyling

Bufando, Julia amassou o papel. Ele achava que ela era uma tola? Julia sabia exatamente que tipo de ajuda ele estava prestando. Era um homem com suas necessidades, que seriam atendidas de bom grado durante uma noite nos braços de uma viúva. De fato era uma *ajuda*.

Julia fez sua refeição na sala de jantar, pela primeira vez desde a noite fatídica em que descobriu a verdade. Ela foi acompanhada apenas pelo tique-taque do relógio sobre a cornija, e do criado que periodicamente retirava um prato para colocar outro diante dela. Embora tivesse jantado sozinha naquela sala várias noites enquanto Albert esteve fora, Julia não conseguia lembrar de se sentir tão sozinha.

Depois do jantar, tomou um cálice de Vinho do Porto na biblioteca de Edward, sentada em uma poltrona, ouvindo o crepitar do fogo, imaginando-o ali sozinho, noite após noite, enquanto ela permanecia no quarto tentando garantir que ele compreendesse sua repulsa por tudo que tinha feito, esperando fazê-lo se sentir miserável. No fim, era ela quem se sentia péssima.

Passava das dez quando Julia foi para a sala de sinuca, onde usou a mão, em vez de um taco, para rolar as bolas de um lado para outro da mesa, lembrando da facilidade com que ele a deitou ali, do sorriso diabólico dele. Ela pensou em todas as vezes em que Edward olhou para ela com desejo intenso, todas as vezes em que ele a fez sentir como se não tivesse interesse em nenhuma outra mulher, como se ela fosse a única que poderia satisfazê-lo.

Que tola. Julia ficava imaginando Edward com a viúva. Ela queria que a mulher fosse velha, enrugada e com metade dos dentes faltando. Não, com todos os dentes faltando. Mas na verdade Julia desconfiava que a mulher fosse jovem e bonita, mais do que disposta a fornecer uma noite aconchegante para um homem tão robusto e atraente como ele.

Ela entendeu, então, por que ele bebia, por que tentava amortecer os sentidos. Pensar nele nos braços de outra mulher fez com que Julia tivesse vontade de chorar, embora soubesse que não tinha nenhum direito a ele, nenhum motivo para esperar que ele lhe fosse fiel.

Ela imaginava que ele tivesse buscado outros encontros românticos antes, mas tinha sido bastante discreto. Agora, contudo, não havia mais necessidade de discrição. Embora pensasse nisso, ela rejeitava a ideia de que ele tivesse estado com outras antes. Por mais que soubesse que Edward era um beberrão, mulherengo e jogador, Julia não tinha dúvida de que, a partir do momento em que voltou da viagem, até essa noite, ele lhe tinha sido fiel.

O fato de ele estar com outra mulher não deveria ter provocado tamanha dor em seu peito. Julia não deveria estar sentindo falta dele.

Mas ela ficou grata por essa noite, pela realidade, porque fez com que percebesse que não teria força suficiente para permanecer ali.

Dois dias depois, Julia estava convencida de que a viúva não era apenas jovem, mas incrivelmente habilidosa em dar prazer ao conde e distraí-lo de seus deveres. Enquanto espalhava as cores em sua aquarela para criar céus tempestuosos, ela teve a tentação de cavalgar até a vila e lembrar o Conde de Greyling de suas responsabilidades. Talvez ele tivesse evoluído para mulheres de tavernas. Edward tinha a tendência a exagerar seus vícios – fossem bebida, mulheres ou jogatina.

Ela pensou que ele tinha mudado, que estava diferente, mas Edward estava voltando aos velhos hábitos.

Torrie abriu a porta e entrou carregando uma bandeja com chá. Ela a colocou em uma mesa baixa diante da lareira.

— Eu trouxe o chá da tarde.

Julia sentou no sofá e sorriu com prazer ao ver quatro tortinhas de morango.

— Por favor, dê meus cumprimentos à cozinheira. Eu não tinha ideia de que ela sabia fazer tortas tão parecidas com as da casa de chá da vila.

— Na verdade, milady, estas são da casa de chá da vila. O conde as trouxe.

Ela levantou a cabeça de supetão.

— O conde voltou?

— Sim, milady. Há menos de vinte minutos. Entregou as tortas para o Sr. Rigdon, com ordem para servi-las com seu chá, e foi correndo para o quarto dele.

Ele tinha voltado com um presente para ela. Julia ficou tocada que Edward lembrasse do quanto ela gostava das tortas de morango. Quase o bastante para fazê-la ignorar que ele tinha passado três noites em companhia de uma viúva.

Mordendo o doce, ela gemeu com o prazer que o sabor lhe trouxe. Aquilo era tão delicioso que ela se sentiu agradecida a ele. Julia teria que lhe cumprimentá-lo.

Torrie se virou para sair.

— Passe meu vestido vermelho — Julia disse. — Vou jantar com o conde esta noite.

O sorriso da empregada foi tão grande e brilhante que quase a ofuscou.

— Sim, milady. Com prazer.

A moça praticamente deslizou para fora do quarto, enquanto Julia dava outra mordida no doce e imaginava se Edward viria a sua "sala de relaxamento", ou se visitaria Allie.

Edward se encostou na parede perto da janela enquanto o criado cuidava da preparação de seu banho e de aumentar o fogo na lareira. Ele nunca se sentiu tão cansado em toda sua vida. A febre da viúva tinha finalmente cedido na noite passada, e a do filho nessa manhã. As outras duas crianças pareciam ter escapado da doença – pelo menos até então. Com os calafrios sacudindo seu corpo, Edward achou que não teve a mesma sorte.

Enquanto cavalgava de volta para casa, pensou que fosse a exaustão aliada ao tempo. Mas, no momento, ele não tinha tanta certeza. Enquanto os criados terminavam seus afazeres, o criado pessoal aguardava junto à porta. Edward já tinha lhe dito para manter distância.

— Depois que você sair, não deve voltar.

— Meu lorde, vossa senhoria não parece bem.

— Muito observador. Vou fazer um pacote com minhas roupas e deixar do lado de fora da porta. Toque nelas o mínimo possível. Queime tudo. — Essa era, provavelmente, uma precaução extrema, mas ele iria tomar todas as medidas necessárias para não passar a doença para mais ninguém. — A cada duas horas você vai colocar uma jarra de água e uma tigela de caldo de carne em frente à porta. Se permanecerem intocadas por dois dias, você pode entrar.

— Meu lorde...

— Se entrar antes disso, será despedido. E não deve comentar nada com a condessa. — Não que ela fosse perguntar sobre ele, mas a precaução era necessária. Edward não precisava que ela rezasse por sua morte prematura.

— Isso não me parece certo, meu lorde.

— É apenas uma gripe. Vou ficar mal por alguns dias, depois estarei bem. Não preciso que ninguém mais se incomode com isso.

— Como quiser, meu lorde.

— Muito bem. Agora saia daqui.

Com evidente relutância, Marlow abriu a porta e saiu. Edward tirou um cobertor da cama e o estendeu no chão. Ele se sentiu tentado a deitar ali mesmo. Em vez disso, começou o processo trabalhoso de tirar suas roupas.

Esperava que Julia estivesse apreciando suas tortinhas de morango.

Ela jantou sozinha, maldito fosse Edward. Ele não tinha aparecido no quarto dela, onde Julia trabalhava com as aquarelas. Tampouco visitou Allie. A ausência dele era estranha, pois parecia adorar a garota. Será que só esteve fingindo para conquistar a simpatia de Julia?

Não era o que ela pensava. Desde o momento em que a filha dela nasceu, Edward não poderia ter sido mais carinhos nem expressado um interesse mais sincero com o bem-estar dela. Talvez apenas estivesse exausto devido às suas aventuras. Ela sabia, de primeira mão, que ele investia uma grande quantidade de esforço pessoal no ato do prazer. Por mais que se esforçasse, Julia não conseguiu evitar imaginar os músculos poderosos dele se contraindo enquanto ele deslizava o corpo...

Maldito. Maldito fosse ele por lhe dar uma prova do que não poderia ter. Maldito fosse o corpo fraco dela por querer ser venerado.

Julia passou a maior parte da noite se contorcendo na cama. Toda vez que pegava no sono, sonhava com Edward tentando tocá-la. Embora ele e Albert fossem idênticos, ela sabia que era Edward devido ao sorriso diabólico olhar abrasivo.

Julia acordou de péssimo humor, sentindo a necessidade de encará-lo, desafiá-lo, mas receou que ele sentisse satisfação ao constatar que ela sentia a necessidade de vê-lo, que ele tinha despertado ciúme nela ao passar várias noites com outra mulher. O que era ridículo, pois Julia não tinha nenhum direito sobre ele. Ela era uma viúva de luto. A última coisa de que precisava era pensar em outro homem.

Ainda assim, ela precisava lhe agradecer pelas tortas. Era indefensável que ela ainda não o tivesse feito. Tomar café da manhã no andar de baixo permitiria que ela manifestasse sua gratidão.

Contudo, ao entrar na sala de café da manhã, Rigdon a informou de que o conde faria a refeição no quarto. Primeiro o jantar, e agora o café da manhã? Ele estava se isolando, como ela tinha feito. Por quê?

— Ele está planejando fazer todas as refeições no quarto?

Parecendo culpado, Rigdon se remexeu.

— Por enquanto, sim.

Ela estreitou os olhos.

— O que você não está me contando?

— Nada, milady.

Oh, havia algo. Do contrário, ele não teria desviado o olhar. Por que Edward estava trancado no quarto? Oh, bom Deus! Ele tinha trazido a jovem viúva para casa? Ele tinha se isolado porque estava fornicando com ela?

E se estivesse? Não era da conta dela. Julia não podia proibi-lo de levar mulheres para sua própria casa, não como antes, quando a casa era dela. Só que todos pensavam que ele era Albert sendo infiel a ela. E isso ela não poderia tolerar. Edward estava denegrindo Albert e a relação dela com o marido.

De repente, Rigdon endireitou a postura e firmou o maxilar.

— Não está certo, milady. Nesta questão, o conde está sendo demasiado tolo.

Oh, Deus, ela estava certa e os criados sabiam que ele estava com outra mulher. Por que diabos ele não podia ser discreto? A raiva a sacudiu em uma onda quente de indignação...

— O conde ordenou que nós não lhe contássemos, mas temo por ele.

E devia temer mesmo. Ela faria tudo em seu alcance para garantir que Edward nunca pudesse mostrar a cara em um ambiente refinado. Humilhá-la daquela forma ia além de qualquer limite razoável. Talvez, até, ela o espetasse em suas áreas íntimas para garantir que não desse prazer a nenhuma outra viúva.

— Ele ainda não pegou o caldo de carne nem a água que Marlow deixou para ele. — Rigdon disse para ela.

Caldo? Ele estava servindo caldo para a amante? Aquele não era o meio de sedução mais encantador. De qualquer modo, ele trouxe tortas de morango para ela. Nada daquilo fazia sentido. Julia meneou a cabeça.

— Onde Marlow está deixando caldo?

— No corredor, diante da porta do quarto de sua senhoria.

— Por quê?

— Porque ele proibiu todo mundo de entrar... a menos que o caldo fique lá, intocado, por dois dias. Então alguém poderá entrar. Suponho que a essa altura Lorde Greyling estará morto.

Seria possível morrer por excesso de sexo? Ela imaginou que sim, e que não era um modo de todo desagradável de partir...

— Rigdon, creio que não estou entendendo.

— Claro que não, milady, porque não temos permissão de lhe contar.

— Então eu sugiro que me conte.

— Ele vai me despedir.

— Eu vou despedir você se não me contar.

Ele soltou um longo suspiro.

— Muito bem. Lorde Greyling está doente.

— Doente?

— Sim, madame. Gripe. Ele receava que se não se isolasse...

O restante das palavras do mordomo se perderam com a distância, porque ela já tinha saído da sala e agora corria pelo corredor. Os pais dela tinham morrido de gripe. Como aquilo tinha acontecido? Como ele tinha pegado a doença? Ele era forte demais, jovem e saudável demais para ser derrubado por uma doença daquelas.

Foi só quando chegou na ala em que Edward estava que Julia se deu conta de não saber qual quarto ele ocupava. Caldo. Ela só precisava encontrar o caldo no corredor. Ela correu escada acima. No patamar, ela se dirigiu à esquerda.

No fim, ela não precisou localizar o caldo. Marlow estava sentado em uma cadeira no fim do corredor. Quando Julia se aproximou, ele se levantou.

— Lady Greyling — ele disse enquanto Julia passava por ele. — O conde não quer que...

Mas as palavras dele também se perderam quando ela escancarou a porta e entrou apressada, parando de repente ao ver Edward, deitado em um redemoinho de lençóis, a parte superior do corpo desnuda e coberta de suor. Ele se levantou com esforço e fez um gesto com a mão.

— Você não pode ficar aqui — ele disse.

— Mas eu estou.

Quando ela se aproximou, ele recuou na cama.

— Você precisa sair.

Ignorando-o, ela colocou a palma da mão na testa dele.

— Você está queimando em febre.

— E é por isso que você precisa ir embora.

E era exatamente por isso que ela não iria. Virando-se, ela ficou grata ao constatar que Marlow a tinha seguido e estava dentro do quarto.

— Mande alguém buscar o Dr. Warren.

— Não há nada que ele possa fazer — Edward murmurou.

— Oh, e desde quando você é um especialista em medicina?

— Desde que eu cuidei da Sra. Lark e do filho.

Quem diabos eram Sra. Lark e filho? E onde estava o Sr. Lark? Bom Deus, seria possível que ele não esteve fornicando com uma viúva, mas cuidando dela?

— A Sra. Lark é a viúva?

Ele fez que sim com a cabeça.

— O marido dela morreu há pouco. Febre. Ela estava doente. O garoto também. Eu não devia ter voltado. Devia ter ficado na vila, mas estava tão cansado. Pensei que sentia frio por causa do tempo.

— Não importa. Se estava doente, você tinha que vir para casa. Mas por que *você* estava cuidando dessa mulher e do filho?

— Porque ninguém mais ia cuidar.

Ele tinha permanecido na vila para fazer algo bom e ela tinha imaginado o pior. Quanto tempo ainda iria demorar para ela aceitar que o homem com quem vivia há quase três meses era o verdadeiro Edward Alcott? Ela se virou para Marlow.

— Mande alguém buscar o Dr. Warren. Ele deve vir o mais rápido possível.

Depois que Marlow saiu para fazer o que ela pediu, Julia fitou Edward e rezou para que o mais rápido possível fosse o suficiente.

— Precisa se preparar, Lady Greyling — disse, solene, o Dr. Warren enquanto se afastava da cama. Ele parecia um cachorro que tinha sido chutado. — É improvável que seu marido sobreviva.

Ela sentiu como se o médico tivesse lhe dado um soco no estômago. Julia não conseguia respirar, nem sentir os dedos das mãos e dos pés.

— Deve existir algo que você possa fazer.

Lentamente, ele negou com a cabeça.

— Sinto muito, não existe remédio que eu possa oferecer para esta doença.

— A mulher de quem ele cuidou, a Sra. Lark, ela morreu?

— Não.

— E o filho dela?

— Também se recuperou.

— O que ele fez por ela?

— Não importa o que façamos. Algumas pessoas morrem, outras não.

— Então para que porcaria você serve? — Ela lhe deu as costas, tentando conter o tremor de raiva e medo que a agitavam. Virando-se de repente, ela o encarou.

— Vá embora.

— Eu sinto...

— Não quero ouvir. Apenas saia. — Ele saiu. Ela queria ser complacente, mas não conseguia fazê-lo quando o médico não estava nem disposto a tentar, quando provavelmente ficou assistindo inerte as pessoas morrerem. Ela olhou para Marlow, parado à frente da porta como uma sentinela silenciosa. — Traga-me uma tigela de água fria, panos, lascas de gelo da geladeira, e caldo novo.

O criado se virou para sair, mas ela teve uma ideia.

— E a Sra. Lark.

Ele se voltou.

— Perdão?

Ao contrário do Dr. Warren, ela não pretendia ficar parada, sem fazer nada, enquanto uma doença destruía aquele homem que era muito mais nobre do que ela pensava. Em sua cabeça, ela o acusou de fornicação, enquanto Edward, na verdade, estava cuidando dos doentes. Ela sentiu vergonha de seus pensamentos. Sempre esperava o pior dele, mas durante quase três meses Edward tinha mostrado seu melhor.

— Mande um criado para a vila. Ele deve perguntar à Sra. Lark exatamente o que Lorde Greyling fez para ajudá-la a se recuperar. Mande-o anotar tudo. Até o menor detalhe pode ser importante.

— Minha mãe sempre recomendou conhaque quente com mel.

Com toda certeza, Edward gostaria disso.

— Obrigada, Marlow. Pode trazer isso também.

O criado fechou a porta ao sair. Julia voltou sua atenção para Edward. Ele parecia ter adormecido. Ela acreditava que o tempo era essencial. E agora que estavam a sós, ela podia falar com ele de modo mais íntimo.

— Edward, Edward, eu preciso que você acorde um pouco.

Os olhos dele piscaram, e fecharam.

— Escute. Mandei um criado falar com a Sra. Lark. Mas você pode me dizer o que fez para que ela melhorasse? — Ela sacudiu o ombro dele, mas não teve reação. Ela o sacudiu com mais força. — Edward, você pode me dizer o que fez?

Abrindo os olhos, ele a fitou.

— Eu o matei. Eu matei Albert.

Capítulo 18

Ela iria odiá-lo agora, mais do que já odiava, tanto quanto odiava a si mesma. Ela iria embora. Ele precisava que Julia saísse dali tanto quanto precisava que ela ficasse.

— A história que eu lhe contei sobre como... Edward morreu. Foi Albert que morreu.

— Sim, eu deduzi isso — ela disse com delicadeza.

Ele estava com tanto calor, tão suado, que parecia estar andando na selva naquele exato momento. Ele precisava contar para ela. Ela tinha que saber a verdade, mas estava tão difícil pensar, tão difícil se concentrar. A culpa estava acabando com ele. Ele não podia levar a verdade para a cova. Nunca contaria para Julia como Albert sofreu – e sofreu por causa dele. Mas ela tinha que entender que o acontecido não foi culpa de Albert.

— Eu não contei bem o que aconteceu. Eu estava brincando com o filhote de gorila, não Albert. Meu irmão só ficou de lado e me avisou...

Não se aproxime demais.

Está tudo bem. Ela é um doce. Foi ela que veio até mim.

— Mas, como sempre, ignorei os avisos dele. O gorila imenso que surgiu da selva vinha atrás de mim. Eu era o alvo, porque ele percebeu que eu era a ameaça. Só que Albert se colocou na frente dele. Você não entende? Eu deveria ter sido jogado para longe, eu deveria ter morrido. Eu nunca pretendi tomar tudo de Albert. Perdoe-me.

Sentada na borda da cama, Julia segurou a mão dele com a sua. Ela estava fria, tão fria. Ele queria aquela mão em sua testa, em seu peito.

— Não há nada que perdoar — ela disse com suavidade. — Você era o irmão mais novo. É claro que ele tentaria protegê-lo.

— Sou mais novo por apenas uma hora. — Ele engoliu em seco, ignorando a dor na garganta. — Eu deveria ter salvado Albert. Nunca deveria ter insistido para que ele fosse no maldito safari comigo.

— Ele queria ir. Albert queria estar lá. Eu vou ler o diário dele para você, tudo bem? Você vai ver. Para ele, estava sendo uma aventura maravilhosa. Ele não a teria perdido por nada no mundo. Toda noite ele escrevia lembranças queridas dos momentos que vocês estavam passando juntos.

— Toda noite ele falava de você.

— Quando você estiver melhor — Julia disse —, poderá me contar o que ele disse.

— Ele queria que eu a levasse para a Suíça.

Ela arregalou os olhos e meneou a cabeça.

— Por que ele iria querer que você fizesse isso?

— Imaginei que fosse um lugar que você gostaria de conhecer.

— Não em especial. Talvez ele quisesse me fazer uma surpresa, mas não é um lugar que eu desejasse conhecer.

Encarando-a, Edward lutou com a febre, esforçando-se para lembrar as palavras exatas de Albert. Teria ele compreendido mal?

— Não faz sentido.

— Também não faz sentido você se culpar pela morte dele. Albert ficaria muito decepcionado se o visse continuar com isso. Aconteceu do modo que aconteceu. Não é culpa de ninguém. Houve milhares de momentos ao longo do percurso em que uma escolha diferente poderia ter mudado tudo. Nós sempre acreditamos que um caminho diferente pode dar resultados melhores. Mas a realidade é que pode também trazer algo pior.

Julia estava certa, e ele mesmo podia trazer algo pior para ela naquele momento.

— Por favor, não fique aqui comigo. Se você ficar doente, se Allie ficar...

— Não vamos. Não vou deixar isso acontecer. Também não vou perder você.

Edward não conseguiu evitar o sorriso irônico.

— Minhas palavras.

— Isso mesmo. Agora não me transforme em mentirosa.

Ela não iria deixá-lo sozinho. Edward xingou a parte mais fraca de si mesmo, que ficou feliz, pois desejava que a última coisa que ele visse fosse o rosto dela, e a última coisa que ouvisse fosse a voz de Julia, e a última coisa que sentisse fosse o toque dela.

Hoje vimos uma cachoeira magnífica. O trovejar da água caindo era impressionante. Ficamos na beira de um penhasco só observando todo aquele poder incrível, quando Edward disse, de repente: "Não acha que Julia iria adorar isso? Você não gostaria de compartilhar tanta beleza com ela?".

Não pude deixar de pensar que ele deixou subentendido que a beleza da cachoeira empalideceria ao seu lado.

Embora eu sinta uma saudade terrível de você, tenho apreciado esta viagem e não me arrependo de estar aqui. Você estava certa. Depois que nosso filho nascer, não conseguirei deixar minhas responsabilidades de lado por algo tão egoísta quanto isto, mas será uma experiência da qual, no futuro, irei me lembrar com grande carinho.

É muito estranho, Julia, mas toda noite falamos de você. A princípio contei algumas das minhas lembranças favoritas, porque pensei que se Edward pudesse vê-la como eu vejo, ele gostaria de você tanto quanto eu.

Mas quando estamos sentados ao redor da fogueira, e conversamos até tarde da noite, se eu não menciono você, em algum momento ele o faz.

Levantando os olhos da anotação no diário que lia em voz alta, Julia observou o homem deitado imóvel sobre a cama. Ela tinha forçado Edward a comer lascas de gelo e caldo. O conhaque quente com mel, contudo, ele tomou sem reclamar. Não foi uma surpresa. Mas ele parecia ficar mais fraco a cada hora que passava.

Além da janela, o dia virou noite, veio a alvorada e a noite retornou. De vez em quando ela cochilava por alguns minutos na cadeira. Abriu uma janela para deixar entrar um pouco de ar fresco – como aquele ar parado do quarto podia ser saudável? Às vezes ela parava ali, inspirando profundamente, refletindo sobre o que tinha aprendido a respeito de como ele tratou da Sra. Lark e do filho. A viúva tinha contado a seu criado que Edward os fez beber líquidos até pensarem que morreriam afogados. Ele comprou laranjas para os dois. Preparou uma sopa com frango e vegetais variados. Julia não conseguiu deixar de se admirar com tudo que Edward devia ter aprendido durante suas viagens, o que ele já deveria ter feito para sobreviver. E sobreviveria àquela gripe também.

Às vezes ele estava acordado enquanto Julia lia, mas na maior parte do tempo, dormia. Ela chegou à última anotação no diário, a última noite, quando Albert mergulhou a caneta no tinteiro e rabiscou seus pensamentos no papel. Ela não conseguiu ler essas palavras em voz alta. Precisava de algumas somente para si, e acreditava que aquelas palavras tinham sido escritas só para ela.

> *Estou começando a desconfiar de que ele não desgosta de você. Mas ainda tenho que entender por que Edward se esforça tanto para fingir que você o desagrada.*
>
> *Preciso admitir que estou muito aliviado com essa descoberta. Tenho adiado a redação do meu testamento, e estava preocupado que, talvez, ele não cuidasse tão bem de você quanto eu. Sei que ele ficaria ofendido se eu não o nomeasse guardião do meu herdeiro, mas baseado no comportamento inconsequente dele, nos últimos anos, como eu poderia colocar aqueles que amo sob sua guarda?*
>
> *Pensei em Ashe, mas embora este seja um irmão de coração, não é de sangue. Ele aceitaria sem reclamar, se eu colocasse esse fardo sobre ele. Meu pai passou nosso cuidado para um amigo, que não nos tratou mal, mas sempre tive saudade de Evermore.*
>
> *Eu não queria o mesmo para meu filho nem para você. Mas para você eu quero mais do que casa, comida e roupa. Eu quero que você seja feliz.*
>
> *Eu receava que, sob os cuidados de Edward, você não encontraria nada senão infelicidade.*
>
> *Mas agora acredito que eu não poderia deixá-la em melhores mãos.*

Ela passou os dedos sobre as palavras finais. Será que Albert sabia mesmo que não voltaria para ela? Ou estaria apenas falando em termos gerais?

Mesmo sabendo que não havia nada escrito na página seguinte, ela a virou. A tristeza que a engolfou foi avassaladora. Ela queria mais textos, mais reflexões, mais certeza de que ele não via problema no fato de ela ter aqueles sentimentos confusos a respeito de seu irmão.

Eu não poderia deixá-la em melhores mãos.

Ela enxergou permissão naquelas palavras. Em todo o diário, Julia tinha enxergado amor. Albert a amou da mesma forma que ela o amou. Ele queria a felicidade dela. Encontrá-la sem ele parecia ao mesmo tempo impossível e uma traição. Mas era quase como se ele esperasse por isso, como se a estivesse encorajando a ser feliz, a reencontrar o amor, a seguir em frente. Albert sempre soube o que Julia estava começando a descobrir: precisava ser feliz para ser a melhor mãe possível para Alberta.

Colocando o diário de lado, ela fechou as mãos ao redor do pano que jazia dentro de uma bacia de água na mesa de cabeceira, torceu-o e começou a passá-lo pela testa, pelos ombros e pescoço de Edward. Ele ficou tão parado, tão quieto, sua respiração tão superficial que era quase inexistente. A pele dele estava tão quente ao toque que era quase assustador. Aproximando-se, ela sussurrou: "Lute por mim, Edward. É o que Albert iria querer. Na verdade, ele insistiria nisso. E lute por Allie. Ela precisa saber como a história termina."

Lentamente, ele abriu os olhos.

— Gaveta superior direita da minha escrivaninha. A história está toda lá, escrita, esperando por ela.

Será que Edward sempre a faria pensar que não conseguia ouvir o que ela dizia?

— Você ficou tão quieto que me assustou.

Ele forçou um sorriso.

— Eu sei que você também quer saber como acaba. Eu conseguia ver um pedaço da sua saia de onde me sentava, no berçário.

Então ela tinha sido pega, não é? Julia levantou o queixo.

— Podia ser alguma criada.

— Por que você não entrou?

Evitando os olhos de Edward, Julia encostou o pano no pescoço dele.

— Eu não queria lhe dar a satisfação de saber que estava interessada na sua história boba.

— Eram todas para você, sabia? Todas as histórias que eu contava na sua sala de estar.

Ela observou os contornos familiares do rosto dele, desejando que não estivesse tão abatido, e se perguntou como era possível que, embora Edward fosse exatamente igual a Albert, ao olhar para ele não via Albert. Ela ficou espantada de que já tivesse se confundido.

— Fique melhor e eu o convido a contar mais histórias.

— Não vá para as Cotswolds.
— Não é o momento de falarmos disso.
— Estou fraco e tenho sua compaixão. É o momento perfeito.

Precisando fazer algo, ela mergulhou o pano na água outra vez e o torceu.

— Eu ainda não decidi o que vou fazer, e não vou lhe fazer uma promessa que não tenho certeza de poder cumprir. Eu agradeceria, contudo, se você apressasse sua recuperação.

— E desistir de tê-la no meu quarto?

Julia se voltou para Edward, feliz por ver um brilho nos olhos dele, quando receava, dois dias antes, que ficariam opacos quando a vida o deixasse.

— Você está sendo indecente.
— Você gosta quando sou indecente.

Ela gostava... e como.

— Você deve estar se sentindo melhor.
— Um pouco. — Ele fechou os olhos. — Eu não vou morrer, Julia.
— Os criados vão ficar aliviados. Eles conheceram o primo que herdaria tudo.

Edward riu baixo.

— Você também deve estar aliviada.
— Um pouco, acredito. — Ela colocou o pano úmido no peito dele, perto do coração.

Ele envolveu o pulso dela com os dedos.

— Sinto muito por não ter lhe dito quem eu era logo depois que Allie nasceu. Foi um erro. Eu quero que você saiba... preciso que compreenda... que se as coisas entre nós, naquela noite, tivessem ido mais longe, Edward teria permanecido enterrado.

Julia recuou, sem saber o que fazer com a informação. Ele estava disposto a ser Albert pelo resto da vida para ficar com ela. Talvez ela devesse se sentir lisonjeada. Mas Julia ficou irritada. Ela tinha sido envolvida em uma farsa sem seu consentimento.

— Eu deveria poder escolher o que fazer.
— Na lei inglesa não existe escolha.

Porque uma mulher não podia se casar com irmão do marido falecido.

— Nós sempre temos uma escolha. Viver dentro da lei ou fora dela. Você não pode decidir o que eu escolheria.

— Tem razão. Eu só estava pensando no que eu queria e como fazer para manter você feliz. Percebo agora que seria injusto com você.

— Seria injusto com nós dois. Você queria mesmo viver com uma mulher que pensava estar amando outra pessoa?

— Eu nunca amei ninguém antes. Não entendo muito do assunto.

Julia era o primeiro amor dele. Ele esteve com tantas mulheres e não amou nenhuma. Ela achou aquilo ao mesmo tempo lisonjeiro e triste.

— Acho que você teria aprendido do pior modo. No fim, você acabaria ressentido comigo e com Alberta, e nossa vida seria um sofrimento.

— Eu sinto muito.

Ela colocou um dedo sobre os lábios dele.

— Isso não importa mais. O que importa agora é como vamos seguir adiante.

— Nós vamos seguir adiante?

— Eu acredito que você vai ter que se recuperar para descobrir.

— Garota insensível. Você nem vai me dar esperança?

— Estou aqui, não estou?

Isso pareceu deixá-lo satisfeito, pois Edward fechou os olhos e começou a cochilar. Ela se sentiu tentada a deitar na cama com ele, descansar a cabeça no ombro de Edward e render-se ao sono, mas Julia receou que se não permanecesse vigilante poderia perdê-lo. Ela lembrou que seus pais pareciam estar melhores, conversando com ela, garantindo-lhe que tudo ficaria bem. Quando amanheceu, os dois estavam mortos.

A febre dele cedeu ao amanhecer. Ela quase chorou de alívio. Após chamar o criado de Edward para ajudá-lo, ela foi para o quarto em frente e caiu na cama, com a certeza de que nunca tinha se sentido mais cansada em toda a vida.

Durante dois dias seguidos ela dormiu, e então tomou dois banhos. Julia olhou para Allie da porta do berçário enquanto a babá segurava sua filha. Não queria se aproximar demais, para o caso de estar a ponto de ficar doente. Ela esperaria uma semana, depois ficaria com a filha no colo durante dois dias inteiros.

Julia tomou um café da manhã reforçado, comendo até quase não conseguir se mover. Mas movimento era necessário. Vestindo uma capa, ela foi até o mausoléu. Dentro daquelas paredes de mármore, ela tinha aberto o coração e a alma para Albert, chorado descontroladamente, enxugado as lágrimas, tinha insultado o marido, ela mesma e Edward.

Agora ela sabia que ele não tinha morrido porque foi inconsequente a ponto de brincar com uma criatura selvagem, mas porque tentou salvar o irmão. Ela colocou a mão na imagem de Albert.

— Eu terminei de ler seu diário. Você pensou em mim todos os dias, assim como eu pensei em você. E ainda penso, todos os dias. Eu acordo e penso... ele já desceu para tomar café. Só que você não desceu. E nunca mais vai descer, e tenho dificuldade para me lembrar disso.

"É difícil acreditar que faz mais de sete meses desde que nos separamos, desde que eu beijei ou abracei você pela última vez, ou que eu olhei para seu rosto amado. A dor de perder você não diminuiu. Eu não sei se algum dia vai diminuir. Isso agora faz parte da minha vida, não importa o quanto eu deseje o contrário.

"Não sei se você intuía que não iria voltar, mas eu acredito, de todo coração, que você compreenderia tudo que estou sentindo neste momento sem que eu tivesse que explicar. Tudo que eu sinto por você. E tudo que sinto por Edward. Eu acho que você aprovaria. Eu acho que isso é o que você estava tentando me dizer, foi por isso que escreveu para mim. Para que eu soubesse que você se preocupava com a minha felicidade acima de tudo."

Ela colocou a mão sobre o mármore, desejando poder tocá-lo uma última vez.

— Eu te amo, Albert. Vou sempre amá-lo e sentir sua falta.

Ela permaneceu ali mais alguns minutos e então voltou para a casa. Ela não via Edward desde que a febre tinha cedido. Era hora de revê-lo.

Ele estava deitado no sofá da área de estar, diante da janela. As cortinas tinham sido abertas, permitindo a entrada do sol. Baseada em informações dos criados, Julia sabia que ele ainda não tinha se aventurado fora do quarto, mas assim que ele levantou, vestindo apenas calça e uma camisa folgada de algodão, ela soube que Edward estava se sentindo bem o bastante para ir tratar de seus deveres.

— Você não precisa levantar — ela disse.

— É claro que preciso.

Dando a volta no sofá, Julia foi até a cadeira que ficava entre ele e a janela.

— Você parece estar se sentindo muito melhor — ela disse, desabando sobre a cadeira.

— Você parece cansada. — Ele recuou para o lugar na ponta oposta do sofá, como se temesse assustá-la por ficar muito perto.

— Estou descansada e me sentindo bem. Até agora ninguém mais da casa ficou doente.

— Espero que os outros sejam poupados — ele disse.

— Eu estou otimista. — Julia olhou para o relógio, a lareira, a cama feita com perfeição. — Parece que vamos ter um dia lindo.

— Logo o inverno ficará para trás.

Ela assentiu. Julia não estava ali para discutir o clima.

— Você gostaria de um chá? — Edward perguntou, e só então ela notou o serviço de chá no centro da mesa, a xícara e o pires descansando perto do joelho dele.

O que ela queria mesmo era um pouco de conhaque, só que era cedo demais para isso. Julia negou com a cabeça.

— Não, obrigada.

Eles ficaram em silêncio por alguns instantes.

— Que bom que você veio — ele disse, afinal. — Não tive ainda a chance de lhe agradecer por cuidar de mim.

— Meus pais morreram de gripe.

— Sim, eu sei. Sinto muito.

— Isso faz anos.

— Ainda assim, deve ter sido difícil para você ficar comigo.

— Teria sido mais difícil se eu não ficasse. Sinto que você achou que não deveria me contar.

— Eu não queria que se preocupasse. — Ele sacudiu de leve a cabeça, abrindo um sorriso autodepreciativo. — Para ser honesto, acho que eu estava com medo de que você não se preocupasse, que ficaria feliz, achando que eu merecia.

— Sinto por isso também. Por você achar que eu ficaria feliz com seu sofrimento. — Ela estava detestando aquela conversa inconsequente. — Tem conhaque por aqui?

Ele arqueou uma das sobrancelhas.

— Neste cômodo não, mas posso mandar trazer.

Ela meneou a cabeça e fez um gesto com a mão.

— Não precisa, mas você pode me dar um momento?

— Claro.

Embora Julia observasse as próprias mãos enluvadas, que estavam fechadas sobre suas pernas, ela podia sentir o olhar de Edward sobre si. As palavras pareceram muito mais fáceis enquanto ela caminhava de volta do mausoléu.

— Acho que eu sabia.

— Que eu não tinha conhaque?

Julia o encarou com tanta intensidade que Edward recuou no sofá, como se tivesse levado um soco.

— Entendo.

— Não estou certa de que você entende mesmo. — Inspirando fundo, ela apertou as mãos até os ossos doerem. — Eu sabia que algo estava diferente. Eu me convenci de que Albert e eu tínhamos mudado durante os meses em que ficamos separados. Que era natural para alguém que não estivesse na companhia do outro, todos os dias, esquecer exatamente como era a outra pessoa. Que nossa memória se torna defeituosa com a ausência. Mas eu sei que ele nunca teria aprovado que eu lesse *Madame Bovary*.

— Pode ser que ele aprovasse.

— Não, ele não aprovaria. Albert era muito formal com relação ao que acreditava ser decente. Ele não teria recebido bem meus avanços durante o banho.

— Acho que aí você se engana.

— Não, você o conhecia como irmão. Eu o conhecia como marido. Posso lhe garantir que ele ficaria espantado se eu insistisse em lhe dar prazer durante o banho. Ele era bom comigo. Gentil. Eu nunca me arrependi de ter me casado com ele. Nunca. Eu nunca desejei não estar casada com ele. Mas às vezes... — Ela inspirou fundo, e deixou o ar sair lentamente. — Às vezes eu me lembrava de um beijo passado, em um jardim distante. E imaginava coisas que uma mulher casada não devia imaginar. Então eu disse ao meu marido que não gostava que o irmão dele, com todos os seus maus hábitos, ficasse conosco. Assim era mais fácil do que admitir que esse irmão provocava um turbilhão de sentimentos confusos em mim.

— Quando você voltou da África se passando por Albert, eu me sentia muito diferente perto de você. Eu amava Albert e ainda o amo. Não queria que ele tivesse morrido. Mas era mais fácil ignorar as dúvidas que me atormentavam. E ao ser fraca demais para enfrentar a verdade, eu o traí.

— Você não...

— Eu sim. Passei horas no mausoléu conversando com ele, me explicando, organizando meus pensamentos e sentimentos. Você não pode duvidar de que eu o amava.

— Não duvido. Nunca duvidei.

Ela concordou com a cabeça. Aquilo era tão dolorosamente difícil.

— O problema, você percebe, é que eu me apaixonei com mais intensidade pelo homem com quem estava dividindo a cama há poucas semanas, que me ajudou a trazer minha filha ao mundo. Então, para ser justa e honesta por completo, tenho que subtrair meu amor por Albert quando ele partiu e aceitar que o restante é seu.

— Jules...

Ela levantou a mão.

— Por favor, não diga nada ainda.

Edward curvou a cabeça um pouco, concordando com o pedido dela, acreditando que isso facilitaria tudo. Não facilitou.

— Quando você ficou doente — Julia continuou —, tão doente... e o Dr. Warren falou para eu me preparar, pois era provável que meu marido fosse morrer, porque é claro que ele acredita que você seja Albert... eu pensei: "Como eu vou conseguir viver se ele morrer?". Uma parte de mim não sabia se eu queria continuar vivendo, mas eu sabia que precisava, por Allie.

— Eu prometi que nunca a deixaria.

Os olhos dela arderam com lágrimas.

— Mas eu magoei você. Eu fiz você pensar que não o queria.

— Mesmo assim, eu não parei de amar você.

Julia deixou escapar um soluço nem um pouco elegante. Ela cobriu a boca com a mão, fitando-o através de um véu de lágrimas.

— O que nós vamos fazer?

Deslizando para a outra ponta do sofá, para ficar mais perto dela, Edward estendeu a mão. Julia disse para si mesma que devia se levantar e pôr fim àquela loucura. Mas o que ela fez foi entrelaçar seus dedos aos dele.

— Eu sou o Conde de Greyling — ele disse. — Para os criados, lordes e ladies, isso é o que importa. O título. Seja ostentado por Albert ou Edward, ninguém liga. Você é a Condessa de Greyling, casada com o Conde de Greyling. — Ele deu de ombros. — Não vejo por que nós precisamos contar para alguém que não foi a minha mão que empunhou a caneta na hora de assinar o contrato de casamento.

— Parece uma situação sórdida e injusta com você.

Ele apertou a mão dela.

— Se nós reconhecermos que Albert está morto, a lei britânica não vai me deixar casar com você.

Ela inspirou fundo.

— Sim, eu sei.

— Os filhos que tivermos serão bastardos. Nunca terei um herdeiro.

Soltando-se dele, Julia cruzou as mãos sobre suas pernas.

— Nós precisamos acabar com isto agora. Você tem que publicar um anúncio no *Times* explicando o que aconteceu.

— E a sua reputação?

— Não importa. Você precisa de um herdeiro.

Um canto da boca dele se levantou.

— Eu nunca vou me casar, Julia. Seria injusto com a noiva, pois meu coração vai estar sempre com outra.

— Então vamos viver uma mentira?

— Dentro dessa mentira está a verdade. Eu amo você e quero ser seu marido.

Ela meneou a cabeça.

— Eu preciso de tempo, Edward, para ter certeza. Se escolhermos esse caminho, nunca poderemos sair dele. Já estamos arriscando o futuro de Allie ao postergarmos a verdade.

— Temos até o início da Temporada, até voltarmos para Londres. Mas se nos apresentarmos como marido e mulher lá, vamos ter que continuar.

— Quando você está pensando em ir para a cidade?

— Em meados de maio. Podemos deixar para junho. Afinal, estou de luto pela perda do meu irmão.

E Julia estava de luto pela perda do marido. Como ela podia fingir outra coisa? Ela tinha um sentimento muito grande por Edward, só não sabia se era suficiente, ou se o que sentia se devia a ter acreditado, por dois meses, que ele era seu marido.

— Você deve continuar nesta ala, para que eu não seja influenciada por sua proximidade.

— Você quer ser cortejada.

— Eu quero ter certeza.

— Pois saiba de uma coisa, Julia: se você sentir por mim uma gota do que sentia por Albert, ficarei contente. Por uma questão de decoro, estou disposto a fingir para o mundo que sou Albert. Mas nunca mais vou fingir para você.

Capítulo 19

Julia não se sentiu à vontade para não usar preto, mas também não quis descer para o jantar usando o traje austero de luto, fechado com botões até o pescoço e os pulsos. Assim, ela escolheu um vestido preto de seda e renda que deixava os ombros nus e era, ao mesmo tempo, elegante e respeitoso – e, para ser honesta consigo mesma, também era sedutor.

Ela viu a aprovação nos olhos de Edward quando foi encontrá-lo na biblioteca antes do jantar, e durante toda a refeição. Na sala íntima de jantar, ela se sentou na outra ponta da mesa para oito, de modo que pudesse observá-lo de frente, e não de perfil.

Ela queria – precisava – que a relação para a qual eles estavam se encaminhando fosse diferente daquela que ficava para trás.

— Eu pensei em mudar a ala da família — ela anunciou durante o terceiro prato.

Observando-a por sobre a taça de vinho tinto, ele aquiesceu.

— Redecore a residência inteira, se quiser.

— Não estava pensando nos móveis, mas nos lugares. Pensei em nos mudarmos para outro conjunto de aposentos.

Onde ela não teria lembranças de estar com Albert, onde tudo fosse novo e diferente. O olhar dele não desgrudou do dela.

— Ótimo. Mas também quero que você fique à vontade para substituir qualquer móvel, qualquer obra de arte ou objeto que não seja do seu gosto. Eu e meu irmão nunca tivemos qualquer ligação sentimental com as coisas daqui. Nunca soubemos a história por trás de tudo isso. Uma consequência de não morarmos aqui na nossa juventude.

— Eu sempre achei a casa acolhedora. Só desejo escolher outro conjunto de aposentos para mudar um pouco.

— Como quiser.

Ela não imaginava que ele fosse discordar. Julia acreditava que ele concederia tudo que ela pedisse.

A conversa durante o jantar não foi tão animada como antes. Os dois estavam sendo cuidadosos. Julia se preocupava em não revelar nada que não devesse aos criados, em não se entregar. Ela não conseguia chamá-lo de Albert agora que sabia a verdade. E embora conhecesse mulheres que se referiam ao marido pelo título, Julia sempre estranhou esse hábito, pois Grey lhe parecia formal e distante.

Eles terminaram a sobremesa e Edward a convidou para irem juntos à biblioteca. Quando os dois entraram na sala que não a lembrava mais de Albert, mas de Edward, ela se aproximou das estantes e analisou os volumes enfileirados como soldados bem disciplinados.

— Pensei em ler alto esta noite.

Um tipo de entretenimento planejado tiraria um pouco do peso de ter que inventar uma conversa.

De repente, Julia ficou muito consciente de Edward às suas costas, do calor irradiado pelo corpo dele esquentando sua pele exposta. Ela segurou a respiração, esperou, seu coração batia com um ritmo louco que a deixou tonta. Ele estendeu o braço para uma estante, a abertura de seu paletó quase roçando a curva do ombro dela, tão leve quanto as asas esvoaçantes de uma borboleta prestes a pousar em uma pétala. Inspirando profundamente, ela inalou uma fragrância masculina, perguntando-se por que algum dia pensou que esse aroma fosse o mesmo de Albert. O de Edward era mais acre, mais vigoroso. Ele não era de sutilezas.

— Este deve ser interessante — ele disse, a voz baixa, provocativa, hipnótica.

Ela quis se virar para ele, encostar a face no centro de seu peito, sentir os braços dele fechando ao redor dela. Mas era cedo demais para tanta intimidade. Ela precisava ter certeza de seus próprios sentimentos, de que não eram influenciados pela tristeza ou pela perspectiva de solidão. Então ela permaneceu como estava, observando Edward puxar lentamente o livro encadernado em couro, para depois colocá-lo nas mãos dela.

— Conhaque? — ele perguntou, afastando-se.

— Sim, por favor. — Por que ela tinha que soar tão ofegante? Por que ele sempre conseguia deixar as terminações nervosas dela nesse estado de agitação?

Com as pernas bambas, ela foi até uma poltrona perto da lareira. Ele lhe entregou a taça de conhaque e Julia observou o reflexo das chamas no vidro, no líquido âmbar.

— A novos começos — ele disse, levantando sua própria taça.

Ela olhou para Edward recostado na poltrona, tão tranquilo, tão descontraído. Sempre à vontade consigo mesmo, sempre confiante quanto ao seu lugar, mesmo que esse lugar fosse o de segundo filho, de irmão mais novo. Mesmo quando esse lugar era fingir ser Albert.

Depois de tomar um gole da bebida, Julia a colocou de lado, voltando sua atenção para o livro que descansava sobre suas pernas, e começou a rir.

— *A criação de ovelhas*?

— Tem um capítulo excelente sobre reprodução, muito excitante.

— Você já leu? — Ela não se preocupou em esconder o ceticismo.

— Em Havisham Hall essa foi a leitura mais picante que conseguimos encontrar. Eu era muito bom em apimentar a narrativa quando lia para os outros. — Ele estendeu a mão. — Gostaria que eu demonstrasse?

Sorrindo, ela meneou a cabeça.

— Como foi que eu acreditei, por um segundo sequer, que você era Albert?

— Porque a alternativa era inconcebível, e eu contava com isso.

E agora a ideia de Albert estar morto é que era inconcebível. Ela pôs o livro de lado, pegou o copo e tomou mais um gole.

— E se Allie for a única criança forte e saudável que eu trouxer ao mundo?

— Eu não a quero por sua capacidade reprodutora.

Mas deveria. Agora que sabiam da dificuldade que ela tinha para levar uma gestação a termo, Julia era uma péssima escolha para ele, para um homem que precisava de um herdeiro.

— Mas... — ele começou, lentamente —, eu a quero muito para o ato que leva à reprodução.

Ele falava de sexo como se não fosse um ato que devesse se limitar a cama e escuridão. O rosto dela se aqueceu quando Julia pensou em terminar o que eles tinham apenas começado.

— Você é má uma influência.

— E você gosta disso em mim.

Ela gostava, mas era mais que isso.

— Existe um lado meu que me faz sentir vergonha — Julia disse. — Eu tenho a impressão de que você, na mesma situação, não sentiria nenhum constrangimento.

Inclinando-se para frente, Edward apoiou os cotovelos nas coxas, as mãos envolvendo a taça de conhaque como se fosse uma oferenda.

— Eu sempre fui da opinião que aquilo que as pessoas fazem na intimidade não é da conta de ninguém.

O olhar dele era tão intenso, praticamente penetrante, que Julia teve que se esforçar para conseguir sustentá-lo.

— E se eu quisesse fazer algo que você pudesse achar repulsivo?
— Como?

Por que ela estava indo por esse caminho?

— Você já está bem familiarizado com minha tendência de sussurrar palavras indecentes.

— Baseado em minha reação naquela noite infeliz, imagino que você tenha percebido que não faço nenhuma objeção a qualquer palavra que você pronunciar. Algumas das minhas palavras favoritas são indecentes. Você não tem por que se envergonhar delas. O que mais?

Tomando outro gole, ela se deu conta de que não tinha refletido sobre a reação dele naquela noite. Julia ficou tão furiosa com a farsa, sentindo-se humilhada por Edward ouvir o que ela disse, que não se deu conta de que foi sua própria vergonha que provocou a reação dela. Ele não tinha lhe dado nenhum motivo para se sentir rebaixada. Ele não a provocou, repreendeu, nem atormentou pela tolice de seus atos.

Ela passou o dedo pela borda do copo.

— Às vezes, eu penso em colocar minha boca onde não deveria.
— Onde, exatamente?
— No seu... — Ela fez um gesto com a cabeça na direção do quadril dele, ou pelo menos tentou.
— No meu pau?

Ela desviou o olhar.

— Você diz essa palavra com tanta facilidade.
— É uma boa palavra. Acredite em mim, eu não me ofenderia se você colocasse na boca.
— Não estou falando de colocar a palavra na boca, estou falando dessa parte do seu corpo. E não sei por que você me faz pensar nessas indecências.
— Olhe para mim.

Era tão mais fácil ficar encarando o fogo. Talvez ela devesse pular na lareira.

— Julia — ele insistiu.

Ela levou seu olhar para ele. Edward estava sentado à vontade, o cotovelo no braço da poltrona, o queixo apoiado na mão, um dedo deslizando lentamente logo abaixo do lábio. Ela quis beijá-lo ali.

— Não existe nenhum lugar no meu corpo que eu acharia indecente se você o tocasse com seus lábios, sua língua.

— É indecoroso.

— O ato lhe daria prazer, alegria, satisfação?

Ela se esforçou para não se contrair.

— Acho que sim. Não posso ter certeza, porque nunca fui tão ousada. Apenas pensei em fazer isso.

— Então não é indecoroso.

— O que faço para saber o que é decoroso ou não?

— Experimentando.

— É mais fácil para os homens. Vocês podem frequentar bordéis. Desconfio que você tenha ficado com mil mulheres, e se bancou o bobo com alguma delas, foi só partir para a próxima.

— Não chegou a mil.

— Cem?

— Na verdade, nunca contei, mas desconfio que o número seja bem inferior. O importante é: eu nunca faria você se sentir uma tola. — Ele estendeu os braços, suplicante. — Você pode fazer o que quiser comigo, e vou sempre me sentir grato por isso.

— E se eu quisesse açoitá-lo por não ter me revelado tudo?

— É provável que eu me oponha a isso. — Ele fez uma careta. — Na minha opinião, dor não é igual a prazer. Mas eu acredito estar em relativa segurança, pois prometi não esconder mais nada de você. — Ele olhou para o fogo. — Se bem que eu já fiz isso.

Ela sentiu um aperto no peito.

— O que você escondeu de mim?

Edward voltou-se para ela, um brilho malicioso nos olhos.

— Devo dá-lo para você agora?

Ela franziu a testa.

— É um objeto, não um segredo?

— É um segredo, se ainda não o dei para você.

— Você está sendo difícil.

— Estou. — Ele sorriu. — Mas de certa forma você espera isso de mim, não?

Para provocá-la, para brincar e ser travesso. Era estranho como as facetas dele que antes a irritavam agora a seduziam.

— Talvez eu não queira esse objeto.

— O receio de que você o jogue no fogo é o motivo pelo qual eu ainda não o dei a você.

Ela apertou os lábios, suspirou, revirou os olhos.

— Não vou jogar no fogo, mas não é justo você me falar sobre ele se não vai me entregar.

— Acho que você tem razão. Espere aqui. — Ele esvaziou a taça antes de se levantar, ir até a escrivaninha e abrir a gaveta de baixo. Colocando a mão lá dentro, ele retirou um objeto comprido, embrulhado em papel pardo amarrado com barbante. Reaproximando-se de Julia, ele o entregou para ela.

— Eu iria dar para você de Natal, mas depois pensei melhor; tive medo de que pudesse me entregar.

Tirando-o dele, Julia o colocou sobre as pernas e observou Edward voltar para sua poltrona e se sentar absolutamente imóvel, sua atenção focada nela como se aquele item, e a reação de Julia, fossem de uma importância monumental. Ela puxou o barbante até o laço se desfazer e o papel cair para os lados, revelando uma caixa reluzente de jacarandá com uma pequena manivela de um lado.

— Oh, Edward, é linda.

— Ela abre.

Levantando a tampa com dobradiças, ela sorriu ao ver os mecanismos expostos, protegidos por trás de um vidro.

— O que ela toca?

— Dê corda e veja.

Lenta e delicadamente, ela virou a pequena manivela, com medo de que algo tão delicado pudesse quebrar. Quando não era possível dar mais corda, ela soltou a peça e "Greensleeves" começou a tilintar e a envolvê-la.

Lembranças a inundaram; salões de bailes e valsas; ela sendo mantida indecorosamente próxima, mas nunca se opondo. Ela nem mesmo tinha se dado conta de que guardava essas lembranças, mas elas estavam ali, tão vívidas como se aqueles momentos tivessem ocorrido na noite anterior.

— Você sempre dançava comigo quando a orquestra tocava essa música — ela disse em voz baixa.

— Eu não sabia que você tinha notado que a música era sempre a mesma. — Edward ainda não tinha se movido; não parecia nem mesmo estar respirando.

— Não sei se tinha me dado conta até agora. Por que a mesma música?

— Se dançar comigo era uma experiência agradável para você, eu queria que associasse essa música a mim. Do contrário, eu não queria ser responsável por estragar todas as músicas para você.

Fechando a tampa, ela passou os dedos pela madeira encerada, sentindo através dela as vibrações da melodia.

— Eu sempre gostei de dançar com você. Esses pareciam os únicos momentos em que não nos dávamos mal. Eu pensei que era porque nos concentrávamos em não pisar no pé um do outro.

— Ter a oportunidade de dançar com você foi o único motivo de eu ter ido a qualquer baile.

Julia não queria ser cortejada, mas sim ter certeza de que enxergava com clareza o homem que ele de fato era, e não o que tinha fingido ser. Ela precisava ter confiança de que podia separar um do outro, de que os sentimentos que possuía pelo homem sentado à sua frente eram os que ele merecia por direito. Mas quando Edward proferia palavras como aquelas, como Julia podia não se sentir cortejada, lisonjeada, atraída? Como o coração dela podia permanecer impassível?

— Nós nunca falamos enquanto dançávamos.

— Eu não queria que nada me distraísse da sensação de tê-la em meus braços. Dance comigo agora.

Ela olhou ao redor, assustada, desejando o que ele lhe oferecia, mas com um medo estranho de que isso pudesse ser a ruína dela.

— O quê? Aqui? Ou está sugerindo que devemos ir até o salão de festas?

— O salão é grande demais. — Ele levantou e lhe ofereceu a mão. — O vestíbulo é melhor. Mais íntimo, mas com espaço suficiente para que não trombemos em nada. A caixa vai servir de orquestra.

— É loucura.

— Então seja um pouco louca.

Edward a encarava solene, com seriedade, mas havia desafio em seus olhos castanhos. Nenhum dos dois tinha vestido as luvas depois do jantar. A mão dele não a lembrava, de modo algum, da mão elegante de Albert. A de Edward parecia mais forte. Tinha um calo na base do indicador. Após meses em casa, as mãos dele ainda pareciam ser de alguém que preferia ar livre e esforço físico. Julia colocou sua mão sobre a dele. Quando ele fechou os dedos, e antes de ela levantar, Edward segurou a caixa, que Julia teria precisado das duas mãos para segurar com firmeza, e então a ajudou a ficar de pé.

— Eu não danço desde a última Temporada — ela disse enquanto ele a conduzia para fora da biblioteca.

— Eu não danço desde a última vez em que dancei com você.

— Mas você dançava com outras mulheres — ela lembrou. Julia o tinha visto dançando com elas, e todas pareciam completamente enfeitiçadas.

— Eu dançava, mas em geral me retirava para a sala de carteado depois de valsar com você. Eu gostava que sua fragrância continuasse comigo, o que, pensando agora, era um tanto masoquista da minha parte.

— Eu realmente não fazia ideia.

— Esse era o objetivo do meu comportamento indesculpável. — Eles chegaram ao vestíbulo e Edward a soltou. — Agora preciso que você entenda e confie que eu não sou o homem que era antes.

Ele deu corda à caixa de música, a manzorra fazendo sumir a pequena manivela, então a colocou sobre a mesa, encostada na parede. A música preencheu o espaço. Ele se aproximou de Julia e a puxou para o círculo formado por seus braços.

E então, eles estavam valsando. Mais próximos do que seria decoroso, mais perto do que ele jamais a tinha segurado, como se nunca fosse soltá-la. Ou talvez ele apenas quisesse garantir que Julia não trombasse com nenhuma das mesas, estatuetas ou vasos de flores. Como ele conseguiu desviar desses objetos era incompreensível para Julia, pois ele não tirava o olhar dela.

Ela se deu conta de que, durante todos os anos em que dançavam uma única música, Edward sempre lhe deu atenção total. Julia simplesmente não tinha enxergado isso porque afeição não era o que esperava dele. Ela acreditava, então, que ele estava apenas tentando deixá-la constrangida ou que queria debochar dela. Na verdade, ela gostava de circular pelo salão nos braços dele, porque Edward era um dos dançarinos mais elegantes que ela conhecia. Talvez porque tivesse passado tanto tempo se equilibrando na borda de penhascos ou em trilhas perigosas. Ele desviava de obstáculos para chegar ao seu destino...

Mas ele tinha se afastado naquela noite no jardim porque seu irmão a amava, e ela amava o irmão. E ele amava Albert.

A música parou, mas pareceu continuar pairando no ar, relutante em se despedir completamente. Tão relutante quanto Edward parecia estar em soltá-la. Ele baixou a cabeça.

Julia colocou um dedo sobre os lábios dele. Edward parou, os olhos perscrutando os dela.

— Se você me beijar, vou me perder — ela disse.

— E eu vou encontrar você, para trazê-la de volta.

— Eu mesma tenho que me encontrar, Edward. Preciso ter certeza do que estou sentindo, de que isso não é influenciado por algo que não tenho mais.

— Eu lhe prometi tempo e você o terá. — Afastando-se dela, ele foi até a caixa de música.

Julia se sentiu uma boba por lamentar a distância que os separava, quando foi ela mesma quem a pediu.

— Vou acompanhá-la até o quarto — ele disse, oferecendo-lhe o braço.

Eles ficaram em silêncio ao subir a escadaria, mas não houve desconforto nisso. Ele não estava ressentido nem bravo; nenhum sentimento desagradável emanava dele. À porta do quarto dela, ele lhe entregou a caixa.

— Durma bem, Julia.

Então ele se foi, descendo os degraus em ritmo apressado, o estalido de seus passos ecoando pela escadaria. Julia entrou no quarto, caminhou até a janela e sentou na poltrona. Mantendo a caixa sobre as pernas, ela deu corda e se recostou, fechando os olhos e deixando que a música e as lembranças a envolvessem.

Não tinha intenção de comparar os irmãos. Ainda assim, o que ela sentia por Edward era diferente de qualquer coisa que já tinha experimentado. Era algo vibrante, vivo, intenso. Algo que, para ser honesta, a assustava. Era como se ele tivesse o poder de entrar dentro dela e expor todos os segredos que possuía – sem remorso, vergonha ou culpa. Claro que isso não podia ser saudável, claro que eles se destruiriam se cedessem a seus desejos. Mas seria mais que um encontro de corpos, seria um encontro de almas, uma comunhão de paixões.

Ela já tinha amado antes – continuava amando –, mas os sentimentos em relação a Edward eram imensos, envolviam mais que o todo, pareciam ir além do que era seguro. Como ela podia pensar em não se entregar?

Capítulo 20

Ao entornar seu scotch, Edward pensava em ficar só de calças, sair correndo descalço por colinas e vales, mergulhar em um rio gelado e encontrar um lobo ou porco selvagem para enfrentar. Ele se consolava com o fato de que ela não era imune a seus encantos, que o desejava, ou, do contrário, não estaria tão preocupada aonde um beijo poderia levá-los.

No que dependesse de Edward, levaria diretamente para a cama dela.

O estranho era que ele compreendia a relutância de Julia, pois não tinha intenção de ser um substituto do irmão. Ele queria que os sentimentos dela fossem por ele, separados do que ela tinha sentido por Albert. Edward não esperava que fossem tão fortes nem tão abrangentes, mas queria que fossem dele.

Edward podia admitir, com toda honestidade, que nunca tinha sentido por nenhuma outra mulher o que sentia por ela. Aquilo o assustava de verdade, mas afastar-se dela não era uma alternativa. A companhia de Julia, mesmo à distância, era melhor do que não tê-la por perto.

Paciência nunca foi a melhor qualidade dele, mas por ela Edward esperaria. Por ela, Edward mandaria construir caixas de música sem igual. Por ela, Edward beberia menos. Por ela, ele daria tudo que pudesse lhe dar.

Por Julia, ele passaria boa parte da noite se revirando, e acordaria com tanto mau humor que precisaria de uma xícara de café mais forte que de hábito. Ele tomou um gole que quase lhe queimou o céu da boca quando Julia entrou na sala de café da manhã, usando um vestido preto que continha tecido demais e muitos botões. Ela parecia estar de luto fechado, mas ainda assim uma sensação de alívio invadiu Edward. Ele se levantou.

— Bom dia. Algo errado?

Ela sorriu com doçura.

— Eu decidi que era bobagem minha fazer o desjejum sozinha, quando poderia desfrutar da sua companhia no café da manhã. Se não se incomodar com a minha presença, quero dizer. Imagino que eu devesse ter perguntado antes. Talvez você prefira começar seu dia sozinho.

Do modo como Julia tagarelava, ele se perguntou se ela estaria nervosa, receosa de que Edward pudesse não desejar sua presença. Ela poderia lhe fazer companhia no banho, se quisesse.

— Eu não gosto de ficar sozinho. Por favor, me faça companhia.

Ela foi até o bufê, fez um prato e sentou-se na ponta da mesa. Garota esperta. Se sentasse perto dele, Edward poderia tocá-la, ele não conseguiria se conter. Passar um dedo pela mão dela, por sua face, seria suficiente para amainar sua necessidade de possuí-la.

Tolo, nada iria amainar isso.

Resistindo ao impulso de pegar seu prato e ir sentar mais perto dela, Edward se afundou na cadeira e bebeu seu café, percebendo que estava forte demais agora que seu humor tinha melhorado consideravelmente.

— Dormiu bem? — ele perguntou.

— Na verdade não. E você?

— Horrível.

Ela lhe deu um sorriso malvado.

— Por que isso me agrada, eu me pergunto?

— Porque você é uma bruxinha, e sabe que é a causa da minha noite agitada.

— Eu não me atrevo...

A risada dele a silenciou.

— Você me nega um beijo e não se acha responsável?

Ela olhou ao redor com a esperança de que todos os criados tivessem, de repente, ficado surdos. Ele desejava que Julia ficasse à vontade conversando sobre a relação passional deles. Então todo o peso do olhar azul dela caiu sobre Edward.

— Um beijo teria tornado sua noite melhor?

Ele soltou um suspiro profundo.

— Não. Suspeito que teria piorado tudo, mas seria um preço pequeno a pagar pelo sabor dos seus lábios na minha língua.

Mesmo à distância, ele pôde ver o tom vermelho vivo corando as faces dela. Imaginou se o rubor começava nos dedos dos pés de Julia. Ele gostaria de beijar esses dedos, o arco do pé, os tornozelos, e viajar pelo caminho todo até o paraíso entre as coxas dela.

Ela desviou o olhar para as janelas.

— Aparentemente teremos um lindo dia.

A mudança de assunto pretendia, sem dúvida, tirar os pensamentos dele do caminho que seguiam – algo que não iria acontecer. De qualquer forma, não havia mal nenhum em deixá-la acreditar que ele se distraía com tanta facilidade.

— Hoje eu pretendo ir a cavalo até a vila. Quero ver como está a saúde da Sra. Lark e da família dela. Você gostaria de me acompanhar? Acho que prometi para você que a levaria para cavalgar.

O rosto dela desabrochou, iluminado por alegria.

— Eu adoraria cavalgar. Sinto tanta falta.

— Nós podemos comprar tortas de morango no caminho.

— Melhor ainda. — O sorriso dela aumentou.

— Vamos sair depois do café, tudo bem?

— Preciso me trocar.

— Thomas — ele disse, dirigindo-se a um dos criados. — Avise no estábulo para prepararem nossos cavalos.

— Claro, milorde.

Depois que Thomas saiu, e embora outros dois criados permanecessem na sala, ela se debruçou na mesa e sussurrou:

— E você vai se comportar.

— Vou ser um perfeito cavalheiro.

Mas até mesmo um cavalheiro perfeito consegue encontrar um modo de roubar um beijo se estiver disposto a tanto.

Foi tão maravilhoso cavalgar novamente. A égua castanha dela parecia estar contente também. Embora um cavalariço a cavalgasse com frequência para exercitá-la, Julia gostava de pensar que sua antiga companheira de passeios sentia saudade dela e estava feliz de ter sua dona de volta à sela.

Aquele acabou se tornando um raro dia quente, que não exigiu casaco nem capa. Ela nunca tinha tido a oportunidade de cavalgar com Edward. Ele manteve um ritmo sossegado, enquanto ela ansiava por correr pelos campos. Na volta para casa, ela cuidaria disso, pois não queria chegar à casa da viúva toda desgrenhada, com o cabelo desfeito.

A vila apareceu diante deles. Eles trotaram pela estreita rua principal que cortava o meio da cidade, com lojas e edifícios dos dois lados. Na outra extremidade, eles se aproximaram de uma casinha em mau estado que, com toda certeza, já tinha visto dias melhores. A porta era tão pequena que Edward deveria ter precisado se abaixar para entrar. Julia imaginou que ele tivesse ocupado todo o espaço que havia lá dentro, já que a casa não parecia ter mais que um cômodo.

Edward puxou as rédeas, parando o cavalo, e apeou com um movimento elegante que a deixou de boca seca. Por que até as ações mais comuns, quando realizadas por ele, tinham que afetá-la como se aquele fosse o homem mais extraordinário que ela já tinha visto?

Ele foi até ela e estendeu os braços. O momento que ela tanto esperava e temia. As poderosas mãos dele contornaram a cintura dela, então se fecharam, os olhos de Edward grudados nos de Julia, cujas mãos apoiou nos ombros largos dele. Ele a levantou um pouco e a pousou no chão, deixando-a com a impressão de que poderia mantê-la erguida o dia todo, sem que os músculos cedessem de fadiga. Os pés dela pousaram na terra e seus joelhos se sentiram um pouco fracos – só porque fazia tanto tempo que ela não cavalgava. Não porque Edward a encarava como se pudesse arrastá-la até o casebre e fazer o que quisesse com ela.

— Vossa senhoria! — ecoou uma voz juvenil ao redor deles.

Edward abriu um grande sorriso, soltou Julia e se virou bem quando um garotinho pulava nele, com as pernas abraçando sua cintura, os bracinhos magros envolvendo o pescoço do conde, enquanto este fechava os braços ao redor do menino. Não que Julia pensasse que a ação de Edward fosse necessária. O garoto agarrava-se a ele com tal tenacidade que Julia pensava que Edward não conseguiria se soltar daquele abraço, mesmo se quisesse.

Uma mulher esguia com um bebê nos braços e uma garotinha agarrada à sua saia saiu da casa.

— Johnny Lark! Largue sua senhoria neste instante. Você não pode pular em seus superiores.

— Está tudo bem, Sra. Lark — Edward disse. — Estou feliz por ver que ele está tão bem.

— Bem demais, se quer saber. Ele é difícil. Fiquei preocupada ao saber que ficou doente, milorde.

— Estou bem, completamente recuperado, sem nenhuma sequela.

— Milorde perdeu peso. Dá para ver. Entre para comer um pouco de ensopado.

Julia sabia que era ridículo sentir uma pontada de ciúme por aquela mulher de roupas esfarrapadas, cabelo desfeito e mãos calejadas que conhecia Edward bem o bastante para notar que ele tinha perdido peso.

— Agradeço a oferta, mas eu prometi um doce à condessa. — Ele se virou para ela. — Lady Greyling, permita que eu lhe apresente a Sra. Lark.

— É um prazer. — Ela sorriu, amistosa.

A Sra. Lark fez três mesuras, como se não tivesse certeza se já tinha sido respeitosa o suficiente.

— Milady. Sinto muito por eu estar tão desarrumada. Não estava esperando visitas hoje. Mas tenho bastante ensopado para vocês dois.

— É muita gentileza sua, mas estou de olho naqueles doces. Sou uma formiga.

A mulher sorriu, cativante, como se ela e Julia compartilhassem um segredinho, então ela fez uma careta, estendeu a mão e deu um tapa no traseiro do filho.

— Johnny, desgrude de sua senhoria.

Como um macaquinho, o garoto desceu. De repente, a Sra. Lark pareceu ficar muito preocupada.

— Oh, veja o que você fez. Sujou toda a roupa dele. Eu ficaria contente de poder lavar sua roupa, Lorde Greyling.

— Na verdade, Sra. Lark, esse é um dos motivos pelos quais vim hoje. Eu suponho, pelos varais pendurados no fundo da sua casa, que a senhora seja uma lavadeira.

— Sim, milorde. Eu ficaria feliz e honrada de lavar suas roupas de graça por um mês inteiro, para lhe agradecer por tomar conta de nós.

— Não é necessário. Contudo, estamos precisando de uma lavadeira em Evermore. Eu gostaria de saber se está interessada no emprego.

A mulher arregalou os olhos.

— Quer dizer, trabalhar para vossa senhoria?

— Para a propriedade, sim. A condessa deu à luz uma filha recentemente e, pelo que me parece, a quantidade de roupa a ser lavada aumentou um bocado. A senhora poderia ajudá-la, morando na residência, temos três quartos disponíveis para você e seus filhos. Eles seriam instruídos. Comida e roupas seriam fornecidas para sua família. Também estou precisando de um engraxate, caso Johnny esteja interessado. Você e ele receberiam um salário.

— Minha nossa! — ela exclamou, cambaleando para trás.

Julia não ficou surpresa com a reação da mulher. Edward estava lhes oferecendo uma oportunidade incrível de melhorar de vida. Ela percebeu que, embora Edward realmente quisesse garantir que eles estavam se recuperando da gripe, o objetivo principal daquela visita era cuidar ainda mais da viúva e de seus filhos.

— Seria uma honra, milorde — ela disse, enfim.

— Ótimo. Então vou enviar um criado na próxima quinta-feira para ajudar a senhora e as crianças a empacotarem seus pertences e se mudarem para Evermore, caso seja tempo suficiente para vocês se prepararem.

— Oh, mas é sim. — Lágrimas afloraram nos olhos da mulher. — Eu não sabia o que seria de nós depois que meu marido morreu. Mal consigo pagar a casa e a comida.

— Bem, agora você não precisa mais se preocupar com isso. Eu diria que precisamos comemorar. Que tal se Johnny nos acompanhar até a casa de chá para buscar algumas tortas de carne?

— Eu gosto de doces — Johnny anunciou.

— Johnny, não peça coisas para o conde — a mãe o repreendeu.

— Não há nada errado em pedir, Sra. Lark — Edward disse. — O pior que pode acontecer é eu dizer não. — Ele piscou para Johnny. — Mas quem sabe eu digo sim? Vamos lá, rapaz.

Depois de pegar as rédeas do cavalo, Edward ofereceu um braço a Julia.

— Foi muito bom conhecê-la, Sra. Lark — Julia disse antes de colocar a mão no braço de Edward.

Johnny pulou em um pé, no outro, deu uma corrida e depois começou a caminhar ao lado de Edward.

— Eu posso fazer mais do que engraxar sapatos — ele disse para Edward. — Eu posso cuidar de seus cavalos e cachorros, se tiver cachorros. Você tem cachorros?

— Nós temos alguns cães de caça.

— Mas não cuido de gatos. Não gosto de gatos.

— Acho que os gatos sabem tomar conta deles mesmos. Você prefere trabalhar nos estábulos em vez de na casa?

O garoto aquiesceu com veemência.

— Posso fazer carinho no cavalo?

— Pode.

— Se eu trabalhar bem você me conta mais histórias?

Julia observava Edward de perfil quando o canto da boca dele se levantou.

— Talvez eu conte.

— Eu gostei mais da doninha.

A risada de Edward ecoou ao redor deles.

— Sim, eu imaginei que você gostaria.

— Mas eu acho que ela precisa de uma espada.

Edward olhou para Julia.

— O que acha, condessa?

— Não sei se consigo imaginar a doninha com uma espada. Talvez com um sabre. Ou pode ser que precisemos de um personagem completamente novo. — Outro estava começando a se formar na cabeça dela.

— Você contou a história para ele.

— Pareceu o melhor modo de manter as crianças calmas.

Julia imaginou quantos lordes teriam dado a mínima para o fato de as crianças estarem agitadas. Mais ainda: quantos lordes teriam cuidado de uma viúva doente?

Ela esperou até estarem sentados na mesma mesa de antes, com tortinhas de morango e xícaras de chá diante deles. Antes de mandar Johnny para casa, Edward o carregou com tortas de carne e doces variados em número suficiente para causar dor de barriga na família inteira.

— Como você conheceu a Sra. Lark? — Julia perguntou.

Ele deu de ombros.

— Johnny estava aqui, tentando comprar uma torta de carne para a mãe doente. Ele não tinha dinheiro suficiente, então eu comprei as tortas e acompanhei o garoto até em casa, onde descobri que a mãe estava mesmo muito enferma.

— E você ficou para cuidar deles.

— O marido dela tinha falecido há pouco tempo. As pessoas têm medo da morte. Alguns acreditam que ela fica no local, esperando outra vítima.

— Mas você não tem medo?

— Eu não tenho medo de muita coisa. Perder os pais quando eu era tão novo me tornou um pouco imprudente. Mas é claro que morar em Havisham, onde nos diziam que um fantasma poderia nos pegar à noite, se saíssemos de casa, tornou todos nós bem intrépidos. Só se vive com medo por algum tempo, até que se mande tudo para o inferno.

— Um método para lidar com a loucura do marquês?

— É possível. Eu não tinha pensado nisso, mas acho que é bem possível.

Bebendo chá, ela refletiu sobre o que Edward tinha acabado de fazer.

— Oferecer um lugar em Evermore à Sra. Lark foi muita generosidade.

— Nós temos condições de sermos generosos.

Julia ficou tocada por ele a incluir na afirmação, o que a fez sentir como se também tivesse sido generosa, quando de fato não fez nada.

— Estive pensando que você deveria publicar suas histórias — ela disse.

— Só se você estiver disposta a incluir suas aquarelas.

Ela riu, contente e constrangida com a ideia.

— Não são tão boas assim.

— São muito boas. Elas dão vida às minhas palavras. Eu queria estar com elas enquanto contava minhas histórias para Johnny e suas irmãs.

Ela meneou a cabeça.

— Nunca pretendi mostrar meus desenhos para ninguém além dos meus próprios filhos.

Apoiando os cotovelos na mesa, ele se inclinou para frente.

— Por que você se limitaria a levar alegria a umas poucas crianças quando pode alegrar muitas?

— Você nunca me pareceu alguém que gostasse tanto de crianças. — Mas ela tinha testemunhado esse gosto na atenção que Edward dava a Allie e na camaradagem que tinha desenvolvido com um garoto que não tinha receio de pular nos braços de um lorde.

— É culpa de eu nunca ter crescido — ele respondeu sorrindo.

Mas ele tinha crescido. Ela também tinha testemunhado isso. Edward era um proprietário de terras atencioso. Ele cuidava das pessoas. Possuía uma bondade que sempre escondeu dela; no entanto, essa qualidade já existia quando ele tentou garantir que Albert nunca tomasse conhecimento de seus sentimentos por Julia. Quando se deixou ser difamado para proteger os dois.

— Nós precisamos de um título para a história — ela disse.

— *Os amigos aventureiros de Havisham Hall.*

Ela riu.

— Talvez fosse bom disfarçar um pouco.

— Vamos pensar melhor, então.

Era como se estivessem planejando um futuro. Quer decidissem passar a vida juntos ou não, eles teriam as histórias, os livros para uni-los. Teriam algo que os dois criaram juntos. Mas ela duvidava que isso fosse suficiente. Ela precisava de mais.

Cavalgando de volta para Evermore, essas palavras ecoavam nas batidas dos cascos dos cavalos. Ela precisava de mais. Precisava de mais. Precisava do vento no rosto, da liberdade, do perigo, da perseguição. Antes que ele pudesse aconselhá-la a não correr, ela gritou:

— Vamos ver quem chega primeiro no alto daquela colina. — E botou o cavalo para galopar.

Sem qualquer dúvida, ela sabia que estava sendo imprudente, mas ele parecia gostar desse lado dela. Julia tinha passado a vida inteira se esforçando para ser uma boa filha, boa prima, boa esposa. Ela não se arrependia de nenhum desses momentos, mas com ele Julia não sentia nenhuma necessidade de avaliar suas ações antes de agir. Ela experimentava uma certa independência que nunca tinha caracterizado seu comportamento. A princípio, ela atribuiu essa sensação às mudanças internas que aconteceram enquanto Albert estava fora, mas ela percebia agora que isso tinha mais a ver com o fato de Edward assumir um papel significativo em sua vida – antes mesmo de ela perceber que ele era, de fato, Edward.

Julia ouviu o martelar dos cascos do cavalo dele e colocou o dela para galopar com mais velocidade. Ela se sentia jovem, feliz, despreocupada. Pela primeira vez em semanas, a tristeza não a estava perseguindo.

A respiração ofegante do cavalo de Edward muito próxima indicou que ele se aproximava, mas Julia estava quase lá. Só um pouco mais. Então ela chegou ao cume, fez a montaria parar e deu meia-volta. A risada dela ecoou pela copa das árvores, subiu ao céu e se espalhou pela terra ao redor.

Edward exibia um sorriso enorme ao deter seu animal.

— Muito bem.

— Não consigo me lembrar da última vez que cavalguei com tal abandono.

— Nós precisamos deixar os cavalos descansarem. — Ele desmontou, foi até ela e estendeu os braços.

A proximidade dele ainda provocava borboletas no estômago de Julia, mas o triunfo dela dominava as sensações. Ela tinha controlado o cavalo; conseguiria controlar Edward. Assim que seus pés tocaram o chão, ela se soltou dele e, com uma risadinha provocadora, correu para uma árvore próxima. A risada grave dele flutuou na direção de Julia, e ela ouviu os passos dele se aproximarem.

Virando-se, ela apoiou as costas na árvore.

— Sem tocar nem beijar — ela ordenou, sabendo que a menor carícia faria com que ela cedesse o controle para ele.

Antes que ela percebesse a intenção dele, Edward se inclinou na direção dela, levantando os braços e apoiando as mãos na casca da árvore, o pescoço dobrado, seu rosto quase tocando o dela.

— Não estou tocando — ele arfou, a voz rouca provocando um arrepio de desejo em todo corpo dela. — Mas se eu tivesse permissão de tocá-la — ele continuou, com um sussurro sedutor —, eu começaria com suas luvas, desabotoando lentamente uma por uma, antes de tirá-las e guardá-las no bolso do meu paletó. Eu daria um beijo nos dedos da sua mão esquerda, na palma da direita.

Julia fechou os olhos imaginando o calor da boca dele cobrindo sua pele.

— Então eu abriria dois botões do seu corpete – só dois –, o bastante para que eu enfiasse minha língua na curva do seu pescoço.

A respiração dela ficou entrecortada e uma onda de calor a envolveu.

— Eu lamberia sua pele três, quatro vezes, antes de deslizar meus lábios até o lado de baixo do seu queixo. Eu inspiraria a fragrância de rosas escondida atrás da sua orelha, e arrastaria minha boca pelo seu pescoço, de um lado para outro e de volta ao centro.

— Edward...

— Shhh, ainda não terminei.

Mas ela estava quase lá. Julia não sabia como continuava de pé, já que suas pernas tinham ficado bambas.

— Eu soltaria mais dois botões; não, três. Enfiaria um dedo no tecido aberto e o deslizaria devagar, provocador, de leve, sobre os montes dos seus seios, notando sua inspiração profunda com a subida deles; seu desejo de uma carícia mais decisiva, uma que levasse toda minha mão para dentro de seu espartilho, seu *chemise*, para envolver todo o seio...

— Oh, meu Deus. — Ela suspirou ao expirar.

— ...com meu polegar e meu indicador apertando o bico teso do seu mamilo que anseia por mim.

Julia engoliu em seco. Ela tinha pensado que estava no controle, mas com facilidade Edward tinha invertido os papéis, e agora ela era pouco mais que uma marionete nas mãos dele. Ela sentiu umidade entre as coxas. Seus mamilos não eram as únicas partes do seu corpo que ansiavam por ele, desesperadas pela pressão que a mão dele faria, despertando sensações, superando fantasia com realidade.

— Se eu tivesse permissão para tocar você...

— Não — ela implorou com a voz forçada, que soou como se pertencesse a outra mulher.

— Se eu tivesse permissão para tocar você, eu ficaria de joelhos e levantaria sua saia, expondo o cerne rosado da sua feminilidade. Eu sei que está brilhando neste momento, por causa do desejo. Mesmo sem poder tocá-la, eu posso sentir o calor da paixão que irradia de você. Desconfio que seus seios estejam apertados contra o tecido, desesperados pela carícia que você está lhes negando. Você sente latejar entre suas coxas. Minha língua poderia lhe proporcionar alívio; com a quantidade certa de pressão eu a faria gritar.

— Você é um demônio — ela disse, arregalando os olhos.
Ele deu uma risada sensual.
— Diga-me que estou errado.
— Você sabe que não está, maldito.
— Eu nunca desejei uma mulher tanto quanto a desejo. Você me atormenta. É justo que eu a atormente também.
— E depois que me tiver?
— Vou querer você de novo.
— Como você sabe?
Recuando, ele a encarou.
— Porque eu amo você.
— E se nós apenas estivermos perdidos no fingimento?
— O fingimento já acabou, mas as emoções continuam. Por que você duvida?
— A maioria das pessoas tem sorte de ser amada uma vez. Por que eu teria a sorte de ser amada duas vezes, de encontrar a felicidade duas vezes? Tenho medo de que o destino a arranque de mim se eu tentar pegá-la de novo.
— Então vou ser dispensado porque você não confia no destino? O destino pode ir para o inferno, Julia. Deposite sua confiança em mim.
Estendendo a mão, ela afastou o cabelo que caía na testa dele. Em algum momento, no meio do caminho, ele tinha perdido o chapéu.
— Um pouco mais de tempo, Edward.
— Eu estaria mentindo se dissesse que não tenho pressa. Desejo você com um desespero que está acabando comigo, mas eu quero você por inteiro, sem culpa nem sombras; sem fantasmas. E por isso irei esperar com toda paciência que tiver.
Ele a entendia, sabia por que Julia resistia. Ela não queria perder seu passado, mas teria que se libertar para conseguir um futuro com Edward. Mas ele sempre estaria ligado a Albert.
— Eu estou mais perto de dizer adeus ao passado — ela disse. — Aprecio o tempo que passo com você. Estou feliz pelas oportunidades de conhecê-lo melhor. Você não é nada do que eu pensava. Talvez seja a pessoa menos egoísta que já conheci.
— Não me transforme em santo.
— Oh, não estou tão enfeitiçada por você a ponto de pensar que é qualquer coisa que não diabólico. É só que... estou percebendo que gosto disso.

Capítulo 21

O inverno finalmente deu lugar à primavera, e o aparecimento dos primeiros botões de flores encheu Edward de esperança durante sua caminhada matinal com Julia. Eles iam menos ao mausoléu. Às vezes apenas passavam pelo local. Em certas manhãs, Julia indicava que gostaria de ir em uma direção diferente.

Embora o tempo que passavam juntos fosse, de certa forma, casto, ele sabia aproveitar a oportunidade de deslizar um dedo por sobre a pele exposta de Julia quando a acompanhava até a sala de jantar, de lhe dar um beijo na nuca quando se debruçava para ajudá-la em uma tacada de sinuca, de encostar os lábios no rosto dela quando lhe entregava o conhaque antes de se sentarem em frente a lareira na biblioteca.

— Você vai sair para se encontrar com algum fazendeiro hoje? — ela perguntou quando avistaram o mausoléu.

— O dia está muito bonito para isso. Eu estava pensando que podíamos fazer um piquenique.

— Vamos por aqui — ela disse, indicando um desvio, e um dia que focasse no presente, não no passado. — Um piquenique, então?

— Sim, eu pensei que podia ser o primeiro de Allie.

— Ela não vai lembrar.

— Mas nós vamos.

Como sempre, a mão dela estava no braço de Edward. Ela se encostou no ombro dele.

— Oh, Edward, acho que um piquenique seria ótimo.
— Grey — ele a lembrou.
— Não tem ninguém por aqui que possa ouvir.
— Mas se desenvolver o hábito de usar meu título, corre menos risco de cometer um deslize, como eu fiz com minha audição. Pelo menos até você se decidir sobre o nosso destino.
— Eu peguei alguns dos criados olhando para mim com estranheza. Acho que eles não entendem por que parei de chamar você de Albert.
— Eles não têm que entender nada, nem devemos nos preocupar com o que eles pensam.
— Eu sei, mas se formos para Londres juntos, acho que os outros também vão estranhar.

Se eles fossem para Londres juntos. Edward se perguntou quanto tempo ainda seria necessário para ela trocar o "se" por "quando".

— As pessoas prestam menos atenção do que pensamos — ele disse.
— Não entre a nobreza. Ainda mais entre as ladies. Estão sempre procurando uma fofoca.
— Você também?

Ela riu, aquele som alegre que sempre penetrava diretamente na alma dele. Estava ficando mais difícil não tomá-la nos braços e beijá-la. Ele queria dar o tempo que Julia precisava, mas, maldição, era um tormento manter seus desejos reprimidos. Contudo, a maioria das viúvas ficava de luto por dois anos. A rainha continuava de luto pelo marido, e fazia quase vinte anos desde a morte dele.

— É claro que eu também. Principalmente na minha primeira Temporada. Nem tanto agora. É um jogo para as ladies. Quem consegue encontrar a melhor fofoca? Quem conseguir desvendar nossa história vai ser premiada. — A risada sumiu e a voz dela ecoou tingida pela tristeza.

— Ninguém vai suspeitar de qualquer coisa sórdida de sua parte — ele lhe garantiu. — Você é querida demais, respeitada demais. Ninguém vai estar procurando uma fofoca a seu respeito.

— Você não conhece as ladies tão bem como eu pensava, se acredita nisso. Quanto mais alto o pedestal de uma, mais decididas as outras estão a encontrar um modo de derrubá-la. Além do mais, todo mundo adora um escândalo.

— Nós não precisamos ir a Londres.

Ela parou de andar e o encarou.

— É claro que você precisa. Agora você está na Câmara dos Lordes. — Estendendo a mão, Julia tocou o rosto dele. — Não tenho medo de Londres.

— Do que você tem medo?

Ela olhou para as colinas ondulantes, cobertas de flores silvestres.

— De seguir por um caminho que leve à ruína de Allie.

— Se ela tiver metade da força da mãe, não haverá nada que possa arruiná-la.

— Espero que você esteja certo. — Ela sorriu, animada. — Vamos fazer aquele piquenique com ela?

Edward escolheu um lugar perto de um laguinho onde ele e Albert pescavam quando eram garotos, em cujas águas geladas ele tinha empurrado o irmão, porque este tinha declarado que Edward sempre teria que seguir suas ordens. Para Albert, ele provou que não aceitaria ordens. Para si mesmo, Edward provou que sempre estaria disposto a salvar seu irmão, mesmo se ele próprio tivesse colocado Albert em risco.

Com a perda de parte da audição de Albert, Edward aprendeu que suas ações tinham consequências. Mas ele não aprendeu essa lição tão bem quanto deveria.

Se tivesse contado a verdade para Julia logo depois do parto, talvez ele não tivesse perdido a confiança dela, e talvez não estivesse agora esticado em um cobertor, com ela sentada a alguns passos de distância – em vez de aninhada nele –, apoiando Allie em sua barriga. De vez em quando, a menina levantava a cabeça para admirar o entorno. Ela tinha o sorriso mais encantador, e Edward desconfiava que ela ainda iria partir muitos corações.

Infelizmente, Edward temia que a mãe de Allie fosse partir o coração dele.

A babá estava lendo a vários metros de distância, as costas apoiadas em uma árvore. Edward se perguntava se Julia tinha solicitado a presença da babá, não porque Allie pudesse precisar, mas para garantir que ele não se aproveitasse do momento de intimidade. Edward só não entendia por que ela pensava que ele fosse se aproveitar dela durante o piquenique, quando não tinha se aproveitado em outros momentos. Exceto que, talvez, ela percebesse que ele estava alcançando os limites de sua paciência.

Ele a desejava... e muito.

Julia estava usando um vestido azul-escuro. Um chapéu de aba larga a protegia do sol e escondia dele a maior parte de seu rosto, até ele deitar sobre um cotovelo com a desculpa de querer se aproximar de Allie. Mas sempre que ele se aproximava do rosto da sobrinha e a fazia sorrir, Edward conseguia levantar os olhos o bastante para ver a expressão serena de Julia.

Ele gostava que ela parecesse feliz, gostava que, talvez, os dias mais sombrios tivessem ficado para trás. Ele não se enganava, querendo acreditar que ela não estivesse mais de luto, ou que pudesse se sentir grata por perder Albert e assim ficar com Edward. Ele entendia seu lugar no coração dela. Mas ser o segundo, quando não tinha nenhuma esperança de ser o primeiro, era algo com que ele poderia viver.

Tudo que importava para Edward era que, para ele, Julia sempre seria a primeira. Qualquer outra mulher não chegava nem perto. Todas ficavam em último lugar. Ele não estava disposto a se conformar com menos do que ele queria, mesmo que precisasse de uma vida inteira para conquistá-la. Sem ela, sua vida não tinha sustentação nem sentido. O propósito de sua existência não era ser o Conde de Greyling, e sim ter o amor de Julia.

Por Julia e Allie ele comandaria um reino. Sem elas, tudo aquilo era apenas terra para ser cuidada.

Julia tomou um gole de vinho e mordeu, com delicadeza, um pedaço de queijo. Embora ela parecesse entretida com algo à distância, de seu ponto de vista mais baixo, Edward podia ver a frequência com que o olhar dela o procurava. Ela não era tão imune à presença dele como queria fazer parecer.

— O dia está atípico de tão quente — ele disse.

— Não notei. Acho que está bem agradável. Espero que você não esteja com febre de novo.

— Pode ser que eu esteja quente porque você está perto.

Ela riu, um som tilintante que abria os portões do paraíso.

— Por favor, não estrague nossa tarde com elogios banais.

— Há dois meses, Julia, venho sendo o amigo mais confiável possível. Como posso conquistá-la sem elogios, sem seduzi-la? Quanto tempo mais eu vou ter que me comportar?

Ela olhou para a babá.

— Ela não pode nos ouvir — ele disse. — Além do mais, ela acredita que eu seja seu marido. Não pensaria nada demais se eu tomasse certas liberdades.

Julia tomou outro gole de vinho e encostou a língua no arco do lábio superior. Que Deus o ajudasse, mas ele quis mergulhar na distância que os separava e colocar sua própria língua ali. Sentando, ele tirou o paletó e o jogou perto do lugar onde já tinha atirado o chapéu.

— O que você está fazendo? — Julia perguntou.

— Eu lhe disse que estou com calor. Demais. Sinto como se estivesse sufocando. — Ele puxou o lenço do pescoço.

— Espere. — A voz dela não transmitia nenhum tipo de receio, mas havia algo de urgente que fez uma parte dele mais abaixo se agitar. Não que, em geral, ela precisasse fazer muita coisa para isso acontecer. — Babá! Leve lady Alberta para o berçário. Receio que aqui fora esteja ficando muito quente para ela.

— Sim, milady. — Ela colocou o livro na bolsa que continha as coisas de Allie, pendurou-a no ombro, aproximou-se e pegou a criança nos braços. Allie deu um gritinho de prazer. — Você está vermelha, pequenina. Vamos deixar papai e mamãe aproveitarem o piquenique enquanto você tira uma soneca.

Após as últimas palavras da babá, Edward sentiu uma mudança no humor de Julia, como se uma mortalha tivesse caído sobre ela. Nenhum dos dois falou nem se mexeu até a mulher desaparecer atrás da colina.

— Algum dia nós vamos contar para ela sobre o pai? — Julia perguntou em voz baixa, o olhar na direção em que as duas tinham ido, como se ela tivesse a capacidade de acompanhá-las até a casa e o berçário.

— Quando ela tiver idade suficiente para compreender a importância de manter isso em segredo.

— Até lá Allie vai acreditar que você é o pai dela. Como ela irá se sentir quando souber a verdade?

— Não precisamos contar para ela.

Com um suspiro, Julia o fitou.

Ele se levantou sobre um joelho e estendeu a mão.

— Venha cá.

Ela tirou o chapéu antes de ir para os braços dele.

— Não é o ideal, Julia, mas a alternativa é nunca termos isto. — Gentil e carinhoso, contendo seu desejo e sua carência, ele apoiou as costas dela no joelho erguido e se curvou para colar sua boca na dela. Foi como se ele estivesse, enfim, em casa. Como se todas as suas viagens, todas as suas aventuras, tivessem sido apenas a busca por algo que ele não conseguia identificar. Mas ali estava seu objetivo, enfim, com os dedos segurando seu queixo, os suspiros dela preenchendo seus ouvidos, a boca de Julia se movendo contra a dele com um abandono selvagem.

Nenhuma outra mulher o fazia sentir inteiro, completo. Nenhuma outra tocava a essência dele. Nenhuma outra mulher fez com que ele quisesse abandonar seus hábitos libertinos. A vida seria muito mais simples se ele pudesse simplesmente se afastar, mas seria mais fácil ele parar de respirar.

Ela se virou nos braços dele, mudando o ângulo para que ele tivesse mais facilidade para aprofundar o beijo, e foi o que ele fez, deslizando a língua sobre a dela, enfiando os dedos no cabelo de Julia para poder segurar sua cabeça. Ele queria deitá-la no cobertor, possuí-la como se ela pertencesse a ele. Mas essa iniciativa deveria vir dela. Ele queria que ela não tivesse dúvidas nem arrependimentos. Depois que eles se tornassem um, não haveria retorno.

Julia não era uma mulher que se entregava levianamente, o que o fazia querê-la ainda mais, fazia com que ele estivesse determinado a ser o que ela merecia. Interrompendo o beijo, ele a fitou nos olhos, dois lagos de azul cristalino.

— Eu posso lhe fazer meus votos.

O olhar dela vagou pelo rosto dele enquanto Julia passava os dedos de leve pelo cabelo de Edward.

— Eu quero lhe mostrar uma nova aquarela que fiz.

Não era o que ele esperava. Uma declaração de amor era o que ele tinha em mente. Não o desejo de lhe mostrar criaturas excêntricas. Ele repreendeu seu coração tolo, por avaliar mal a prontidão dela, por acreditar que um beijo e algumas palavras bem colocadas poderiam virar a maré a seu favor.

— Eu gostaria muito de ver — ele disse, ajudando-a a se levantar.

— Já vi mais entusiasmo em alguém prestes a ter um dente extraído.
— Ela lhe deu um sorriso provocador. — Mas confie em mim, você vai gostar muito quando eu lhe mostrar.

Observando Edward guardar as coisas do piquenique, Julia já não podia negar a força de seus sentimentos por ele. Ela quase riu ao observá-lo, fingindo inocência enquanto tirava o paletó. Julia tinha certeza de que o lenço do pescoço e o colete iriam logo se juntar à pilha de roupas. Alguns botões soltos e ele enrolaria as mangas da camisa para expor aqueles antebraços musculosos, o que a deixaria com água na boca.

Ela não era avessa a ser possuída sobre um cobertor no campo, perto de um lago... em algum outro dia. Neste dia, ela precisava de algo diferente.

Edward lhe ofereceu o braço e Julia entrelaçou o seu no dele. Era estranho como este homem a fazia se sentir pequena e delicada. Ele tinha recuperado o peso perdido durante a doença. Ele saía para cavalgar todos os dias, ajudando os arrendatários sempre que possível. Edward vicejava ao ar livre. Julia se perguntava se ele conseguiria realmente ser feliz atuando como um lorde, ou se chegaria o momento em que a vontade de viajar tomaria conta dele outra vez.

— Você tem planos de viajar? — ela perguntou quando os largos degraus de entrada da casa apareceram.

— No momento não. Existe algum lugar aonde você gostaria de ir? Eu providencio a viagem para onde você quiser, quando quiser.

— Sempre considerei a ideia de estar no mar bem assustadora. Olhar ao redor e não ver nada até o infinito. — Julia tinha observado o mar da praia. Ela não conseguia imaginar estar rodeada por ele.

— Ah, mas então você avista terra depois de dias ou semanas de viagem, e a alegria que isso provoca pode fazer um homem chorar.

— Aceito sua palavra a esse respeito.

— Você não tem nenhum desejo de viajar?

— Não enquanto Allie for pequena.

— Nós podemos levá-la conosco.

Julia riu. Tão típico de um homem.

— Você tem ideia de tudo que é necessário para viajar com um bebê? Mesmo nossa viagem até Londres vai exigir planejamento adicional e lugar para as coisas dela.

— Nós podemos comprar tudo que ela precisa quando chegarmos a Londres.

— Ela vai precisar de coisas no caminho. E você gosta de viajar para lugares remotos, vazios. Como vai providenciar o que ela precisa?

— Eu sei ser muito engenhoso.

Ela não tinha dúvida. Para ser honesta, ela gostaria de estar com ele em algum lugar distante, sob as estrelas, onde não estariam sujeitos à censura da sociedade. Não importava a escolha que ela fizesse, qualquer uma viria com um custo. As fofoqueiras não costumavam ouvir à razão, fazer concessões, compreender circunstâncias que motivavam ações sem precedentes.

Dentro da casa, eles caminharam pelos corredores familiares até alcançarem aquele que já tinha sido o aposento favorito dela. Atualmente, Julia se sentia dividida entre o berçário, a biblioteca e a sala de sinuca. Ela gostava de todos na mesma medida.

Ainda assim, aquele cômodo e o que ela fazia ali lhe traziam paz. Julia levou Edward até uma mesa sobre a qual estavam espalhados diversos desenhos. O que ela queria estava por baixo, escondido. Pegando-o, ela o colocou por cima.

— Um novo personagem para as histórias.

— Um lobo com camisa de linho, calças até os joelhos e botas. E você lhe deu um sabre. Johnny vai gostar.

A Sra. Lark e seus filhos tinham se instalado em Evermore. De vez em quando, Edward levava o garoto para cavalgar. Ela desconfiava que ele contava suas histórias para o menino nessas saídas.

— Acredito que sim — ela concordou. — O que você acha da nova adição à nossa coleção?

— Em geral, as pessoas não gostam de lobos. Eles são ardilosos. Imagino que seja outro vilão.

— Não, ele faz par com o corcel. É nobre, protetor. Forte. Os outros o admiram.

— Vou incluí-lo na próxima história.

— Você não reconhece quem ele é? — Ela sorriu.

Ele meneou a cabeça, evidentemente confuso, e Julia não soube dizer por que a reação dele fez com que ela o amasse ainda mais.

— E você se enxergou com tanta facilidade na doninha... — ela disse.

— O lobo deveria me representar?

— Deveria, não. Ele representa.

Ele arrastou o olhar até ela, e Julia enxergou a dúvida e o conflito que se entrelaçavam dentro dele.

— Julia, eu não sou nobre.

— É sim. — Ela colocou a mão no rosto dele. — Protetor. — Ela deslizou os dedos até poderem brincar com a mecha de cabelo que estava na têmpora dele. — Forte. Eu estava errada. Você não é a doninha. Nunca foi. Era só uma fachada. Você é um homem bom e honrado. — Ela foi para frente, até seus seios se achatarem contra o peito dele, deliciando-se com a inspiração profunda dele, com o desejo surgindo em seus olhos. — Se o único modo de eu ter você é vivendo uma mentira, então escolho viver essa mentira.

— Jules. — Ele a apertou mais, enlaçando-a com seus braços, e beijou-lhe o pescoço, o rosto, a testa.

Ela o abraçava muito apertado. Julia tinha lutado com essa decisão, mas sabia que era a certa, a única. Ela o queria em sua cama, queria lhe dar filhos, queria ser sua esposa.

Recuando, ele tomou o rosto dela entre as mãos, olhando-a no fundo dos olhos.

— Eu, Edward Alcott, prometo amá-la, honrá-la e cuidar de você enquanto nós dois vivermos. Vou ser o melhor marido que um homem pode ser.

— Eu, Julia Alcott, prometo amá-lo, honrá-lo e cuidar de você enquanto nós dois vivermos. Vou ser a melhor esposa que uma mulher pode ser.

Baixando o braço, ele pegou a mão esquerda dela e colocou os dedos no anel.

— Posso?

Engolindo em seco, ela aquiesceu. Com delicadeza, ele tirou o anel e o colocou na palma da mão.

— Eu poderia lhe comprar um anel novo, mas sei quanto amor este representa. Não quero tirar isso de você. Quero acrescentar. Então, se não se opor... — ele deslizou o anel de volta no dedo dela — ... com este anel, eu me caso com você.

Lágrimas arderam em seus olhos diante do altruísmo dele, de sua disposição em deixá-la honrar o que teve antes.

— Eu te amo, Edward.

A boca dele desceu sobre a dela com tanta paixão, tanta energia, tanta urgência, que Julia poderia ter cambaleado para trás se os braços dele não a tivessem enlaçado no mesmo instante. A língua dele deslizou como veludo sobre a dela, agitando tudo que Julia sentia em seu coração por ele, até que os sentimentos vibravam em todo seu corpo. Suas pernas ficaram fracas. Ela ficou fraca. Ao mesmo tempo, ela se sentiu mais forte do que nunca.

Fazia semanas que eles vinham se provocando. Era natural que o desejo dela estivesse acumulado, e ela sentiu como se Edward tivesse acendido todos eles.

De repente, ele a tomou nos braços e saiu do quarto em passos largo.

— Quero você em uma cama — ele grunhiu baixo, como se estivesse falando consigo mesmo, além de com ela.

Soltando uma risada, ela passou os braços ao redor do ombro dele, enterrou o rosto na curva do pescoço de Edward e começou a dar beijos ali, provando o sal da pele dele. Ela o queria com tanto fervor que ficou excitada e amedrontada. Ele a fazia se sentir viva, não mais entorpecida.

Quando chegaram ao quarto dela, foi como tinha sido antes – com roupas sendo removidas com pressa e abandonadas no chão. Só que foi diferente. Ele era um homem diferente, um homem com quem nunca tinha estado inteiramente, mas ainda assim não sentiu nada do constrangimento, nada da incerteza que caracterizaram sua noite de núpcias. Talvez porque ela não fosse mais inocente. Talvez porque ela já tinha estado com ele da forma mais íntima possível sem consumarem a relação.

Quando ele tirou as calças, ela estendeu a mão e tocou a cicatriz no quadril. Edward ficou paralisado.

— Você não ganhou esta na África, ganhou?
— Não. Foi no Oriente. Alguns anos atrás.

Ainda havia tanto a aprender sobre ele, mas ela já sabia muita coisa. Adiantando-se, ela pressionou o corpo contra o dele, passando as mãos pelos ombros largos e descendo até os braços musculosos. Como ela pôde ter acreditado que apenas quatro meses na África poderiam ter moldado um homem com tanta perfeição? Isso tinha exigido anos de marcha por terrenos difíceis, de escalada de montanhas, carregando equipamentos. Ele era um homem que passaria o mínimo possível de tempo atrás de uma escrivaninha. Ele a levaria para remar no Tâmisa, cavalgar no Hyde Park, galopar pelas colinas. Ele era um homem que cuidava de uma viúva e seu filho até recuperarem a saúde. Edward enfrentaria o tempo ruim para levar tortinhas de morango para ela.

— Eu te amo, Edward — ela repetiu, sabendo que nunca se cansaria de dizê-lo, e que nunca conseguiria dizer o bastante.

Edward fechou os olhos e inclinou a cabeça para trás. Quando ele os reabriu, Julia enxergou tanto amor que se sentiu humilhada. Edward a fez andar para trás até seus joelhos encostarem na cama. Com a boca colada na dela, os braços mantendo-a perto, ele caiu com Julia no colchão. Suas mãos calejadas viajaram pelo corpo dela, provocando sensações onde quer que tocassem.

Ele se ajeitou, colocando-se entre as pernas dela. Apoiando-se nos braços, ele pairou sobre Julia, olhando no fundo dos olhos dela.

— Diga alguma coisa indecente.

O calor escaldante do constrangimento esquentou todo o corpo dela.

— Não era para você ter ouvido aquelas coisas.

— Mas eu ouvi e elas me excitaram. — Ele se abaixou, tomou-lhe a boca, então a soltou. — Eu lhe disse que você nunca vai precisar fingir comigo.

Véspera de Natal. Desde então ele já sabia do segredo dela. Julia virou a cabeça para o lado.

— Olhe para mim ao falar. Veja o quanto eu gosto.

Ela deslizou os dedos pelo cabelo dele, segurou-lhe a cabeça e lambeu os lábios.

— Eu quero seu pau dentro de mim.

Grunhindo baixo, selvagem, ele projetou os quadris para frente, mergulhando fundo, abrindo-a, preenchendo-a. Edward nunca tirou seus olhos dos dela.

— Eu adoro como você está quente e molhada, como me envolve todo.

Rindo, ela o puxou para si, abrindo a boca para receber a dele, e suas línguas imitaram o mesmo ritual antigo que seus corpos celebravam. Estar com ele era libertador. Ela não sentia necessidade de se segurar, não precisava guardar segredos. Edward a aceitava por inteiro. Julia arranhou as costas dele. Edward gemeu e aumentou o ritmo de suas investidas.

As sensações latejavam dentro dela, não deixando nenhuma parte de Julia intocada, sem ser amada. Ele estava lhe dando tudo que tinha, e permitia que ela fizesse o mesmo. Ela tinha experimentado a ligação entre eles durante aquele beijo no jardim, o que a tinha aterrorizado. Mas agora isso a encorajava.

Ela podia tocá-lo onde quisesse, podia dizer o que desejasse. Não precisava se segurar por medo de ser repreendida. Nem se recolher por medo de crítica.

Com ele, Julia podia ser ela mesma por completo.

Julia era ela mesma por completo. Mais do que ela mesma quando o mundo se desfez. Era ela mesma com ele, com esse homem que a aceitava por inteiro, com indecência e todo o resto. Que a transformava em sua.

Gritando o nome dele, Julia mergulhou no vazio onde o prazer dominava. Caiu rápido e de uma vez, arqueando o corpo, agarrando-o enquanto ele se jogava nela, grunhindo seu nome através dos dentes cerrados.

Os dois aterrissaram juntos, os corpos suados e enrolados, a respiração curta e ofegante.

Saindo de cima dela, ele a puxou para seu lado, mantendo-a perto com um braço, enquanto a mão subia e descia pelo braço dela. Eles permaneceram em silêncio por um longo tempo, apenas recuperando o fôlego, aproveitando o calor do prazer que permanecia.

— Você pensou nele? — Edward perguntou em voz baixa.

Ela deslizou os dedos pelo peito dele.

— Não.

— Nem um pouco?

Levantando-se sobre o cotovelo, ela olhou para Edward.

— O que você está querendo saber?

— Quando olha para mim, você vê Albert?

— Eu só vejo você, Edward. Faz semanas, já. Eu sei que vocês dois eram idênticos, mas consigo ver agora certos maneirismos em você que não via antes. Características que ele não tinha. Eu amo Albert.

Ele fechou os olhos.

— Eu sei disso. Não deveria ter falado nele.

Ela colocou um dedo sobre os lábios de Edward.

— Abra esses seus lindos olhos castanhos. — Quando ele abriu, ela continuou. — Eu amo Albert e amo você. O amor que eu senti por Albert é diferente do amor que sinto por você. Não é maior nem menor. Não é melhor nem pior. É apenas diferente. Não consigo colocar em palavras. Você disse que se eu o amasse uma gota do que amava Albert, seria suficiente. Não consigo comparar o que eu sinto por vocês. É claro que de vez em quando eu penso nele, mas não em um momento como este. Você esteve com outras mulheres. Estava pensando nelas?

— Claro que não.

— Então é isso.

Os cantos da boca dele se levantaram.

— Nenhuma delas dizia indecências.

— Aposto que você sabe um monte de palavras e frases para me ensinar.

— Eu lhe ensino tudo o que você quiser.

— Eu tinha medo de que ele não gostasse disso, que me desprezasse por causa da minha ousadia. Foi por isso que eu só sussurrava essas coisas no ouvido ruim dele. Você me conhece melhor do que ele, e receio que isso não seja justo com Albert.

— Ele amava você, Julia. Ele amava o que tinha com você. Não duvide de nada disso agora. O fato de nós dois termos algo diferente não é melhor nem pior. Como você disse, só é diferente.

Ela ficou feliz de ter algo com Edward que não tinha antes.

— Eu acho que amo você três gotas.

Ele riu.

— Vamos ver se consigo chegar a quatro.

Rolando sobre ela, ele se lançou, entusiasmado, ao desafio.

Capítulo 22

Quando a primeira das quatro carruagens deles parou diante da residência em Londres, Julia inspirou fundo. Desempenhar uma farsa quando eles raramente recebiam visitas era uma coisa. Na cidade, seria outra bem diferente. Era provável que alguém os visitasse todos os dias. Para não falar do turbilhão de festas, bailes e banquetes a que deveriam comparecer.

Ela sentiu a mão de Edward – Greyling, Grey, ela tinha que se lembrar de pensar nele como Grey – se fechar ao redor da sua e apertá-la.

— Não é tarde demais se você mudou de ideia. Posso ajudar você e Allie a se instalarem aqui, e depois vou para a residência que passei a alugar no ano passado.

Aproximando-se, ela o beijou.

— Não mudei de ideia. Estou casada com o Conde de Greyling.

— Ninguém pode dizer outra coisa.

O criado abriu a porta. Greyling desceu e estendeu a mão para a esposa. Ele parecia tão confiante, tão certo de si, mas Julia desconfiava de que ele devia estar sentindo algum receio com relação ao desafio pelo qual passaria – os dois passariam. Existiriam oportunidades demais para um escorregão, que destruiria a única chance que tinham para ficar juntos bem como suas reputações. Mas o amor que ela sentia por ele valia o risco.

Julia não conseguia imaginar sua vida sem ele. Um relacionamento casto parecia impossível, pois ela tinha plena consciência da paixão que existia entre eles. Ela continuava espantada com o fato de ele ter conseguido se segurar por tantos anos.

Enquanto eles subiam os degraus, outro criado abriu a porta da casa.

— Meu lorde, minha lady, bem-vindos à casa.

— Obrigada, John — ela disse. Edward tinha decorado os nomes dos principais empregados, mas diferenciar um criado alto de cabelo moreno de outro exigiria algum tempo, porque Julia não tinha conseguido lhe fornecer descrições que pudessem facilitar essa tarefa. Não que ele precisasse saber os nomes da maioria da criadagem.

Entrando na casa, ela inspirou fundo as fragrâncias familiares da residência de Londres. Flores enfeitavam a entrada, e o chão, encerado recentemente, reluzia. Escadas dos dois lados do hall de entrada levavam ao andar de cima.

— Lorde e Lady Greyling — o mordomo disse com uma breve reverência. — Estamos felizes de tê-los na residência. Permitam-me oferecer-lhes os pêsames dos empregados pela perda do Sr. Alcott.

Não tinha ocorrido a Julia que todos em Londres que não compareceram ao funeral pudessem sentir a necessidade de oferecer seus sentimentos pela morte de Edward. E cada manifestação dessas seria um lembrete da fraude que eles encenavam.

— Obrigado, Hoskins — Edward disse. — Vou sair em breve. Peça para prepararem um cavalo.

— Sim, meu lorde.

Pegando-a pelo braço, Edward começou a levá-la para a escada que conduzia aos aposentos do casal.

— Eu não sabia que você pretendia sair tão cedo — ela disse.

— Preciso ir falar com Ashe.

— Isso parece bastante arriscado. Imagino que se alguém perceber a verdade...

— Ele já percebeu.

No alto da escada, ela se virou para encará-lo. Ele deu um sorriso lacônico.

— Ele e Locke perceberam no dia do funeral. Mas para seu conhecimento, Ashe insistiu muito para que eu lhe contasse a verdade naquele momento. Por isso é necessário que eu fale com ele o quanto antes. Ashe precisa saber que você sabe, antes que decida ele mesmo lhe contar. — Edward levou os dedos ao rosto dela. — Não fique tão preocupada. Ele não irá se opor depois que eu explicar a situação.

— Talvez eu devesse ir com você.

— É melhor se eu for sozinho. Tenho certeza de que ele vai querer me dizer o tipo de coisa que nunca deveria chegar aos ouvidos de uma lady.

— Será que ele vai pensar mal de mim?

— Só se quiser sangrar pelo nariz.

Ela forçou uma risada leve.

— E Locke?

— Ele não vem a Londres para a Temporada. Nós podemos dar uma parada em Havisham quando voltarmos para Evermore.

Não tinha ocorrido a Julia que alguém pudesse saber o que ela e Edward estavam aprontando, mas ela sabia que ele confiava nos amigos de infância.

— Quando eu voltar, vamos passear a cavalo no parque — ele disse. — Vamos voltar aos poucos para a sociedade londrina.

— Mal posso esperar. — Uma mentirinha. Na verdade, ela temia isso, receava que fosse revelar o embuste.

Aproximando-se, Edward lhe tomou a boca, e Julia derreteu de encontro a ele. Ela sempre derretia com ele. Como era possível que, depois de uma centena de beijos, ele ainda tinha o poder de acabar com ela usando apenas a pressão persistente de seus lábios, o deslizar de sua língua sobre a dela?

Afastando-se, ele sorriu.

— Eu volto assim que possível.

— Vou estar esperando.

— Adoro quando você diz esse tipo de coisa.

Ele desceu a escada antes que ela pudesse dizer mais alguma coisa, antes que ela pudesse sugerir que ele entrasse com ela no quarto. Deus, que atrevida ela estava. Edward a fazia perder todo bom senso.

Trotando com seu cavalo pelas ruas familiares da cidade, Edward esperava que o passeio no parque, mais tarde, pudesse tranquilizar Julia, que ela parasse de se preocupar que alguém fosse olhar para ele e *ver* Edward. Ninguém tinha motivo para duvidar da veracidade de sua identidade. Ele não tinha motivo para mentir. Ele era o Conde de Greyling. Era isso o que as pessoas veriam.

Quanto mais eles se aproximavam de Londres, mais tensa Julia foi ficando. Ele tentou distraí-la com beijos, mas nem mesmo isso conseguiu fazer com que ela relaxasse depois que entraram na cidade. Uma das coisas que ele adorava nela era a consciência que Julia tinha da sua reputação, e do impacto que esta poderia ter nas chances da filha ter uma vida feliz. Escândalo era uma praga que podia arruinar qualquer futuro brilhante e, infelizmente, as mulheres podiam se safar muito menos que os homens. Talvez porque se importassem tanto com sua posição social, o que de fato era mais importante para elas. Poucas tinham condições de se sustentar. Casamento era a profissão das mulheres.

Edward agora possuía título, poder e riqueza. As mães poderiam ignorar suas transgressões se isso significasse um bom casamento para suas filhas. Mas uma mulher arruinada acabava virando amante, e os homens se conformavam com isso quando tudo que os atraía era o desejo.

Mas o que atraía Edward em Julia era mais que desejo. Ele admirava a força dela, sua dedicação a seguir o caminho certo na vida, ainda que estivesse disposta a trilhar, por ele, o lado errado. De fato, isso fazia com que ele a amasse ainda mais.

Fazendo o cavalo parar diante da casa de Ashe, ele amarrou rapidamente as rédeas no poste e subiu correndo a escada, dois degraus de cada vez. Ele não tinha pressa de confrontar o amigo, mas aquilo tinha que ser feito. Bateu na porta e esperou. A porta foi aberta.

— Lorde Greyling — o criado disse.

Edward ainda passava um instante esperando o surgimento de Albert sempre que alguém usava esse tratamento. Ele não sabia se algum dia se acostumaria com o fato de Lorde Greyling ser ele próprio. Por Julia, e pelo bem dos dois, ele precisava se acostumar.

— Onde eu encontro o duque? — ele perguntou, entregando chapéu, chibata e luvas para o criado.

A presença do conde ali era absolutamente natural. A criadagem sabia muito bem que ele não precisava ser anunciado.

— Está na biblioteca, meu lorde.

Edward seguiu pelo corredor. Não havia ninguém à porta da biblioteca, o que era ótimo para ele. Era bom que ninguém pudesse ouvir a conversa que se seguiria, e ele desconfiava que em parte dela as vozes pudessem se elevar. Embora ele não tivesse nenhuma intenção em deixar que o outro o fizesse gritar.

Ashe estava sentado atrás da escrivaninha, aparentemente no ato de escrever alguma carta. Levantando os olhos, ele afastou a cadeira e se levantou.

— Edward. Eu estava lhe escrevendo para saber se você planejava vir a Londres.

— Por que eu não viria?
— Você contou para ela, então?
— Contei.

Com um movimento brusco de cabeça, que Edward entendeu como sinal de aprovação, seu amigo de longa data foi até o aparador e serviu scotch em dois copos. Ele entregou um para Edward.

— Como ela reagiu?
— Como você previu. Ficou com o coração despedaçado, desejou que eu morresse e ficou de luto.

— Isso não pode ter sido agradável para nenhum dos dois, mas a sinceridade é sempre o caminho menos complicado. Imagino que seu próximo passo seja enviar uma carta para o *Times*.

— Na verdade não. — Edward tomou um longo gole do scotch, sustentando o olhar de Ashe o tempo todo. — Meu próximo passo será dizer para você manter o que sabe para si mesmo.

Ashe inclinou a cabeça, pensativo, a boca apertada em uma linha tensa.

— Perdão?
— Eu a amo, ela me ama. Nós vamos continuar como estamos, com as pessoas acreditando que Edward está morto e que eu sou Albert.

— Você enlouqueceu?
— Nossa posição na sociedade não nos permite ir até alguma paróquia em que não somos conhecidos para nos casarmos. Somos conhecidos pela nobreza. Bom Deus, somos conhecidos pela *realeza*. O único modo de nosso casamento não ser questionado é se Albert permanecer vivo. Diga-me que estou errado.

— Mas você não é Albert. Isso não é legítimo. Vocês não estão casados legalmente.

— Ninguém além de você, Locke, Marsden, Julia e eu vai saber disso.

Ashe se virou andou até o meio da sala, parou e se virou.

— Se alguém desconfiar...
— Ninguém irá desconfiar. Por que desconfiariam? Por que alguém pensaria que eu não sou Albert? A ideia de que eu fingiria ser meu irmão é ridícula. A ideia de que Edward quisesse como esposa uma mulher que detestava era descabida. Por que alguém pensaria numa história dessas ... que não é Edward quem foi enterrado no mausoléu de Evermore? Eu sou o herdeiro legítimo, Ashe. Não existe nenhuma razão para essa farsa a não ser manter ao meu lado a mulher que eu amo. Quem está sendo prejudicado se continuarmos com o que já fazemos a pouco mais de seis meses? Acredito que causaremos mais dano se a verdade for revelada.

Ashe desabou numa cadeira, com a cabeça baixa.

— Tem certeza de que a ama?

— É a única coisa da qual estou completa e absolutamente certo. Eu a amo de todo coração. Você conseguiria nos negar uma vida de amor por causa de uma lei estúpida?

— Nós poderíamos tentar mudá-la — ele disse, olhando para Edward.

— Quanto tempo isso levaria? E se tivermos filhos antes que a lei mude? Vamos evitar a companhia um do outro? Você conseguiria dizer para Minerva: "Algum dia vamos ficar juntos, mas não agora"?

— Desgraçado.

Edward percebeu que deveria ter feito essa pergunta logo no começo. Não era segredo que Ashe adorava a esposa, que faria qualquer coisa para ficar com ela. O duque se levantou.

— Se você ama Julia metade do que eu amo Minerva...

Edward estava disposto a apostar sua fortuna inteira de que amava Julia tanto quanto Ashe amava Minerva, se não mais.

O Duque de Ashebury levantou o copo.

— Edward, eu desejo que você e Julia tenham toda a felicidade do mundo. Você terá meu silêncio, e deste momento em diante, irei reconhecê-lo como Grey. Rezo a Deus para que você, ao manter seu segredo, tenha mais sorte do que eu.

Edward virou o copo, ignorando o pressentimento que estremeceu seu corpo.

— Não fique com essa expressão de medo, Julia.

Montada no cavalo, na entrada do Hyde Park, ela olhou para Edward.

— Eu sinto como se estivesse usando um grande cartaz com a palavra "Impostora".

— Você não é a impostora, eu sou — ele disse, tão tranquilo, com tanta facilidade que nem parecia preocupado, mas Edward estava vivendo esse papel há um bom tempo.

— Receio que eu vá nos entregar.

— Nós fizemos nossos votos. Sou seu marido de verdade. Lembre-se disso. E lembre-se de que amo você mais que tudo.

Ela estendeu a mão. Quando ele a pegou, Julia apertou com força.

— Eu também te amo. Demais. Ao testemunharem nosso amor um pelo outro, as pessoas não vão desconfiar da verdade.

— Garanto que ninguém estará tentando ver Edward.

Concordando com a cabeça, ela soltou a mão dele.

— Não esqueça de que você é surdo do ouvido direito.

— Poucos irão reparar nisso. Albert tinha vergonha da perda da audição. Somente as pessoas mais próximas sabiam dessa dificuldade.

Ela sorriu com a lembrança. Estava ficando mais fácil pensar nele sem uma pontada de tristeza.

— Eu tinha me esquecido disso. Ele me contou o problema pouco antes de me pedir em casamento, como se a incapacidade de escutar de um ouvido fosse diminuir meu amor por ele.

— Eu gostava de provocá-lo por causa disso.

— Não! Você não era tão cruel.

Ele anuiu.

— Quando estávamos em um grupo de pessoas, eu sabia dizer quando ele não escutava os comentários, porque só mexia a cabeça e sorria, então eu fazia um comentário absurdo, como se estivesse respondendo ao que a pessoa disse, e Albert respondia de acordo com o meu comentário, até que as pessoas à nossa volta pensavam que tínhamos enlouquecido.

— Isso parece horrível.

— Era engraçado, mas você precisaria ter presenciado para achar graça. Ele sempre ria depois. "Você me pegou de novo, Edward", ele dizia. Então eu descobria que ele tinha enchido meu copo de scotch com algum chá amargo, que me fazia cuspi-lo. Deus, como eu gostava das brincadeiras que fazíamos um com o outro.

— Fico feliz que possamos conversar sobre ele desta forma, tão aberta.

— Fico feliz de ver você sorrindo. Nós podemos continuar agora, eu acho.

Julia percebeu que ele tinha usado a história sobre Albert para distraí-la, para tranquilizá-la. Com um movimento delicado da chibata, ela fez o cavalo entrar no parque, em meio à multidão que acreditava ser terrivelmente importante aparecer naquela hora do dia. No dia seguinte, Julia começaria a fazer visitas matinais, e outras ladies também a visitariam.

No momento, ela apenas se concentrou no quanto apreciava a companhia do homem que cavalgava ao seu lado.

— Você irá ao clube esta noite?

— Não. Duvido que algum dia eu volte ao clube.

Com um sorriso provocador, ela olhou de lado, cética, para ele.

— Isso vai levantar suspeitas. Um cavalheiro que não vai a seu clube. O comparecimento é esperado.

— Não de um homem que está loucamente apaixonado por sua esposa.

E ela se sentiu mesmo a esposa dele, em sentimentos, ações e comprometimento.

— Assim você me deixa corada.

— Mais tarde pretendo deixar vermelho cada centímetro da sua pele.

— Seu pensamento sempre vai parar no quarto.

— Quem falou de quarto? Eu estava pensando na escrivaninha da biblioteca.

— Grey! — ela não sabia se algum dia se acostumaria a chamá-lo assim.

— Ou talvez no jardim entre as rosas. — Ele sorria, malicioso. Julia conseguia se imaginar, claramente, estendida sobre a grama verdejante, com Edward sobre ela, as estrelas servindo de pano de fundo enquanto...

— Lorde e Lady Greyling.

Com o som da voz grave, ela quase guinchou como um rato assustado e puxou as rédeas. Julia conseguiu fazer sua égua parar sem fazê-la se afastar do casal que, montando cavalos pretos iguais, tinha se aproximado deles. Duque e Duquesa de Avendale. Ele, moreno e agourento. Ela, loira com uma astúcia evidente nos olhos, indicando que pouca coisa lhe escapava. Julia só se acalmou por saber que Rosalind Buckland, plebeia de nascimento, apenas recentemente tinha entrado para a nobreza, e não conhecia a Condessa e o Conde de Greyling o suficiente para perceber se havia algo diferente neles. Aquele era o casal perfeito para que ela voltasse aos poucos às situações sociais.

— Vossas Graças — Edward disse.

— Nossos pêsames por sua perda — o duque disse, e Julia se perguntou até quando a Temporada precisaria avançar para que as pessoas parassem de lhes oferecer os pêsames. Não que ela não gostasse, mas isso a deixava constrangida, pois os outros acreditavam que Edward estava morto. Os sentimentos eram direcionados ao conde pela perda do irmão, pois ninguém sabia que ela tinha perdido o marido.

— Obrigado — Edward disse.

— Também soubemos que felicitações são necessárias — a duquesa disse, sorrindo com bondade para Julia.

— Sim, a condessa deu à luz uma linda filha pouco antes do Natal — Edward disse, e Julia notou que ele teve cuidado para não se referir a ela como sua esposa. Na ocasião do nascimento, outro era o marido dela.

— É muito parecida com a mãe.

— Eu consigo ver traços do pai nela — Julia afirmou. — Ainda mais agora, que ela começa a se movimentar mais. Acredito que ela vai gostar de aventuras.

— De viajar pelo mundo? — o duque perguntou.

— Espero que sim. Espero que ela seja destemida.

— Não existe motivo para que ela não seja — Edward disse, e Julia teve certeza do que sempre soube: com a orientação dele, sua filha seria muito independente, capaz de cuidar de si mesma em qualquer situação. *Sua filha?* Deles. Dela, de Albert e de Edward.

O duque e a duquesa ficaram com eles mais alguns minutos, falando do tempo, dos jardins e de assuntos que, de repente, pareceram inacreditavelmente triviais, tópicos que Julia antes tinha prazer em discutir, mas que agora não pareciam conseguir entusiasmá-la.

Quando o outro casal se afastou, Edward a conduziu na direção oposta.

— As condolências o incomodam? — ela perguntou. — Eles não sabem quem estão lamentando.

— Eles não estão lamentando ninguém. Só estão sendo educados.

Mas estariam lamentando se soubessem ter perdido um de seus iguais. Sem dúvida, alguém da família real teria comparecido ao funeral. Ela não queria pensar nisso, não queria refletir sobre a injustiça daquilo. Pessoas oferecendo seus sentimentos sem saber de toda a verdade.

— Julia, está tudo bem — Edward disse, e só então ela percebeu como estava com a testa franzida, a força com que suas mãos apertavam as rédeas.

— No interior, nós já tínhamos passado dessa fase. Não sei por que achei que as pessoas daqui não nos lembrariam de tudo. Estou tentando não me incomodar com isso.

— Em duas semanas terá passado.

E então eles poderiam se acomodar na mentira de que eram marido e mulher.

Capítulo 23

Essa noite seria o verdadeiro teste. As ladies eram muito mais perspicazes que os cavalheiros, e embora Edward tivesse conseguido passar na prova da Câmara dos Lordes sem estragar tudo, e Julia tivesse recebido as visitas da manhã com serenidade, ele sabia que o baile de Ashebury seria um desafio e tanto, pois os dois apareceriam como casal em um evento com grande comparecimento. Mais preocupante era a ideia de que Albert pudesse ter tido conversas com gente que talvez esperasse que o conde soubesse do que estavam falando, quando ele não fazia a menor ideia.

Observando Julia colocar seus brincos, Edward pensou que preferia ficar em casa e tirar aqueles brincos dela, junto com o vestido.

— Nós não precisamos ir — ele disse.

Ela fitou o olhar dele no reflexo.

— É o primeiro baile do Duque e da Duquesa de Ashebury desde que eles se casaram. As pessoas vão estranhar se o Conde de Greyling não comparecer.

Ele se aproximou por trás dela e lhe deu um beijo no pescoço esguio.

— Então não vamos demorar. O que você acha disso?

— Nós podemos ter momentos maravilhosos. Quero pelo menos duas danças com você.

— Apenas valsas.

— Não aceito menos que isso.

Essa noite ela estava radiante, com um vestido que cintilava entre preto e azul, dependendo da luz, e lhe dava uma aparência esbelta; aquele não parecia o corpo de uma mulher que teve uma filha há pouco mais de seis meses. Edward conhecia mulheres que pareciam ficar maiores a cada filho, mas Julia parecia ter acabado de debutar. Magra e esguia.

— Continue olhando para mim desse jeito, que talvez não consigamos nem terminar as duas danças — ela provocou.

— Conheço bem o suficiente a casa do Ashe para saber onde ficam todos os cantos escuros. Não se surpreenda se eu decidir usar um ou dois desses esconderijos antes que a noite acabe.

Levantando, ela lhe deu um olhar sedutor.

— Acho que nós deveríamos tentar uns três ou quatro, no mínimo.

— É de se estranhar que eu ame você? — ele perguntou, puxando-a para seus braços.

Ele se inclinou, mas encontrou apenas o dedo enluvado dela servindo de barreira ao seu destino.

— Eu sei o que você está pensando e sei aonde isso vai me levar – a ter que me vestir de novo e refazer meu cabelo. Vamos nos atrasar. O Conde de Greyling nunca se atrasa.

O Conde de Greyling precisava considerar a mudança de alguns de seus hábitos. Talvez ele pudesse justificar as mudanças com o fato de ser um pai recente.

— Que seja. — Ele lhe ofereceu o braço. — Mas você vai me compensar mais tarde gritando meu nome, fazendo com que ecoe nessas paredes.

Ela o encarou com as pálpebras semicerradas.

— Eu estava pensando que esta noite você gritaria o meu.

— Droga. — Agarrando a mão dela, ele começou a puxá-la para a porta. — Vamos logo com isso. Eu quero estar de volta a este quarto em menos de uma hora.

A risada dela os acompanhou até o corredor.

Julia sabia que, depois que chegassem à festa, não poderiam ter pressa para ir embora. Esse era um dos primeiros bailes da Temporada. Havia muita fofoca para as ladies colocarem em dia, notícias para serem compartilhadas, especulações para se fazer sobre debutantes, casamentos para se prever.

Ela conseguiu aproveitar uma dança com Edward antes de ser abduzida por um trio de ladies cuja primeira Temporada tinha sido pouco significativa, e que esperavam se dar melhor na segunda.

— Fiquei arrasada quando soube do falecimento do Sr. Edward Alcott — disse Lady Honoria. — Eu quis comparecer ao funeral, mas mamãe disse que não seria apropriado.

— Vou sentir falta de dançar com ele — suspirou Lady Angela.

— Vou sentir falta das histórias dele — murmurou Lady Sarah, como se ele as tivesse contado só para ela. — E também da beleza dele.

— Como você vai sentir falta da beleza dele quando tudo que precisa fazer é olhar para o irmão de Edward para vê-lo de novo? — perguntou Lady Honoria.

— Acho que você tem razão.

— Esta noite eu quase caí dura quando vi Lorde Greyling. — Lady Angela admitiu com uma risada que doeu nos nervos de Julia. — Até eu me lembrar que os dois são gêmeos. Por um instante pensei ter visto um fantasma.

— Deve ser tão estranho ter alguém exatamente igual a você. — Lady Sarah olhou enviesado para Julia. — Alguma vez você confundiu os dois?

— Não — ela mentiu. — Quanto mais se convivia com eles, mais fácil era ver qual era um e qual era outro.

— Ele era um malandro — Lady Honoria disse e olhou ao redor, como se esperando que o malandro saltasse do meio da multidão a qualquer instante. Então ela se aproximou e sussurrou em voz de segredo: — Ele me deu meu primeiro beijo.

— Não! — Lady Angela exclamou.

— Deus. Em um canto escuro do terraço, durante um baile.

Julia não queria ouvir aquilo, não queria saber os detalhes das conquistas de Edward, embora, para ser sincera, ela também não queria saber os de Albert. Não era ruim que marido e mulher mantivessem certo mistério.

— Eu queria que ele tivesse me beijado — Lady Sarah lamentou com uma voz esganiçada que parecia metal raspando em metal, o que provocou um arrepio na espinha de Julia.

— Talvez ele a beijasse nesta Temporada — disse Lady Honoria. — Ele só ficava com quem tinha certeza de que não estava tentando agarrá-lo para casar.

— Eu teria tentado agarrá-lo para se casar comigo — Lady Regina confessou.

— Eu não — Lady Honoria disse. — Ele era muito divertido e eu gostava da companhia dele, mas não tinha título e acho que não era do tipo que levaria seus votos a sério.

— Ele leva seus votos muito a sério — Julia disparou antes que pudesse refletir sobre as implicações de suas palavras. — Quero dizer, ele os teria levado, se tivesse tido a oportunidade de se casar.

— Não sei, não — Lady Honoria insistiu.

— Tenho certeza disso — Julia disse, incapaz de aguentar aquelas garotas tolas pensando o pior de Edward, de não compreenderem que, na verdade, ele era uma pessoa decente e boa. — Ele era um homem honrado. E como eu sou... era... cunhada dele, tive a possibilidade de conhecê-lo e observá-lo em várias situações muito melhor do que vocês.

— Não havia nada de honrado no beijo dele. Era assustadoramente sensual. Ele tinha me prometido outro nesta Temporada e agora não vou ganhá-lo. — Enquanto as outras duas garotas riam, Lady Honoria fez um bico exagerado.

Julia teve uma vontade insana de puxar aquele beiço até os joelhos da garota.

— Sim, bem, com certeza nós devemos nos concentrar em como a morte dele foi inconveniente para você.

— Eu não queria ofender.

Mas Julia tinha se ofendido. Elas o denegriam, debochavam dele, e Julia odiava aquilo, odiava que aquelas ladies não o conhecessem como ela o conhecia. Tudo que elas enxergavam em Edward era sua capacidade de distribuir beijos no jardim.

— Minhas desculpas. Ainda estamos pranteando o falecimento dele. — Não que ela pensasse precisar se desculpar por qualquer coisa. Ela só queria que aquelas garotas saíssem da sua frente antes que dissesse algo indelicado, antes que fizesse algo que pudesse colocar em risco a nova vida que estava tentando construir.

— Nós só queríamos deixar claro que lamentamos a perda de vocês — Lady Sarah disse e começou a afastar as outras, como se fosse uma galinha e as amigas, seus pintinhos.

Graças a Deus. Ela precisava de outra dança com Edward para conseguir acalmar os nervos. Ou uma taça de conhaque. Julia se perguntou onde conseguiria encontrar a bebida. Ela tinha estado na sala do bufê antes, mas só encontrou limonada e vinho espumante. De qualquer modo, vinho era melhor do que nada.

— Julia.

Virando-se, ela sorriu para o rosto amigável e familiar.

— Ashebury.

— Creio que depois de tantos anos você pode me chamar de Ashe.

— Vou tentar.

Ele olhou ao redor como se procurasse um lugar isolado.

— Vamos dançar?

— Você está com sorte, pois minha caderneta de danças não está completa esta noite. — A caderneta ficava lotada antes de ela se casar. Todos os bailes eram um turbilhão de danças. Nesta noite, ela nem se preocupou em levar um par adicional de sapatos.

Ela já tinha dançado com Ashe dezenas de vezes e sempre ficava à vontade na presença dele, mas por algum motivo, dessa vez as palavras lhe faltaram. Ele sabia a verdade, e ela não sabia como reagir a isso.

— A festa está linda. Ótimo comparecimento. Isso é prova de quanto você e sua mulher são queridos.

— Desconfio que seja prova da curiosidade das pessoas. Minerva e eu somos um casal improvável.

— Nunca pensei nisso.

— Falando em casais improváveis...

— Não — ela pediu em voz baixa, mas decidida.

— É que eu nunca vi vocês dois juntos.

— Ele mudou. — Só que não tinha mudado, tinha? Ela apenas o via de modo diferente, como ele realmente era. Ela meneou a cabeça. — Não é isso. Eu não o conhecia de verdade antes. Acho que ele também não me conhecia. Somos muito compatíveis. Mais que isso. Eu o amo.

Puxando-a para mais perto, inclinando-se, ele a girou enquanto sussurrava:

— Ele não é o Albert.

— Eu tenho plena consciência disso. Ele não se parece em nada com Albert. Eu não estaria com ele caso se parecesse. Ele não é um substituto para... O que nós temos é muito diferente. Mas é o que eu quero. O que eu preciso.

— Não quero que você sofra. Não quero que ele sofra.

— A vida não nos dá nenhuma garantia contra sofrimento. Ele nunca me faria sofrer. Não de propósito.

— Isso eu sei que é verdade. — Ashe sorriu, amargurado. — Mesmo em seus piores momentos, quando ele está completamente bêbado, ainda existe bondade nele.

— Parece que as pessoas não o conhecem. Eu acho que é porque ele nunca quis aparecer mais que o irmão. Simplesmente aceitou seu lugar de segundo, de reserva. Meu marido escreveu no diário dele que o destino tinha cometido um erro ao permitir que ele nascesse primeiro. É engraçado como às vezes nós deixamos que a sociedade e nosso lugar nela determinem nosso comportamento, mesmo que não seja algo natural. Você é amigo dele, cresceu com ele. Deve saber do incrível valor que ele tem.

— O valor dele não tem nada a ver com meus receios. Eu o defenderia até a morte, e estou do lado dele nisto. E do seu também. Se vocês precisarem de mim para qualquer coisa, não hesitem em me procurar.

— Embora eu sinta muito que você tenha perdido seus pais na infância, sou grata pelo lugar que ocupa na vida de Albert e Edward.

— E agora na sua.

— E agora na minha — ela confirmou.

A música foi silenciando e parou. Ashe beijou o dorso da mão dela.

— Homens de sorte, esses meus amigos.

Rindo, ela arqueou a sobrancelha.

— Por terem sua amizade?

— Por terem seu amor.

Foi estranho para Edward se ver em um baile sem flertar com as jovens solteiras, sem fazer as matronas corarem, sem marcar encontros no jardim – embora em vários momentos ele tivesse sentido vontade de puxar Julia para um pouco de romance entre as rosas.

Ele tinha dançado com Julia porque era o que mais gostava de fazer em um baile, e dançou com Minerva por educação – e curiosidade. Ela pareceu não desconfiar em nada de sua verdadeira identidade. Edward escutou dois lordes debatendo uma questão política; conversou com um lorde sobre mudanças na agricultura. Ele apresentou um jovem elegante a uma moça ainda mais jovem, o que o fez sentir como se estivesse bancando o casamenteiro. E o estranho é que Edward gostou de fazer isso tudo. Ele não sentiu falta das moças casadoiras piscando e agitando seus leques para ele. Ele não sentiu falta do flerte nem de se esgueirar para encontros furtivos atrás de treliças recobertas de hera.

Ele ficou satisfeito com seu novo papel de conde e marido.

Mas isso não significava que ele estava completamente satisfeito com as atividades do salão de baile. Ele precisava de uma rodada de cartas e uma bebida. Só uma.

Depois que Ashe a deixou, Julia saiu da pista de dança, cumprimentou uma pessoa, depois outra, evitou parar para conversar. Ela não conseguia se aquietar. Lembrando-se de sua ideia anterior com relação a bebidas e os benefícios do champanhe, Julia decidiu que uma incursão à sala do bufê era necessária. Ela estava na metade do caminho quando o Duque de Lovingdon se aproximou.

— Vossa Graça — Julia o cumprimentou.

— Lady Greyling, acho que lhe devo meus cumprimentos. Conversei com seu marido mais cedo. Dá até para pensar que ele acredita ser o único homem que tem uma filha.

Ela sorriu. Edward não poderia amar Allie mais, nem se fosse o pai verdadeiro. Os sentimentos dele para com a menina eram absolutamente sinceros.

— Ele ama demais Lady Alberta.

— Não posso dizer que não o entendo. Filhas têm uma tendência a se apropriar facilmente do nosso coração. Eu mencionei para Greyling uma lei que estou redigindo com a intenção de proteger melhor nossas crianças. Ele fez observações muito boas e fiquei com a impressão de que está disposto a trabalhar comigo nela. Talvez possamos jantar juntos em breve. Prometo que não vou falar de política durante a refeição, mas não sou avesso a conseguir a opinião dele durante o Vinho do Porto.

Edward tinha contado para ela que tudo foi bem no Parlamento, mas não entrou em detalhes. Para ele, trabalhar em uma lei com um dos homens mais poderosos da Grã-Bretanha seria digno de menção, pois elevaria seu status perante seus pares. Não que o Conde de Greyling precisasse ser elevado, mas depois de ouvir aquelas garotas tolas mais cedo, Julia queria que Edward se destacasse por si próprio, indo além do título, mesmo que ninguém soubesse que o conde era Edward. Julia sentiu como se estivesse andando em círculos, sem entender muito bem o que estava acontecendo e o que devia acontecer.

O que ela entendeu com muita clareza, contudo, foi que o duque esperava uma resposta para o comentário anterior dele. Duques não deveriam ter que esperar Julia organizar seus pensamentos.

— Nós ficaríamos encantados de jantar com você e sua esposa.

— Vocês receberão um convite nos próximos dias. Proteger crianças é uma vocação nossa. Estou ansioso para trabalhar com Greyling. Através de nossos esforços combinados, não tenho dúvida de que conseguiremos produzir algo importante. Por favor, perdoe minha indelicadeza de não oferecer meus sentimentos pela morte do Sr. Alcott. A perda de alguém tão jovem é sempre uma tragédia.

— Obrigada, Vossa Graça. Agradeço a gentileza.

— Agora, se me dá licença, preciso encontrar minha mulher. Acredito que a próxima dança dela é minha.

Enquanto o duque se afastava, Julia não pôde deixar de pensar que seria Edward quem o estaria ajudando a produzir algo importante, mas ele não receberia nenhum crédito, porque as pessoas pensavam que ele estava enterrado. Ele tinha aceitado uma vida em que nunca seria reconhecido, para poder tê-la como esposa. Por mais que ela também quisesse isso, por mais fácil que tivesse sido aceitar essa vida enquanto eles estavam morando no interior, Julia começava a achar extremamente difícil manter a ilusão de que era a esposa dele. Na cidade, ela era lembrada o tempo todo de que podia ser a única pessoa que conhecia o verdadeiro valor do atual Conde de Greyling. Uma das poucas que sabia que o sétimo conde tinha morrido e que o oitavo era quem detinha o título.

Na sala do bufê, uma mesa estava servida com uma variedade de pratos, mas nada ali lhe apeteceu. O champanhe não a satisfez como de costume. Ela estava parada junto à janela em busca de um momento tranquilo de reflexão, mas na verdade observava seu próprio reflexo no vidro, sem saber se ainda conseguia se reconhecer. Lady Newcomb chegou então, envolta em uma onda de tafetá cor-de-rosa e um excesso de fragrância de lavanda deixada tempo demais no vidro.

— Lady Greyling. Fico feliz de ver que decidiu vir à Londres para a Temporada. Com o falecimento do Sr. Alcott, eu não tinha certeza de que você apareceria. Um acidente na selva, não foi?

Julia apostaria sua mesada inteira que a mulher sabia exatamente como ele tinha morrido, mas Lady Newport gostava de se achar esperta por dizer uma coisa enquanto tentava transmitir outra. Uma manifestação simples de pêsames bastava; não era necessário relembrar as circunstâncias infelizes da morte de alguém.

— Sim, infelizmente não se pode confiar em animais não domesticados.

— Que bom que não foi Greyling.

— Eu preferia que não fosse nenhum dos irmãos.

— É claro, é claro, mas você deve agradecer ao seu anjo da guarda que não foi seu marido. Eu me arrisco a dizer que esse homem é uma dádiva para a população feminina, o mais respeitável dentre os amigos, um verdadeiro exemplo para eles. Que sorte você teve de conquistá-lo.

Só que *tinha sido* o marido dela, e Julia tinha que ficar ali conversando com aquela mulher como se não tivesse sido.

— Sempre me considerei abençoada.

— Eu sei que não devemos falar mal dos mortos, mas se um dos irmãos tinha que ir, foi o certo.

As palavras da outra foram um soco no estômago. Julia mal conseguia respirar. Ela quis sacudir aquela mulher.

— Por que você tem que dizer algo tão horrível?

— Minha querida, só estou falando o que muitos estão pensando. Eu me arrisco a dizer que muitas mães estão bastante aliviadas que não precisam ficar tão de olho nas filhas durante esta Temporada. Era só uma questão de tempo até que ele arruinasse uma lady.

— Edward não se aproveitava de verdadeiras ladies, então não entendo como ele poderia ter arruinado uma delas. Mas se cedesse à tentação, ele teria feito o correto.

— Oh, eu não acredito nisso. Ele gostava mesmo era da sedução, não da conquista. Eu lidei com muitos sedutores na minha juventude.

— Você está enganada. Ele era um homem bom e honrado.

Lady Newcomb sacudiu a cabeça, balançando o maxilar.

— Bem, nenhum dos nossos pontos de vista pode ser provado agora. Ele foi um homem que não conseguiu deixar uma marca. A vida dele foi triste. Até mesmo seu obituário disse isso. Se você me dá licença...

Julia se segurou para não esticar a perna e derrubar aquela mulher infernal. Como Lady Newcomb se dava o direito de achar que conhecia Edward? Como aquelas mulheres ousavam fofocar de forma tão indelicada sobre ele? Julia estava detestando aquilo; o que as pessoas diziam, pensando que as circunstâncias eram diferentes do que realmente eram, achando que estavam falando de um irmão morto quando, na verdade, falavam do que estava vivo.

Ar fresco. Ela precisava de ar fresco. Abrindo as portas do terraço, ela saiu, aproximando-se do guarda-corpo, onde apoiou as mãos. Ela inspirou fundo, esforçando-se para tirar da cabeça todos os pensamentos cruéis que foram enunciados nessa noite. Sentiu uma necessidade insana de se lembrar das palavras do obituário. Ela o tinha lido apressadamente. Como estava escrito, mesmo?

Não conseguiu realizar nada digno de nota...

Por que as pessoas que escrevem obituários sentiam a necessidade de apontar falhas nos falecidos? Julia lembrou do obituário de um poeta conhecido, alguns anos antes, dizendo que o mundo teria sido um lugar melhor se o falecido nunca tivesse encostado uma caneta no papel. Eles tentavam ser tão inteligentes. E estavam enganados.

Ela gostava da obra desse poeta. E não era verdade que Edward não tinha realizado nada digno de nota. Ele tinha viajado pelo mundo, escalado montanhas, explorado regiões remotas. Tinha guiado expedições, visto coisas, tido experiências que poucas pessoas tiveram. Compartilhava suas aventuras, entretendo as pessoas com suas histórias. Tinha se afastado do irmão para garantir que não interferisse no relacionamento que existia entre Julia e Albert. Ele tinha sido um irmão amoroso e, olhando para trás, também um cunhado amoroso, ainda que demonstrasse isso de modo bastante infeliz, com bebedeiras e festas, de um modo desagradável. Mas suas intenções eram boas.

Com um grande custo para si mesmo, Edward tinha honrado um voto feito ao irmão. Ele ajudou a trazer a filha de Albert para o mundo. Cuidava dessa criança com todo amor que o pai dela teria lhe dado. Iria trabalhar com um duque para fazer mudanças na lei inglesa. Isso era só o começo do que ele poderia realizar. Quem sabe aonde ele poderia chegar... como Albert, Conde de Greyling.

Isso não estava certo. Não era justo. E Julia soube, com todas as fibras do seu corpo, que eles dois tinham cometido um erro terrível.

Capítulo 24

Edward planejava jogar apenas uma ou duas mãos, mas estava tendo uma sorte tão espantosa que tinha se tornado inacreditavelmente difícil afastar a cadeira da mesa, dar boa-noite aos demais cavalheiros e ir embora. Ele nunca passava muito tempo no salão de baile porque não gostava de iludir as moças quanto às suas intenções. Nunca dançava com as tímidas, pois não queria lhes dar esperanças de que as faria desabrochar, e assim só restavam aquelas que se viam como excelentes partidos para um casamento, e ele nunca teve vontade de conquistá-las.

Ele estava segurando três rainhas quando ela entrou, e não a viu, exatamente, mas sentiu a presença dela, sentiu o olhar dela pousando nele, e quando Edward levantou os olhos, ela estava parada à porta, pálida e sem sorrir. Ele jogou as cartas na mesa ao se levantar.

— Estou fora desta rodada, cavalheiros.

Edward abriu caminho entre os homens e as mulheres que assistiam aos vários jogos, decidido a chegar logo até Julia. Algo estava errado, muito errado. Julia parecia estar a ponto de chorar, e não era do tipo que chorava com facilidade.

Quando chegou até ela, Edward pôs as mãos nos ombros dela.

— O que houve?

— Podemos ir embora? Estou com dor de cabeça.

— Podemos, é claro. Agora mesmo. — Ele se virou para a porta, pronto para segui-la...

— Greyling, o dinheiro que você ganhou! — gritou um dos lordes.

— Pode doar para alguma caridade — ele respondeu, virando-se. E, com um grande sorriso, piscou: — Só garanta que você não é a caridade.

Uma gargalhada os seguiu enquanto ele tirava Julia da sala. No vestíbulo, Edward pegou seu chapéu, sua bengala e a capa de Julia. Eles saíram juntos e esperaram na entrada que um criado corresse para avisar o cocheiro que estavam prontos para sair.

Só depois que estavam dentro da carruagem, com Julia ao seu lado, a cabeça dela em seu ombro e o braço ao redor dela, ele perguntou:

— O que aconteceu?

— Eu acho que só precisava ir embora, para poder me sentir mais tranquila.

Relaxando para dar a Julia exatamente isso, ele procurou controlar a própria ansiedade. Mais tarde ele a faria falar. Nunca é bom dormir com a cabeça cheia de problemas. Será que ela teve algum pressentimento? Alguém teria desconfiado?

À porta do quarto dela, Edward fez menção de segui-la para dentro, mas Julia parou e se virou para ele.

— Você pode me trazer um copo de conhaque?

— Claro. Não vou demorar.

— Dê-me algum tempo para eu me preparar para a cama.

— Julia...

— Eu também preciso de um tempo para pensar.

Aquilo não parecia bom. De pé na biblioteca, bebendo seu scotch, Edward pensou que aquilo não parecia certo. Ele não deveria tê-la deixado sozinha no maldito baile. Era óbvio que algo tinha acontecido e a chateou. Mas que marido passava o tempo todo ao lado da mulher?

Todos teriam pensado que ele estava inebriado de amor. Embora estivesse, teria sido estranho para o Conde de Greyling passar a noite toda rodeando a esposa. Se bem que o conde também não costumava se sentar à mesa de carteado, pelo menos não desde que tinha se casado. Ele explicou a novidade como "uma rodada em homenagem ao meu irmão falecido".

É claro que uma rodada tinha se transformado em várias. Ele precisava tomar mais cuidado. Talvez tivesse sido um erro ir a Londres tão logo depois que ele e Julia assumiram seu compromisso.

Com o scotch em uma mão, o conhaque dela na outra, Edward subiu até seu quarto e se despiu, ficando apenas de calça e camisa. Então entrou no quarto dela. Julia estava sentada à penteadeira observando seu reflexo no espelho. Ele deixou os copos no móvel e falou baixo, a voz delicada:

— Venha para a cama.

Se apenas pudesse abraçá-la, reconfortá-la, ele poderia lhe transmitir confiança, fazer desaparecer aquilo que a preocupava.

Virando-se no banco, ela o fitou nos olhos. Edward não via tanta tristeza nela desde que Julia descobriu que era viúva.

— Não posso fazer isso, Edward. Não posso viver uma mentira. Pensei que estivesse preparada, mas não estou e não deveria estar. Não é justo com você, Albert ou Allie.

Ele se ajoelhou diante dela.

— Julia, o que quer que tenha acontecido...

— Elas acham que você é um patife. — Ela sacudiu a cabeça. — Edward, elas acham que Edward era um patife.

— Ele era. Eu era. — Era confuso, contrastar a pessoa que ele tinha sido e a pessoa que era no momento. Ele tocou o rosto dela. — Antes de você.

— Não, não era. Você gostava de se divertir. Era solteiro, jovem e sabia se divertir. Nunca arruinou ninguém. Você nunca "não realizou nada". Mas ninguém jamais vai saber isso. Ninguém jamais vai conhecer você como eu conheço.

— Não preciso que me conheçam. A única opinião que me importa é a sua.

Os olhos dela carregavam tanta tristeza, tanto remorso. Edward podia ver, na testa franzida dela, que Julia se debatia para conseguir explicar o que ele não tinha vontade de entender. Ele não queria que as coisas entre eles mudassem. Ele não queria perdê-la.

— O Duque de Lovingdon me contou que consultou você para ver se gostaria de trabalhar com ele numa lei.

— Sim. Ele pensou que eu, como pai recente, teria uma empatia mais profunda com o sofrimento dos pobres e abandonados, que compreenderia a necessidade de proteger as crianças.

— Você vai fazer coisas boas e todo mundo dará o crédito a Albert.

Embora ele apreciasse o fato de isso incomodá-la, de que Julia quisesse para ele mais do que ele merecia, Edward não estava disposto a pagar o preço que viria com qualquer reconhecimento que pudesse receber em seu nome. Ele suspirou.

— Desde que coisas boas sejam feitas, o que importa quem vai receber o crédito?

— É exatamente por isso que eu amo você, e por que quero que todos saibam que tipo de homem você é. O que você fizer é o seu legado, não de Albert.

— O único legado que me importa é ter uma vida com você.

Ela sacudiu a cabeça com movimentos quase frenéticos.

— Isso também não é justo com Albert. Não vê? Ele nunca vai ter um funeral, nem um velório, nem mesmo seu próprio obituário. Ele nunca vai ser chorado.

— Vai, quando eu morrer.

— O homem que irão chorar será sua versão de Albert. Não vai ser ele. A vida dele, seu legado, chegaram ao fim no ano passado. Tudo que ele realizou até então vai se perder na vida que você vai viver por ele.

— Julia, você não está pensando com clareza.

Ela encostou a mão fria no rosto dele e uma frieza se instalou em seu peito.

— Estou pensando com mais clareza agora do que desde que descobri a verdade sobre quem você é. Allie nunca vai conhecer o pai verdadeiro dela, como ele era. Por causa do egoísmo dos nossos desejos.

Afastando-se dela, andando quatro passos numa direção, depois quatro na outra, ele passou as mãos pelo cabelo antes de parar e encará-la.

— Não é egoísmo querer algo.

— É egoísmo se para obter esse algo nós ferirmos os outros. Estamos roubando o pai dela, roubando a filha dele.

— Quando ela for uma jovem, nós poderemos lhe contar, explicar tudo.

— Nós não temos ideia de como ela irá reagir, que mal isso poderá lhe infligir. Se ela chegar à conclusão de que a traímos, de que sua vida toda foi uma mentira e nos odiar ou contar para alguém... a vida que vivemos até aquele momento vai se desfazer por completo. As pessoas vão saber que vivemos em pecado. Quaisquer filhos que tivermos vão ser declarados bastardos. Mesmo se ela guardar nosso segredo, uma coisa é escolher viver uma mentira, mas é errado que nós escolhamos que ela também deve participar da nossa mentira.

Por que ela tinha que apresentar argumentos tão convincentes? Por que ela tinha que ter tanta razão naquilo?

— Julia, ninguém vai acreditar que nada se passou entre nós, não depois que nos apresentamos como Conde e Condessa de Greyling. Não quando fomos vistos um na companhia do outro no parque e na festa. Ao revelarmos a verdade, vamos criar um escândalo sem precedentes, que irá nos perseguir durante anos.

— Mas pelo menos vamos estar sendo honestos. — Lágrimas lhe afloraram aos olhos, depois rolaram pelas faces. — Não posso viver uma mentira pelo resto da minha vida. Não aguento ficar calada enquanto as pessoas falam mal de você e não lhe dão o devido crédito por ser o homem decente que é. Não posso permitir que a vida de Albert seja absorvida pela sua. Eu gostaria de ser forte o suficiente para dizer que isso não importa, mas a verdade é que importa. — Um soluço escapou dela. — Eu sei que estou desistindo de uma vida com o homem que amo, mas você merece ser reconhecido como algo mais que um libertino. Eu sinto muito, muito mesmo, mas não posso viver essa mentira que estamos criando.

E esse era o motivo pelo qual ele a amava, maldição.

Ela começou a chorar muito. Ajoelhando-se de novo, ele a envolveu em seus braços.

— Está tudo bem, meu amor. Está tudo bem.

— Eu sei que irão nos odiar, seremos banidos da sociedade e exilados...

— Shhh, não. Eu vou cuidar disso. Vou acertar tudo, encontrar um modo de limitar o estrago.

Ela se afastou e limpou as lágrimas do rosto.

— Como? Você vai escrever uma carta ao *Times*?

Ele afastou do rosto dela os fios soltos de cabelo.

— Deixe comigo. Vou pensar em alguma coisa. Passei boa parte da minha juventude entrando e saindo de encrencas. Tenho um bocado de experiência para usar.

Pegando a mão dela, ele levantou.

— Agora venha para a cama e me deixe abraçar você.

Depois que se acomodaram debaixo das cobertas, um dentro dos braços do outro, ela disse em voz baixa:

— Eu sei que você deve estar decepcionado por eu não ser mais forte.

— De muitas maneiras, esse novo caminho vai ser muito mais difícil, e você sabe disso, mas ainda assim quer seguir por ele. Isso exige uma força inacreditável.

— Nem tanto. Estou sendo bem covarde, de fato. Não vou conseguir viver em pecado com toda Londres sabendo.

— Eu não esperava que você conseguisse. — Homens eram perdoados por todo tipo de mau comportamento. Mulheres não são perdoadas por nada. Naquele momento, mesmo ele precisava engendrar algum modo de protegê-la, para garantir que ela não sofresse a consequência das ações dele. — Você tem que me prometer que Allie vai crescer em Evermore. Eu não vou morar lá, mas irei visitar vocês duas de tempos em tempos.

— Você precisa me prometer que vai se casar e providenciar um herdeiro para Evermore.

Ele tinha jurado que nunca mais mentiria para ela, mas também tinha prometido fazê-la feliz.

— Vou me casar, algum dia. Mas, no momento, vou me despedir da forma certa.

Ele rolou para o lado até ficar sobre ela, apoiando-se num cotovelo para observá-la. A luminária, fornecendo uma luz tênue, permitia-lhe vê-la claramente sob as sombras oscilantes. Ele nunca tinha gostado tanto de apenas olhar para uma mulher. Ele iria sentir uma falta terrível dela.

Julia era jovem demais para passar o restante da vida sozinha. Um dia ela iria se casar de novo. Mas ele não iria pensar nisso, não iria se concentrar no que não poderia ter. Nesse momento, ele queria apenas se concentrar no que tinha: Julia em seus braços, em sua cama por mais uma noite. Nesse momento, ele pretendia registrar todos os aspectos dela, armazenar lembranças para que nunca se apagassem, para que sempre pudesse voltar para elas, relembrar, reviver.

— Eu amo mesmo você, Edward.

Ele tinha planejado ir com calma, mas com aquelas palavras ele grudou a boca na dela e sua língua mergulhou fundo, possessiva. Ele sempre pensaria nela quando comesse morangos, ouvisse o suspiro do vento, sentisse o calor do sol. Ela abrangia uma multidão de sensações. Com ela, tudo era mais rico, mais intenso, mais atraente.

As mãos dela estavam tão frenéticas quanto as dele, livrando-o de suas roupas enquanto ele fazia o mesmo com a camisola dela. Então ficaram pele com pele, começando pelos pés e subindo. Ele sabia que se lhe fossem concedidos mil anos com ela, jamais se cansaria de Julia, jamais se cansaria disso, mas tudo que ele tinha era algumas horas, até que os pássaros cantassem ao alvorecer. Ele deixaria a cama dela pela última vez quando amanhecesse. Ele não sabia onde encontraria forças para fazê-lo, mas faria.

Como ela podia dizer adeus àquilo? Como ela podia dizer adeus para ele?

Julia se viu rezando para que o sol nunca mais nascesse, para que a passagem do tempo cessasse, para que ela e Edward pudessem permanecer para sempre abrigados um ao redor do outro. Pensamentos egoístas, mas no que dizia respeito a ele, Julia parecia cheia de necessidades egoístas.

Essa foi uma das razões pelas quais ela pensou que conseguiria viver uma mentira, pelas quais ela não considerou todas as implicações, todas as pessoas afetadas.

Ela sabia que nunca mais viveria paixão tão desinibida, nem seria possuída por desejos tão exuberantes, nem seria tão obcecada por um homem. Algo no íntimo dele falava com um lugar dentro dela que nunca tinha sido descoberto. Ela poderia ter passado a vida inteira sem tomar consciência desse lugar e seria contente, feliz. Mas agora que ela o tinha descoberto, como poderia se esquecer de que existia? Como poderia ignorá-lo?

Oh, ela sentiria tanta falta dele.

Do modo como os lábios quentes dele deixavam um rastro de orvalho sobre a pele dela, ao longo de seu pescoço, sobre os montes de seus seios. Do modo como a boca dele se fechava sobre seus mamilos e sugavam delicadamente, enquanto as mãos continuavam a descobri-la, os dedos a provocá-la. As coxas dele faziam a quantidade certa de pressão entre as pernas dela, fazendo com que Julia se contorcesse junto a ele.

Os grunhidos dele encantavam seus ouvidos; o aroma pungente de Edward preenchia suas narinas. A pele dele era salgada em sua língua. Ela se esforçava para armazenar todas as sensações enquanto se perdia nelas. Como é que ela conseguia estar tão consciente e ao mesmo tempo perdida? Ela subia e caía ao mesmo tempo. Toda vez que ficavam juntos era igual e ainda assim, diferente.

Ela o empurrou pelos ombros até Edward cair de costas. Montando sobre os quadris dele, ela deslizou as mãos por seus braços até alcançar seus pulsos, que envolveu com seus dedos. Ela os colocou acima da cabeça dele, apertando-os contra o travesseiro.

— Não tire as mãos daí — ela ordenou.

— O que você vai fazer?

Ela deu seu sorriso mais atrevido.

— Vou fazer tudo que quero com você.

— Deus, Ju...

Com a boca, ela capturou os lábios dele, seu nome, a respiração dele. Foi ela quem determinou que eles precisavam acabar com a farsa. Ele tinha concordado por causa de seu amor por ela. Julia sabia disso. Ela também sabia que ele tinha o poder de fazê-la mudar de ideia; também sabia que ele sabia disso. Ainda assim, Edward se rendeu, aceitou a derrota porque a felicidade dela era mais importante para ele do que a própria.

Ela queria que as pessoas soubessem que ele punha as necessidades dos outros à frente das suas. Edward não era um patife; ele não era um aproveitador. Julia queria que as pessoas falassem de Edward com o respeito que ele merecia. Não era certo passar a vida à sombra de outro.

Ela deslizou a boca pelo queixo barbado. Julia adorava aquela hora da noite, quando o rosto dele ficava áspero devido à barba, quando ele parecia um pouco menos civilizado, um pouco bárbaro. Tão, tão masculino.

Edward gemeu baixo e ela sentiu o peito dele vibrar no ponto em que seus joelhos encostavam-se às costelas dele. Ela adorava o modo como ela parecia estar sendo torturado. Ela aproximou os lábios da orelha dele.

— Vou tomar você na minha boca.

Os quadris dele reagiram.

— Deus! — ele exclamou.

— Você quer isso? — ela perguntou com a voz sedosa e rouca.

— Quero.

Levantando o rosto, ela o encarou.

— O que você quer?

— Que você me tome em sua boca.

— Então mantenha as mãos onde estão.

Ele entrelaçou os dedos acima da cabeça com tanta força, que ela viu as juntas ficando brancas.

— Eu quero que você se lembre desta noite — ela sussurrou.

— Vou me lembrar de cada momento que passei com você.

Ela o beijou intensamente, controlando a profundidade e o ritmo dos movimentos. Ela se sentiu poderosa, forte. Igual. Ela sabia deixá-lo louco do mesmo modo que ele a deixava. Ela o mordeu no queixo, no pescoço, na clavícula. Observou os músculos do braço dele se contraírem e aumentarem enquanto ele se esforçava para não tocá-la.

Julia deslizou o corpo pelo dele. Edward gemeu. Ela passou a língua pelo mamilo endurecido dele. Edward grunhiu.

Ah, sim, ela sabia provocá-lo da maneira que queria. O outro mamilo dele recebeu a mesma atenção. A respiração dele ficou difícil, o estômago, contraído. Ela foi descendo com a boca por um caminho de beijos pelas costelas, pelo abdome firme, que tremia debaixo de seus lábios. A tensão que irradiava dele era palpável.

Ela passou com a boca pelo quadril, ao longo da cicatriz, pelo lado de fora da coxa até o joelho, subindo pelo lado interno cada vez mais, até alcançar seu destino e fechar os lábios ao redor dele. O rosnado dele foi o de um homem torturado. Edward a manteve cativa entre suas pernas, apertando-a com as coxas e acariciando-a com a sola dos pés.

Levantando o rosto para ele, Julia ficou imensamente satisfeita com o calor que ardia nos olhos dele.

— Você é uma feiticeira — ele murmurou.

Sorrindo, ela voltou a demonstrar como sabia enfeitiçá-lo. Edward praguejou com violência enquanto ela se dedicava a enlouquecê-lo. Lambendo toda a extensão dele, provando, chupando. Se aquela seria a despedida, Julia queria marcar cada centímetro do corpo dele com o seu.

Pela manhã, ele sairia da cama dela pela última vez. Ela não sabia onde encontraria forças para deixá-lo ir, mas de algum modo deixaria. Aquela noite marcaria um evento em sua vida, o ponto em que a vida se dividia em duas. De um lado estava a vida com ele, do outro, a vida sem ele. Um lado era marcado por riso e amor. O outro, por solidão.

Ele se casaria e ela encontraria um modo de sobreviver, de viver com o conhecimento de que outra mulher vivia seu sonho de aquecer a cama dele e ter os filhos dele. Parte dela pensava que poderia ter sido mais fácil nunca saber como a vida com ele seria, mas como ela iria se arrepender de um único momento que eles compartilharam, quando seriam esses momentos que a sustentariam pelos próximos anos?

De repente, os dedos fortes dele alcançaram seu cabelo, massageando sua cabeça.

— Não aguento nem mais um segundo sem tocar você.

Ele se movimentou, ficando quase sentado, e a puxou para si, até sua boca estar beliscando a dela. Quando Edward se deitou de novo, ela percebeu que o estava montando de novo. Erguendo-a pelos quadris, ele a direcionou até estar enterrado nela. Julia quase chorou ao sentir como era maravilhosa a sensação de estar preenchida por ele.

Enquanto ela balançava os quadris, ele acariciava os seios dela, e as sensações a banharam como ondas na praia. Arrebentando e recuando. Poderosas, depois calmas. Julia apoiou as mãos dos dois lados dos ombros largos, e seu cabelo formou uma cortina ao redor deles, aumentando a intimidade, bloqueando o mundo exterior. Se eles conseguissem bloqueá-lo para sempre...

Edward agarrou os quadris dela, fornecendo o apoio de que ela precisava quando as investidas dele ficaram mais apressadas, mais poderosas. Ele levantou a cabeça, sua boca colando no seio dela, enlouquecendo-a enquanto ele sugava, fazendo o prazer crescer até ela gritar o nome dele.

Ele a levantou, soltando-se, apertando-a contra o peito até ela estar esparramada sobre ele, e então seu corpo arqueou debaixo dela e Edward gritou o nome de Julia. Ele tremeu e ela também, enquanto os vestígios da paixão passavam por eles. A respiração deles finalmente se acalmou e seus corpos pararam.

— Por que você fez isso? — ela perguntou. — Por que saiu de mim?

— Não posso me arriscar a engravidá-la agora.

Ela fechou os olhos bem apertados. Esse era um aspecto do sexo que antes nunca a tinha preocupado.

— Isso fez com que o prazer fosse menor?

— Não. — Ele beijou o alto da cabeça dela.

Mordendo o lábio inferior, ela desconfiou que ele estivesse mentindo.

— Fez com que fosse menos satisfatório?

— Se está perguntando se eu preferia estar dentro de você, é claro que sim. Mas eu faço o que é preciso.

Ela levantou a cabeça para fitá-lo.

— Existem outros meios para garantir que eu não engravide?

— Não existe modo de garantir. O que eu fiz diminui as chances, mas não existe garantia.

Suspirando, ela descansou a cabeça no peito dele e escutou o coração martelando.

— Vou sentir falta de ficar com você — ela disse.

— Não mais do que eu vou sentir de você.

— Talvez nós possamos passar nossa velhice juntos, em segredo. — Quando ela fosse velha demais para ter filhos.

Os braços dele a apertaram com mais força.

— Estou ansioso para envelhecer.

As lágrimas se formaram e ela as deixou escorrer, porque aquele homem merecia muito mais do que ela podia lhe dar.

Capítulo 25

Julia acordou sozinha, com o lado dele na cama vazio, como ficaria pelo restante de seus dias. Ela tinha sido feliz de amar dois homens em sua vida. Não haveria um terceiro.

Consultando o relógio sobre a cornija, ela viu que era quase uma hora. Ela queria que Edward a tivesse acordado antes de ir embora, para mais uma despedida. Mas depois dessa, ela iria querer mais uma. Ele tinha feito certo. Era melhor seguir em frente.

Tinha sido tão fácil em Evermore, quando eram só eles dois, sozinhos, sem terem que conversar com pessoas da sociedade. Tão fácil de esquecer o que estava em jogo, o que importava nos altos escalões em que eles habitavam.

Ela saiu da cama. O estômago dela reclamou. Levando a mão à boca, ela percebeu que não deveria ter tomado conhaque por cima do champanhe, ainda mais sem ter comido no baile. Nada lhe apeteceu. A ideia de café da manhã também não a apetecia.

Quando ela foi chamar a criada, outra onda de enjoo a assaltou. Ela atravessou o quarto correndo, debruçou-se sobre o lavatório e vomitou. Quando terminou, despejou água do jarro em um copo, enxaguou a boca, pegou uma toalha e enxugou o suor do rosto. Julia torceu para não estar ficando doente.

Começando a cruzar o quarto, dessa vez com a intenção de puxar o cordão da campainha, ela parou e colocou a mão sobre o abdome. Oh, bom Deus. Fechando os olhos, ela começou uma contagem regressiva das semanas. Ela não tinha menstruado desde que recebeu Edward em sua cama.

Ela desabou no chão. Aquilo mudava tudo. Julia não podia trazer um bastardo para o mundo, não o filho de Edward. Pobre criança. Não importava que seu pai fosse um conde. Não haveria lugar para ele na sociedade. Se fosse uma garota... seria muito pior. Sem possibilidade de um bom casamento.

Ela negaria a uma criança a verdade sobre seu pai para proteger a outra? Julia não via alternativa. Ela tinha que proteger as duas crianças. Edward concordaria. Ela sabia que ele concordaria. Ela tinha que encontrá-lo, falar com ele.

Mas depois que se vestiu para o dia, Julia descobriu que ele não estava em casa. Ele tinha saído para resolver alguma coisa. Quando ele voltasse, os dois conversariam sobre como lidar com a situação. Até lá não haveria motivo para preocupação ou nervosismo.

Ela estava arrumando algumas das coisas que Albert tinha deixado no escritório – outro diário, anotações relativas a uma lei que pretendia apresentar na Câmara dos Lordes, um rolo de barbante, uma moeda, outras coisinhas que ela queria desesperadamente saber por que ele tinha guardado, queria compreender a importância delas – quando o mordomo anunciou que ela tinha visitas e lhe entregou os cartões das Duquesas de Ashebury, Avendale e Lovingdon.

Entrando na sala de estar, ela as encontrou de pé, um triunvirato das ladies mais novas, amadas e poderosas da nova geração.

Adiantando-se, Minerva pegou as mãos de Julia.

— Minha querida, assim que soubemos o que tinha acontecido dentro da Câmara dos Lordes essa tarde, nós pensamos em vir oferecer nosso apoio.

Julia sentiu um aperto no estômago; um milhão de possibilidades, todas envolvendo Edward, passaram pela cabeça dela.

— O que aconteceu?

— O Conde de Greyling ficou diante dos lordes e anunciou que ele era Edward Alcott. Que foi Albert quem morreu na África.

Ela meneou a cabeça, sem acreditar. Suas pernas ficaram bambas. Não devia ter acontecido daquele modo. Ele ia escrever uma carta para o *Times*, não deveria encarar seus pares de forma tão pública.

— Ele disse que você só soube da verdade na noite passada. Que era hora de terminar com essa farsa.

— Farsa? — ela repetiu.

— Ele jurou que nada indecoroso aconteceu entre vocês. — disse Grace, Duquesa de Lovingdon. — Que você é inocente nisso tudo.

Minerva estudou o rosto de Julia.

— Mas ele mentiu, não foi?

Ela só conseguiu sacudir a cabeça. Até entender o plano dele, saber exatamente o que estava contando para as pessoas, ela não podia confirmar nem negar nada. Por que ele não discutiu a questão com ela antes de fazer algo tão radical?

— Vocês aceitam chá?

— Acho que devemos nos sentar.

— Sim. — Julia sentou numa poltrona e as ladies ocuparam o sofá, com Minerva mais perto dela. Embora se sentisse grata pela manifestação de apoio, tudo que Julia queria era colocá-las para fora, para que pudesse encontrar Edward.

— Tenho certeza de que Ashe logo estará aqui — Minerva disse. — Deixei um recado para ele dizendo que estava vindo para cá, embora fosse provável que ele viesse de qualquer modo. Grace foi a primeira a ficar sabendo.

— Por que agora? — perguntou Rose, Duquesa de Avendale. — Por que confessar agora e não antes?

Julia meneou a cabeça.

— Estou desconcertada agora. Nem sei o que dizer. — Não até ela falar com Edward.

A porta da frente sendo fechada com violência fez com que Julia levantasse em um pulo, quase correndo para ir receber Edward e lhe perguntar que diabos ele tinha feito. Só que foi Ashebury quem entrou na sala.

— Onde ele está? — Ashe quis saber. — Está aqui?

— Não, não sei onde ele está. O que aconteceu, exatamente?

— Ele ficou de pé, na Câmara dos Lordes, e declarou ser Edward. Confessou que sua intenção original era cumprir um juramento feito a Albert, para garantir que você não perdesse o bebê, mas então percebeu que seria benéfico para ele continuar com a farsa, pois tinha dívidas de jogo consideráveis e os credores dele não eram do tipo que sabe perdoar.

— Isso é verdade? — Minerva perguntou antes de Julia.

— De jeito nenhum. Pelo menos não foi o que ele me contou — Ashe disse.

— Ele teria lhe contado se estivesse com problemas? — Minerva perguntou.

— Quando se trata de Edward, quem sabe? — Ashe suspirou. — Ele adorava contar histórias, mas não tenho motivo para acreditar que ele estivesse mentindo.

— Então ele mentiu para todos os outros lordes? — Minerva pareceu horrorizada.

— Parece que sim.

— Por que ele faria isso?

— Para me proteger — Julia disse.

— E como essa história a protege, se vocês já estão vivendo juntos há vários meses?

Ela não tinha resposta para essa pergunta.

— Edward tentou explicar isso — Ashe começou —, garantindo a todos que sua relação com Julia permaneceu casta. Naturalmente, ninguém achou difícil de acreditar nisso, porque ele nunca disse algo gentil a seu respeito. Ele continuou e disse que você começou a ficar desconfiada, então ele pagou as dívidas e está livre outra vez. Ou alguma bobagem assim. Eu mal podia acreditar no que estava ouvindo. É claro que a câmara entrou em erupção, mas ele se retirou.

— É provável que estivesse precisando de uma bebida forte — sugeriu Minerva.

Ashe sorriu para a esposa, depois olhou para Julia.

— Eu fiquei rendido, porque todo mundo me atacou para descobrir se eu sabia o que ele estava tramando e se era verdade.

— O que você disse? — Julia perguntou.

— O que eu podia dizer? Disse que, até onde eu sabia, ele nunca mentia. Eu só queria que ele tivesse me contado o que estava planejando, para que eu pudesse ter me preparado, e assim dado meu apoio de modo mais eficiente. Acredito que eu fiquei parecendo um peixe se debatendo na areia.

Mas Julia desconfiava que foi por esse motivo que Edward não contou para o amigo. Ele queria que a reação de Ashe fosse sincera.

— Ele não queria arrastar você para o nosso problema.

— Bem, mas deveria. É para isso que servem os irmãos. Eu sei que não sou irmão de sangue dele, mas, por Deus, sou irmão!

— Querido — Minerva disse, passando a mão para cima e para baixo no braço dele —, você precisa se acalmar.

— Eu só não consigo entender a estratégia dele.

— Alguém está falando de mim? — Julia perguntou.

— Não, todos estão... — Ele suspirou. — É a respeito dele que todos estão especulando. E receio que ninguém esteja sendo muito gentil.

Esconder-se atrás da morte do irmão e das saias de uma mulher... Mas é isso que ele pretendia, eu imagino; ser o vilão da história.

— Em um ano ou pouco mais ele estará perdoado — Minerva disse.

— É provável que sim — Ashe confirmou, antes de se voltar para Julia. — Se a declaração dele não for suficiente para proteger você, saiba que eu, Minerva e Locke – embora ele não esteja em Londres – ficaremos do seu lado.

— E nós também — disse a Duquesa de Lovingdon. — E Avendale. Todas fomos tocadas pelo escândalo, de uma maneira ou de outra. É mais fácil enfrentar a tempestade se você não estiver sozinha no barco.

— Vou servir um drinque para todos nós — Ashebury disse.

— Scotch — as três duquesas disseram em uníssono.

O duque levantou a sobrancelha para Julia.

— Nada para mim, obrigada — ela disse. Se estivesse grávida, ela não se permitiria beber. Não que fosse contar para Edward. Ela não precisava lhe dar mais uma preocupação, quando ele já estava tão sobrecarregado. Ela iria voltar para Evermore e, uma vez lá, pensaria em como lidar com essa situação.

As visitas ficaram na sala de estar bebendo scotch. Julia mandou trazer sanduíches e bolo. A noite caiu.

— Onde diabos ele está? — Ashebury perguntou, andando de um lado para outro.

— Algum clube de cavalheiros? — Minerva sugeriu.

— Não acredito que ele esteja disposto a aguentar a companhia de lordes. É mais provável que esteja em algum lugar como St. Giles, tentando esquecer. — Ele olhou para Julia. — Você tem alguma ideia de onde ele possa estar?

Na verdade, ela tinha uma ideia muito boa, mas o fato de Edward não estar em casa e Ashebury não saber onde procurar, diziam a Julia que ele não queria companhia.

— Receio que não — ela respondeu. — Mas acredito que ele vai voltar quando estiver pronto. Mando avisar assim que ele retornar. Não há motivo para vocês perderem a noite só para me fazer companhia.

Ashe estreitou os olhos.

— Por que eu tenho a impressão de que você está tentando se livrar de nós?

— Porque estou. Não há benefício nenhum em vocês ficarem aqui, e é bem possível que as carruagens paradas aí na frente façam com que ele não apareça.

Ashebury parecia estar refletindo sobre os benefícios de esganá-la.

— Ela tem razão — Minerva anunciou, levantando-se. — É melhor irmos embora.

Ashe apontou um dedo para Julia.

— Mande nos avisar assim que ele chegar aqui.

Minerva envolveu o dedo do marido com sua mão.

— É grosseria apontar, querido.

— Eu quero saber se ele está bem.

— Mando avisar — Julia garantiu para ele.

Ashe ainda parecia insatisfeito ao acompanhar as ladies para fora da casa.

Julia esperou meia hora antes de chamar o criado e pedir que preparassem a carruagem.

Edward sabia que Julia iria imaginar onde ele estava... em algum momento. Às 9h30 da noite, ela entrou na biblioteca da residência que ele tinha começado a alugar no ano anterior. Ele levantou da poltrona ao lado da lareira.

— Tenho conhaque à sua espera.

Ele já tinha servido uma taça para ela na mesinha ao lado da cadeira que ficava de frente para a dele.

Julia tocou o rosto dele, encarou-o.

— Por que você fez isso?

— Eu lhe disse que iria acertar tudo.

— Mas dessa forma, tão pública, na frente de todos os seus pares?

— Era o único modo de proteger você e Allie; ser visto como um canalha. Já que, de acordo com a minha história, você acabou de descobrir que está de luto, não há motivo para continuar em Londres. Na verdade, para dar credibilidade à minha história, seria melhor que eu enviasse o quanto antes a viúva enlutada de volta para Evermore. As pessoas vão esperar que você se isole. Depois eu posso voltar, para encarar as consequências.

Ficando na ponta dos pés, ela afastou o cabelo caído na testa dele.

— Acredito que eu nunca o amei mais.

E então ela o beijou.

Colocando os braços às costas dela, ele a apertou contra si, inclinando a cabeça para poder aprofundar o beijo. Ele iria sentir falta disso: do sabor dela, da sensação da língua de Julia, da pressão de seus lábios.

Dos pequenos miados que emitia antes que a paixão a incendiasse e ela começasse a gemer de verdade.

Então ela recuou, sentou na poltrona e ergueu a taça de conhaque.

— Ao meu lobo.

Ele não estava se sentindo como um lobo. Ainda assim, Edward sentou e tomou um gole do scotch.

— Ashebury está preocupado com você — ela disse, colocando a taça quase intocada de lado.

— É por isso que vim para cá. Sabia que ele iria me procurar para me lembrar de que tinha me dito meses atrás para eu revelar a verdade. Eu não queria ouvi-lo se gabando de estar certo.

— Ele não estava se gabando. Acredito que Ashebury esteja preocupado de verdade; ele acredita que você está precisando de um amigo.

Tudo de que Edward precisava era ela, mas não poderia mais tê-la.

— Foi ele quem lhe contou?

— Não, eu fui visitada por três duquesas.

— Ashebury e... — Ele arqueou a sobrancelha.

— Lovingdon e Avendale.

— Ah, sim.

— Não vou embora de Londres e deixar que você enfrente todo mundo sozinho. Vou ficar do seu lado e confirmar todos os detalhes da história que você contou.

Ele não queria que ela ficasse na cidade para a Temporada, para o escândalo. Ela estava em segurança, mas ele não seria bem recebido em nenhum lugar por algum tempo.

— Deixe-me levar você para Evermore — ele pediu. — Eu não vou ficar em Londres. Irei para outra propriedade. Quando você sair oficialmente do luto, tudo isso já estará esquecido.

— Foi o que Minerva disse. Que não vai demorar para você ser perdoado.

— Vamos esperar que ela esteja certa. — Ele ergueu o copo. — Eu gostaria de parar em Havisham, se você não se opor. Eu sei que fica fora do caminho, mas eu gostaria que Marsden conhecesse Allie. Ele é a coisa mais parecida com um avô que ela tem.

— Vai ser difícil explicar a situação para ele?

— Locke queria que o pai chorasse pelo irmão certo e já contou a verdade para ele.

— Então vamos ser bem recebidos.

— De braços abertos.

— Vai ser bom. Eu gostaria de passar por lá, então. — Ela olhou ao redor. — Nunca estive em sua residência antes, mas nada nela me lembra você.

— A maioria dos móveis pertence a Ashe. Como sempre, eu escolhi o caminho mais fácil. Comprei o que já estava aqui.

Julia fez uma careta para ele.

— Você não escolhe o caminho mais fácil, Edward. Não acredito que algum dia você já escolheu. Você se esforça muito para fazer com que os outros acreditem que é preguiçoso, mas você não é.

— Ah, então você já me decifrou, não é mesmo?

— Sim, acredito que decifrei. — Ela terminou o conhaque e colocou a taça de lado. — Sua casa tem um quarto?

— Mais uma noite?

— Mais uma noite.

Capítulo 26

Foi bom ver Havisham aparecer no alto da colina. Edward não tinha se dado conta do tamanho da saudade até ver a propriedade novamente. Ele tinha tantas boas lembranças daquele lugar.

— Nós brigamos — ele disse em voz baixa quando a carruagem entrou no longo caminho que os levaria até a mansão. — Albert e eu ficamos batendo um no outro a viagem inteira até aqui. Deixamos o advogado louco.

— Você acha que seu pai sabia que Marsden estava louco? — Julia perguntou.

Eles mal tinham conversado durante a longa jornada até ali; apenas ficaram abraçados. Tanta coisa precisava ser dita, tanto não deveria ser dito.

— Claro que não. Não sei se alguém de fato ficou sabendo como ele foi afetado pelo falecimento da esposa. Pelo menos não durante muitos anos.

— Mas enlouquecer...

Ele decidiu que não revelaria que podia entendê-lo. Ele tinha se perdido na bebida, Marsden, no passado, era apegado demais a lembranças. Se Julia sumisse de vez, poderia acontecer o mesmo com ele. Embora o relacionamento futuro dos dois devesse ser casto, pelo menos ele poderia falar com Julia de vez em quando, dançar com ela uma música em algum baile, visitá-la no Natal e se fantasiar de Papai Noel para Lady Alberta.

— Eu só estive aqui uma vez antes — ela disse. — Acho que não dormi nada.

Passaram-se muitas noites antes que ele, quando criança, conseguisse enfim dormir naquela residência estranha, com suas homenagens ao passado e seus ecos assombrados.

— Os guinchos são apenas o vento.

— Mas o som é tão fúnebre.

A carruagem parou. Ao se preparar para desembarcar, ele se aproximou e sussurrou:

— Se ficar com medo esta noite, pode vir para a minha cama.

O criado abriu a porta antes que ela pudesse responder. Edward saltou e a ajudou a descer.

— Pois eu lhe faço o mesmo convite — ela disse, com um olhar sedutor.

Ele pensou que podia muito bem aceitar. Em último caso, ele poderia apenas abraçá-la. Embora os dois tivessem feito muito mais do que isso da última vez que ficaram juntos na cama. Nenhum dos dois parecia ter muita força para resistir ao outro. Mas, por Julia, ele tinha que ser forte, tinha que enfrentar a tentação.

— Olá! — Locke gritou.

Edward se virou para ver o amigo descendo os degraus da casa. As visitas não eram costumeiras ali, e Edward tinha mandado avisar que viriam. Era óbvio que Locke estava à espera deles. Ele se aproximou de Edward e abraçou o amigo, dando-lhe um tapa sonoro nas costas.

— Bem-vindo, Grey.

— Edward basta — ele disse, recuando.

Locke olhou para ele, olhou para Julia.

— Então você sabe.

— Toda Londres sabe — ela admitiu.

— Eles não devem ter ficado muito contentes. — Locke fez uma careta.

— Acho que vai demorar um pouco até eu conseguir a palavra novamente na Câmara dos Lordes — Edward disse.

Meneando a cabeça, Locke riu.

— Eu não duvidaria se no ano que vem você já estivesse contando histórias para eles. — Aproximando-se, ele deu um beijo no rosto de Julia. — Bem-vinda a Havisham Hall. Meu pai está muito agitado só de pensar na visita de vocês. Ele até saiu de seus aposentos, o que é raro, e está esperando por nós no terraço.

Quando o Marquês de Marsden se levantou da cadeira, Edward ficou espantado com sua aparência frágil, mas, mesmo assim, ele parecia quase não ter mudado. O cabelo branco e escorrido chegava até seus ombros.

As faces continuavam tão afundadas quanto no dia em que Edward o conheceu. Os olhos verdes continuavam aguçados. Eles poderiam fazer uma pessoa desavisada pensar que ele continuava com sua plena capacidade intelectual.

— Edward — Marsden disse, abrindo os braços.

Edward se aproximou do marquês, que passou os braços ao seu redor. O abraço dele era mais forte, mais poderoso do que ele esperava. As mãos artríticas de Marsden bateram carinhosamente em suas costas.

— Sinto muito, meu rapaz, sinto muito — ele arranhou, com uma voz que tinha ficado rouca para sempre, por causa de todas as vezes que correu pelos pântanos gritando o nome de seu amor, firme em sua crença de que se a visse, poderiam voltar a ficar juntos.

Lágrimas de tristeza ameaçaram rolar enquanto Edward abraçava o homem magro e curvado que tinha sido um pai para ele e Albert.

— Ele se foi rapidamente. — A mentira começava a soar como se fosse verdade em sua boca.

Mas quando Edward recuou, ele viu nos olhos do marquês que este reconheceu a mentira e a entendeu: uma tentativa de lhe poupar a dor da verdade. Com um meneio de cabeça quase imperceptível, ele tocou o rosto de Edward enquanto manifestava sua censura com os lábios apertados. Edward tinha se esquecido de que Marsden sempre sabia quando um deles estava mentindo, nunca tinha aceitado mentiras, mas ele soube que o velho guardaria os segredos, que compreendia ser para o bem de Julia.

Olhando além de Edward, Marsden sorriu com tristeza e estendeu a mão.

— Minha querida.

Julia foi até o marquês e colocou sua mão enluvada na dele, que a levou até os lábios.

— Não é fácil ser quem fica para trás.

Ela olhou rapidamente para Edward.

— Não, não é. Mas Edward tem se mostrado uma grande fonte de força.

— Albert estava destinado a ir cedo, sabe? Tinha uma alma velha, como a minha esposa. Eu podia ver nos olhos dele. Mas isso não faz com que sintamos menos falta deles, faz?

— De jeito nenhum.

Ele levantou um dedo torto.

— Mas ele lhe deixou um presente precioso.

O sorriso dela brilhou mais que o sol.

— Deixou mesmo. — Pegando Allie com a babá, que estava parada um pouco atrás, ela se virou para Marsden. — Quero apresentar-lhe Lady Alberta.

— Linda criança, linda. — Ele a fitou com os olhos cheios de esperança. — Posso segurá-la? Não vou deixá-la cair.

— Claro que pode. — Com muito cuidado, Julia colocou Allie nos braços de Marsden.

— Olá, preciosa — ele disse, baixando a cabeça.

Allie emitiu um som agudo que lembrou muito uma risada.

Julia arregalou os olhos e riu.

— Ela nunca fez isso antes, fez, Edward?

— Não fez, não. Pelo menos, não que eu tenha ouvido.

Marsden deu uma piscada para eles.

— Eu tenho jeito com as mulheres. — Ele olhou para Locke. — Você precisa de um destes. Só que um garoto. Para se casar com esta.

Locke apenas revirou os olhos, cruzou os braços à frente do peito e se virou para a vasta extensão de terra que se estendia na direção do horizonte, como se desejasse se distanciar do pai e de suas palavras mordazes.

— Lady Greyling, tome um chá comigo e me conte tudo sobre ela — Marsden pediu.

— Por favor, me chame de Julia — ela disse ao se sentar.

Mantendo Allie perto, obviamente sem ainda estar pronto para se separar dela, Marsden sentou. Edward e Locke se juntaram a eles, embora a maior parte da conversa tenha sido conduzida pelo marquês e por Julia. Ele parecia mesmo querer saber tudo sobre Allie, embora a essa altura da vida dela não houvesse muita coisa para contar. Ainda assim, Julia se esforçou para dar respostas completas às perguntas do marquês.

A tarde estava linda. Os problemas pareciam distantes, sonhos impossíveis pareciam possíveis. Edward escutava a conversa sem prestar muita atenção. Era estranho que ele se sentisse mais em casa ali, mas também, tinha vivido ali por mais tempo do que em Evermore. Algumas de suas lembranças mais queridas de Albert tinham acontecido ali. Quando Allie fosse mais velha ele a traria novamente, caminharia com ela pela propriedade e lhe contaria histórias de seu pai.

Julia tinha razão quanto a isso. Não era justo negar à garota a oportunidade de conhecer e admirar seu pai verdadeiro. Edward não queria tirar nada dela, nem de Albert.

A menina começou a ficar agitada. Levantando-se, Julia a pegou de Marsden. Todos os homens se levantaram.

— Vou levá-la para um passeio — Julia disse. — E dar a vocês, cavalheiros, uma chance para colocarem a conversa em dia. — Embalando a filha nos braços, ela saiu do terraço para o sol, com a babá logo atrás.

— Pegue um scotch para nós, Locke — Marsden pediu. — Eu detesto chá. Sempre detestei.

Depois que o scotch foi servido, Marsden levantou o copo.

— Ao amor. — Depois de um gole, ele arqueou uma sobrancelha para Edward. — Você a ama, certo?

— Como alguém pode não amar aquela garotinha?

As rugas no rosto do velho se movimentaram quando ele sorriu.

— Estou falando da mãe.

Edward não deveria ter se espantado com a capacidade de Marsden de reconhecer seus sentimentos. O homem podia estar completamente louco, mas não era idiota.

Locke, por outro lado, endireitou-se como se o pai o tivesse acertado na cabeça. Ele se inclinou para frente.

— Você a ama? Como diabos isso aconteceu? Você sempre a detestou!

— Nem tanto quanto eu fazia parecer — Edward comentou, fazendo uma careta.

— Bem, diabos, isso é uma infelicidade. O que vocês vão fazer?

— O que nós podemos fazer? A lei não nos deixa casar. Se tivermos filhos, serão bastardos. Ela seria exilada. O futuro de Allie estaria comprometido. Então vou levá-la para Evermore. Julia e Allie vão morar lá enquanto eu vou para uma das outras propriedades.

— Leve-a para a Suíça — disse Marsden.

Edward soltou uma gargalhada, depois se controlou.

— Albert me disse a mesma coisa, enquanto morria. "Leve-a para a Suíça." Eu pensei que fosse um lugar que ele e Julia planejavam visitar, que ela sonhasse conhecer, mas quando perguntei, ela não demonstrou nenhum interesse. Por que você e ele me diriam para levá-la para lá?

Marsden olhou para Edward como se este fosse o louco.

— Porque lá você pode se casar com ela.

Aturdido ao ouvir aquilo, Edward não conseguiu fazer nada além de encarar o marquês.

O velho riu.

— Você acha que é o primeiro homem a querer se casar com a esposa do irmão? — Ele fez um gesto com a mão. — Oh, algumas pessoas vão virar a cara para vocês, mas mande-as para o inferno. Essas leis que proíbem pessoas aparentadas pelo casamento de se casarem são absurdas. A crença de que um casal fazer sexo torna toda a família consanguínea é loucura.

A ironia de o louco Marquês de Marsden chamar qualquer coisa de loucura não passou despercebida para Edward.

Marsden bateu o punho na mesa.

— Você não presta atenção no que acontece no Parlamento? É claro que não. Você acabou de ocupar seu assento na Câmara dos Lordes. As pessoas vêm tentando mudar essas leis há anos.

— Como você sabe? — Locke perguntou. — Você não frequenta a Câmara dos Lordes desde que eu nasci.

Marsden fez uma careta para o filho.

— Eu leio os jornais. — Ele deu de ombros. — Às vezes alguém me escreve pedindo minha opinião. E eu conheço alguns cavalheiros que levaram suas mulheres para a Suíça.

Arrastando a cadeira para trás, Edward levantou e foi até o limite do terraço.

— Nós só temos que ir para a Suíça. Morar lá. — Ele poderia administrar as propriedades de lá, voltando periodicamente à Inglaterra.

— Não — Marsden respondeu, impaciente. — Vocês se casam lá, porque eles não ligam se as pessoas são aparentadas por casamento. Depois vocês voltam para cá. A Inglaterra reconhece o casamento. Julia será sua esposa legítima. Seus filhos serão legítimos. Só tem uma questão: vai sair caro.

Como se falta de dinheiro pudesse ser algum impedimento para ele, que amava tanto Julia. Mas por que Albert gastaria seu último suspiro lhe dizendo para levar Julia à Suíça? Por que ele...

Edward fechou os olhos bem apertados e a verdade quase o derrubou de joelhos. Albert sabia, sabia de seus sentimentos por Julia. Edward pensou que tinha sido muito bom em disfarçá-los. Toda a bebedeira, os comentários sarcásticos, não o enganaram.

Com seu último suspiro, Albert não tinha apenas dado a resposta para uma pergunta que Edward ainda não sabia que faria, mas também tinha lhe dado sua bênção.

Julia observou Edward se aproximar em passos largos. Ela tinha gostado de observá-lo sentado, conversando com o marquês e o visconde. Era óbvio que para ele esse era seu lar e os dois, sua família. Eles compartilhavam uma ligação muito especial e ficou feliz por Edward tê-la, pois precisaria dos dois nos próximos meses, ainda mais se ficar sem ela seria tão difícil para Edward quanto para Julia seria ficar sem ele.

— Venha comigo — ele disse quando chegou até ela.

Julia entregou Allie, que estava dormindo, para a babá, entrelaçou o braço ao dele e deixou que Edward a guiasse pelo que ela acreditou um dia ter sido um lindo jardim, mas que agora consistia apenas em mato e ervas daninhas. A ação do clima e os anos de abandono mostravam sua ação nos bancos e nas treliças, deixando à vista apenas madeira podre.

— Uma mulher com muita energia e criatividade poderia se divertir arrumando este lugar — ela disse.

— O verdadeiro desafio seria convencer Marsden a deixá-la mudar alguma coisa. Cada pedaço decrépito deste lugar é um monumento à mulher dele.

— Como ele aguenta ver tudo se deteriorando?

— Não acho que ele veja assim. Acho que ele vê tudo exatamente como era quando ela estava viva. Ao não deixar que ninguém mexesse em nada, ele garantiu que nunca nada ficaria diferente.

— Ele deve tê-la amado imensamente.

— Para o marquês, ela era tudo. Não sei ao certo se isso é uma coisa boa.

Ela não queria nem tentar responder essa pergunta.

— Ela está enterrada aqui?

Edward apontou para a esquerda.

— Em um pequeno cemitério depois daquela colina.

— Imagino que você tenha explorado o cemitério.

— Nós exploramos tudo.

Ele a ajudou a passar por cima de um arbusto baixo e entrar no que um dia tinha sido uma trilha. Os galhos das árvores forneciam sombra. Julia imaginou que ele estivesse preocupado em não deixar que ela ficasse com sardas por causa do sol, embora nunca tivesse tido nenhuma em toda sua vida. Ou talvez ele quisesse levá-la para o meio das árvores para beijá-la.

Mas se esse era o caso, ele estava demorando, pois ainda não tinha feito nada além de encará-la.

— Albert sabia — ele disse em voz baixa. — Ele sabia dos meus sentimentos por você.

Ela piscou, meneou a cabeça, tentou entender o que Edward disse.

— Como você sabe?

— Porque ele me disse para levá-la para a Suíça.

— Não estou entendendo. Como eu já disse antes, nunca pensei em viajar para lá. Eu e ele nunca falamos disso. Por que ele disse isso?

— Porque lá nós podemos nos casar.

Embora o coração dela se apressasse, todo o mais dentro dela ficou quieto, imóvel. Ela tinha ouvido as palavras, mas estas não faziam sentido.

— Marsden conhece gente, na nossa situação, que foi se casar na Suíça. Por que Albert teria me dito para levar você para lá, a menos que soubesse que eu iria querer me casar com você?

— Talvez ele apenas quisesse que você cuidasse de mim, e achou que seria mais fácil se fôssemos casados. Ele confiava em você, Edward, e não deixou um testamento.

— Talvez.

— Mas você acha que não é isso.

Ele meneou a cabeça.

— Eu acho que ele sabia. Acho que sempre soube. Albert sempre me encorajava a passar mais tempo com ele, com você. Acho que ele sabia como era difícil, para mim, manter distância. Difícil para ele, para mim, talvez até para você. Ele sabia que meu amor fraterno me impediria de tentar qualquer coisa com você. Ele estava tentando me dar permissão para eu ficar mais à vontade.

Era possível. Ela lembrou da última anotação no diário de Albert, de como a leu em silêncio, sem a dividir com Edward.

— No diário, Albert escreveu que ainda não tinha feito o testamento porque estava em dúvida quanto a quem nomear guardião do futuro filho. Durante o tempo que vocês passaram na África, Albert chegou à conclusão de que não havia ninguém melhor do que você para cuidar de quem ele amava.

— Tenho que admitir, Julia, que nesse tempo em que ficamos juntos, minha consciência não esteve totalmente tranquila. Uma parte de mim insistia que eu estava traindo meu irmão.

— Preciso ser honesta e admitir que também não estava com a consciência tranquila — ela disse. — Talvez tenha sido por isso que Londres conseguiu abrir meus olhos para tudo que estávamos fazendo de errado.

— Mas se estou avaliando corretamente as palavras de Albert, ele aprovava que nós ficássemos juntos. — Pegando a mão dela, ele se ajoelhou. — Então você, Julia Alcott, me dá a honra de se tornar minha esposa? Nosso casamento será válido. Nossos filhos serão legítimos.

Com lágrimas ardendo nos olhos, ela cobriu a boca com a mão que ele não estava segurando.

— Nem todo mundo irá aprovar — ele continuou. — Pode ser que ainda assim haja um pouco de escândalo, de falatório...

— Não me importa. Sim, quero me casar. Eu amo você, Edward. Tenho me sentido tão infeliz pensando que você vai me deixar para trás em Evermore.

— Eu prometi não abandonar você. — Levantando, ele a puxou para perto e segurou o rosto dela. — Eu amo você, Julia. Acredito que a amo desde aquela noite em que a beijei no jardim.

Seus lábios cobriram os dela antes que Julia inspirasse, e ele fechou os braços ao redor dela como se nunca mais fosse soltá-la. Ela não queria que ele soltasse, não queria mais soltá-lo. Nunca mais.

Eles iriam morar juntos em Evermore. Teriam filhos juntos. Seriam felizes juntos. Talvez ele estivesse certo. Talvez Albert soubesse. Talvez até aprovasse. Tudo que importava era que Albert e Marsden deram aos dois um modo de ficarem juntos.

Quando Edward recuou, seus olhos não continham mais tristeza nem angústia.

— Quando você quer casar? — ele perguntou.

— Assim que possível.

Pegando a mão dela, ele começou a voltar para a casa.

— Vou começar a tomar providências assim que chegarmos a Evermore.

— Você precisa saber, Edward, que estou casando com você porque o amo.

Ele sorriu para ela.

— Não duvido nem um pouco disso.

— Ótimo, porque eu estou grávida.

Isso fez com que ele parasse de repente.

— Por que não me contou?

— Eu só me dei conta na tarde em que você fez o anúncio na Câmara dos Lordes. Não havia nada a ser feito naquele momento, a não ser deixá-lo mais preocupado.

Ele a puxou para seus braços.

— Cristo, Julia.

— Eu teria ficado com ela. Teria amado essa menina. Teria feito todo o possível para protegê-la.

— Ela? — ele repetiu, arqueando a sobrancelha.

— Nós vamos ter uma filha. Eu sinto nos meus ossos.

Rindo, ele a levantou e girou em um círculo.

— Edward!

Enfim, ele a colocou no chão, mas continuou a sorrir, alegre.

— Vou fazer uma aposta enorme no livro do White's que vamos ter um menino.

— Mas eu lhe disse. É uma menina. Uma mulher sabe essas coisas.

Sete meses e meio depois, Edward Albert Alcott, herdeiro aparente do condado de Greyling, chegou a este mundo.

Epílogo

Londres
Alguns anos depois

Edward estava parado no corredor, joelho direito flexionado, pé apoiado na parede, esperando. Ele esteve esperando a manhã inteira. Não, na verdade, ele esperava há muitos anos, prevendo e receando esse momento.

Seu casamento com Julia tinha sido fonte de fofocas imensas. Seu filho e herdeiro, Edward Albert, entrando no mundo apenas alguns meses após o casamento de seus pais, foi motivo de ainda mais fofoca e especulação. Mas não demorou para que o amor de Edward por Julia, e o dela por ele, fizessem com que até o nobre mais virtuoso e correto admitisse que, talvez, todos tivessem sido muito apressados em censurar o casal.

Afinal, como podia um amor tão puro, altruísta e magnífico como o deles ser censurado?

Aos poucos eles foram sendo recebidos novamente nas fileiras da elite. Demorou anos, contudo, para eles admitirem que J. E. Alcott, o amado autor e ilustrador de livros infantis, não era um primo distante de Louisa May, como costumava se pensar, mas, na verdade, o pseudônimo da Condessa e do Conde de Greyling. O que Edward mais gostava nessas histórias era que passavam a sensação de que ele e o irmão, junto com Ashe e Locke, tinham sido imortalizados e continuariam suas aventuras muito tempo depois que eles dessem seu último suspiro. Greymane, o cavalo, era o favorito das crianças, que costumavam dar esse nome a seus cavalinhos de brinquedo. Edward gostava disso acima de tudo: que seu irmão continuasse amado por tantos.

Ao lado dele, Edward Albert suspirou, remexeu-se e enfiou as mãos nos bolsos da calça.

— Eu sei que você está ansioso para partir, mas o Kilimanjaro não vai sair de onde está — disse o conde.

Seu filho, quase idêntico ao pai, sorriu.

— Arrisco dizer que você gostaria de ir conosco.

Os filhos de Ashe e Locke faziam parte do grupo que partiria na manhã seguinte. Edward riu.

— Estou muito velho para escalar montanhas. Além do mais, alguém tem que ficar aqui para não deixar sua mãe ficar preocupada.

— Ela vai se preocupar de qualquer modo, mas nem tanto como se você e Allie estivessem viajando conosco. Ela gostaria de ir também, você sabe.

— Allie vai estar ocupada com as aventuras dela. — Se havia algo de verdadeiro sobre Allie, era que ela adorava embarcar em aventuras.

— Vamos estar em casa para o Natal.

— Estejam mesmo. — Ele não iria admitir que também estava preocupado, mas se preocupava toda vez que um de seus filhos saía de casa. Edward pensou que talvez ele e Albert não tivessem visto tanto do mundo se os pais deles não tivessem morrido cedo. Ele sabia que a vida dos dois teria sido diferente – nem melhor nem pior, apenas diferente. De qualquer modo, ele e Julia nunca quiseram conter os filhos. Eles desenvolveram o espírito aventureiro naturalmente.

A porta do quarto foi aberta e Edward se afastou da parede quando Julia saiu. Depois de todos esses anos, o coração dele ainda dava um salto quando via a esposa. Ela estava com um vestido lavanda claro e o cabelo grisalho só a deixava ainda mais linda.

Julia se aproximou dele, levando os dedos ao rosto do marido.

— Vou chorar mil lágrimas hoje — ela disse.

— Estou carregando lenços a mais.

Ela arqueou os lábios em um sorriso suave.

— Sempre cuidando de mim.

— Uma das minhas maiores alegrias.

— Sério, se vocês continuarem com isso — o filho deles disse —, as pessoas vão pensar que são vocês dois que vão casar hoje.

— Se você tiver sorte, um dia vai encontrar um amor tão imenso quanto o nosso — Edward disse.

— Acho que ainda vai demorar um pouco.

— Quando você menos esperar — Edward replicou em voz baixa, fitando os olhos de Julia, admirando aquele azul que continuava a enfeitiçá-lo. — Quando você menos esperar.

— Isso é verdade com relação a Allie — Edward Albert disse. — Nunca pensei que ela fosse se casar.

— Ela o ama — Julia disse. — E ele a ama.

— Ainda assim, é uma surpresa.

Não para quem conhece o amor.

— Ela já vai sair — Julia observou. — Só precisa de mais um minuto.

— Eu espero — Edward disse. — Filho, acompanhe sua mãe até a carruagem e a igreja. Nós vamos daqui a pouco. — Ele e Allie iriam em uma carruagem aberta e branca, puxada por seis cavalos brancos, sendo que o líder possuía uma crina cinza, como o personagem das histórias.

Edward observou mãe e filho, de braços dados, descerem a escada. Eles tinham uma vida ótima. Seu trabalho na Câmara dos Lordes tinha lhe conquistado respeito entre os pares. Ele imaginava que a igreja estaria lotada até o teto com pessoas que queriam deixar evidente que eram amigas do Conde e da Condessa de Greyling.

A porta foi aberta mais uma vez e outra beleza saiu. Ela usava um vestido de seda branca e renda, e Edward pensou que Allie nunca esteve mais linda.

— Oi, Papi. — Ela lhe deu um sorriso sereno.

"Papai" era reservado para Albert. Allie tinha 7 anos quando anunciou que tio Edward não era o tratamento correto para ele. "Você é mais do que meu tio. Você também é meu papai. Vou chamar você de Papi, porque é quase como papai, mas diferente. É especial."

— Oi, minha querida — ele disse. — Você está linda.

— Aposto que você diz isso para todas as mulheres — ela respondeu, irreverente.

— Só para você e sua mãe. — Edward sorriu. — Tenho uma coisa para você. — Levando a mão ao bolso interno do paletó, ele tirou uma caixa de couro.

Allie pegou-a e abriu a tampa, revelando um broche de ouro com uma corrente.

— Oh, papi, é lindo.

— Dentro, protegido pelo vidro, tem fios do cabelo de seu pai. — Ele não sabia dizer por que teve a presença de espírito de cortar algumas mechas de Albert, mas se sentiu feliz por tê-lo feito. — Eu imaginei que você gostaria de usar esse broche hoje, para se lembrar de que ele está sempre com você.

Ela se virou, apresentando a nuca e as pontas da corrente para Edward. Este afastou o véu de lado e prendeu o colar. Voltando-se para ele, Allie ficou na ponta dos pés e o beijou no rosto.

— Eu não o conheci, mas amo meu pai. Você cuidou para que eu o amasse. E por causa disso, também amo você. Não é toda garota que tem a dádiva de ter dois pais maravilhosos.

— Não é todo tio que tem a dádiva de ter uma sobrinha que também ama como uma filha.

— E agora você vai me entregar.

— Nunca. Vou colocar você sob a guarda dele, mas não se engane, continua sendo nossa.

— Eu amo tanto você, papi.

— Não mais do que eu a amo. Agora é melhor irmos andando — ele disse, passando o braço pelo dela. — O Conde de Greyling nunca se atrasa.

Um dos hábitos de Albert que ele nunca quis mudar.

Ele e Allie desceram a escada. Um criado abriu a porta. Quando saíram da casa, Edward foi ofuscado pelo brilho do sol. Quando levantou a mão para proteger os olhos, pôde jurar ter ouvido um sussurro: *Muito bem, irmão, muito bem.*

— Papi, você está bem?

Baixando a mão, ele percebeu que a luz deslumbrante tinha sumido. Sem dúvida foi só o ângulo com que atingiu seus olhos.

— Estou ótimo. Vamos lá.

Ele a ajudou a subir na carruagem e então sentou ao lado dela. Quando o cocheiro colocou os cavalos em movimento, Edward olhou para o céu azul. Que dia glorioso.

— Sabe, papi, eu estava pensando, sem dúvida porque estou loucamente apaixonada, mas acredito que na sua próxima história Donaldo, a Doninha, precisa encontrar o amor.

— Ele já encontrou, querida — Edward disse, sorrindo. — Ele já encontrou o amor.

Nota da autora

Caros leitores,

Quando comecei a imaginar a história de Edward, eu sabia que seria um desafio. Primeiro, precisava garantir que os leitores não se apaixonassem por Albert antes que eu o matasse, mas não queria que ele fosse um homem desagradável. Eu também sabia que a lei britânica, na época, proibia que um homem se casasse com a viúva do irmão.

Mas eu também não podia acreditar que a imaginação de uma escritora fosse o único lugar em que um homem quisesse casar com a viúva do irmão. Então comecei a pesquisar. Foi fascinante. Descobri um caso em que a mulher foi presa por casar com o irmão de seu marido falecido. Não sei por que o homem saiu impune, mas essa era a situação. Aprendi que algumas pessoas se casavam em paróquias onde não eram conhecidas, sem revelar que eram aparentadas, o que significava que tinham documentos mostrando que eram casadas, mas na verdade o casamento não era legítimo. Bastava que alguém se opusesse para anular o casamento. E descobri também que os ricos podiam viajar para se casar na Suíça ou na Noruega, onde as leis eram mais brandas com relação a quem podia casar com quem, mas era uma opção dispendiosa, e assim, quem podia aproveitar essa oportunidade era uma minoria.

Durante 65 anos, os membros do Parlamento lutaram para mudar essa lei. Finalmente, em 1907, a Lei do Casamento com a Irmã da Falecida foi aprovada, permitindo que a irmã de uma falecida se casasse com o cunhado. Mas demorou até 1921 para que a Lei do Casamento com o Irmão do Falecido permitisse a união legal entre uma viúva e seu cunhado. Gosto de acreditar que Edward e Julia continuavam vivos quando a lei entrou em vigor.

Para ser bem honesta, não tenho certeza de que teriam permitido que o filho deles herdasse o título, já que Edward e Julia driblaram a lei casando-se em outro país, mas como escrevo ficção, espero que vocês me permitam acreditar que Edward Albert tornou-se o próximo Conde de Greyling. De qualquer modo, seus pais só queriam que os filhos tivessem vidas longas, saudáveis e felizes. Posso garantir que esse desejo foi atendido.

Espero que tenham apreciado a leitura,
Lorraine Heath

Este livro foi composto com tipografia Electra Std e impresso
em papel Off-White 70 g/m² na Paulinelli.